Eifelteufel

Nach seinem Studium in Köln verfasste Rudi Jagusch, Jahrgang 1967, zahlreiche Krimis. »Eifelteufel« ist seine fünfte Veröffentlichung bei Emons. Er lebt mit seiner Familie in Bornheim im Vorgebirge.
www.krimistory.de

RUDOLF JAGUSCH

Eifelteufel

KRIMINALROMAN

emons:

Bibliografische Information der Deutschen Bibliothek
Die Deutsche Bibliothek verzeichnet diese Publikation
in der Deutschen Nationalbibliografie; detaillierte bibliografische
Daten sind im Internet über http://dnb.d-nb.de abrufbar.

© Emons Verlag GmbH
Cäcilienstraße 48, 50667 Köln
info@emons-verlag.de
Alle Rechte vorbehalten
Umschlagmotiv: © mauritius images/Ralf Adler
Umschlaggestaltung: Tobias Doetsch
Gestaltung Innenteil: César Satz & Grafik GmbH, Köln
Druck und Bindung: Books on Demand GmbH, Norderstedt
Printed in Germany
Erstausgabe 2013
ISBN 978-3-95451-155-6
Originalausgabe
4. Auflage

Unser Newsletter informiert Sie
regelmäßig über Neues von emons:
Kostenlos bestellen unter
www.emons-verlag.de

Dieser Roman wurde vermittelt durch die
Literarische Agentur Kossack GbR.

Die automatisierte Analyse des Werkes, um daraus Informationen
insbesondere über Muster, Trends und Korrelationen gemäß
§ 44b UrhG (»Text und Data Mining«) zu gewinnen, ist untersagt.

»Jetz hamme de Kappes!«
Eifeler Redensart

Bombenstimmung am Urftstausee

Hermann Zingsheim presste das Fernglas an die Augen und blickte über den Urftsee.

Seit Stunden harrte er auf der Aussichtsplattform am südlichen Ende der Staumauer aus, ohne eine Menschenseele gesehen zu haben. Noch glitzerte die Wasseroberfläche im Sternenlicht. Doch im Osten malte die aufgehende Sonne bereits einen schwachen Pastellton an den wolkenlosen Horizont. Einige Singvögel begrüßten zwitschernd den nahenden Tag.

Das alles nahm Zingsheim nur unterbewusst wahr. Seine Gedanken kreisten um die Katastrophe, die er zu verhindern suchte.

Unglaublich, dachte er nicht zum ersten Mal. Seit Tagen kursierte das schockierende Gerücht durchs Internet, und niemand kümmerte sich darum: ein Anschlag auf die Staumauer.

Schon von Kindesbeinen an verfügte Zingsheim über eine blühende Phantasie. Nicht selten hatte ihn sein Vater gescholten, weil er wieder einmal einen Fuchs gesehen haben wollte, der angeblich den Hühnerstall ausraubte. Legendär waren auch die Horrorgeschichten, die er in der Schule erzählt hatte. Tatsächlich war es ihm einmal gelungen, eine Mitschülerin davon zu überzeugen, dass ihr Klassenlehrer, ein Alien, nur darauf wartete, sie allein zu erwischen, um sie dann auszusaugen. Heulend und total verängstigt war die Kleine nach Hause gerannt. Den anschließenden Rapport beim Rektor hatte er mit einem innerlichen Schmunzeln über sich ergehen lassen. Schließlich war der Lehrer wirklich nicht von dieser Welt gewesen.

Somit fiel es ihm nicht schwer, sich das drohende Szenario vorzustellen: den See, dessen Wasser sich aus einem riesigen Loch in der fünfundfünfzig Meter hohen Staumauer sturzartig in die Windungen des Eifelamazonas ergoss. Fünfundvierzig Millionen Kubikmeter pure Vernichtungsmasse, die durch das enge Tal schoss und alles niederriss, was ihr im Weg war. Dagegen wäre jeder Tsunami ein Plätschern in der Badewanne. In Einruhr, flussabwärts gelegen, würde kein Stein mehr auf dem anderen bleiben, und unzählige Opfer wären zu beklagen.

Vor einigen Jahren war der See einmal annähernd leer gewesen. Ein trockener Frühling hatte die Füllmenge bis auf zwanzig Prozent des normalen Volumens sinken lassen. Wenn es nur heute auch so wäre, dachte Zingsheim. Ein fast ausgetrockneter See würde ihn die Sache gelassener betrachten lassen. Stattdessen tröpfelte das Wasser stetig in die trichterförmigen Überläufe oberhalb des Kaskadenhanges, der sich nördlich an die Staumauer anschloss.

Die Eifeler konnten froh sein, dass er sich der Sache annahm. Sollten die Terroristen nur versuchen, eine Bombe an die verwitterten Steine der alten Staumauer zu heften! Er würde zur Stelle sein und den Tätern das Handwerk legen. Dann wäre es aus mit der Häme und dem Spott. Respektvoll würden sie ihm die Hand schütteln, ihn zu Empfängen einladen, und ganz sicher würde er das Bundesverdienstkreuz aus der Hand des Bundespräsidenten entgegennehmen.

Für einige Sekunden sah er sich auf dem roten Teppich durch die Hallen im Schloss Bellevue schreiten, bis er vor dem wartenden Staatsoberhaupt stoppte und den Kopf senkte, um sich das Band mit dem Orden um den Hals legen zu lassen.

Er lächelte. Der Gedanke gefiel ihm. Vielleicht ergab sich nach dem offiziellen Programmpunkt ja noch die Möglichkeit zum vertraulichen Gespräch. Dann könnte er dem Bundespräsidenten mitteilen, worauf dieser sein Augenmerk richten sollte. Zum Beispiel auf den Kometeneinschlag, den Zingsheim für den neunundzwanzigsten Februar des kommenden Jahres voraussagte. Es mussten Vorkehrungen getroffen, die Rettungskräfte informiert, gegebenenfalls sogar die Bundeswehr in Alarmbereitschaft versetzt werden. Ein Skandal, dass bisher niemand etwas unternommen hatte, wo doch die Zeichen so deutlich waren. Aber wenn er das Attentat hier am Urftstausee verhinderte, würden die Leute endlich auf ihn hören und ihn nicht mehr als »Eifel-Däniken« verballhornen.

Er seufzte. So ganz unrecht hatten sie ja nicht. Wenn er ehrlich mit sich selbst war, musste er zugeben, dass er einige Male weit danebengelegen hatte. Gut, er war unzuverlässigen Quellen aufgesessen. Daher war es eigentlich nicht seine Schuld gewesen. Das Einzige, was er sich persönlich vorwerfen musste, war sein manchmal etwas naiver Umgang mit Informationen. Dass der Bürgermeister von Schleiden eine Marionette der Islamisten war, eingesetzt, um die erzkatholische Eifel von innen heraus zu zermürben, hätte er kritischer hinterfragen sollen. Auch der kryptische Hinweis, den er von einem gewissen »Captain Gurk« via E-Mail erhalten hatte, wäre vermutlich recht leicht als Jux zu entlarven gewesen. Er war schlicht gutgläubig. Wenigstens hatte ihm die tagelange Suche nach dem abgestürzten UFO in den dichten Wäldern der verschneiten Eifel ordentlich Bewegung beschert. Und nicht nur das: Ihm war es als erstem Menschen überhaupt bei dieser Wanderung gelungen, den legendären Eifelpuma abzulichten. Das Foto zierte nun seine Homepage und brachte ihm zahlreiche Besucher ein. Den Hinweis von dem Zoologen im Gästebuch, es würde sich bei dem Tier nicht um den Eifelpuma, sondern um eine wilde Hauskatze handeln, hatte er daher vorsorglich gelöscht.

Aber das war alles Schnee von gestern. Diesmal hatte er gründlich recherchiert. Mehrere Quellen hatten das Gerücht, die Urftseestaumauer sei das Ziel von Terroristen, bestätigt. Klar, es blieb immer eine Unwägbarkeit. Zum Beispiel konnte der eine vom anderen abschreiben, dabei etwas hinzuerfinden, und zum Schluss wurde aus einer Mücke ein Elefant. Oder aus einem Knallfrosch in der Regenrinne eine Bombe im Urftsee.

Aber egal. Sein Motto lautete: »Lieber vorsehen als nachsehen«. Wenn er danebenlag, war es immer noch besser, hier unverrichteter Dinge wieder abzuziehen, als einer verpassten Chance, berühmt zu werden, hinterherzutrauern.

Eine Bewegung auf der nördlichen Aussichtsplattform oberhalb des Restaurants ließ seinen Puls nach oben schnellen. Er drehte am Rädchen für die Fokussierung, um die Schärfe zu verbessern. Dort stand eine Gestalt. Mit dem schwarzen Mantel, den sie trug, fiel sie in der Dunkelheit kaum auf. Ihre Umrisse verschwammen mit dem bewaldeten Hang im Hintergrund. In der Hand schien die Person einen Gegenstand zu halten, etwas Silbriges blitzte auf. Dann lag plötzlich ein hohes Sirren in der Luft, das an Intensität zunahm.

Zingsheim setzte das Fernglas ab und suchte nach der Ursache des Geräusches. Im schwachen Licht der Dämmerung erkannte er ein dunkles Objekt, das über dem See hinter der kleinen Insel, die dem Kaskadenhang der Staumauer vorgelagert war, Kreise zog. Eindeutig keine günstige Ausgangslage für einen Versuch, die Talsperre zu zerstören. Dennoch schien der Gegenstand die Quelle des Tons zu sein.

Er kniff die Augen zusammen. Ein Vogel? Die Ornithologie zählte nicht zu seinen Leidenschaften, doch von einem in der Eifel beheimateten sirrenden Vogel hätte er vermutlich trotzdem schon gehört. Ein anderer Schluss lag näher.

Mit dem Fernglas suchte er nach der Bestätigung seiner Annahme. Als er das fliegende Objekt gerade lokalisiert hatte, färbte sich der See darunter orange, und Luftblasen sprudelten wild um diese Stelle herum.

»Verdammt! Was geht da vor?«, fluchte er und dachte sofort an das Ungeheuer von Loch Ness. Er sah schon die Schlagzeile vor sich: *»Urzeitmonster im Urftstausee!«*. Die Presse würde sich um ihn als Augenzeugen schlagen.

Das Orange hellte sich zu Gelb auf, und das Sprudeln des Wassers nahm zu. Etwas brach durch die Wasseroberfläche, gleißendes Licht blendete ihn. Instinktiv schloss er die Lider.

Das Geräusch einer Explosion ließ ihn zusammenschrecken. Hastig ging er in die Knie und suchte hinter der massiven Brüstung Schutz.

»Mist, Mist, Mist«, heulte er auf. Jetzt war es passiert, und er hatte es nicht verhindern können. Anstatt aufmerksam zu sein, hatte er sich von einem unbekannten Flugobjekt ablenken lassen, während die Terroristen einen Sprengsatz zündeten. Hunderte, wenn nicht sogar Tausende Tote hatte er jetzt auf dem Gewissen. Die Erkenntnis, versagt zu haben, lähmte ihn.

Er schluckte hart, versuchte, den Kloß im Hals herunterzuwürgen.

Angestrengt horchte er auf das Knirschen der berstenden Mauer, das tosende Rauschen der in die Tiefe stürzenden Wassermassen, das Krachen der splitternden Baumstämme.

Doch nichts davon war zu vernehmen. Stattdessen war das

Sirren verschwunden. Einige Vögel hatten den Schreck bereits überwunden und trällerten wieder munter.

War der Angriff fehlgeschlagen? Die Bruchsteine hielten einiges aus. Selbst die Bombenangriffe im Zweiten Weltkrieg hatten nur an der Mauerkrone gekratzt.

Mit zittrigen Fingern holte er seinen silbrig glänzenden Flachmann aus der Manteltasche und nahm einen großen Schluck. Der Selbstgebrannte explodierte warm in seinem Magen und beruhigte die flirrenden Nerven. Sein Puls normalisierte sich. Er steckte den Behälter zurück in die Tasche, ballte die Hände zu Fäusten und bereitete sich auf einen schrecklichen Anblick vor. Mit der Schulter an der Brüstung schob er sich nach oben und starrte über den Rand.

Staunend öffnete er den Mund.

Das hatte er nicht erwartet.

★★★

Schlaftrunken öffnete Jan Welscher die Augen. Ein Geräusch hatte ihn aus seinen Träumen gerissen. Lars saß auf der Bettkante, beugte sich vor und küsste ihn auf die Stirn. Der Moschusduft seines Rasierwassers lag schwer in der Luft. In dem nachtblauen Anzug und der dazu passenden Krawatte wirkte Lars steif und unnahbar. »Ich muss los«, sagte er.

»Schon?«, jammerte Welscher, der Lars bereits jetzt vermisste. Zum ersten Mal, seit sie zusammen waren, hatte sein Freund bei ihm in Köln übernachtet, und sie hatten eine wundervolle Nacht miteinander verbracht. »Wie viel Uhr haben wir denn?« Suchend sah er sich nach dem Radiowecker um.

»Kurz nach fünf«, antwortete Lars. Er bückte sich und stellte das Gerät wieder auf den Nachttisch. »Ein Opfer unserer gestrigen Aktivitäten.« Er lachte verhalten. »Nur gut, dass ich mich auf mein Smartphone verlassen kann.«

»Ich habe nichts gehört.«

»Vermutlich warst du schlicht total ausgelaugt.« Schelmisch zwinkerte er ihm zu.

Welscher gähnte herzhaft. »Sollen wir noch frühstücken?«

»Um kurz nach fünf?«

»Oder einen Kaffee?«

»Wäre klasse, aber ich muss wirklich los.«

»Wir könnten auch …« Welscher streckte die Hand aus und ließ sie langsam auf Lars' Oberschenkel in Richtung Schritt gleiten.

Lars packte sie, hob sie an seinen Mund und hauchte einen Kuss darauf. »Na, du bist mir einer. So früh am Morgen? Das mit dem ausgelaugt nehme ich zurück.«

Sie kicherten wie kleine Kinder.

»Wann treffen wir uns wieder?«, fragte Welscher. Er wappnete sich innerlich ob der schmerzhaften Antwort, die nun folgen würde. Lars lebte unter der Woche in einer kleinen Wohnung in Luxemburg und ging von dort aus zur Arbeit. Er konnte nicht jeden Tag die Strecke nach Köln fahren, um ihn zu treffen, auch wenn Welscher genau das gern hätte. So blieben ihnen nur die Wochenenden in Kronenburg. Lars hatte dort ein Haus, in das er sich an seinen freien Tagen zurückzog, um sich in die Künstlerin Larissa zu verwandeln, und seit sie sich vor einigen Monaten während der Ermittlungen in einem Mordfall zum ersten Mal begegnet waren, verbrachte Welscher die Wochenenden bei ihm in der Eifel. Heute war Mittwoch, noch ewig bis zum Wiedersehen. Wie sollte er das nur aushalten?

Lars seufzte. »Was fragst du? Wie immer am Freitagabend.«

Welscher nickte tapfer. Er wollte vermeiden, dass Lars ihm die Enttäuschung anmerkte. Sein Freund sollte kein schlechtes Gewissen mit nach Luxemburg nehmen.

»Mach nicht so ein Gesicht. Den Freitag haben wir für uns. Und am Samstag feiern wir mit unseren Freunden meinen Geburtstag. Das sind doch positive Aussichten.«

»Okay«, stimmte Welscher etwas halbherzig zu. Nach der intensiven Nacht hatte er ein wenig Hoffnung gehegt, Lars würde die weite Fahrt nach Köln schon am Donnerstag erneut auf sich nehmen.

Sie gaben sich einen innigen Kuss, dann stand Lars auf. »Ich schick dir später eine SMS, sobald ich Zeit dazu finde.«

»Du kannst auch anrufen.«

»Ich möchte nicht stören.« Lars zögerte, setzte sich dann wieder auf die Bettkante und drückte Welschers Hand. »Nimm dir Zeit, bring es in Ruhe hinter dich. Es wird nicht einfach werden.«

Welscher richtete sich auf und umarmte ihn. »Danke, dass du mich heute Nacht nicht allein gelassen hast.« Er ließ ihn wieder los und sah ihm tief in die Augen. »Und jetzt verschwinde, bevor ich losheule. Abschiede kann ich nicht ertragen.«

Lars drückte ihm noch einen Kuss auf die Lippen und verließ dann das Schlafzimmer. Kurz darauf hörte Welscher die Wohnungstür ins Schloss fallen. Er stellte den Wecker und kuschelte sich wieder unter seine Decke.

Drei Stunden konnte er noch schlafen.

Dann musste er aufstehen und sich für die Beerdigung zurechtmachen.

★★★

Nichts zu sehen!

Hermann Zingsheim konnte es nicht fassen.

Still lag der See vor ihm. Das Licht der aufgehenden Sonne glitzerte auf der Wasseroberfläche.

Sosehr ihn das Ausbleiben einer Katastrophe auch erleichterte, beruhigt war er dadurch nicht. Er zweifelte an seinem Verstand. Hatten seine Nerven ihm einen Streich gespielt?

Hastig sprang er auf, rannte die Stufen hinunter und eilte über die Mauerkrone. Suchend blickte er sich um, doch er konnte nirgends einen Schaden an der Staumauer erkennen. Hatte er sich die Explosion nur eingebildet? War er vielleicht übermüdet? Halluzinationen sollten in dem Fall nicht unüblich …

»Ach, hör auf, du Spinner«, schimpfte er mit sich selbst. Er blieb stehen, nahm einen weiteren Schluck aus dem Flachmann und wischte sich mit dem Ärmel seines Mantels über den Mund. Es war keine Einbildung gewesen. Kräuselte sich die Wasseroberfläche nicht immer noch an der Stelle, wo er das grelle Licht gesehen hatte?

Die Gestalt!

Die Person, die auf der Aussichtsplattform gestanden hatte. Sie hatte etwas Metallisches in der Hand gehalten. Einen Fotoapparat? Oder eine Filmkamera? Vielleicht gab es Beweismittel.

Zingsheim rannte los, über den Kaskadenhang, an den Schaubildern der Talsperre vorbei. Er musste die Gestalt erwischen. Selbst wenn sie nicht auf den Auslöser gedrückt hatte: Sie war ein Augenzeuge.

Hinter dem Gartenrestaurant unweit seines rostigen Renault 4, den er hier vor Stunden abgestellt hatte, stand eine füllige Frau und starrte auf den See hinaus.

Keuchend blieb Zingsheim neben ihr stehen und stemmte die Hände in die Seiten. »Haben Sie was gesehen?«

Sie lüpfte ihre Baseballkappe, auf der die blau-grünen Buchstabenkürzel des Wasserverbandes Eifel-Rur prangten. Argwöhnisch musterte sie ihn von oben bis unten. »Gesehen? Nein.«

»Oder gehört. Einen Knall?«

Skeptisch hob sie eine Augenbraue. »Haben Sie etwas damit zu schaffen?«

Erleichtert streckte sich Zingsheim. Sie hatte es also auch gehört. Er hatte noch alle Sinne beieinander. »Nein, nein, ich bin nur … äh … zur Recherche hier.«

»Recherche?« Eine Sorgenfalte grub sich tief in ihre Stirn. »Mitten in der Nacht?«

»Lange Geschichte, nicht so wichtig.«

»Waren Sie etwa schwimmen? Das ist …«

Zingsheim gebot ihr mit erhobener Hand Einhalt. »Nein, nicht doch. Ich bin … Vogelforscher«, log er und hob zur Bestätigung sein Fernglas.

»Ornithologe?« Die Falte auf ihrer Stirn vertiefte sich.

»Ja, ja. Aber kommen wir auf die Explosion zurück. Ich weiß nicht, was vorgefallen ist. Ich habe ein Licht gesehen, mitten auf dem See …«

»Ein Licht, aha«, unterbrach sie ihn und schürzte die Lippen.

»Ja, und ein UFO. Es sirrte und zog Kreise. Da oben stand jemand, der kann das sicher alles bezeugen.« Er zeigte zu der drei Meter über ihnen befindlichen Aussichtsplattform hinauf.

Sie beugte sich vor und schnupperte an ihm. »Aha, verstehe.«

Sie wich zurück und wedelte mit der Hand vor ihrer Nase herum. »Fahne gehisst.«

»Ich habe nur … auf den Schreck, Sie verstehen? Aber das ist doch jetzt nicht wichtig.« Verzweifelt wies Zingsheim in Richtung See. »Ein UFO …«

»Ein UFO, genau. Und eine Gestalt, hm. Vermutlich grün. Also ich habe niemanden gesehen.« Sie machte auf dem Absatz kehrt und schritt zu dem Wohnhaus hinüber, in dem sich die Büroräume des Wasserverbandes befanden. Ein Fernseher plärrte lautstark aus einem der Fenster in die Morgendämmerung.

»He«, rief Zingsheim ihr hinterher, »warten Sie doch. Die Explosion, wir müssen die Polizei …«

»Das war nur ein Überschallknall. Ein übermütiger Jetpilot, mehr nicht«, rief sie, ohne sich umzudrehen. »Von mir aus auch ein zu schnelles UFO. Die ominöse Gestalt war aber bestimmt kein Außerirdischer, sondern ein Geist. Soll es in der Eifel ja vielerorts geben.« Sie gluckste amüsiert. Kurz darauf fiel die Haustür hinter ihr ins Schloss.

Zingsheim hielt sich die Hand vor den Mund, hauchte hinein und schnüffelte. »Puh«, urteilte er. Die Fahne war durch den Schnaps auf nüchternen Magen tatsächlich sehr intensiv.

Ohne weiter darüber nachzudenken, rannte er die Stufen zu der nördlichen Aussichtsplattform hinauf. Oben angekommen, drehte er sich im Kreis. Er war allein. Wo war die Gestalt hin? Von hier aus führte ein Wanderweg hangaufwärts bis zu dem großen Parkplatz Hirschley. Die Zufahrt zum Vorplatz der Talsperre endete nach gut einem Kilometer auf der alten Kreisstraße 7, kurz hinter dem Wasserstollen, der zum Kraftwerk Heimbach hinabführte. Auf der Rückseite des Hauses des Wasserverbandes ging es ebenfalls abwärts, zum Schiffsanleger. Irgendwo dort zweigte der Urftseewanderweg ab.

Mist, dachte Zingsheim. Die Wahrscheinlichkeit, der Gestalt auf dem richtigen Weg zu folgen und sie einzuholen, war angesichts der Möglichkeiten gering, reine Glücksache.

Einer alten Angewohnheit folgend, zupfte er nachdenklich an seinen Nasenhaaren. Warum war die Person einfach abgehauen? Hatte sie etwas mit dem Ganzen hier zu schaffen? Oder hatte sie dem schlicht keine Bedeutung beigemessen? Es gab solche oberflächlichen Typen, die selbst eine Invasion von Außerirdischen nicht bemerken würden.

Zingsheim stellte sich an das gemauerte Geländer, blickte auf den See hinaus und gönnte sich noch einen Schnaps.

Was nun?

Die Sache auf sich beruhen lassen, nach Hause fahren und eine Mütze Schlaf nachholen? So könnte er neuem Spott entgehen.

Das war zwar verlockend, aber gleichzeitig sträubte sich alles in ihm. Vor seinen Augen hatte sich ein rätselhaftes Phänomen abgespielt. Das konnte er nicht ignorieren. Seit Jahrzehnten jagte er ohne großen Erfolg verschiedenen Mysterien hinterher und war empfänglich für jede Verschwörungstheorie. Hier bot sich vielleicht die einmalige Chance, berühmt zu werden.

Nein, er musste etwas unternehmen.

Er setzte erneut seinen Flachmann an, stutzte jedoch und riss ihn sich von den Lippen. Das Metall schimmerte in seiner Hand. Wenn er weiter soff, würde ihm garantiert keiner mehr glauben. Daher holte er aus und warf das Gefäß in hohem Bogen in den See. Klatschend landete es auf der Wasseroberfläche, dümpelte einige Sekunden im seichten Wellengang und versank schließlich.

Er musste einen klaren Kopf behalten und die gehisste Alkoholfahne wieder einholen. Sollte er angetrunken bei dem Mann auftauchen, von dem er sich Hilfe versprach, würde der ihn hochkant rauswerfen.

Zingsheim drehte sich um und lief zurück zu seinem Wagen.

★★★

Hauptkommissar Horst Fischbach, der von allen außer seiner Frau Sigrid nur Hotte genannt wurde, saß mit einem Kaffeebecher in der Hand auf der Bank vor seiner Werkstatt. Geräuschvoll schlürfte er den Kaffee und streichelte seinem Hausschwein Schnüffel über die Borsten.

Zufrieden grunzte das Tier.

Fischbach liebte die frühen Morgenstunden, wenn die Sonne über die Hausdächer glitt und das Licht sich im Chrom seiner

Harley spiegelte. Dazu die frische, kühle, noch unverbrauchte Luft. Alles wirkte viel lebendiger als am Nachmittag.

Schwalben flogen über seinen Kopf hinweg zum Nest im Dachfirst der Werkstatt. Die Katzen der Nachbarin streunten am Zaun entlang, jederzeit bereit, mit einem Sprung einer Maus den Garaus zu machen, und langsam erwachte Kommern zum Leben: Rollläden knarrten, Autos starteten, Schritte hallten in der Straße.

Fischbach holte tief Luft. Es roch nach verbranntem Holz. Sigrid hatte den alten Emaille-Ofen in der Küche angefeuert und bereitete das Frühstück vor.

Schnüffel hatte genug Streicheleinheiten genossen und trippelte mit hin- und herschwingendem Hängebauch ins Haus, um sich bei Sigrid den morgendlichen Apfel abzuholen.

Fischbachs Magen knurrte ebenfalls. Am liebsten wäre er aufgesprungen und hinter Schnüffel hergerannt. Doch bis halb sieben musste er seine Frau in Ruhe hantieren lassen, ansonsten wurde sie unleidlich. So, wie er die frühe Zeit allein auf der Bank beziehungsweise bei schlechtem Wetter das morgendliche Werkeln in seiner Werkstatt genoss, mochte es Sigrid, in Ruhe das Frühstück zuzubereiten.

Er schnupperte. Vielleicht gab es ja Rühreier, schön in ausgelassenem Speck gebraten. Sofort meldete sich sein schlechtes Gewissen. Das Poloshirt spannte so sehr über seinem feisten Bauch, dass der Nabel zu erkennen war. Missmutig zog er an den Hosenträgern und ließ sie zurückschnellen. Seit Monaten wollte er abnehmen, doch regelmäßig machte ihm Sigrid einen Strich durch die Rechnung. Sie liebte jede Rundung an ihm. »Gleich und Gleich gesellt sich gern«, wischte sie seine halbherzig vorgebrachten Weigerungen vom Tisch, wenn sie Deftiges wie »Bonne-Strüh« – ein Eintopf aus Sauerkraut und weißen Bohnen, serviert mit Schweinerippchen oder Mettwürsten – oder »Ribbelscheskooche« – Puffer aus sehr grob geriebenen rohen Kartoffeln, mit viel Öl schwimmend ausgebacken und anschließend mit Käse überbacken – servierte.

Der Geruch nach gebratenem Speck stieg ihm in die Nase.

»Mmm, also doch«, murmelte er. Das Wasser lief ihm im Mund

zusammen. Der Beginn seiner Diät würde sich um mindestens ein Frühstück verschieben. Er blickte auf die Uhr. Fünf Minuten musste er noch aushalten.

Ein stotterndes Knattern dröhnte durch die kleine Straße. Kurz darauf stoppte ein froschgrüner Renault 4 mit quietschenden Reifen genau vor seiner Einfahrt. Mit einigen Fehlzündungen erstarb der Motor.

Fischbach wusste auf den ersten Blick, wer ihn da am frühen Morgen heimsuchte. Dieser Wagen war einmalig in der Eifel. Seufzend stellte er seine Tasse auf die Bank und erhob sich.

Die ruhigen Minuten waren gerade zu Ende gegangen.

★★★

Fischbach wusste nicht, wer lauter schmatzte. Sein Hausschwein Schnüffel, das aufgeweichtes Brot verdrückte, oder sein alter Schulkamerad Hermann Zingsheim, der Sigrids Rühreier in sich reinschaufelte, als würde es kein Morgen geben.

Aber egal, Fischbach gönnte ihm die riesige Portion. Zingsheim wirkte abgemagert, seine Wangen eingefallen. Er war nur noch ein Schatten seiner selbst. Nichts war von der athletischen Gestalt geblieben, mit der er jedes Jahr den Fünftausend-Meter-Lauf in der Schule gewonnen hatte. Seine naturkrausen Haare ergrauten an den Wurzeln, und die Geheimratsecken konnte er selbst durch ausgeklügeltes Legen des Deckhaars nicht verstecken. Geplatzte Äderchen verunzierten die Wangen, und das Weiß seiner Augen hatte einen Gelbstich.

»Du solltest nicht trinken, wenn du Auto fährst«, rutschte es Fischbach heraus, dem Zingsheims Fahne direkt bei der Begrüßung aufgefallen war. Eigentlich hatte er es nicht ansprechen wollen, doch inzwischen überlagerte der Alkoholdunst den aromatischen Speckgeruch und verdarb Fischbach den Appetit. Sein Rührei lag unangetastet auf dem Teller. Nur eine Scheibe Brot mit gesalzener Butter hatte er runterbekommen.

Zingsheim verschluckte sich und hustete. »Das ist alles, was dir dazu einfällt?«, maulte er und rang mit pfeifendem Atem nach Luft. »Mensch, Hotte, hast du mir nicht zugehört?« Er legte das Besteck neben dem Teller ab und straffte sich. Aufgebracht wies er mit der Hand in Richtung Fenster. »Dort draußen ist etwas Unglaubliches passiert. Das Licht, dieses sirrende Geräusch und die Explosion, das sind doch Zeichen für ein großes Ding, aber ein ganz großes.« Er schlug mit der flachen Hand kräftig auf den Tisch. Dabei erwischte er das Ende der Gabel, die saltoschlagend durch die Luft flog und in einem von Sigrids Blumengestecken landete. Unbeirrt ereiferte sich Zingsheim weiter. »Ich weiß schon, was du denkst: Ich war besoffen und habe kleine grüne Männchen gesehen, stimmt's? Höre ich nicht zum ersten Mal.«

»Das habe ich doch gar nicht gesagt.« Fischbach zuckte mit den Schultern und schob den Teller von sich weg. Doch sein Ruf eilte Zingsheim tatsächlich voraus. Jeder kannte die verrückten Ideen des Eifel-Däniken. »Sei bitte nicht so theatralisch, Hermann. Das ist sicher nur wieder so eine Sache wie mit deinem Yeti oben im Venn.«

»Und? Lag ich so weit daneben?«

»Es war ein Wanderer.«

»Aber ganz schön behaart.«

»Ein Bart macht einen noch lange nicht zum Yeti.«

»Das war kein Bart, sondern ein Pelz.«

Fischbach holte tief Luft, um zu einer strengen Entgegnung anzusetzen. Im letzten Augenblick bemerkte er die Grübchen in Zingsheims Mundwinkeln und musste ebenfalls grinsen.

»Willst du noch was?«, fragte Sigrid und entspannte die Situation dadurch endgültig. Sie nestelte die Gabel aus dem Gesteck auf dem Regal hinter Zingsheim und legte sie wieder neben seinen Teller.

»Wenn ich dir nicht zu viel Mühe damit mache.«

Sie lächelte gütig und holte zwei Eier aus dem Kühlschrank. »Kannst du denn überhaupt etwas veranlassen?«, fragte sie Fischbach beiläufig.

Der lehnte sich zurück und hakte die Daumen unter seine Hosenträger. »Schwierig. Es liegt ja keine Straftat vor.«

Enttäuscht sackte Zingsheim in sich zusammen. »Und ich habe gedacht, du würdest mir helfen. Aber du bist wie die anderen.

Bei dir im Garten könnte ein Raumschiff landen, und du würdest von einer Wolke reden, die sich vor die Sonne geschoben hat.«

»Sei nicht ungerecht«, forderte Sigrid. »Ich bin sicher, mein Schnäuzelchen hat schon eine Idee.« Sie verrührte die Eier in der Pfanne und gab geschnittenen Lauch dazu. »Speck habe ich leider nicht mehr.«

»Schnäuzelchen?« Zingsheim grinste frech.

Fischbach spürte, wie er rot wurde. Dass Sigrid aber auch immer diese absonderlichen Kosenamen für ihn erfinden musste. Er trug doch überhaupt keinen Schnauzbart. »Äh … nicht so wichtig.«

Sigrid nahm die Pfanne vom Ofen und schob Zingsheim das Rührei auf den Teller. »Hab's etwas flüssiger gelassen. Probier mal.« Sofort fiel er darüber her.

»Wahnsinn, echt lecker«, nuschelte er mit vollem Mund und wandte sich dann wieder an Fischbach. »Es ist passiert, so wahr ich hier sitze. Ich hatte nicht viel Schabau dabei, nicht mal einen Viertelliter. Übrigens habe ich den Flachmann vorhin in den See geschleudert, weil ich schon geahnt habe, was du dazu sagst. Mag ja sein, dass es zum Autofahren zu viel ist. Aber Sinnestäuschungen bekommt man von der Menge garantiert nicht.«

»Könnte eine Luftspiegelung gewesen sein«, meinte Fischbach.

»Ach was, doch nicht so früh am Morgen.«

»Gerade dann. Die aufgehende Sonne …«

»… war es garantiert nicht. Vergiss es. Das Wasser hat gesprudelt, schon vergessen?«

»Die Frau vom Wasserverband sagte was von Überschallknall.«

»Und der leuchtet auf dem See?« Mit der Gabel tippte sich Zingsheim gegen die Stirn. Ein Stück gestocktes Ei blieb an der Haut kleben.

Grüblerisch kratzte sich Fischbach das Kinn. Sah man mal von dem Eifel-Yeti ab, hatte Zingsheim ihn in all den Jahren mit seinen abstrusen Mysterien in Ruhe gelassen. Warum sollte er sein Verhalten von gleich auf jetzt ändern, wäre er nicht davon überzeugt, diesmal auf etwas wirklich Wichtiges gestoßen zu sein? Verstohlen musterte er seinen alten Schulkameraden. Einen vertrauenerweckenden Eindruck machte dieser in der zerschlissenen

Kleidung nicht. Aber deswegen seine sämtlichen Sinneseindrücke als Phantasterei abzutun, wäre ungerecht. Trotzdem verspürte Fischbach nicht den Wunsch, seine eigene Glaubwürdigkeit durch vorschnelles Handeln zu verlieren. Nichts konnte er weniger gebrauchen, als mit einer Spinnerei des Eifel-Däniken in Verbindung gebracht zu werden. Diese Häme wollte er nicht auf sich ziehen. Allerdings konnte er auch seine Neugierde nicht verhehlen. Es reizte ihn, der Sache – beziehungsweise dem Urftstausee – auf den Grund zu gehen. »Hast du noch irgendwo die Nummer von Theo?«, fragte er Sigrid.

»Von Taucher-Theo?«

Fischbach bemerkte, wie Zingsheims Augen aufleuchteten. »Genau. Der könnte doch mal nach dem Rechten schauen, was meinst du?«

»Wunderbare Idee.« Sie stellte die Pfanne in die Spüle und verließ die Küche. Kurz darauf hörte Fischbach sie im Wohnzimmer kramen.

»Darf der denn da einfach so tauchen?«, fragte Zingsheim und löffelte sich die letzten Reste seines Rühreis in den Mund. Rund um seine Lippen glänzte die Haut fettig.

»Einfach so? Bestimmt nicht«, erwiderte Fischbach. »Die Verantwortlichen beim Wasserverband würden ihn vermutlich harpunieren, wenn sie davon wüssten. Aber mach dir keine Sorgen, Theo erwischt keiner. Und wenn doch, findet er eine Lösung. Theo war früher mal aktiver Kampftaucher, dann Ausbilder. Mit dreißig ist er in den Polizeidienst gewechselt. Jetzt ist er Pensionär und langweilt sich zu Tode. Der ist fit, nicht auf den Mund gefallen und weiß sich unauffällig zu bewegen.«

»Ich hab die Telefonnummer«, rief Sigrid.

Fischbach drückte sich beim Aufstehen vom Tisch ab. »Dann werde ich wohl mal einen alten Kollegen anrufen.«

»Und ich? Was kann ich tun?«, wollte Zingsheim voller Tatendrang wissen. Einige Sekunden lang grübelte Fischbach.

»Ich muss heute arbeiten und außerdem zu einer Beerdigung«, murmelte er. »Da kommt man nicht zu den wichtigen Dingen im Leben. Du könntest mir daher einen kleinen Gefallen tun.«

Zingsheim griff nach der Serviette und putzte sich den Mund

ab. »Bin bereit. Wann immer mir ein Freund behilflich ist, hat er was gut bei mir.«

»Nur dann?«

»Du weißt, wie ich das meine.«

Fischbach bedeutete Zingsheim, ihm zu folgen.

Sie gingen über den kleinen Hof. Schnüffel lag in der Sonne und genoss die morgendliche Wärme. In der Werkstatt schaltete Fischbach das Licht an, die Neonröhren summten leise.

»Was ist das?«, fragte Zingsheim und deutete auf das, was in der Mitte der Werkstatt stand.

Lächelnd griff Fischbach nach der Dose mit der Polierpaste und drückte sie Zingsheim in die Hand. »Deine Beschäftigung für die nächsten Stunden. Und gib dir Mühe, ja? Übrigens: Du hast noch Ei an der Stirn kleben.« Er wandte sich um und ließ seinen verdutzten Schulkameraden allein.

Ein Ort für die Toten

»Du bist so still.« Bianca Willms hakte sich bei Welscher ein.

Der schreckte auf. Tatsächlich hatte er seit ihrem Weggang von der Grabstelle stumm auf den mit alten Bucheckernhülsen übersäten Weg gestarrt.

Fischbachs Lederstiefel knirschten neben ihnen im Kies. Die Jacke hing an seinem Zeigefinger über der Schulter, das weiße Hemd klebte schweißnass an seinem Rücken. Der leicht ansteigende Rückweg machte ihm offenbar zu schaffen. Mit der freien Hand lockerte er den Schlipsknoten und warf dem blauen Himmel einen finsteren Blick zu. »Ist aber auch heiß heute. Ich hätte doch unten vor der Schranke parken sollen.«

Sie hatten sich darauf verständigt, den Parkplatz oberhalb des Ruheforstes zu nutzen, weil der wummernde Motor von Fischbachs Harley und der löchrige Auspuffkrümmer von Welschers Fiesta die respektvolle Ruhe, die auf einem Friedhof angesagt war, ansonsten ad absurdum geführt hätten.

»Hat dich sein Tod so sehr mitgenommen?«, fragte Bianca, ohne auf Fischbachs Nörgelei einzugehen.

»Das ist es nicht«, antwortete Welscher.

»Was dann?«

»Der Friedhof. Er ist so … ganz anders, als ich erwartet hatte. So … hm, ja, fortschrittlich.«

»Ha, das hättest du uns Hinterwäldlern nicht zugetraut, was?«, warf Fischbach ein. »Tja, da kannst du mal sehen.«

Verkrampft lächelte Welscher. Fischbach lag richtig. Als er zum ersten Mal vom Ruheforst gehört hatte, konnte er sich wenig darunter vorstellen. Erwartet hatte er einen ummauerten Waldfriedhof mit einer romantischen kleinen Kapelle und mehr oder weniger verwitterten Grabsteinen. Doch stattdessen waren sie vor einer Stunde von der kleinen Gedenkstätte unter freiem Himmel auf einem breiten Weg in einen lichten Laubwald gegangen und nach gut zweihundert Metern rechts abgebogen. Einige Schritte weiter hatte die Trauergesellschaft gestoppt, und ein Erdloch neben einer riesigen Buche hatte die Urne aufgenommen. Eine kreisrunde Holzscheibe war als Verschluss verwendet worden, darüber hatte man Erde gescharrt. Das Grab wäre kaum zu identifizieren, wenn nicht ein schwarzes Schildchen mit weißer Schrift am Stamm der Buche darauf hinweisen und Auskunft darüber erteilen würde, wer hier zur Ruhe gebettet worden war: Guido Büscheler.

»Es ist aber nicht nur dieser Ruheforst«, erklärte er, »auch, dass Guido sich für so eine ungewöhnliche Begräbnisstätte als letzten Ruheplatz entschieden hat, wundert mich. Ich hatte ihn eher …«, er überlegte einen Moment, »eher traditionell eingeschätzt. Mir ist vorhin erst bewusst geworden, dass ich ihn kaum kannte, obwohl wir täglich zusammengearbeitet haben.« Traurig blickte er Bianca Willms an. »Ich weiß noch nicht mal, wo er gewohnt hat.«

»Hier in Hümmel.« Sie deutete mit dem Kinn unbestimmt gen Westen. »Und Guido war ein Eigenbrötler. Selbst wenn du dir mehr Mühe gegeben hättest, er hätte jeden Annäherungsversuch garantiert abgeblockt. An solchen Charakteren prallt jegliches Interesse ab wie ein flach geworfener Kieselstein von der Wasseroberfläche.«

Welscher fühlte sich ertappt. Schwang da ein stummer Vorwurf mit? Verstohlen musterte er sie. Eigentlich war er doch genauso. Obwohl er seit nunmehr drei Jahren in Euskirchen arbeitete, konnte er sich noch immer nicht mit seinem Schicksal abfinden. Zu gern würde er den Dienst in Köln wieder aufnehmen und der piefigen Eifel den Rücken kehren. Doch seine Versetzungsgesuche waren bisher allesamt abgelehnt worden. Den Frust darüber äußerte er in bissigen Bemerkungen über Land und Region, was ihm im Kollegenkreis nicht gerade Sympathien einbrachte. Gemeinsamen Aktivitäten, zu denen er in den ersten Monaten noch eingeladen worden war, hatte er sich stets strikt verweigert. Nein, Freunde hatte er keine hier in der Eifel, sah man von drei Ausnahmen ab. Fischbach und Sigrid zählten dazu. Sie hatten ihn in einer schwierigen Phase seines Lebens ganz selbstverständlich bei sich aufgenommen, ohne Fragen zu stellen. Bianca Willms hatte er bei der gemeinsamen Arbeit ebenfalls zu schätzen gelernt.

Die anderen Kollegen jedoch hatten es wahrlich nicht einfach mit ihm. Wenn Bianca mit ihrer Bemerkung also den Finger in diese Wunde legte, dann zu Recht. Aber er konnte nicht aus seiner Haut. Vielleicht, so seine stumme Hoffnung, würde es Lars gelingen, ihn für die Eifel zu begeistern. Der liebte den hügeligen Landstrich und hatte bereits mehrmals vorgeschlagen, sein Kronenburger Domizil zum gemeinsamen Hauptwohnsitz zu machen. Nach anfänglichem Entsetzen bemerkte Welscher inzwischen, dass sein Widerstand mehr und mehr bröckelte. Sein Kölner Freundeskreis war mit dem Ende seiner letzten Beziehung ohnehin verschwunden und der Aufbau eines neuen bisher nicht gelungen. Dazu blieb neben der Arbeit in der Eifel nur wenig Zeit. Außerdem waren ihm die Lichter der Großstadt zu grell, zu aufdringlich geworden, was ihn selbst überraschte. Früher hatte er von dem berauschenden Nachtleben der Domstadt nicht genug bekommen können. Die wilden Partys, die Anonymität in den Darkrooms, die jährliche Parade zum Christopher Street Day und vieles mehr, was in der Eifel undenkbar war, hatte er bis zu seiner Versetzung euphorisch genossen. Gleichzeitig hatte sich der Reiz daran schleichend verflüchtigt. Inzwischen zog er einen gemeinsamen DVD-Abend mit Lars vor. Aber musste man deswegen direkt zurück in die Provinz ziehen? Dorthin, wo er in jungen Jahren von Gleichaltrigen gehänselt, gemobbt und wegen seiner Andersartigkeit sogar verprügelt worden war?

»Wir müssen rechtsrum.« Bianca Willms zog ihn sanft am Arm in die richtige Richtung. Vor ihnen gabelte sich der Weg, ein Schild wies nach links zur Ausfahrt.

»Stimmt, ich wäre glatt weiter dem Hauptweg gefolgt. Danke.«

Sie legte ihre freie Hand auf seinen Unterarm. »Guido hätte nicht gewollt, dass du dich seinetwegen grämst. Ich kannte ihn gut genug, um das sagen zu können.«

»Ja, okay«, sagte Welscher. Sie darauf hinzuweisen, dass seine Gedanken in den letzten Minuten gar nicht dem verstorbenen Kollegen gegolten hatten, verkniff er sich.

Die Baumwipfel über ihnen rauschten, und der Wind, der hier über die Kuppe strich, kühlte ein wenig ihre erhitzte Haut.

Fischbach, der ein paar Schritte vor ihnen ging, fummelte

konzentriert an seinem Handy herum. Er hob den Arm und hielt es in die Luft. »Tatsächlich! Ein Netz«, bemerkte er halblaut.

»Als ich Guido das erste Mal begegnet bin, habe ich mir schon gedacht, dass es mal so kommen wird«, sagte Welscher. »Eine Kippe nach der anderen. Das konnte nicht gut gehen.«

»Ja. Sein Körper hat ihm das auch deutlich signalisiert, die raue Stimme, die graue Hautfarbe.« Bianca lachte bekümmert. »Er glich einem Hutzelmännchen.«

»Einem was?«

Sie schmiegte sich an ihn. »Stell dir einen winzigen alten Zwerg vor. Meine Oma erzählte uns immer Geschichten von dem Hutzelmännchen. Davon, wie es versuchte, die Kinder im Dorf zu übervorteilen, aber jedes Mal scheiterte, weil die Kinder so schlau waren.«

»Hört sich schön an.«

»Als ich Guido das erste Mal traf, kamen mir sofort die Geschichten meiner Oma in den Sinn.«

Der Weg beschrieb einen Bogen nach links.

»Es ging so schnell«, sagte Bianca Willms leise. »Gerade mal sechs Wochen.« Sie wischte sich mit dem Zeigefinger die Tränen aus den Augenwinkeln. »Mit siebenundfünfzig sterben. Das ist doch ungerecht.«

Welscher zog es vor zu schweigen. Gerechtigkeit und Tod waren für ihn Dinge, die nicht miteinander vereinbar waren.

Vor ihnen tauchte der Parkplatz auf.

»Zumindest konnte er sich von seinen Lieben verabschieden«, tröstete sich Bianca selbst.

Es werden nicht viele gewesen sein, dachte Welscher, ein Einzelgänger, wie er war.

Sie löste sich von ihm.

Hintereinander passierten sie die stählerne Schranke, die die Zufahrt vom Parkplatz in den Feldweg verhinderte. Die Sonne gleißte in dem Chrom an Fischbachs Harley. Dagegen wirkte der stumpfe Lack von Welschers rotem Fiesta besonders matt und schien das Licht aufzusaugen, statt es zu reflektieren.

Fischbach zog seine Jacke über und setzte den Stahlhelm auf, den er gelegentlich als Schutzhelm benutzte. »Dann bis gleich im Büro.«

Welscher nickte. Er öffnete die Fahrertür und ließ Bianca Willms zuerst einsteigen. Der Öffner auf der Beifahrerseite war bereits vor mehreren Monaten in den Generalstreik getreten. Sie rutschte auf den Beifahrersitz.

»Vielleicht habe ich doch auf das falsche Pferd gesetzt, als ich mich für den gehobenen Dienst bei der Polizei entschieden habe«, sagte sie. Seit einigen Monaten drückte sie als Anwärterin wieder die Schulbank. »Wenn ich deinen Wagen sehe, bekomme ich Angst, später nicht über die Runden zu kommen.«

Welscher setzte sich hinters Lenkrad. »Liegt nicht am Geld. Es sind die Erinnerungen. Ich bringe es einfach nicht übers Herz, die alte Karre zur Schrottpresse zu bringen.« Versonnen streichelte er über das abgegriffene Lenkrad.

Draußen wummerte der Harley-Motor auf.

Welscher zuckte zusammen, besann sich und steckte den Schlüssel ins Zündschloss. Gerade als er ihn umdrehen wollte, verstummte der Motor von Fischbachs Maschine wieder. Neugierig kurbelte er das Fenster hinunter.

Fischbach hielt das Handy ans Ohr und horchte. Seine Miene verfinsterte sich.

»Was ist los?«, fragte Bianca Willms und beugte sich zu Welscher, um besser sehen zu können. Ihr seidiges Parfüm kitzelte ihn in der Nase.

»Weiß nicht. Sieht aber wichtig aus.«

Einige Sekunden schwieg Fischbach, dann sagte er bestimmt: »Wir sind auf dem Weg.« Er steckte das Handy ein und rief Welscher zu: »Wir treffen uns auf dem Parkplatz vor der Urfttalsperre. Kennst du den Weg?«

Welscher nickte. Bevor er noch etwas sagen konnte, wummerte der Motor der Harley erneut los und unterband jegliches Gespräch. Mit durchdrehenden Reifen rauschte Fischbach davon. Einige Steine trommelten auf das Blech des Fiestas.

»Was war das denn?«, wollte Bianca Willms wissen.

Ärgerlich startete Welscher den Motor. »Jetzt weißt du, warum mir immer wieder bissige Bemerkungen über die Eifeler herausrutschen. Alles ungehobelte Bauernlümmel. Reden ist Silber, Schweigen ist Gold. Bevor ein Eifeler mehr als zwei Sätze am Stück sagt, brummt er lieber unbestimmtes Zeug. Bin gespannt, was so dringend ist, dass man mir mit Steinchen Beulen in den schönen Lack hämmert.«

★★★

Alles war blöd hier. Die Erwachsenen, das Haus, die Kälte, das magere Essen, einfach alles.

Sabine saß auf ihrer Matratze und schmollte.

Noch nicht mal rausgehen konnte sie. Der Wind, der draußen bis durch die Ritzen der Türen und Fenster heulte, türmte meterhohe Schneewehen auf. In der Stadt wurde jetzt sicher gestreut, und Räumfahrzeuge waren unterwegs. Hier auf dem Dorf am Ende der Welt jedoch konnte man froh sein, wenn die Lebensmittel bis zur nächsten Tauperiode reichten.

Sogar die Schule war an den letzten zwei Tagen ausgefallen. Normalerweise hätte Sabine sich darüber gefreut. Sehnsüchtig dachte sie an die Zeit zurück, die sie mit ihren Freundinnen auf dem Schlittenhügel in Köln auf dem Herkulesberg verbracht hatte. Keine von ihnen hatte sich den Spaß mit der weißen Pracht entgehen lassen wollen. Lag man als Kind im Winter nicht gerade mit Grippe im Bett, war man den Hang hinuntergerodelt.

Doch hier gab es keine Freundinnen. Nur zwei andere Kinder, die erst im Sommer eingeschult werden sollten.

Hosenscheißer, nicht auf Sabines Wellenlänge. Die glaubten sogar noch an den Weihnachtsmann. Selbst wenn es den geben würde, hier, am Arsch der Welt, würde er sie übernächste Woche sicher nicht finden.

Egal, Sabine erwartete sowieso nicht, irgendein Geschenk zu bekommen. Hier nicht, nicht in dieser trostlosen Umgebung.

Eine Gelegenheit, anderweitig Kontakte zu knüpfen, hatte sich bisher auch nicht ergeben. Sie war erst seit zwei Wochen in ihrer neuen Klasse. Grundsätzlich hätte man da zwar schon Annäherungsversuche unternehmen können. Doch sie wurde geschnitten und wie eine Aussätzige behandelt. Als Kind aus der Kommune schien ihr ein Makel anzuhaften, niemand wollte sich mit ihr abgeben.

Sabine seufzte.

Die Langeweile fraß sie auf.

Und diese blöden Namen. Warum konnten sie sich nicht mit ihren richtigen Namen anreden? Papa wurde jetzt von allen Magnus genannt, Mama hörte auf Viola.

Bescheuert.

Sabine dagegen wurde weiterhin bei ihrem Taufnamen gerufen. Weil sie noch ein Kind war. Obwohl sie genau das angesichts ihrer vierzehn Jahre in der Stadt immer bestritten hatte.

Dort war alles ganz anders gewesen als hier.

Sie hatten den Größeren nachgeeifert, hatten älter wirken wollen, erwachsener. Einige aus ihrer ehemaligen Klasse rauchten schon. Sie selbst hatte immerhin schon mal gepafft. Jungs waren bereits Thema, wenn Sabine auch nur so getan hatte, um nicht ausgegrenzt zu werden. Eigentlich zog es sie überhaupt noch nicht zum anderen Geschlecht hin. Sie verstand nicht, was ihre Freundinnen so an den pickligen Bubis faszinierte.

Hinter vorgehaltener Hand hatte Birgit, ihre beste Freundin, erzählt, schon was mit einem Jungen aus der Oberstufe gehabt zu haben. Das war gut möglich. Birgit hatte einen Vorbau wie Brigitte Bardot, durfte sich schminken und war fast so groß wie Papa. Die ging glatt für sechzehn durch.

Über Sabine, im Gebälk des Dachgeschosses, trippelten schnelle Schritte. Angewidert blickte sie zur Decke. Mäuse hatte es in der Stadtwohnung nicht gegeben. Dort war es auch nicht so kalt gewesen. Und sie hatten die Räume allein für sich gehabt, nur Papa, Mama und sie.

Hier auf dem Hof kam man sich dagegen vor wie im Kölner Hauptbahnhof.

Ihr Unterleib zog sich schmerzhaft zusammen. Sie krümmte sich und kreuzte die Arme darüber. Seit zwei Tagen kämpfte sie mit dem Bauchweh. Sicherlich vertrug ihr Darm das ganze Gemüse nicht, das hier jeden Tag auf den Tisch kam. Für Fleisch fehlte fast immer das Geld. So musste man ja krank werden.

Sabine rümpfte die Nase. »Bäh! Kommune.«

Wie sich das anhörte. Wie eine Krankheit.

Der Begriff wäre im medizinischen Nachschlagewerk bestimmt zwischen »Juckreiz« und »Laus« zu finden.

Sie kicherte und stellte sich vor, wie der Eintrag im Lexikon lauten würde: »Erwachsene laufen lächelnd herum, rauchen und trinken zu viel und meditieren den ganzen Tag.«

Ihr Kichern erstarb, als sie an die eine Sache dachte, die eigentlich auch noch mit in die Erläuterung musste. In den letzten vier Wochen, seit sie auf diesen Hof in der Eifel gezogen waren, hatte sie schon fünfmal irgendwelche Erwachsenen beim Sex erwischt. Was Sabine dabei immer noch verstörte: Die Pärchen hatten ungerührt weitergemacht. Kein abruptes Abbrechen, kein verschämtes Abdecken der nackten Leiber und keine Entschuldigungen. Es war fast so, als ob sie Spaß daran gehabt hätten, von Sabine erwischt worden zu sein.

Sie taten es zu allen Tages- und Nachtzeiten.

Wie die Kaninchen.

Immer wieder hörte Sabine mehr oder weniger verhaltenes Stöhnen.

Wie auch jetzt wieder.

Sie reckte den Hals, um besser hören zu können. Ihr Puls beschleunigte sich, was sie verwirrte. Bisher hatte es sie nie interessiert, was die Erwachsenen da trieben. Doch hier und jetzt spürte sie einen Sog, eine erregende Neugierde, die sie von ihrer Matratze hochtrieb. Leise schlich sie über die Dielen aus dem Zimmer, doch das Knarzen des Holzes bei jedem Schritt konnte sie nicht vermeiden.

Es schien niemanden zu stören, das Stöhnen wurde sogar noch intensiver.

Auf dem Flur wandte sich Sabine nach links. Die Tür des benachbarten Zimmers stand sperrangelweit offen. Dort schien sich das Pärchen zu vergnügen. Die Federn des Bettes quietschten rhythmisch.

Kurz rührte sich in ihr die Scham, sie stoppte, zögerte. Das war nicht richtig. Man durfte niemanden beim Geschlechts…

»Sabinchen, sag doch einfach Sex«, erinnerte sie sich an Birgits Spruch auf dem Schulhof, als sie das Wort Geschlechtsverkehr benutzt hatte.

Wie magnetisch angezogen schlich sie weiter. Der Mann gab ein lustvolles, dumpfes Grollen von sich, die Frau überlagerte das Geräusch mit spitzen, hellen Lauten. Sie schienen viel Spaß zu haben.

Sabine verdrängte ihre Gewissensbisse und sah um die Türzarge herum ins Zimmer.

Die Frau saß oben und wand sich wie eine Schlange, mit vor Erregung vorstehenden Nippeln. Der Mann zwirbelte daran wie an einem Radioknopf zum Einstellen der Sender. Die Bettdecke war am Fußende zusammengeschoben. Sabine schlug der süßlich-muffige Geruch von Schweiß entgegen. Das Pärchen schien die Welt um sich herum vergessen zu haben.

Den Mann kannte Sabine nicht, vermutlich war er gerade erst eingetroffen. Die Leute kamen und gingen, das war nicht ungewöhnlich.

Sie achtete nicht weiter auf ihn. Was ihren Blick anzog, waren die langen blonden Haare, die spitze Nase und die schmalen Lippen der Frau. Sabines Knie wurden weich. Angestrengt klammerte sie sich an die Türzarge. In ihren Ohren rauschte es.

Die Frau schrie und wimmerte, zuckte einige Male und fiel dann in sich zusammen. Keuchend schmiegte sie sich an die Brust des Mannes, drehte den Kopf und sah Sabine an.

Amüsiert zuckten ihre Mundwinkel, die blauen Augen blitzten auf. »Sabine«, flüsterte sie.

»Mama«, stammelte Sabine entsetzt.

★★★

Fischbach schob die Harley auf den Seitenständer, hängte seinen Helm am Riemen über den Lenker und sah sich um. Für den warmen Sommertag waren wenige Ausflügler unterwegs. Händchenhaltend schlenderte ein Pärchen über die Dammkrone. Ein Vater mit seinen zwei Kindern las die Informationstafeln, die über die Geschichte des Stausees Auskunft gaben. Eine Kellnerin langweilte sich auf dem Parkplatz vor dem Eingang des Restaurants »Urftseemauer« und rauchte dabei eine Zigarette. Wo jedoch war Taucher-Theo abgeblieben? Seine gelben Sauerstoffflaschen lagen an der Böschung der Zufahrtsstraße, keine fünfzig Meter entfernt, und sein Geländewagen ragte neben der Harley in die Höhe. Doch von ihm selbst fehlte jede Spur.

Einige Möwen umkreisten eine Stelle auf dem See. Vermutlich hatten sie einen an der Wasseroberfläche treibenden Fischkadaver ausgemacht. Oder war Theo wie König Ludwig II. ins Wasser gegangen, um seinem Leben ein Ende zu setzen, und die Vögel hatten ihn dabei ihm Visier?

Fischbach lachte verhalten. »So ein Blödsinn«, murmelte er. »Auf was für abstruse Ideen man so kommt ...«

Ein asthmatisches Röhren schwoll hinter Fischbach an und
störte die Seeromantik. Welschers Fiesta war definitiv eine Plage
für die Eifel.

Und gerade deswegen trennt er sich nicht davon, dachte Fischbach.

»Hotte!«, hörte er eine Stimme rufen. Kurz darauf trat Taucher-Theo aus dem Haus des Wasserverbandes. Ihm folgte ein
rotgesichtiger Mann, der wild mit den Armen fuchtelte.

»He, bleiben Sie stehen«, rief er und versuchte, Taucher-Theo
am Neoprenanzug festzuhalten. Seine Finger glitten daran ab.

Taucher-Theo ging unbeeindruckt weiter auf Fischbach zu.
»Befrei mich mal von dem lästigen Anhängsel.« Er verdrehte die
Augen und deutete mit dem Daumen seiner rechten Hand lässig
auf den Mann hinter sich. »Der verfolgt mich jetzt schon, seit ich
wieder aufgetaucht bin. Scheint ein Stalker zu sein.« Er streckte
die Hand zum Gruß aus, und Fischbach schlug ein.

»Einfach ignorieren wäre eine Lösung.«

»Habe ich schon versucht. Aber er ist hartnäckig wie eine
Bremse an der blanken Wade.«

»Hat er dir mit der Polizei gedroht?«

»Sicher. Und mit einer Anzeige.«

Fischbach verzog mitfühlend das Gesicht. »Heftig.«

»Was mischen Sie sich denn ein?«, fuhr der Rotgesichtige ihn
an und zeigte auf die Sauerstoffflaschen. »Finden Sie es etwa in
Ordnung, dass dieser Mann hier in Ihrem Trinkwasser herum-schwimmt?«

»Herumtaucht«, korrigierte Theo und hob den Zeigefinger.
»Immer schön bei der Wahrheit bleiben.«

Der Mann holte tief Luft, die Adern an den Schläfen traten
deutlich hervor, und er setzte zu einer harschen Antwort an.

Fischbach entschied, ihn nicht länger auf den Arm zu neh-men. Er zog seine Messingmarke. »Hauptkommissar Fischbach,
Kreispolizeibehörde Euskirchen«, stellte er sich vor. Nur mit
Mühe schaffte er es, Welschers Fiesta zu übertönen, der gerade
auf den Parkplatz rollte. »Dieser Mann taucht in meinem Auf-trag.«

Verdutzt beäugte der Rotgesichtige die Marke. »Polizei?«

Endlich verstummte der Motor des Fiesta. Welscher und Bianca Willms stiegen aus.

»Genau«, bestätigte Fischbach. Er wies in einer ausholenden Geste auf die beiden Neuankömmlinge. »Und das sind meine Kollegen.«

»Der Froschmann auch?«

»Sicher.«

Die Spannung fiel von dem Rotgesichtigen ab. Er ließ die Schultern noch vorne sacken. »Na gut. Aber verstehen tue ich trotzdem nichts. Was soll denn der Aufruhr?«

Wenn ich das nur wüsste, dachte Fischbach. Taucher-Theo hatte am Telefon nur gesagt, er solle unverzüglich herkommen. Nachgehakt hatte er nicht, da erstens bereits am Tonfall zu erkennen gewesen war, dass Taucher-Theo etwas Wichtiges gefunden hatte. Und zweitens hätte es auch nichts gebracht. Seit er im Ruhestand war, genoss Taucher-Theo jede Sekunde Aufmerksamkeit, die er seinem alten Kollegenkreis abringen konnte. Stets zögerte er es so lange wie möglich hinaus, einen Wissensvorsprung preiszugeben.

»Das werden Sie zur gegebenen Zeit erfahren«, antwortete Fischbach daher unbestimmt. »Am besten warten Sie in Ihrem Büro, wir werden auf Sie zukommen, Herr ...«

»Faßbender«, beantwortete Taucher-Theo die Frage.

»Genau.« Faßbender nickte eifrig. »Ich muss das aber melden, nur damit das klar ist.«

»Selbstverständlich«, sagte Fischbach.

Faßbender zögerte, sah von einem zum anderen. »Das ist jetzt auch bestimmt nicht die versteckte Kamera oder so etwas? Ich habe keine Lust, irgendwo im Samstagabendprogramm als Depp vorgeführt zu werden.«

Fischbach schüttelte den Kopf.

»Nun gut, dann werde ich jetzt mal«, sagte er hörbar erleichtert und ging zurück ins Haus.

»Den sind wir erst mal los«, stellte Fischbach fest und stellte Theo seinen Kollegen vor. »Jetzt aber Butter bei die Fische«, sagte er dann. »Warum sollte ich schleunigst herkommen? Was hast du gefunden?«

In Taucher-Theos Gesicht schien sich ein wissendes Lächeln

eingegraben zu haben. Er legte Fischbach die Hand auf die Schulter und schob ihn in Uferrichtung, gefolgt von Welscher und Bianca Willms. Bei den Sauerstoffflaschen angelangt, blieben sie stehen. Taucher-Theo zeigte auf den See hinaus. »In einem so riesigen Gewässer innerhalb kürzester Zeit etwas zu finden, von dem man nicht weiß, ob es überhaupt vorhanden ist, ist quasi unmöglich. Selbst wenn man eine ganze Taucherstaffel zur Verfügung hätte, könnte es unter Umständen Tage dauern. Und selbst dann kann leicht etwas übersehen werden, der Schlick, die Pflanzen, trübe Sicht, ihr versteht schon. Ob nun Glück im Spiel war, Schicksal oder einfach nur purer Zufall …«

»Theo, komm zur Sache«, mahnte Fischbach. Demonstrativ tippte er auf seine Armbanduhr. Er kannte Taucher-Theos Hang zu ausschweifendem Geplauder. Wenn er dem keinen Riegel vorschob, würden sie in zwei Stunden noch hier stehen, ohne zum Kern der Sache vorgestoßen zu sein. Außerdem verspürte er Hunger. Sigrid hatte ihn gegen zwei Uhr zum Mittagessen einbestellt: Nudelsalat mit Rauke und Kräuterfrikadellen. Genau das Richtige bei dieser Hitze.

Taucher-Theos Lächeln verschwand. »Du gönnst einem Pensionär aber auch nicht einen kleinen Moment im Rampenlicht. Ist das dein Dank?«

»Theo. Was ist jetzt?«

»Okay, okay, verstehe. Ihr seid immer in Eile, hetzt von Fall zu Fall, und Feierabend ist ein Begriff, den ihr nur mal gehört, aber persönlich noch nie erlebt habt. Schon gut.« Er verschränkte die Arme vor der Brust. Seine Bizepse zeichneten sich deutlich unter dem eng anliegenden Stoff ab. »Du wirst es kaum glauben: Keine fünf Meter von hier findest du auf dem Grund des Stausees das Wrack eines U-Bootes.«

Fischbach meinte, sich verhört zu haben. »U-Boot?«, echote er. »Aus dem Weltkrieg?« Er blickte zur ehemaligen Ordensburg Vogelsang hinauf. Die Mauern der einstigen NS-Kaderschmiede thronten weithin sichtbar auf einem südöstlich von ihnen gelegenen Hügel. Wer wusste schon, was hier im Tausendjährigen Reich alles erprobt worden war? Grundsätzlich hielt er alles für möglich. Aber wäre das U-Boot dann nicht schon lange entdeckt worden?

Taucher-Theo hob die Hand und wedelte wichtig mit dem Zeigefinger vor Fischbachs Nase herum. »Ts, ts. Definitiv nicht.«

»Und warum nicht?«

»Weil die Leiche dafür einfach zu frisch aussieht.«

★★★

Der Braten roch köstlich. Zwar spürte Sabine Mitleid mit dem armen Reh, das gestern von Knut mit dem Bully angefahren worden war und heute als Abendessen diente, doch sie verdrängte ihre Gewissensbisse. Das Wasser lief ihr im Mund zusammen. Fast gierig blickte sie auf den Drehspieß, den die Männer über dem Lagerfeuer aufgebaut hatten.

Knut drehte die ganze Zeit über gleichmäßig an der Kurbel, trank Lambrusco aus der Flasche und kicherte unablässig. Seine Pupillen erschienen Sabine unwirklich groß, fast glichen sie den großen Glasaugen ihres geliebten Teddys. Sie saß auf einem abgesägten Baumstamm neben ihrer Mutter, die kaum Notiz von ihr nahm und hemmungslos mit einem Mann flirtete, dessen Namen Sabine noch nicht kannte.

Die anderen saßen auf Campingstühlen im Kreis um die Feuerstelle herum, fünf Frauen und sechs Männer, dazu noch die beiden kleineren Kinder. Das Feuer wärmte alle ausreichend. Nur im Nacken spürte Sabine noch die Kälte des ausklingenden Winters.

Ihr Vater warf einen Ast ins Feuer. Funken sprühten auf und wirbelten in den Nachthimmel.

»Was für ein Glück«, rief Knut, »zu Ostern ein Lamm.«

Alle lachten, selbst Sabine konnte ein heiteres Glucksen nicht unterdrücken. Dabei war es doch ein Reh. Ihr Lachen blieb ihr im Hals stecken, als sie zwischen den Bäumen neben der Scheune eine Gestalt entdeckte. Nur die Konturen zeichneten sich im diffusen Mondlicht ab. Sie bekam eine Gänsehaut und drängte sich an ihre Mutter.

Viola unterbrach ihren Flirt. »Was ist jetzt schon wieder?«

Ängstlich sah Sabine zu der Gestalt hinüber.

»Was soll dort …?« Viola brach ab, stand auf und räusperte sich. »Bei uns ist jeder willkommen«, rief sie. »Komm zu uns.«

Die Gespräche verstummten. Das Knistern des abbrennenden Astes erschien jetzt unwirklich laut.

»Guten Abend«, röhrte eine tiefe Stimme in distinguiertem Ton.

Die Gestalt setzte sich in Bewegung und kam näher. Im Hauch des Bodennebels wirkte es, als würde sie schweben. Ein dunkler Anzug hüllte den mageren Körper des Mannes ein, seine schmalen, langgliedrigen Hände hielt er ausgestreckt, die Fingerkuppen lagen aufeinander.

»Dracula«, murmelte Sabine.

»Ach Quatsch«, sagte Ida. Sie saß auf einem Campingstuhl rechts von Sabine. »Nur ein Pfaffe. Ich kann mir schon denken, was er hier will.« Sie spie aus.

Sabine mochte Ida nicht. Sie war kurz nach Neujahr zu ihnen gestoßen, eine streitsüchtige Ziege, die an allem etwas auszusetzen hatte.

Die Gestalt war nun so weit herangeschwebt, dass Sabine im Schein der Flammen die Gesichtszüge des Mannes erkennen konnte. Er trug einen gepflegten grauen Bart und hatte eine Glatze. Unter dem Anzug lugte ein weißes Hemd mit Stehkragen hervor. »Darf ich das überaus freundliche Angebot annehmen und mich zu Ihnen setzen?«, fragte er.

Stumm wies Sabines Vater auf den Stuhl, von dem er aufgestanden war, um Holz nachzulegen.

»Ich bin der Pfarrer dieser Gemeinde«, erklärte der Mann in das Schweigen hinein und setzte sich. »Berthold Grothe ist mein Name. Ich komme, um Sie einzuladen.«

»Einzuladen? Dass ich nicht lache«, spottete Ida. »Wohl eher, um uns ins Gewissen zu reden.«

»Gibt es denn dafür einen Grund?«, fragte Grothe freundlich.

Schrill lachte Ida auf. »Komm mir nicht so. Lass die Rhetoriktricks. Wenn ich nur einen missionarischen Ton von dir höre, trete ich dir persönlich in den Arsch.«

Im Schein des Feuers bemerkte Sabine, dass sich auf des Pfarrers Stirn eine steile Falte abzeichnete.

»Morgen ist Ostern. Ein besonderer Tag im Verlauf des Kirchenjahres, wie Sie sicher alle wissen. Ich würde mich freuen ...«, setzte er an, doch er wurde von Ida unterbrochen.

»Vergiss es. Die Zeiten sind vorbei. Die Kirche kann uns den Buckel runterrutschen.«

»Sind Sie getauft?«

»Getauft, christlich erzogen, das ganze Brimborium. Ist jedoch nicht von Bedeutung.«

»Aber Sie glauben doch an Gott?«

»Niemand tut das hier.«

»Sprechen Sie für alle?«

»Na sicher, was glaubst du denn, du klerikaler Traumtänzer?«, bestätigte Ida.

Fragend sah Grothe in die Runde.

»Ida ist in ihrer Ausdrucksweise schon mal etwas rüde«, schaltete sich Sabines Vater ein, »doch im Grunde hat sie recht. Wir haben hier eine neuartige Form des Zusammenlebens für uns entdeckt. Ein Glaube an ein höheres Wesen spielt dabei keine Rolle mehr. Ebenso wenig fühlen wir uns an gesellschaftliche Regeln gebunden. Wir haben eigene Werte, die für uns wichtig sind und nach denen wir uns strukturieren.«

»Zum Beispiel Sex mit jedem und so oft wir wollen«, sagte Ida.

»Ich bitte Sie. Nicht vor den Kindern«, mahnte Grothe pikiert.

»Ohne Sex wären sie nicht entstanden«, konterte Ida.

»Sodom und Gomorrha, wollen Sie mir das weismachen?«

»Nee, eher Sodomie und Perversion.« Ida krümmte sich vor Lachen.

Grothe schnappte entsetzt nach Luft.

»Ida, hör auf mit dem Blödsinn«, mahnte Knut, der weiter unablässig den Spieß drehte.

Sie schnaubte nur verächtlich durch die Nase und stand auf. »Ich geh pinkeln. Wenn jemand zuschauen will …« Sie schob keck die Hüfte vor und warf dem Pfarrer einen auffordernden Blick zu. Dann verschwand sie im Inneren des Hauses.

»Vergessen Sie einfach, was sie gesagt hat«, beeilte sich Sabines Vater zu sagen. »Sie übertreibt, sie will Sie nur provozieren. Schauen Sie sich um, Herr Grothe. Hier gibt es nirgends Tiere.«

»Sieht man mal von unserem saftigen Rehbraten ab«, murmelte Knut.

Sabine verstand nicht, was ihr Vater damit sagen wollte. Doch Magnus' Worte schienen den aufgebrachten Pfarrer zu besänftigen.

»Ich glaube Ihnen«, sagte Grothe. »In Ihnen scheint noch ein Fünkchen Anstand zu glühen. Zumindest ist Höflichkeit Ihnen offensichtlich nicht fremd.«

Magnus winkte ab. »Dass ich nicht an Gott glaube, bedeutet nicht, dass ich ein Wilder bin. Die Einladung, die meine Frau vorhin ausgesprochen hat, war ernst gemeint. Wir empfangen jeden mit offenen Armen.«

»Als neues … Opfer für Ihre …« Grothe räusperte sich. »Äh … Praktiken?«

»Praktiken? Wie sich das anhört.« Magnus nahm einen Ast und stocherte damit in der Feuerstelle herum. »Wer zu uns kommt, weiß, was ihn erwartet, Herr Grothe. Wir machen ja kein Geheimnis daraus. Gezwungen wird niemand zu irgendwas. Alles ist freiwillig. Das sind zum Beispiel zwei Dinge, an die wir uns gebunden fühlen.«

»Tröstlich.«

Für Sabine klang es nicht so, als würde es der Pfarrer ernst meinen.

»Wovon leben Sie eigentlich?«, wollte Grothe wissen.

»Sie würden wohl sagen: Der liebe Gott sorgt für uns«, erwiderte Magnus und klopfte mit dem Stock auf den Spieß. »Sie können gern eine Kostprobe seiner Fürsorge haben. Der Braten ist gleich fertig.«

Grothe hob abwehrend beide Arme. Es wirkte, als wollte er die Anwesenden segnen. »Danke, nein. Ich möchte … ich vermute, für Sie ist es ein seltenes Festmahl.«

»Damit haben Sie recht.«

Eine Weile schwiegen sie.

Dem Pfarrer war anzumerken, dass ihm noch etwas auf der Seele lag. Er wippte unablässig mit dem Fuß, steigerte die Frequenz, hörte dann übergangslos auf und sagte: »Im Dorf redet man über Sie.«

»Das wissen wir«, sagte Viola. »Es war zu erwarten, und ich kann es den Menschen nicht mal verübeln.« Sie breitete die Arme aus. »Was hier mit dieser Kommune seit gut einem Jahr gelebt wird, ist neu und ungewöhnlich. Davor haben die Leute Angst.«

»Angst?« Grothe wiegte den Kopf. »Es macht sie eher wütend, fürchte ich.«

»Eine Verteidigungshaltung. Aus Angst vor dem Unbekannten.«

»Wie auch immer, auf jeden Fall brodelt es. Deswegen bin ich heute zu Ihnen gekommen, obwohl ich am Vorabend des Osterfestes eigentlich genug zu tun habe. Um des lieben Friedens willen möchte ich Sie alle morgen zur Messe einladen.«

»Bitte was?«, fragte Magnus.

»Ich glaub, mein Schwein pfeift«, murmelte Knut. Er nahm einen großen Schluck aus seiner Weinflasche und blickte den Pfarrer ungläubig an. »Haben Sie nicht zugehört? Kein Gott, keine Kirche. Soll das jetzt doch eine Missionierung werden?«

Grothe winkte ab. »Ich bin nicht naiv. Wenn jemand von Ihnen Interesse an der heiligen Kommunion hätte, wäre er schon längst bei mir in der Kirche aufgetaucht. Ein paar freundliche Worte werden Sie diesbezüglich wohl kaum umstimmen.«

»Dann verstehe ich nicht, was Sie von uns wollen«, sagte Magnus.

»Ich bin jemand, der über den Tellerrand schaut. Meine Kollegen sagen auch schon mal, dass ich mich bei manchen Dingen zu weit aus dem Fenster lehne und achtgeben soll, nicht hinauszufallen. Mir ist das egal. Ich bin bereit, die Hand nach links und rechts auszustrecken, wenn es dem friedlichen Zusammenleben zuträglich ist.«

»Der Papst sollte Sie nach Irland schicken«, lästerte Viola. »Sie würden Wunder bewirken.«

»Irland ist überall, wenn man nicht um Verständnis bemüht ist. Ich möchte keine Unruhe in meiner Gemeinde. So etwas kann rasch hässlich enden. Sollten Sie morgen die Messe besuchen, würde das die bösen Zungen nicht zum Verstummen bringen, aber es würde sie zumindest lähmen.«

Gespannt sah Sabine sich um. Sie sehnte sich danach, dass sie das Angebot des Pfarrers annahmen. Sicher würde es ihr helfen, in der Schule besser klarzukommen. Was war denn schon dabei, am Sonntag eine Stunde lang auf der Kirchenbank zu hocken? Wenn sie dafür nicht mehr schief angeschaut würde, wäre es ein geringer Preis. Doch Idas schneidende Stimme zerstörte ihre Hoffnung. Von Sabine unbemerkt, war sie wieder an die Feuerstelle gekommen.

»Verschwinde endlich, Pfarrer. Wir heucheln nicht. Geh zu deinen Schäfchen und mach ihnen klar, dass sie falsch ticken. Nicht wir sind gefährlich, sondern die.«

Grothe faltete seine Hände und hob sie zum Nachthimmel empor. »Du bist Zeuge, ich habe es probiert«, sagte er an Gott gerichtet. Er senkte den Blick wieder. »Wenn eine Katastrophe passiert, dann haben Sie es sich selbst zuzuschreiben.« Er stand auf und ging entschlossenen Schrittes davon.

Eine bleierne Ente

Entgeistert starrte Welscher auf das Ungetüm, das der Schwerlastkran aus dem See hob. Wasser lief am Rumpf entlang und prasselte auf die beiden Taucher herab, die am Grund des Sees die Haken befestigt hatten. Die Unterseite des ansonsten knallgelben U-Bootes war vom Schlick schmutzig braun gefärbt. Es glich einem Torpedo mit einer Glaskanzel. Je zwei an beweglichen Gelenken angebrachte Propeller ragten am Bug und am Heck seitlich aus der schlanken Zigarre heraus. Der Bugscheinwerfer leuchtete grell und schien der in den Augen stechenden Sonne Konkurrenz machen zu wollen. »Tatsächlich, ein U-Boot«, murmelte er.

Die Kollegen der Spurensicherung standen wartend um den Tieflader herum, auf dem die Ladung abgestellt werden sollte. Ihr Chef Heinz Feuersänger lief unruhig auf und ab. Unter dem weißen Schutzanzug konnte man den Knoten der schwarzen Krawatte erkennen. Zum Umziehen nach der Beerdigung hatte auch er keine Zeit mehr gehabt. Das Feuermal, das sich über die eine Hälfte seines Gesichts ausbreitete, glühte rot wie eine reife Kirsche.

»Hast du etwa an meinen Worten gezweifelt?«, fragte Taucher-Theo. Er hatte den Neoprenanzug zwischenzeitlich gegen ein T-Shirt mit der Aufschrift »I love diving« und eine kurze Hose getauscht. Seine Füße steckten in sommerlich leichten Leinenschuhen. Er glich einem Karibikkreuzfahrer.

»Nicht direkt«, sagte Welscher. »Aber es dann mit eigenen Augen zu sehen, ist schon verrückt.« Er blickte zu Fischbach hinüber, der etwas abseits stand und in sein Handy sprach. Wie war der Möchtegernrocker nur darauf gekommen, dass hier jemand Schiffe versenken gespielt hatte?

Mit Getränkedosen in beiden Händen trat Bianca Willms aus dem Restaurant und kam zu ihnen rüber. »Die Fanta ist für Jan«, sagte sie und hielt die Dosen so, dass jeder sich eine nehmen konnte. »Für uns habe ich Cola mitgebracht.«

Taucher-Theo griff zu, riss den Verschluss seiner Dose auf und nickte in Richtung des U-Boots. »Der Bugscheinwerfer hat mir den Weg gewiesen wie ein Leuchtfeuer in der Nacht. Ohne die wäre es reiner Zufall gewesen, wenn ich das Ding gefunden hätte.«

Bianca Willms schauderte.

»Zu kalt?«, fragte Welscher und zeigte auf die beschlagene Coladose in ihrer Hand.

Sie schüttelte den Kopf. »Das ist es nicht.«

»Was dann?«

»Ich habe mir nur gerade vorgestellt, dass das Wrack jahrelang am Grund hätte liegen können.«

»Und das treibt dir die Gänsehaut über die Arme?«

»Ja klar. Vermutlich wäre es erst bei der nächsten Grundsanierung der Staumauer, wenn man den See hätte ablaufen lassen, gefunden worden. Wer weiß, wie die Leiche zu diesem Zeitpunkt …« Sie räusperte sich. »Bestimmt nicht der schönste Anblick.«

»Okay, verstehe«, sagte Welscher. »Aber der Anblick wäre mir dabei noch weitestgehend egal. Schlimmer finde ich, dass die Leiche im Trinkwasser …«

»Oh Gott, hör auf«, forderte sie und trank hastig einen Schluck Cola.

»Es wäre definitiv eher ans Tageslicht gekommen«, sagte Taucher-Theo. »Ein trockener Sommer wäre ausreichend gewesen. Das Boot lag ja nicht weit vom Ufer entfernt, gerade mal sechs, sieben Meter tief.« Er hielt sich seine Dose an die Stirn. »Verdammt heiß heute.«

Fischbach beendete sein Telefonat und stellte sich zu ihnen. »Der Chef kommt gleich. Andrea ist ab sofort uns zugeteilt, und die Rechtsmedizin in Bonn steht Gewehr bei Fuß.«

Zufrieden nickte Welscher. Es freute ihn, dass Andrea Lindenlaub mit dabei war. Er schätzte ihren Esprit, ihren Ideenreichtum und ihre Kollegialität. Auf sie war Verlass, obwohl sie es als alleinerziehende Mutter im Polizeidienst mit dem oft zwangsweise unregelmäßigen Dienstbetrieb nicht einfach hatte. »Wir dürfen also wieder ohne die Bonner Kollegen ran?«

»Warum auch nicht? Bisher lief unser Pilotprojekt der Dezentralisierung doch hervorragend«, sagte Fischbach.

Dagegen konnte Welscher nichts einwenden. Ihre Kriminaldirektion war die erste in Nordrhein-Westfalen, die probeweise und politisch gewollt autark und ohne ein übergeordnetes Präsidium Mordfälle bearbeiten durfte. Bisher hatten sie ihre Aufgabe mit Bravour gemeistert. »Wohin genau geht die Reise? Unfall? Mord? Bisher hast du uns nicht gerade ins Vertrauen gezogen.«

»Erkläre ich, wenn alle beieinander sind«, erwiderte Fischbach ausweichend.

Genervt hob Welscher die Hände. Aus seiner Dose schwappte Fanta über. »Okay, okay, du Geheimniskrämer. Vielleicht willst du den Fall ja diesmal allein lösen.«

»Jetzt komm wieder runter.«

Welscher brummte unwillig, gab sich aber für den Augenblick geschlagen. »Was ist denn mit der Schmitz-Ellinger? Taucht die auch noch auf?«

Taucher-Theo grinste. »Soll ich noch mal in den See und nach ihr suchen?«

Welscher winkte ab.

»Die verehrte Staatsanwältin lässt sich entschuldigen«, berichtete Fischbach, »bittet aber darum, auf Stand gehalten zu werden.«

Der Kran schwenkte herum, Fett knirschte im Zahnradkranz.

Welscher bewunderte die filigrane Konstruktion des U-Bootes, die sich ihnen erst jetzt aus unmittelbarer Nähe offenbarte. Es sah wie ein zu groß geratenes Spielzeug aus und schien kaum Platz für eine erwachsene Person zu bieten. »Und da ist wirklich jemand drin?«, fragte er Taucher-Theo.

»Leider ja.«

Welschers Magen rumorte. Hastig nahm er einen Schluck aus der Dose, um den Geschmack der aufgestiegenen Säure herunterzuspülen.

Mit weit ausholenden Armbewegungen dirigierte Feuersänger den Kranführer, der jedoch gar nicht darauf achtete. Die Zigarette im Mundwinkel, saß er in der Führerkabine, bediente routiniert die Hebel und ließ den Fang am Haken nicht aus den Augen.

»Gleich könnt ihr das Leck erkennen«, sagte Taucher-Theo.

Das U-Boot schwebte über sie hinweg, sein Schatten streifte sie und sorgte für eine kurze, aber wohltuende Abkühlung.

»Oha«, entfuhr es Welscher, als der das riesige gezackte Loch in der gläsernen Haube bemerkte.

»Muss innerhalb von Sekunden vollgelaufen sein«, mutmaßte Taucher-Theo. »Die Chance, dort lebend rauszukommen, war verschwindend gering. Vermutlich hat er versucht, so nahe wie möglich ans Ufer zu gelangen, um nicht in die Tiefe gerissen zu werden. Insoweit schien sein Plan aufgegangen zu sein. Aber für den Ausstieg …« Er griff sich an den Hals und schnappte nach Luft wie ein Fisch auf dem Trockenen.

»Ertrinken ist bestimmt widerlich«, sagte Bianca Willms mit belegter Stimme.

Schweigend sahen sie zu, wie der Kranführer das U-Boot absetzte. Auf dem riesigen Tieflader wirkte es fast verloren. Sofort sprangen Feuersängers Leute hinauf und begannen mit der Spurensicherung.

Ein Leichenwagen kurvte auf der alten Kreisstraße heran und stoppte hinter dem Kranwagen. Zwei Männer stiegen aus. Sie stellten sich in den Schatten der Aussichtsplattform und holten ihre Smartphones hervor. Konzentriert tippten sie auf ihren Displays und schienen die Welt um sich herum vergessen zu haben.

Eine weitere Limousine rollte heran und hielt hinter dem Leichenwagen.

»Bönickhausen und Andrea«, sagte Welscher. Er tippte Fischbach auf die Brust. »So, und gleich erzählst du uns endlich, wie du darauf gekommen bist, Taucher-Theo hier auf die Suche zu schicken. Darauf bin ich mächtig gespannt.«

★★★

»Und du hast dem Eifel-Däniken die Story tatsächlich abgenommen?« Missbilligend schüttelte ihr Chef den Kopf. »Dem Spinner würde ich nichts glauben, aber auch rein gar nichts. Was der in den letzten Jahren für einen Mist verzapft und uns damit auf Trab gehalten hat, geht auf keine Kuhhaut.«

Seit zehn Minuten saßen sie an einem Tisch im Restaurant,

von wo man einen herrlichen Ausblick auf den See genoss. Das Licht der tief stehenden Nachmittagssonne glitzerte auf der Wasseroberfläche, die eine leichte Brise kräuselte.

Im Haus war es nahezu ruhig. Nur gelegentlich hörte Fischbach Tellergeklapper aus der Küche, wo außerdem ein Kühlschrank mit stetigem Brummen nervte. Die Kollegen von der Streife hatten das Gelände weiträumig abgesperrt und ließen niemanden zum Restaurant durch. Somit gab es für das Personal nicht viel zu erledigen.

Nach einer kurzen Zusammenfassung des bisherigen Einsatzes hatte Fischbach von Zingsheims Erlebnis am frühen Morgen berichtet. »Er ist ein alter Schulkamerad von mir«, erklärte er Bönickhausen. »Da hilft man sich doch. Und was hatte ich schon zu verlieren? Außer einigen Runden im ›Krug‹, die ich Theo für den Einsatz versprochen hatte.«

»›Krug‹?«, fragte Andrea Lindenlaub. »Ist das nicht die Kneipe in Kommern, in der du immer mit deinen K-Heroes abhängst?«

»Na ja, abhängen ist, glaube ich, zu viel gesagt.«

»Rockmusik und Headbanging«, warf Welscher ein und zwinkerte Andrea Lindenlaub zu. »Ein echter Rocker halt.«

Fischbach unterdrückte den Wunsch, Welscher in die Schranken zu weisen. Es standen wichtigere Dinge an.

»Wo hält sich Zingsheim zurzeit auf?«, wollte Bönickhausen wissen, der seelenruhig Zucker in seinen lauwarmen Kaffee rührte. Wie immer wirkte er frisch und wie aus dem Ei gepellt. Nur die rot gefärbten Wangen verrieten sein Leid mit der Hitze dieses Tages. »Doch nicht etwa in deiner Rockerkneipe, Hotte.«

Die Runde lachte verhalten.

»Nein. Er ist bei mir zu Hause«, antwortete Fischbach zähneknirschend. »Ich habe ihn angewiesen, dort auf mich zu warten.«

»Und darauf hört er?«

»Meine Frau passt auf.« Und verwöhnt ihn nach Strich und Faden, fügte er stumm hinzu. Er hoffte inständig, noch etwas von dem Nudelsalat und den Frikadellen abzubekommen, nachdem er das Mittagessen durch Theos Fund verpasst hatte. »Ich werde später noch mal mit ihm ins Detail gehen. Vielleicht fällt ihm ja noch etwas ein.«

Gedankenvoll drehte Andrea Lindenlaub eine Strähne ihrer blonden, schulterlangen Haare über ihren Zeigefinger. »Eine Explosion und ein Loch im U-Boot. Wenn das nicht miteinander zusammenhängt, fresse ich einen Besen.«

»Die Frage ist nur …«, setzte Welscher an, brach jedoch ab, als die Eingangstür aufflog und Feuersänger hereinstürmte.

»Schaut mal«, rief er und warf mit selbstzufriedenem Gesichtsausdruck einen durchsichtigen Beutel vor sie auf den Tisch.

Fischbach beugte sich vor. Er erkannte ein in sich gedrehtes Holzstück, schwarz lackiert und etwa zehn Zentimeter lang.

»Ein Propeller?«, fragte Bianca Willms.

Feuersänger stach mit dem Zeigefinger in ihre Richtung. »Richtig. Haben wir auf dem Schoß des Toten gefunden. Fand ich sehr ungewöhnlich. Habe mir gedacht, das könnte euch interessieren.«

»Ein Glücksbringer?«, versuchte sich Welscher an einer Erklärung.

»Oder beim Volllaufen reingeschwemmt«, führte Bianca Willms eine weitere mögliche Lösung an.

Andrea Lindenlaub hob die Tüte auf und begutachtete den Gegenstand von allen Seiten. »Der Eifel-Däniken hat doch von einem sirrenden Geräusch berichtet, oder? Du hast erzählt, dass ihm zunächst ein Vogel, dann ein Modellflugzeug in den Sinn gekommen war.«

Fischbach nickte und nahm ihr die Tüte aus der Hand. »Jetzt ist mir klar, was das ist. Aber erzähl ruhig weiter.«

»Auf das Sirren folgte die Explosion«, fuhr Andrea Lindenlaub fort. »Da drängt sich doch der Gedanke auf, dass es sich um ein mit Sprengstoff beladenes Modellflugzeug gehandelt haben könnte. Das helle Licht, das Zingsheim kurz vor der Detonation im Wasser gesehen hat, war das aufsteigende U-Boot. Daher auch das Brodeln an der Wasseroberfläche. Als die Glaskanzel schließlich auftaucht, lenkt jemand das Flugzeug dagegen. Rums. Alles zerbricht in tausend Teile, und der Propeller landet dabei auf dem Schoß des Opfers.«

Zufrieden klatschte Feuersänger in die Hände. »Gratuliere, hört sich sinnig an, ausgezeichnet. Dann werde ich mal sehen, ob

wir weitere Hinweise finden, die diese Theorie untermauern.«
Mit Schwung drehte er sich auf dem Absatz um und schritt zur
Tür hinaus.

Bevor jemand etwas sagen konnte, spielte Fischbachs Handy
»Radar Love« von Golden Earring. »Ja?«, meldete er sich knapp.

»Thomas Gilles hier.«

Fischbach schloss die Augen und rieb sich den Nasenrücken.
Gilles war ein Kollege von der Streife, mit dem er gelegentlich
zu tun hatte, öfter, als ihm lieb war. Der Mann war mit dem
Feingefühl einer Planierraupe ausgestattet und würde eine auf
einem Baum festsitzende Katze garantiert herunterschießen. Damit hätte sich Fischbach noch arrangieren können. Aber Gilles
ließ keine Gelegenheit aus, ihn mit seinen K-Heroes aufzuziehen.
Und das verzieh Fischbach nicht so schnell. Obwohl es, wie er
sich eingestehen musste, inzwischen offensichtlich zum guten
Ton in der Behörde gehörte. »Ähm, Thomas, ich bin gerade am
Urftsee. Wir haben einen Toten. Wenn du nichts Gleichwertiges
zu bieten …«

Ein trommelfellzerstörendes Lachen ertönte.

Ärgerlich riss Fischbach das Handy auf Abstand. »Bist du
besoffen, Mensch?«

»Natürlich nicht. Bin doch im Dienst, Hotte.«

»Als wenn dich das abhalten würde.«

»Haha, sehr lustig. Mann, glaubst du wirklich, ich hätte nichts
von der Sache gehört? Ich bin doch mit dabei und sichere die
Zufahrten ab. Pass auf, dein U-Boot-Fahrer …« Gilles machte
eine Pause, um die Spannung zu erhöhen. Fischbach konnte
förmlich sehen, wie er sich in die Brust warf und jeden Moment
auskostete.

»Wenn du nicht bald sagst, was du willst, komme ich vorbei
und schieb dir dein Handy dorthin, wo du es dir nur mit ärztlicher
Hilfe wieder entfernen lassen kannst.« Er hörte Bönickhausen
neben sich scharf die Luft einziehen.

»Mann, reg dich doch nicht gleich so auf.« Gilles klang missmutig. »Dein U-Boot-Fahrer heißt Paul Lange, siebenundsechzig
Jahre alt, wohnhaft Eichenweg 4 in Gemünd.«

Erstaunt riss Fischbach die Augen auf. »Woher weißt du das?«

»Halterabfrage.«

»Bei einem U-Boot? Ich verstehe nur Bahnhof.«

»Komm rüber, an die Nordseite des Sees. Du musst nur der alten Kreisstraße folgen, dann findest du mich. Ich zeig es dir.«

★★★

Von der leichten Brise war hier am nördlichen Seeufer nichts zu spüren. Fischbach sehnte sich danach, wieder auf seine Harley zu steigen und sich den Fahrtwind um die Nase wehen zu lassen. Das kurze Stück bis hierher hatte leider nicht ausgereicht, um sein schweißnasses Hemd zu trocknen.

»Das hat aber lange gedauert«, beschwerte sich Thomas Gilles, als er ihm zur Begrüßung die Hand gab.

»Ist ja nicht so, als würden wir den ganzen Tag auf einen Anruf von dir warten. Wir haben noch ein bisschen was anderes zu tun. Wenn du übrigens noch mal so ein Geheimnis machst und nichts am Telefon erzählen willst, dann fahre ich mit dir Schlitten.« Fischbach hatte einen tadelnden Blick aufgesetzt, doch insgeheim gab er Gilles recht. Bönickhausen hatte darauf bestanden, das U-Boot-Wrack noch einmal aus der Nähe anzusehen. Fischbach hatte währenddessen zwar bereits die ersten Details bezüglich der Einrichtung der Mordkommission mit ihm besprechen können. Doch das hatte Zeit gekostet.

Welschers Fiesta röhrte heran und stoppte hinter der Harley.

»Der kann froh sein, dass ich so ein gutmütiger Mensch bin«, sagte Gilles. »Die Karre gehört aus dem Verkehr gezogen.«

Welscher stieg aus und hielt Andrea Lindenlaub die Tür auf. Behände krabbelte sie vom Beifahrersitz über die Mittelkonsole zur Fahrertür hinaus.

Bianca Willms hatte sich am Restaurant schweren Herzens von ihnen verabschiedet. Fischbach wusste, dass sie in die Ermittlungen am liebsten sofort mit eingestiegen wäre. Das ließ ihre ohnehin knapp bemessene Freizeit, in der sie noch Zeit für ihr Kind und zum Lernen aufbringen musste, jedoch nicht zu.

Trotzdem hätte Fischbach sie am liebsten zurückgehalten. Dass sie ihm in dieser Sache nicht zur Verfügung stand, wurmte ihn ebenfalls. In den vergangenen Mordermittlungen hatte sie mit ihren Programmierkenntnissen und ihrem Organisationstalent zur Lösung der Fälle erheblich beigetragen. Sie zu kompensieren, würde nicht einfach werden.

Die alte Kreisstraße verlief hier längs des bewaldeten Hanges dicht am Ufer. Gilles' Einsatzwagen parkte bei einem riesigen Pick-up, auf dessen Ladefläche eine imposante Seilwinde thronte. Dahinter flachte das Ufer seicht ab, die Hinterräder des Pick-ups wurden von Seewasser umspült. Ein Bootsauflieger, der an der Kupplung des Wagens hing, war nur noch teilweise zu sehen, da er sich größtenteils unter Wasser befand.

»Das ist ja ein Ding.« Welscher stellte sich vor die Motorhaube. Sie reichte ihm bis zur Brust.

»Ja, nicht?«, sagte Gilles, und Fischbach merkte ihm an, dass er auch gerne so ein Ungetüm fahren würde. Gilles' Augen leuchteten wie zwei Halogenstrahler.

»Eine richtige Macho-Kiste«, sagte Welscher und grinste, »eine Schwanzverlängerung, wenn du mich fragst. Na ja, wer so was nötig hat …«

Gilles' Miene verfinsterte sich. »Und das aus dem Mund eines Mannes, der mit einem fahrenden Lochfraß unterwegs ist.«

»Siehst du, eine Verlängerung habe ich nicht nötig.«

Andrea Lindenlaub hüstelte. »Meine Herren, ich denke, wir sollten uns um andere Dinge kümmern, oder?«

Sie sprach Fischbach aus der Seele. Er war nur deshalb nicht eingeschritten, weil er sich darüber freute, dass Welscher den Kollegen Gilles hochnahm.

Gilles straffte den Rücken. »So Leute!« Er wies auf den Pick-up. »Dieses monströse Gerät gehört dem schon erwähnten Paul Lange. Und wenn das nicht die Karre ist, die zu eurem U-Boot passt, dann soll mich der Schlag treffen.«

Fischbach ging zum Heck des Fahrzeuges. Das Seil der Winde war abgerollt worden und hing ins Wasser. Er zweifelte nicht daran, dass am Ende des Stahlseils ein Haken darauf wartete, das U-Boot in Schlepp zu nehmen. Mit der Winde wäre es selbst für eine einzelne Person ein Leichtes, das Boot auf den Auflieger zu ziehen. Es brauchte nur ein wenig Geschick und Übung. Das sprach dafür, dass Gilles richtiglag. Der Halter des Fahrzeuges, dieser Paul Lange, könnte der Tote im U-Boot sein. »Okay, wir haben zwar noch keine Beweise, aber gehen wir davon aus, dass Thomas recht hat. Was ich mich schon die ganze Zeit frage: Wieso gerade der Urftsee?«

»Warum nicht?«, antwortete Gilles. »Ist doch schön hier.«

»Aber für Freizeitaktivitäten gesperrt«, sagte Andrea Lindenlaub. »Darauf wolltest du doch hinaus, Hotte, oder?«

»Richtig. Warum riskiert man eine Anzeige, wenn andere Seen zur Verfügung stehen, um legal sein Boot zu Wasser zu lassen?«

»Gute Frage.« Welscher packte das Metallrohr, an dem der Rückspiegel des Pick-ups befestigt war, und schwang sich auf das Trittbrett neben der Fahrertür. Mit abgeschirmten Augen spähte er ins Innere der Kabine. »Nichts Besonderes zu erkennen.« Er sprang wieder auf den Boden und studierte die Internetadresse, die in breiter Schrift gut lesbar auf der Tür klebte.

»Ich denke, eins ist klar«, sagte Andrea Lindenlaub. »Er wusste, dass es nicht erlaubt ist, und wollte daher kein Aufsehen erregen. Deswegen tauchte er nachts.«

Welscher tippte die Internetadresse in sein Smartphone ein und wartete, bis sich die Seite aufgebaut hatte. »Ah, ein Höhlenforscher«, murmelte er.

»Bitte was?« Fischbach trat näher und starrte auf das Display.

»Ein Höhlenforscher«, wiederholte Welscher. »Moment, ich habe eine Idee. Rufen wir doch einfach mal die Mobilfunknummer an, die im Impressum angegeben ist.« Er tippte einige Male auf das Display und hielt dann das Gerät so, dass alle mithören konnten.

Es dauerte eine halbe Ewigkeit. Fischbach glaubte kaum noch daran, dass Welscher jemanden erreichen würde. Doch schließlich dröhnte eine tiefe, ihm vertraute Stimme aus dem Lautsprecher. »Ja?«

Fischbach klopfte Welscher anerkennend auf den Rücken. Jetzt gab es keinen Zweifel mehr daran, dass es sich bei dem Mann im U-Boot um den Halter dieses Fahrzeugs handelte.

Schüttelfrost, Schlager und eine alte Schlawinerin

»Hallo? Wer ist denn dran?«, tönte Feuersängers Stimme aus Welschers Smartphone.

»Ich bin's, Jan. Kann es sein, dass du Paul Langes Handy in der Hand hältst?«

Eine kleine Pause trat ein. Vermutlich war Feuersänger überrascht, einen Kollegen am Telefon zu haben. »Jan, du? Wer ist Paul Lange?«, fragte er schließlich.

»Der Tote im U-Boot. Du hast doch bestimmt gerade sein Handy in der Hand, oder?«

»Äh … ja. Wir haben es in seiner Hosentasche gefunden.«

»Dass es noch funktioniert, wundert mich.«

»Ist ein Samsung B2100, absolut wasserdicht.«

»Und warum hat es dann so lange gedauert, es zu finden?« Welscher hörte, wie Feuersänger scharf die Luft einsog, und freute sich hämisch.

»Mann, was glaubst du denn? Ich musste mich doch erst in die Luke beugen und …«

»Okay, okay, keine Romane.«

»Scherzkeks. Woher hast du denn die Nummer? Und woher weißt du, wie der Tote heißt?«

An Feuersängers fast jaulendem Unterton hörte Welscher, wie sehr es den Tatortspezialisten wurmte, dass sie etwas derart Entscheidendes über »seine« Leiche vor ihm in Erfahrung gebracht hatten, und rieb mit Vergnügen zusätzlich Salz in die Wunde.

»In Köln hätten wir nicht selbst darauf kommen müssen«, sagte er und fügte mit einem gönnerhaften Unterton hinzu: »Aber ihr Eifeler seid da ja etwas gemächlich.«

»Gemächlich?«, grummelte Feuersänger. Eine Verteidigung, wie Welscher erwartet hatte, erfolgte nicht. Der Mann schien sich die Sache wirklich zu Herzen zu nehmen.

»Heinz«, rief Fischbach dazwischen, »wir brauchen hier ein paar Leute. Wir haben den Wagen des Toten gefunden.«

»*Ich* habe ihn gefunden«, warf Gilles ein.

»Als ob das wichtig wäre«, murmelte Fischbach.

Welscher gab ihren Standort durch und beendete das Gespräch.

Fischbach blickte auf die Uhr. »Also gut. Es geht auf sechs Uhr zu. Ich fahre mal zu der Adresse des Toten. Vielleicht gibt es ja Angehörige. Die müssen benachrichtigt werden. Will jemand mitkommen?«

Synchron schüttelten Welscher und Andrea Lindenlaub die Köpfe.

»Okay, hab ich auch nicht anders erwartet. Gibt ja schönere Dinge. Aber einer muss es erledigen. Ihr haltet derweil hier die Stellung, teilt euch am besten auf. Wir treffen uns heute Abend bei mir. Sigrid hat einen Salat und Frikadellen … äh … hm, also wenn noch etwas übrig ist, meine ich. Ach, wir werden schon etwas Essbares auf den Tisch zaubern. Passt das bei dir?« Er sah Andrea Lindenlaub an.

Sie nickte. »Krieg ich geregelt. Meine Eltern sind ja jetzt im Ruhestand und passen gern auf den Kleinen auf. Entspannt meine Situation ungemein.«

Welscher seufzte innerlich. Dass der Feierabend heute ins Wasser fallen würde, war ihm eigentlich schon die ganze Zeit über klar gewesen. Normalerweise war das auch kein Problem für ihn. Lars war ohnehin nicht in der Nähe, und ein zeitfressendes Hobby hatte er nicht. Doch er hatte seiner Mutter einen Besuch versprochen. Es mussten Entscheidungen getroffen werden, die keinen Aufschub duldeten. Eine Absage könnte für sie so aussehen, als würde er sie im Stich lassen. Nach Jahren der Differenzen hatten sie sich einander in den letzten Monaten wieder angenähert, und ihre Beziehung stand noch auf wackeligen Füßen, vergleichbar mit einem zarten Pflänzchen, das nach einem harten Winter durch die Schneedecke stößt. Der Umgang war respektvoll, aber vorsichtig und abtastend. Sie wollten einander nicht verschrecken und damit verscheuchen. Streckenweise prägte dieses Verhalten die gemeinsame Zeit so sehr, dass nur ein verkrampftes Zusammensitzen mit belanglosen Äußerungen über das Wetter dabei herauskam.

Er schob seine Bedenken beiseite. Es half wenig, darüber zu

grübeln. Eine Situation wie die, die er gerade erlebte, würde seine Pläne noch unzählige Male durchkreuzen. Es war typisch für seinen Beruf. Wenn seine Mutter das nicht verstehen sollte, war das ihr Problem, er musste sich keine Vorwürfe machen.

»Gut.« Fischbach stapfte zu seiner Maschine und setzte den Helm auf.

»Theoretisch könnte sich jemand das Handy von Paul Lange geliehen haben«, rief ihm Welscher nach. »Ebenso den Pick-up.« Er glaubte selbst nicht daran. Die Aufschrift auf dem Wagen, der auf Paul Lange zugelassen war, der gleiche Name im Impressum der Homepage und die Telefonnummer erzählten etwas anderes. Aber wenn sich Dinge so glasklar abzeichneten, zweifelte er mitunter an ihrer Wahrhaftigkeit. In seinem Hinterstübchen meldete sich dann stets ein kleiner Teufel, der ihm andere Lösungen anbot und ihn zweifeln ließ.

Fischbach legte die Hände auf den Tank und wechselte einen Blick mit Andrea Lindenlaub. »Wie wahrscheinlich wäre das?«

Sie verzog bedauernd das Gesicht und zuckte mit den Schultern.

»Wir gehen davon aus, dass es Paul Lange ist«, entschied Fischbach und wies Welscher an: »Setz dich mit der Staatsanwaltschaft in Verbindung. Wir brauchen die Telefonverbindungen der letzten Wochen.« Er startete den Motor der Harley, der wummernd zum Leben erwachte.

Das hatte Welscher ohnehin vorgehabt. Zur Bestätigung hob er die Hand, da er nicht über den Krach hinwegbrüllen wollte.

Als Fischbach hinter der ersten Kurve verschwunden war und der Sound des Motors leiser wurde, wandte sich Andrea Lindenlaub an Thomas Gilles. »Kannst du mich rüber zur Staumauer bringen?«

Gilles lächelte und streckte sich. »Für eine hübsche Kollegin mache ich fast alles.«

Platzhirsch, dachte Welscher und fragte sich, ob Gilles eigentlich solo war? Wahrscheinlich schon, denn welche Frau würde es mit so einem Kerl, dem das überbordende Ego aus jeder Pore troff, länger als ein paar Minuten aushalten? Aber verstehen konnte er Gilles schon. Andrea Lindenlaub war alleinstehend und eine hübsche Person. »Ich kann dich auch fahren«, bot er an.

»Lass gut sein. Mir ist es ohne Klettereinlage lieber.«

★★★

Selbst jetzt am Abend brannte die Sonne noch unbarmherzig. Über dem Asphalt flimmerte die Luft. Im gemächlichen Tempo ließ Fischbach die Harley durch Gemünd in Richtung Eichenweg rollen. Für die kommenden Tage hatte der Wetterbericht noch höhere Temperaturen gemeldet. Bereits bei dem Gedanken daran schwitzte Fischbach. Und nun hatte er auch noch eine Mordermittlung am Hals. Eigentlich hatte er das Arbeitstempo diesen Sommer drosseln und über die heiße Zeit mit minimalistischen Anstrengungen hinweggleiten wollen. Das fiel jetzt flach.

Vor dem Haus mit der Nummer 4 stoppte er und stieg ab. Helm und Jacke hängte er über den Lenker. Die Aluminiumrollläden des Einfamilienhauses waren zur Hälfte herabgelassen, der Vorgarten zeigte sich verwildert. Die Bauernhortensien rechts und links des Gartentors ließen die Köpfe hängen. Verwitterte Gehwegplatten fochten mit dem Wurzelwerk einer riesigen Eibe einen hoffnungslosen Kampf. Auf der vertrockneten Rasenfläche spross widerstandsfähiges Unkraut, und von der brusthohen Vogeltränke in Form eines römischen Brunnens blätterte der Lack ab.

Fischbach drückte das schmiedeeiserne Gartentor auf. Die Angeln quietschten, was er nicht anders erwartet hatte. Paul Lange schien keinen gesteigerten Wert auf ein trautes und gepflegtes Zuhause gelegt zu haben. Eine hoch stehende Gehwegplatte ließ Fischbach straucheln. Nur mit Mühe konnte er das Gleichgewicht halten und einen Sturz verhindern. »Mist«, presste er durch zusammengebissene Zähne hervor. »Da fährt man allzeit vorsichtig, damit man nicht mit dem Moped die Straße küsst, und dann schlägt man sich wegen *so* was fast die Knie auf.«

Er drückte den Klingelknopf. Vernehmlich schlug ein Gong an, ansonsten blieb es still. Er betätigte den Knopf erneut, doch wieder rührte sich nichts. Fischbach atmete erleichtert durch.

Er hatte sich gewappnet, einer Ehefrau oder Lebenspartnerin die schreckliche Nachricht überbringen zu müssen. Das blieb ihm nun offenbar erspart. Kein Polizist der Welt übernahm diese Aufgabe gern. Andererseits war damit auch die Chance vertan, mehr über den Toten zu erfahren und so vielleicht erste Hinweise zu erhalten, wer hinter der Tat stecken könnte.

Er schob seine Daumen auf Brusthöhe unter die Hosenträger und zog daran. Sie mussten mehr über den Verstorbenen herausfinden, das war klar. Nur wie löste man das Informationsdefizit am besten auf?

»Der Paul ist nicht da«, hörte er eine gebrechliche Stimme sagen und wandte sich um. Staunend öffnete er den Mund. Die runzelige alte Dame auf der anderen Seite des Gartenzauns trug tatsächlich eine dicke Strickjacke. Trotz der Hitze schien sie zu frieren. Sie schützte ihre blasse Haut mit einem dunklen Regenschirm vor der Sonne. In der anderen Hand hielt sie ein altmodisches Kofferradio mit Bakelitknöpfen.

Fischbach brach bei dem Anblick der Schweiß aus. Er ließ die Träger zurückflitschen und wischte sich mit dem Ärmel über die Stirn. Für ihn käme es einer Folter gleich, müsste er hier und jetzt wollene Kleidung überziehen.

»Ich weiß, was Sie denken«, sagte sie, »aber ich friere halt immer. Da kann man nichts machen, haben die Ärzte gesagt.«

»Bei dem Wetter kann man sich da ja wohl eher glücklich schätzen«, sagte Fischbach und ging auf die Frau zu. »Kennen Sie Paul Lange näher?«

»Nein.«

»Sie sind also eher eine entfernte Bekannte?«

Sie stutzte. »Nein. Mein Nein bezog sich auf das ›glücklich schätzen‹. Dem kann ich nicht zustimmen. Ich würde gern über die Hitze stöhnen. Selbst jetzt habe ich im Haus die Heizung an. Können Sie sich vorstellen, was ich jährlich an die Gaswerke zahlen muss?«

Fischbach blies die Wangen auf. So kam er nicht weiter. Anscheinend suchte die alte Dame jemanden, dem sie ihr Leid klagen konnte. Vermutlich hatte sie ihn nur deswegen angesprochen. Außer ihm trieb sich ja niemand draußen herum. Da er aber keine

Lust verspürte, über ihr Problem zu reden, zog er kurzerhand seine Messingmarke aus der Hosentasche und stellte sich vor. Welscher würde sich jetzt wieder über die Marke lustig machen, wenn er hier wäre. Offiziell legitimierten sie sich heutzutage mit den Dienstausweisen. Doch Fischbach liebte es, das schwere Messing an der Kette lässig aus der Hosentasche zu ziehen. Es hatte einen Coolness-Faktor für ihn, auf den er nicht verzichten wollte. Eine Karte aus Plastik konnte so etwas niemals ersetzen.

Ungerührt schaute die Alte auf das Abzeichen. »So, so, die Kripo. Das musste ja mal passieren.«

Fischbach steckte die Marke wieder ein. »Was genau meinen Sie?«

Sie zeigte auf Paul Langes große Doppelgarage. »Tagsüber schraubt er dort immer an seinem Dings … äh … Unterwasserboot. Das ist doch bestimmt nicht erlaubt, oder?«

»Wieso sollte es verboten sein?«

Sie streckte das Kinn vor, klemmte den Griff des Schirms zwischen Wange und Schulter und drehte an einem Radioknopf. »Der Sender ist weg.« Konzentriert schob sie bei der Suche danach die Zunge in den Mundwinkel und schien die Frage vergessen zu haben.

Fischbach hörte angestrengt hin, doch das Radio gab keinen Mucks von sich. Die Informationsquelle, die vor mir steht, ist ganz offensichtlich nicht vertrauenswürdig, urteilte er stumm.

»Wissen Sie«, begann die Alte zu erzählen, als ihr Radio anscheinend einen zufriedenstellenden imaginären Empfang hatte, »eigentlich ist der Paul in Ordnung. Wenn er in der Garage schraubt, darf ich neben der Heizungstherme sitzen. Es stört ihn überhaupt nicht. Er hat mir sogar einen richtig schönen Stuhl hingestellt, so einen, den man nach hinten klappen kann. Mit einer Decke, und wenn es ganz schlimm wird, holt er mir noch eine. Eigentlich schlafe ich fast ausschließlich dort. Das Geklappere und Gehämmere beruhigt mich. Ab und zu essen wir auch gemeinsam. Eintopf habe ich am liebsten, so richtig schön deftig – und heiß natürlich.« Ihre Augen leuchteten, als sie Fischbach ansah. »Wenn ich davon zwei Teller esse, fühle ich mich fast normal.«

»Normal?«

»Dann friere ich kaum noch.«

»Ach so, klar.«

»Der Paul ist ein Suppenkasper, vorzüglich, was der zusammenkocht. Seine Kartoffelsuppe ist die beste, die ich je gegessen habe, das Rezept hat er von seiner Oma.«

Fischbach lehnte sich mit der Hüfte gegen den Gartenzaun und verschränkte die Arme. Er ahnte, dass er mit geduldigem Zuhören mehr erfahren würde, als wenn er mit Fragen den Redefluss der Alten unterbrach.

»Paul ist ja mit dem Dings, dem Abtauchboot, viel unterwegs. Er forscht in Seen, so richtig tief. Hat er mir alles erzählt. Letztens erst war er im Blautopf.«

Fischbach schürzte die Lippen. Letztes Jahr war er mit den K-Heroes in Süddeutschland auf Tour gewesen. Dabei waren sie auch am Blautopf vorbeigekommen. Er hatte den See allerdings als eher winzig in Erinnerung. Beim besten Willen konnte er sich nicht vorstellen, dass man dort mit einem U-Boot abtauchen konnte. Die Wirtin des Gasthauses direkt am See hatte außerdem gesagt, das Tauchen sei nur mit Sondergenehmigung erlaubt.

»Im Bodensee war er auch«, berichtete die Alte, die wieder angefangen hatte, an den Knöpfen ihres Radios zu drehen. »Ah, ich liebe die alten Schlager. Rex Gildo, Costa Cordalis, Jürgen Drews, Cindy und Bert.« Ihr Gesicht verfinsterte sich. »Der Bert ist ja letztens erst gestorben, der Arme. Mögen Sie Schlager?«

Fischbach räusperte sich. In der Tat liebte er diese Musik, nur erzählte er es niemandem. Schließlich wollte er damit nicht auch noch Zielscheibe des Gespötts der Kollegen werden. Doch hier konnte ihm die Wahrheit Pluspunkte verschaffen. »Aber klar«, versicherte er, »auch die neueren, den Wendler zum Beispiel, und natürlich Andrea Berg.«

Skeptisch zog sie die Augenbrauen zusammen. »Kenne ich nicht. Bestimmt neumodischer Kram.«

Was hätte Fischbach dagegen einwenden können? Er rutschte am Zaun entlang einige Zentimeter nach hinten, in den Schatten der Eibe, und wartete darauf, dass sie ihre Erzählung wieder aufnahm.

»Nachts kann ich gar nicht mehr schlafen«, sagte sie denn auch übergangslos.

Kein Wunder, dachte Fischbach, wenn du auch die ganze Zeit an der Heizung in Langes Garage schläfst.

»Mein Lieblingsplatz ist vor dem Radiator, oben am Schlafzimmerfenster. Man könnte meinen, nachts sei nichts los. Aber so ist es nicht.«

»Ach nein?«

»Sie würden sich wundern.« Sie deutete mit dem Radio in der Hand unbestimmt die Straße entlang. »Der Schäng von nebenan säuft sich jeden Abend die Welt schön. Pennt vor dem Fernseher ein und wacht am frühen Morgen im Fernsehsessel auf, nur um sich eine weitere Pulle Bier zu gönnen.« Sie seufzte. »Der findet nichts mehr, den stellt niemand mehr ein. Muss bestimmt bald das Haus verkaufen. Wenn er zumindest so viel Energie hätte, die Rollläden herunterzulassen. Die junge Hagenbusch ist da vorsichtiger.« Sie nickte bekräftigend. »Die klettert aus dem Fenster, während ihre Eltern schlafen. Sie versucht wenigstens, nicht aufzufallen. Ganz geschickt schleicht sie von Schatten zu Schatten.«

»Wohin will sie denn?«, fragte Fischbach neugierig und fragte sich, ob das Nachtleben in Kommern auch so interessant war.

»Zum Jung vom Eumel. Die sticht der Hafer.«

Jetzt konnte Fischbach sich ein Schmunzeln nicht verkneifen.

Ihre Miene verfinsterte sich. »Aber warum der Paul nachts in letzter Zeit immer unterwegs ist, will er mir einfach nicht verraten.« Sie machte einen Schritt auf Fischbach zu. »Das Tauchdings im Schlepp fährt er los und kommt erst in der Morgendämmerung zurück. Nur heute nicht, er ist den ganzen Tag noch nicht aufgetaucht.«

»Vielleicht ist er wieder zum Blautopf? Oder zum Bodensee?«

Heftig schüttelte sie den Kopf. »Nein. Davon hätte er mir erzählt. Ich kümmere mich ja dann immer um die Post. Er hätte mich ins Vertrauen gezogen.« Ihre Augen formten sich zu Schlitzen. »Garantiert hängen die nächtlichen Touren mit dem Weibsstück zusammen.«

Fischbach straffte sich. Jetzt wurde es interessant. »Eine Freundin?«

»Pfff, von mir nicht. Ich kann diese Person nicht leiden. Wenn sie hier herumlungert, bin ich abgemeldet.«

Ach nee, dachte Fischbach, eifersüchtig, und das in dem Alter.

»Dann dreht sich alles nur um sie, und ich merke, dass ich störe.« Erneut fummelte sie an den Knöpfen des Radios herum. »Die sagt immer, mein Radio wäre kaputt, und ich hätte einen an der Waffel.«

»Soll ich mal mit der Frau reden?«, bot sich Fischbach übertrieben fürsorglich an.

Sie fuhr auf. »Ich komme ohne Hilfe klar. Sie hören es doch auch, oder?«

Ungelenk rieb sich Fischbach den Nacken. »Ähm … ja klar.«

»Und?«

»Und was?«

»Was läuft gerade?« Jetzt sah sie aus wie ein Adler kurz vor dem Sturzflug in Richtung Beute.

Fieberhaft überlegte Fischbach, wie er die Situation meistern konnte. Er brauchte den Namen der Freundin. Wenn die Alte jetzt davonrauschte, hätte er rein gar nichts gewonnen. »Ein Schlager, was sonst?«

»Ja, richtig.«

Fischbach atmete auf.

»Aber welcher?«

In seinem Kopf rotierten die Titel. »Moment, ich, äh … Peggy March?«

Ihre Augen strahlten. »Titel?«

»»Mit siebzehn hat man noch Träume««, stieß Fischbach hervor.

Sie lachte. »Gratuliere, Sie sind ein echter Kenner.« Sie wandte sich ab und schlich die Straße hinunter.

Fischbach folgte ihr auf der Gartenseite. »Moment bitte, erzählen Sie mir mehr über diese Frau.«

»Gibt nicht mehr. Er nennt sie Schatz, ihren richtigen Namen kenne ich nicht.«

»Wie sieht sie denn aus?«

»Normal.«

»Wie sieht denn normal für Sie aus?«

Sie blieb stehen. »Hm, um die fünfzig, etwas kräftiger.«

»Und weiter?«

»Ihre linke Hand …«

»Ja?«

»Eine Tätowierung.«

»Okay. Groß? Klein? Ein Bild?«

»Nee, so drei Punkte.«

Fischbach runzelte die Stirn. Wer ließ sich denn drei Punkte auf die Hand tätowieren? »Noch etwas Auffälliges?«

»Sie hat immer so ein Käppi auf.«

»Ein Käppi?«

»Ja. Da ist auch ein Zeichen drauf, vorne, wo das Käppi hochsteht.«

»Wie sieht es denn aus?«

»Wie Buchstaben.«

»Ähnlich wie Buchstaben? Oder sind es Buchstaben? Ein Logo vielleicht?«

»Vermutlich.«

Fischbach hätte sie am liebsten an den Schultern gepackt und durchgeschüttelt. »Was denn nun?«

Sie konzentrierte sich. »Ein blaues W, ja, und dahinter in Grün ein V, ein E und ein R, ja genau.«

Fischbach hatte den Schriftzug schon mal gesehen. Nur kam er nicht darauf, wo es gewesen war.

»Mehr weiß ich leider nicht«, sagte sie. »Wenn sie auftauchte, bin ich meistens sofort weg. Ich kann nicht verstehen, was Paul an der so gefällt.«

Wo die Liebe hinfällt, dachte Fischbach. Ihm kam noch eine wichtige Frage in den Sinn. »Könnte sie eine Verwandte von ihm sein?«

»Mit der Verwandtschaft knutscht man doch nicht rum«, fuhr sie entrüstet auf.

»Stimmt auch wieder. Vielen Dank. Sie haben mir sehr geholfen.«

Ein Lächeln umspielte ihre Lippen. »Mach ich doch gern. Möchten Sie noch einen Kaffee bei mir trinken?«

Innerlich stöhnte Fischbach auf. Auf einen Kaffee in einer total überhitzten Wohnung konnte er verzichten. »Beim nächsten

Mal.« Nonchalant zeigte er auf das Radio. »Dann hören wir wieder Peggy March zusammen.«

Sie schüttelte kichernd den Kopf und hielt das Gerät hoch. »Aber nicht damit.«

»Nicht?«

»Ist kaputt.«

»Aha.«

Sie beugte sich vor. »Die Leute hier denken, ich sei plemplem. Dabei spiele ich das nur.«

Fischbach hob die Augenbrauen. »Sie spielen?«

»Aber ja doch. Mir wird alles verziehen, die Nachbarn sind nett zu mir, wollen mich halt nicht aufregen. Und wenn ich ins Gespräch kommen will, dann weisen sie mich nicht zurück. Ist sehr praktisch.«

So ein Schlitzohr, dachte Fischbach amüsiert. »Ich hätte also auch Dalida antworten können, ›Am Tag als der Regen kam‹?«

Sie kicherte wieder. »Ich wollte nur wissen, wie Sie reagieren. Ihr Gesichtsausdruck war auch wirklich zu lustig. So verkniffen und hilflos. Jetzt muss ich aber los.« Sie setzte ihren Weg fort, ohne sich noch mal umzudrehen.

Schmunzelnd sah Fischbach ihr nach, bis sie im nächsten Hauseingang verschwand. Dann ging er zur Harley und nahm sein Notizbuch aus der Lederjacke. Auf einer leeren Seite notierte er die Buchstaben W, V, E und R. Nachdenklich tippte er mit dem Druckknopf des Kugelschreibers auf das Blatt. Er hatte diese Kombination schon mal gesehen, und es war noch gar nicht so lange her. Er schloss die Augen, um besser nachdenken zu können. Sekunden später drängte sich die Antwort in sein Bewusstsein. Er riss die Augen auf und murmelte: »Kann das möglich sein?«

Fast hektisch zog er seine Jacke und seinen Helm an und schwang sich auf die Harley.

In spätestens zehn Minuten würde er Gewissheit haben.

★★★

Der Winter schien seine Kraft endgültig verloren zu haben. So, wie die Sonne jeden Tag mehr wärmte und die Natur damit zum Erwachen brachte, steigerte sich auch Sabines Laune. Die Kälte in ihren Gliedern verschwand, das stetige Frösteln verflüchtigte sich. Inzwischen konnte sie ihren neuen Lebensumständen sogar Positives abgewinnen. So beschwerte sich zum Beispiel niemand darüber, dass sie ihr Zimmer nicht aufräumte, und zum Lernen trieb sie auch keiner an. Trotzdem büffelte sie jetzt mehr als je zuvor. Zum einen, um den Tag zu füllen, zum anderen, weil die intensive Konzentration sie von den Vorgängen im Haus, die sie nicht wahrnehmen wollte, ablenkte.

Sie war froh, dass sie die winzige Dachkammer noch immer für sich allein hatte, denn es wurde von Tag zu Tag voller auf dem Bauernhof. Hier wurde jeder mit offenen Armen empfangen, und das schien sich herumgesprochen zu haben. Die Kommune war stolz darauf, eine Zufluchtsstätte für Aussteiger, Andersdenkende, Verzweifelte und Hoffnungslose zu sein. Inzwischen tummelten sich zweiundzwanzig Erwachsene in den Gemäuern des Bauernhauses. Sabine kam sich vor wie in einem Karnickelstall.

Wenn sie nicht über ihren Schulbüchern saß, suchte sie sich eine ruhige Ecke in der Scheune unweit des Haupthauses. Das Plätschern des Baches, der einige Meter entfernt hinter der Rückwand entlangfloss, begleitete sie dann in die Welten, die Grass, Ende, Hesse und Böll für sie erschaffen hatten. Björk, der Gründer der Kommune, besaß eine riesige Bibliothek, die für jeden zugänglich, aber weitestgehend unbeachtet in der Werkstatt in Pappkartons bereitstand. Daraus bediente sie sich.

Auch jetzt drückte Sabine voller Vorfreude das Scheunentor auf und schlüpfte ins Innere. Das Buch in ihrer Hand versprach viel. Sie hatte es wegen des Covers ausgewählt: eine schöne Frau, die in einem hochgeschlossenen Kleid auf einem Diwan saß und freundlich, wenn auch eine Spur melancholisch in die Welt schaute. Das Bild hatte Sabine fasziniert. Offensichtlich war das eine starke Frau, die ohne Angst durchs Leben ging. Ein Vorbild. Auf das Lesen des Klappentextes hatte Sabine verzichtet und stattdessen sofort zugegriffen.

Sie entschied sich für den Leiterwagen in der Mitte der Tenne und kletterte hinauf. Staub wirbelte hoch und schwebte im Licht der durch die Bretterritzen einfallenden Sonnenstrahlen. Eine Decke lag von ihren vergangenen Besuchen bereit. Damit umwickelte sie eins der Rundhölzer, setzte sich und lehnte sich mit dem Rücken dagegen. Für einen Moment schalt sie sich selbst, nicht an das Sofakissen gedacht zu haben. Es lag oben auf dem Heuboden neben dem Loch in der Wand, ihrer gestrigen Lesestätte. Aber jetzt wollte sie nicht noch mal aufstehen, um es zu holen. Sie schlug die erste Seite auf, ihr Herz klopfte. Eine neue Geschichte lag vor ihr, ein neues Abenteuer wartete auf sie.

»Gefällt dir das Buch?«

Sabine zuckte zusammen. Sie fühlte sich ertappt und spürte, wie sich ihre Wangen röteten. Eine Hitzewelle raste durch ihren Körper. Sie war so sehr in der Lektüre versunken gewesen, dass sie Ole gar nicht hatte reinkommen hören. Er lehnte lässig an einen der Balken, die das Dach stützten, und drehte sich eine Zigarette. Das T-Shirt spannte über seiner Brust und zeichnete jeden Muskel nach.

Hastig klappte Sabine das Buch zu. Ihr Hals fühlte sich trocken und rau an. »Ist okay«, sagte sie. In Wirklichkeit hatte sie sich gar nicht losreißen können. Die ersten Seiten hatten sie erstaunt, war es doch ganz was anderes, als sie erwartet hatte. Seltsamerweise hatte die Geschichte sie aber nicht abgestoßen, sondern in ihren Bann gezogen. Das wohlige Kribbeln zwischen ihren Schenkeln klang immer noch nach. Was war nur mit ihr los?

Amüsiert zog Ole eine Augenbraue nach oben. »Nur okay?«

»Ja«, bestätigte sie brüsk. »Okay, mehr nicht.« Sie mochte Ole nicht sonderlich. Zwar war er freundlich zu ihr, aber sein intensives und anhaltendes Interesse an ihrer Mutter missfiel ihr. Er war es gewesen, den sie damals kurz nach dem Einzug mit Viola im Bett erwischt hatte.

»›Josefine Mutzenbacher‹ ist ein Klassiker.« Er grinste und zündete sich die Zigarette an. »Ein Meilenstein der erotischen Literatur. Ein wenig mehr Hochachtung wäre angebracht, denke ich.«

»Meilenstein?« Abschätzig betrachtete sie das Cover. Damit hatte sie nicht gerechnet. »Die Geschichte eines jungen Mädchens, das zur …« Sie brach ab. Das Wort Hure brannte in ihrer Kehle und wollte ihr nicht über die Lippen kommen. Zwar wusste sie seit geraumer Zeit, dass es Frauen gab, die sich Männern für Geld anboten. Ihre ehemalige Schulkameradin Birgit war eine sprudelnde Quelle obszöner Ausdrücke und Erklärungen gewesen. Doch das Wort auszusprechen, dazu fehlte ihr der Mut. Es hatte etwas Schmutziges.

Ole pflückte sich einen Tabakkrümel von der Zungenspitze. »Damals, bei der Erstveröffentlichung in Wien, war die Story der reinste

*Sprengstoff. Es war sehr mutig, so etwas in der prüden Gesellschaft des
angehenden zwanzigsten Jahrhunderts zu veröffentlichen. Und obwohl
wir inzwischen zwei Weltkriege und knapp siebzig Jahre weiter sind,
gibt es noch immer Stimmen, die den Roman als Kinderpornografie
verdammen.« Er drückte sich vom Balken ab und schlenderte näher.
Mit den Fingern kämmte er durch seine Koteletten. »Das ist natürlich
Blödsinn. Alles nur Geschwätz von Ewiggestrigen, die unserer Gene-
ration vorschreiben wollen, wie wir zu leben haben. Doch das lassen
wir uns nicht mehr bieten, unsere Kommune ist die neue Lebensform.«
Seine Stimme war mit jedem Wort eindringlicher geworden. Mit seinen
blauen Augen fixierte er Sabine. »Bei uns ist Sex nichts Verwerfliches,
was man hinter verschlossenen Türen und in aller Stille erledigt. Es ist
der natürliche Trieb, der zum Fortbestand der Menschheit notwendig
ist. Ein Muss, ohne geht es nicht. Dazu bereitet es Freude. Warum soll
man es also nicht ausleben? Was ist daran verwerflich? Wir leben frei
und genießen die wenigen Tage, die uns hier auf Erden geschenkt sind.«
Heftig zog er an der Zigarette. »Wir haben uns aller gesellschaftlichen
Fesseln entledigt«, stieß er zusammen mit einer Rauchwolke aus. »Und
das ist gut so.«*

*Sabine bemerkte eine Beule im Schritt seiner eng anliegenden Jeans.
Instinktiv zog sie die Beine an und umklammerte ihre Knie.*

*Mit einer Drehbewegung trat Ole die Zigarette auf dem Lehmboden
aus. Er stand jetzt direkt vor ihr und musterte sie. Nur die Rundhölzer
der Seitenwände des Leiterwagens trennten sie noch voneinander.*

Sabine fühlte sich wie ein Tier hinter Gittern.

*»Du siehst deiner Mutter ähnlich. Wie aus dem Gesicht geschnitten«,
sagte Ole und befeuchtete seine Lippen mit der Zungenspitze. Ein
verträumter Schleier legte sich über seine Augen. »Hübsch, wirklich
hübsch.« Er streckte die Hand zwischen zwei Rundhölzern hindurch.
Sanft streichelte er ihr über die Beine. »Wie alt bist du eigentlich?«*

»Vierzehn.«

»Josefine war jünger.«

*Sabine verstand nicht, auf was er hinauswollte, und schwieg. Seine
Nähe irritierte sie.*

*Er zog die Hand zurück, sein Blick klärte sich. »Oh Mann.« Fahrig
fuhr er sich mit den Fingern durch die Haare. »Da wäre ich doch fast …
Du bist ja noch ein Kind, die sind tabu, äh … ach, egal.« Er lachte*

★★★

Welscher wischte sich mit einem Papiertaschentuch den Mund ab. In seiner Speiseröhre brannte die Magensäure, der eklige Geschmack nach Erbrochenem wirkte immer noch in seiner Mundhöhle nach. Er richtete sich auf und trat hinter dem Busch hervor.

Mitleidig streichelte Andrea Lindenlaub ihm die Schulter. »Du wärst besser gar nicht mehr hergekommen. Ich hätte das schon allein geschaukelt. Geht's wieder?« Sie stand neben Feuersänger auf dem Tieflader.

»Leichen drehen mir den Magen auf links«, nuschelte Welscher.

Feuersänger schnaufte verächtlich. »Da erzählst du uns nichts Neues. Schon ein wenig unpraktisch für einen Kriminalpolizisten.«

Welscher fühlte sich zu elend, um sich auf einen Schlagabtausch mit Feuersänger einzulassen. Der böse Blick, den Andrea Lindenlaub dem Tatorttechniker zuwarf, genügte ihm als Vergeltungsmaßnahme. Er hörte ein tiefes Brummen. »Hotte kommt.«

Kurz darauf schwang sich Fischbach von der Harley. »Ist er noch dadrin?«, fragte er.

Feuersänger nickte.

Japsend erklomm Fischbach den Tieflader und schaute in das Innere des U-Boots. »Kein schöner Tod.«

»Es ist eindeutig Paul Lange«, berichtete Feuersänger und wies seine Leute an, ihre Sachen zusammenzupacken. »Wir haben seine Geldbörse in der vorderen Hosentasche gefunden. EC-Karte, Führerschein, alles auf den Namen Paul Lange ausgestellt. Das Bild im Personalausweis stimmt auch überein.«

»Damit ist es bewiesen«, sagte Fischbach. »Sonst noch was?«

»Wir haben in der Nähe eine Halle angemietet«, sagte Feuersänger. Mit ausgestreckter Hand wies er in Richtung K7. »Wir bringen das Boot hin und bergen den Leichnam dort. Den Leichenwagen habe ich bereits vorgeschickt. Für den Weitertransport nach Bonn in die Rechtsmedizin ist also gesorgt. Ihr könnt schon mal anfangen, euch darum zu streiten, wer bei der Obduktion morgen um elf dabei sein darf.« Ein zynisches Lächeln trat in seine Mundwinkel, als sein Blick Welscher streifte.

»Wir werden das schon klären, mach dir keine Sorgen.« Fischbach kletterte vom Tieflader. Andrea Lindenlaub sprang sportlich-elegant herunter.

»Angeberin«, sagte Fischbach.

Feuersänger griff eins der Stahlseile, die das U-Boot sicherten, schnippte mit den Fingern in Richtung Führerhaus und stieß zweimal die Faust in die Höhe. Das war das Zeichen zum Abmarsch. Die Zugmaschine zog an, und langsam rollte der Tieflader los.

»Drei«, sagte Fischbach.

»Zwei«, zählte Andrea Lindenlaub.

»Eins«, krächzte Welscher. Sein Hals fühlte sich immer noch an wie mit Schmirgelpapier aufgerieben.

Feuersänger wischte mit der Hand durch die Luft, und der Fahrer stoppte die Zugmaschine wieder. Er kletterte vom Anhänger und kam zu ihnen zurück. »Eins hätte ich fast vergessen«, sagte er, nestelte eine durchsichtige Tüte aus der Brusttasche und hielt sie so, dass alle den Inhalt sehen konnten.

Welscher kniff die Augen zusammen und erkannte Fragmente aus Holz und Metall, teilweise ineinander verbogen.

Andrea Lindenlaub nahm die Tüte entgegen. »Darauf, dass ein Modellflugzeug im Spiel war, sind wir ja schon gekommen. Was sollen wir also damit?«

»Diese Überreste sind mehr als nur Teile eines Spielzeugs«, sagte Feuersänger.

Fischbach holte tief Luft. »Ich wäre dir dankbar, wenn du uns gemeines Fußvolk an deiner Weisheit teilhaben ließest.«

»Ist ja schon gut«, maulte Feuersänger. Er griff nach dem Tütchen und steckte es zurück in die Tasche. »Wenn mich nicht alles täuscht, ist es ein Zünder.«

»Ein Zünder?«, echote Andrea Lindenlaub.

»Ja, ein Aufschlagzünder. Aus einfachsten Mitteln hergestellt, aber zuverlässig, soweit ich es bisher beurteilen kann. Ich werde es nach Sprengstoffspuren scannen.« Er winkte zum Abschied, sprang wieder auf den Tieflader und stieß die Faust in die Höhe. Sofort setzte sich der Schwerlasttransporter in Bewegung, gefolgt von den drei Bullis der Tatortgruppe.

»Ihr wisst, was das bedeutet?«, fragte Fischbach.

»Wir sind ja nicht auf den Kopf gefallen.« Andrea Lindenlaub verzog spöttisch die Mundwinkel. »Meine Theorie von dem Szenario auf dem See scheint richtig gewesen zu sein. Es war kein Unfall und kein Dummejungenstreich, der zu der Explosion geführt hat. Das Flugzeug wurde eigens für den Angriff auf das U-Boot konstruiert. Es war Mord.«

»Skurril«, murmelte Welscher. Sein Interesse flammte auf. So ein ungewöhnlicher Fall war ihm in seiner bisherigen Laufbahn nicht untergekommen. Vielleicht konnte er sich mit Euskirchen als Einsatzort auf Dauer doch noch anfreunden. Wenn das in der Eifel Schule machte, könnte er sich hier wie Sherlock Holmes fühlen. Die Übelkeit, die ihn eben noch gelähmt hatte, verflüchtigte sich. Ersetzt wurde sie von einer kribbligen Anspannung, die ihn bis in die Fingerspitzen hinein kitzelte. Sein Jagdinstinkt war geweckt.

»Also gut«, sagte Fischbach, »es ist, wie es ist. Bevor wir ebenfalls abdackeln, muss ich aber noch was klären.« Er bedeutete ihnen, ihm zu folgen, und schritt zum Haus des Wasserverbandes. An der Eingangstür angekommen, fuhr er mit den Fingern über das Logo auf dem Schild, einem blauen W vor den drei grünen Buchstaben V, E und R.

Fragend schaute Welscher zu Andrea Lindenlaub. Sie zuckte mit den Schultern.

Fischbach klopfte an die Tür und rief: »Herr Faßbender?«, ohne mit dem Klopfen innezuhalten.

Sekunden später flog die Tür auf. »Was soll denn der Lärm?« Faßbender hatte unüberhörbar einen ärgerlichen Unterton in der Stimme.

»Waren Sie heute Morgen schon im Dienst?«, fragte Fischbach. »Haben Sie etwas von der Sache auf dem See mitbekommen?«

Faßbender schüttelte den Kopf. »Das haben mich Ihre Kollegen schon gefragt. Ich habe alles zu Protokoll gegeben.«

Fischbach hob seine leeren Hände und zeigte sie ihm. »Nur liegt mir das im Moment nicht vor. Also?«

»Heute Nacht hatte meine Kollegin Dienst.«

»Name?«

»Helga Freimers. Ich habe schon einige Male probiert, sie zu erreichen, bisher leider ohne Erfolg. Sie löst mich gegen zehn ab. Sie können es ja selbst mal probieren, ihre Telefonnummern und die Adresse habe ich Ihren Kollegen bereits mitgeteilt.«

Fischbach zog sein Portemonnaie aus der Gesäßtasche und kramte darin herum. »Wo sind denn die verflixten Visitenkarten?«, murmelte er.

Andrea Lindenlaub half ihm mit einer von ihren aus, die er an Faßbender weiterreichte. »Falls Sie sie vor uns erreichen, sagen Sie ihr bitte, sie soll sich bei uns melden. Wir müssen sie dringend sprechen.«

★★★

Satt und zufrieden legte Andrea Lindenlaub ihr Besteck auf den Teller. Schon oft hatte Welscher ihr von Sigrids Kochkünsten vorgeschwärmt. Leider hatte erst ein Mord geschehen müssen, bevor sie sich selbst davon überzeugen durfte. »Ausgezeichnet«, urteilte sie.

»War doch nur eine Notlösung«, erwiderte Sigrid verlegen, doch ihr Lächeln bewies, dass sie sich über das Lob freute. »Mehr als eine deftige Schinkentaart war in der Kürze der Zeit leider nicht möglich. Eigentlich hatte ich ja was anderes vorbereitet.« Ihr Blick fiel auf Hermann Zingsheim, der seelenruhig mit dem Fingernagel in seinen Zahnzwischenräumen herumpulte.

Fischbach hieb seinem alten Schulkameraden auf die Schulter. »Unglaublich, dass du den ganzen Nudelsalat und dazu auch noch die Frikadellen gefuttert hast.«

»Und jetzt noch eine riesige Ecke von der Taart«, ergänzte Welscher.

Seit einer guten Stunde saßen sie rund um den großen Tisch.

Andrea hatte sich sofort heimelig gefühlt. Die Küche erinnerte sie an die ihrer Großmutter. Dort, zwischen den einfachen, aber massiven Möbeln, dem Emaille-Ofen und den selbst gebastelten Gestecken an den Wänden, hatte sie ihre halbe Kindheit verbracht. Stets hatte ein Essensduft in der Luft gelegen. Geräucherter Speck, Vanille oder Marzipan, Senf oder Essig, irgendwas hatte ihre Großmutter immer auf oder im Herd gehabt, was einen angenehmen Geruch verströmte. Und hier, bei Sigrid in der Küche, schien es genauso zu sein.

Nachdem Fischbach Zingsheim ganz allgemein über ihren Fund informiert hatte, waren sie übereingekommen, den Details Aufschub bis nach dem Essen zu gewähren. Die Standuhr im Wohnzimmer schlug elf. Längst war es draußen dunkel geworden. Die beiden Fenster standen weit offen, Grillen zirpten ein Nachtkonzert.

Sigrid erhob sich und räumte ab. Für Fischbach das Zeichen, dienstlich zu werden. »Hermann, jetzt erzähl uns doch bitte noch mal, was du heute Morgen erlebt hast.«

Zingsheim nahm den Finger aus dem Mund. »So ein lecker Schabau würde mir jetzt die Zunge lockern.« Er rieb sich mit kreisenden Bewegungen den Bauch. »Und die Verdauung anregen.«

Sigrid lachte und nahm die Flasche Aufgesetzten vom Regal. Sie goss ein und schob ihm das Glas hin.

Zingsheim kippte den Schnaps in einem Schluck hinunter und wischte sich mit dem Handrücken über den Mund. Dann erzählte er ihnen das, was er Fischbach bereits am Morgen berichtet hatte. Mit den Worten: »Ganz große Schweinerei, aber eine ganz große«, schloss er und schob das Glas wieder zu Sigrid.

Bereitwillig schenkte sie nach.

»Und da will wirklich jemand den Staudamm sprengen?«, hakte Andrea nach. »Bist du sicher, dass deine Quellen diesbezüglich glaubwürdig sind?«

»Wenn ich es doch sage. Mit dem U-Boot hatte ich doch auch recht«, echauffierte sich Zingsheim.

Andrea Lindenlaub schmunzelte. Dieser Eifel-Däniken war

schon ein komischer Kauz. Schmächtig und ausgezehrt saß er neben ihr. Dem Geruch nach schien es um seine Körperpflege nicht zum Besten zu stehen. Auf der Straße hätte sie ihn für einen Verlierer gehalten, eine bedauernswerte Gestalt mit einer trostlosen Zukunft, stets auf der Suche nach dem nächsten Bier. Aber damit hätte sie ihm unrecht getan. Während er erzählte, hatte sie das Feuer in ihm spüren können. Es hielt ihn wach, interessiert und aufmerksam. Zingsheim würde niemals den Tag vertrödeln. Er hatte Visionen, die ihn beschäftigten, und eine Mission: Er wollte die Gesellschaft vor geheimen Gefahren warnen, so aberwitzig das Ganze Außenstehenden auch erscheinen mochte.

»Könnte diese Person, die du bemerkt hast, also die auf der Aussichtsplattform, der Täter gewesen sein?«, fragte Welscher.

»Bestimmt sogar«, antwortete Zingsheim. »Es war ja sonst niemand da. Außerdem hatte die Person etwas in der Hand, das war bestimmt die Fernbedienung für das Flugzeug.«

»Könnte aber auch eine Filmkamera oder ein Fotoapparat gewesen sein«, sagte Fischbach.

»Oder ein Tablet«, sagte Welscher. Er beugte sich zu Fischbach. »Keine Tablette. Das ist so ein Ding, da kannst du …«

»Ich weiß, was das ist«, fuhr ihn Fischbach an. »Ein Bildschirm, auf dem man herumtippen und Fingerabdrücke hinterlassen kann.«

»Respekt.« Welscher grinste von Ohr zu Ohr. »Nicht schlecht für jemanden, der in einer Region wohnt, die gerade erst elektrifiziert wurde.«

»Haha. Deine Eifel-Sticheleien waren auch schon mal geistreicher. Nudelt sich mit der Zeit ab, weißt du?«

»Genau.« Andrea schmunzelte.

Welscher zuckte mit den Schultern. »Macht irgendwie trotzdem Spaß.«

»Tu, was du nicht lassen kannst, aber verschon mich bitte damit«, sagte Fischbach. »Zurück zum Fall. Es könnte ebenso gut jemand aus einem Versteck heraus agiert haben. Feuersänger muss da schnellstmöglich erneut hin und alles absuchen.«

»Seine Leute haben heute schon damit angefangen«, berichtete

Welscher, »und ich habe mitbekommen, dass es morgen weitergehen soll. Der alte Eifel-Dickschädel dreht am Seeufer alles auf links.«

»Hör ich da etwa so etwas wie Respekt heraus?«, fragte Sigrid, während sie Spülwasser einlaufen ließ.

»Na ja, schon. Schlampigkeit kann ich ihm nicht vorwerfen«, antwortete Welscher, »nur Humorlosigkeit.«

Andrea wartete einen Moment, erhob sich, als sich sonst niemand rührte, von der Bank und griff nach dem Geschirrtuch. »Männer«, murmelte sie vorwurfsvoll. Sie nahm den ersten feuchten Teller von der Ablage und trocknete ihn ab.

»Ich mach das immer allein«, sagte Sigrid erstaunt. »Du musst nicht …«

»Und ob ich muss.« Sie ließ keinen Einwand gelten. »Bei den hier anwesenden Mannsbildern scheint das Rollenbild ja leider noch klassisch geprägt zu sein.« Tadelnd blickte sie in die Runde. Fischbach und Zingsheim wirkten lediglich überrascht, Welscher dagegen lief rot an. Er sprang auf und suchte fahrig nach einem weiteren Tuch.

Sigrid prustete los und drückte ihn auf den Stuhl zurück. »Lass mal. Das starke Geschlecht wird es schon ohne dich schaffen.«

»Entschuldige«, murmelte er. »Wie taktlos von mir.«

»Für deine Wurzeln kannst du nichts.«

»Meine … was? Welche Wurzeln meinst du?«

»Na, schließlich stammst du auch aus der Eifel.«

Welschers Mund klappte auf. Sprachlos schluckte er. »Aber …«

»Konzentriere dich lieber auf den Fall«, forderte Fischbach, »anstatt hier den Gentlemen zu spielen. Bevor wir uns auf morgen vertagen, möchte ich noch über eines reden: Wer bringt einen hobbymäßigen U-Boot-Fahrer um? Einen Rentner und unbescholtenen Bürger? Was denkt ihr?«

»Schwer zu sagen, wir wissen ja noch nicht viel über diesen Paul Lange«, sagte Welscher. »So ganz unbescholten scheint er aber nicht gewesen zu sein, denn ohne eine Genehmigung in einem Trinkwasserspeicher zu tauchen, ist illegal und erfordert eine gewisse Dreistigkeit. Vielleicht hatte er noch mehr auf dem Kerbholz.«

»Drogen!« Zingsheim klatschte sich die Hand gegen die Stirn. »Das ist es!«

Andrea Lindenlaub stoppte in ihren kreisenden Bewegungen auf dem Teller, den sie in der Hand hielt. »Drogen? Bisher haben wir keine gefunden.«

»Aber nur, weil alles noch in der Testphase war«, teilte Zingsheim ihnen mit. Sein Gesicht glühte. »In … äh … Dings, ach Mist … in … Kolumbien? Ja richtig, Kolumbien. In Kolumbien fahren die das Zeug mit U-Booten in die USA.«

»Ja, und?« Sie verstand nicht, was ein Drogenkartell aus Übersee mit dem Fall zu tun haben sollte.

»Möchte ich auch wissen«, sagte Welscher.

»Na, der Kerl wollte die gleiche Nummer hier abziehen.« Zingsheim streckte die Hand aus und ließ sie seicht durch die Luft gleiten. »Abtauchen und so das Dreckszeug unbemerkt über die Grenze schaffen. Ist doch perfekt, damit rechnet kein deutscher Zöllner.« Triumphierend sah er sie an.

»Hm, die einzige Grenze, die dort verläuft, ist die Kreisgrenze«, sagte Fischbach.

»Ja und? Es war halt eine Übungsfahrt, ein Test oder so.«

»Na, ich weiß nicht«, bemerkte Welscher zweifelnd. »Da gibt es doch sicher bessere Wege und Möglichkeiten.«

Fischbach seufzte. »Wie auch immer, Hermanns … äh … Hypothese zeigt uns zumindest, dass wir mehr Informationen benötigen, um ein halbwegs wahrscheinliches Motiv finden zu können. Ich hätte nicht damit anfangen sollen. Lasst uns für heute Schluss machen.«

Andrea Lindenlaub trocknete das letzte Messer ab und hängte das Tuch über den Griff des Backofens. »Übernimmst du die Leitung der Mordkommission?«, fragte sie Fischbach.

»Bönickhausen möchte es so. Ich muss aber nicht. Wenn jemand von euch …«

»Ach, hör schon auf«, sagte Welscher und stand auf. »Du bist der Beste dafür, das wissen wir doch.«

Andrea Lindenlaub nickte bekräftigend.

Welschers Handy klingelte. »Nanu?« Er blickte auf das Display, murmelte eine Entschuldigung und verließ die Küche.

»Wird Lars sein«, mutmaßte Sigrid. »Die beiden passen so gut zusammen. Bist du auch zu seinem Geburtstag eingeladen?«, fragte sie Andrea.

»Ja. Ich freue mich riesig darauf.«

»Wenigstens eine.« Fischbach stand auf. »Für so einen Krimskrams extra nach Kronenburg. Da kann ich mir was Angenehmeres vorstellen. Na ja, vielleicht habe ich durch den Fall ja jetzt keine Zeit mehr dafür.«

»Untersteh dich«, sagte Sigrid warnend, »wir gehen selten genug aus. Da fahren wir hin, basta.« Sie drückte den Rücken durch und verschränkte die Arme vor der Brust.

Andrea Lindenlaub kicherte. »Besser keine Widerworte, stimmt's?« An Fischbachs sauertöpfischer Miene erkannte sie, dass er nicht auf die Idee kommen würde, abzusagen.

Gemeinsam verließen sie das Haus.

Draußen steckte Welscher gerade sein Handy zurück in die Tasche. »Du, Hotte, morgen muss ich mal eine Stunde privat was erledigen.«

»Was ist denn so wichtig?«

»Erzähl ich dir zu gegebener Zeit. Jetzt muss ich dringend weg«, erwiderte Welscher und verabschiedete sich überhastet. Ohne sich noch mal umzudrehen, lief er die Straße hinunter zu seinem Wagen. Kurz darauf brauste er mit überhöhter Geschwindigkeit an ihnen vorbei.

★★★

Missmutig starrte Sabine in die Kameralinse. Seit einer Viertelstunde forderte Knut die Mitglieder der Kommune auf, sich für ein Gruppenfoto zu formieren. Dabei waren seine Ansprüche kaum zu erfüllen. Mal positionierte er sich neu, um, wie er sagte, den besten Winkel für das Foto zu finden. Dann sah er prüfend zum Himmel. »Zu wenig Licht«, murmelte er in sich gekehrt, als wäre niemand sonst in seiner Nähe. »Gleich ist die Wolke vorübergezogen, dann passt es einwandfrei.« Oder er schob jemanden an eine andere Stelle, weil er dort angeblich besser zur Geltung kam.

Nicht nur Sabine wurde ungeduldig. Sie spürte, wie sich die ausgelas-

sene Stimmung verflüchtigte. »Der sollte lieber wieder ein Reh anfahren«, murmelte Magnus an ihrer Seite.

Sabine kicherte. In den letzten Wochen war Knut vier Mal mit einem angeblich angefahrenen Reh aufgetaucht, einmal sogar mit einem ausgewachsenen Wildschwein. Der alte VW-Bully schien dabei überhaupt keinen Schaden zu nehmen. Inzwischen war ihr aufgegangen, dass Knut wilderte. Zwar hieß sie das nicht gut. Am liebsten hätte sie sich dem würzig duftenden, braun gebratenen Fleisch verweigert. Sie wollte nicht, dass die armen Tiere sterben mussten. Doch ihr Hunger siegte regelmäßig über ihre Gewissensbisse.

»Schaut nicht so miesepetrig«, rief Knut, »ich mach es nicht für mich, sondern für uns. Damit haben wir was für die Ewigkeit. Alle Renegaten auf einem Foto. Leute, wir schreiben Geschichte.« Endlich drückte er den Auslöser, wechselte zwei Schritte nach rechts und drückte wieder ab. »Perfekt«, jubelte er und schoss noch ein weiteres Bild. »Im Alter werdet ihr mir dankbar sein. Jeder bekommt Abzüge.« Er ließ die Kamera los, die an einem Lederriemen um seinen Hals baumelte, und deutete eine Verbeugung an.

Ein erlöster Seufzer drang durch die Gruppe.

»Mann, das wurde auch Zeit«, sagte Magnus. »Noch fünf Minuten, und ich hätte ihn …«

Nur zu gern hätte Sabine gewusst, was ihr Vater mit Knut veranstaltet hätte, doch ein anschwellendes Motorengeräusch ließ ihn innehalten. Er schirmte die Augen ab und sah die Zufahrt hinauf. Ein dunkelgrüner Unimog ohne Nummernschilder schoss heran, eine Staubwolke hinter sich herziehend. In der Frontscheibe spiegelte sich der Himmel, ein Fahrer war nicht zu erkennen. Auf Sabine wirkte das Fahrzeug wie ein bulliger Drache, der wütend auf sie zuspurtete. Zwei Personen mit Sturmhauben standen auf der Ladefläche und hielten Gewehre in den Händen.

»Scheiße«, murmelte Magnus, packte ihre Hand und zog sie hinter sich her zum Haus. Das Peitschen eines Schusses durchschnitt die Luft. Über die Schulter sah Sabine, wie der Unimog anhielt. Die beiden Personen auf der Ladefläche legten auf den VW-Bully an und feuerten mehrmals. Sie trugen schwarze Lederjacken.

Die Seitenscheiben des Bullys zersprangen in tausend Stücke, ein Reifen explodierte, und dicke Löcher verunzierten das Blech. Weitere Schüsse durchsiebten das Heck. Sabine sah noch, wie sich eine dunkle

Pfütze unter dem VW-Bus ausbreitete, bevor ihr Vater sie in den Hausflur zog. Dort drückten sie sich an die Wand. Nach und nach trafen die anderen der Gruppe ein und schoben sich zitternd neben sie.

Die Schüsse verhallten. Eine wütende Männerstimme rief: »Wenn ich euch noch einmal im Wald sehe, wird nicht nur Öl fließen.«

Der Motor des Unimogs brüllte dumpf auf. Kurz darauf schwellte das Geräusch ab und verstummte schließlich in der Ferne.

Fischbach stieß die Eingangstür zur Polizeibehörde an der Kölner Straße in Euskirchen auf. Baulärm empfing ihn. Wie angewurzelt blieb er stehen. Das hatte er ganz verdrängt. Der Estrich in der obersten Etage bröckelte wie ein knuspriges Brötchen, das man zusammendrückte. Ein Baumangel, den man nun beheben wollte. Presslufthämmer dröhnten nahezu unablässig, nur sekundenlang gab es erholsame Pausen. Wenn er das nicht total vergessen gehabt hätte, wäre er anstelle von Andrea Lindenlaub nach Bonn zur Obduktion gefahren.

Bönickhausen kam die Treppe herunter und schüttelte Fischbachs Hand. »Ich habe keinen großen Raum mehr frei«, brüllte er ihm ins Ohr. »Tut mir leid.«

»Kein Problem, wir nehmen mein Büro.« Es steht in der nächsten Zeit sowieso leer, dachte Fischbach und nahm sich vor, bei den Ermittlungen so wenig Zeit wie möglich hier im Gebäude zu verbringen.

»Gut, ja, so machen wir es«, stimmte Bönickhausen zu. Er verkniff das Gesicht, als zwei Presslufthämmer gleichzeitig losdröhnten. »Mit der Schmitz-Ellinger bin ich übereingekommen, dass wir alles telefonisch klären. Die liebe Frau Staatsanwältin ist wohl lärmempfindlich.«

Fischbach konnte sie nur zu gut verstehen.

Welscher betrat hinter ihnen das Gebäude und stöhnte auf. »Mensch, wie lange soll das noch gehen?«

Bönickhausen ging nicht darauf ein. »Heinz lässt euch ausrichten, dass er zu Paul Langes Haus unterwegs ist.«

»Okay«, rief Welscher, »dann fahr ich mal hinterher.«

Erstaunt hob Bönickhausen die Augenbrauen. »Freiwillig?«

»Alles ist besser als diese Hölle hier.«

»Moment«, sagte Fischbach und hielt ihn am Arm zurück. »Was war denn gestern Abend los? Ist was passiert?«

»Was Privates«, gab Welscher ausweichend zur Antwort. »Nichts, womit ich dich belasten will.«

Fischbach bohrte nicht weiter. Sein Kollege brauchte mitunter etwas länger, um sich zu öffnen, so gut kannte er ihn inzwischen. »Dann kümmere ich mich um diese Frau vom Wasserverband, Helga Freimers«, teilte er ihm mit. »Ich bin gespannt, was die so zu erzählen hat.«

»Ich auch.« Welscher drehte sich auf dem Absatz um und verließ eilig das Gebäude.

»Der ist anscheinend auf der Flucht«, meinte Bönickhausen.

Für Sekunden schwiegen die Bohrhämmer.

»Es war eine Scheißidee, den Umbau während des laufenden Betriebs vorzunehmen«, sagte Fischbach in die Stille hinein. »Das war immer schon mein Standpunkt. Wir hätten für die Bauphase ein Ausweichquartier anmieten sollen. Aber ihr Großkopferten habt ja anders entschieden.«

Er ließ Bönickhausen stehen und ging in sein Büro. Gegen die einsetzenden Kopfschmerzen mussten wieder einmal Tabletten helfen.

★★★

Welscher hatte nicht nur, um dem Lärm entfliehen zu können, spontan angekündigt, Feuersänger zu unterstützen. Es war eine gute Gelegenheit, noch schnell etwas zu erledigen, auch wenn es nicht direkt auf dem Weg lag.

Kurz hinter Antweiler bog er auf die L 61 und ließ die Schavener Heide und den Hochwildpark rechts liegen. Bevor er Mechernich erreichte, lenkte er den Fiesta nach rechts. Wenige hundert Meter weiter parkte er den Wagen vor dem Haus seiner Eltern und stieg aus.

Seine Mutter Hannelore empfing ihn an der Haustür. Tiefe Falten hatten sich über die Jahrzehnte in ihr Gesicht eingegraben. Das graue Haar trug sie kurz, es wirkte stumpf und vernachlässigt. Ihre dunklen Augenringe kontrastierten mit der ungesunden bleichen Hautfarbe.

»Er schläft«, sagte sie zur Begrüßung und führte ihn in die Küche. Wie jedes Mal fühlte Welscher sich augenblicklich in seine Kindheit zurückversetzt. Bis auf die Tapeten hatte sich nichts verändert: dieselben lose zusammengewürfelten Holzschränke, ein weißer frei stehender E-Herd, in der Mitte ein massiver Tisch mit Wachsdecke darauf und drum herum acht Stühle. Vor den beiden Fenstern hingen sogar noch die Übergardinen mit dem Gemüsemotiv, die Karotten ausgeblichen, der Stoff fadenscheinig vom vielen Waschen.

Er setzte sich.

Mit zittrigen Händen stellte sie Tassen auf den Tisch. »Ich habe uns einen Früchtetee gekocht. Den mochtest du ja immer so.« Sie schenkte ihm ein Lächeln.

»Ich habe heute leider nicht viel Zeit. Bin im Dienst.« Am liebsten wäre Welscher aufgesprungen und davongerannt. Obwohl er inzwischen regelmäßig bei seinen Eltern vorbeischaute, überfiel ihn bei jedem Besuch ein unangenehmes Ziehen in der Magengrube. Zu schmerzlich waren die Erinnerungen, als dass er sie einfach abstreifen konnte. Hier im Haus war es zum Bruch mit seinem Vater gekommen. Der hatte weder Toleranz noch Verständnis für Welschers Homosexualität gezeigt, hatte geschrien und getobt, als Welscher damals mit der Wahrheit rausgekommen war. Nach einer schallenden Ohrfeige, die Welscher bis auf die Seele durchgeschlagen war, hatte er die Taschen gepackt und war davongestürmt. Seine Mutter hatte ihn jedoch am meisten enttäuscht. Er hatte damals auf ihre Unterstützung gehofft, doch sie verfolgte den Streit nur stumm und mit Tränen in den Augen. Als sie vor einigen Monaten den Kontakt zueinander wieder aufgenommen hatten, hatte Welscher ihre Entschuldigung angenommen, so richtig verziehen hatte er ihr jedoch noch nicht.

»Für einen Tee wird es reichen.« Sie umklammerte den Griff der Kanne und lächelte verkrampft. »Vielleicht wacht dein Vater in der Zwischen—«

»Tu bitte nicht so, als sei alles in bester Ordnung«, unterbrach er sie. »Du kannst ihn nicht mehr hierbehalten. Es überfordert dich.« Er wollte nicht um den heißen Brei herumreden.

Schweigend goss sie ihm Tee ein. Ihr Kinn bebte.

»Wenn meine Kollegen ihn gestern Nacht nicht aufgegriffen hätten, wäre er vielleicht noch auf der A 1 spazieren gegangen. Gott sei Dank hatte er ein Namensschildchen im Hemdkragen.«

»Die habe ich eingenäht. Mit seinem Namen und unserer Adresse. Den Tipp hat mir der Doktor gegeben.« Sie ließ sich auf einen Stuhl fallen und gähnte. »Ich muss halt aufmerksamer sein. Leider habe ich zu tief und fest geschlafen.«

Der Tee duftete verlockend. Welscher ignorierte es. Seine Mutter wollte ihn besänftigen, er durchschaute das. Aber er wollte hart bleiben. »Er muss ins Heim. Du kannst nicht vierundzwanzig Stunden am Tag Wache halten.«

Klirrend stellte sie ihre Teeschale auf die Untertasse. »Kommt gar nicht in Frage.«

»Es muss sein.«

»Ich habe dich um Hilfe gebeten.«

»Und ich bin hier und präsentiere eine Lösung.«

»So nicht, oh nein. Du bist über deinen Schatten gesprungen. Dafür danke ich dir. Aber so habe ich mir das nicht vorgestellt.« Sie zog die Füße unter den Stuhl, verschränkte die Arme vor der Brust und schmollte.

Ärgerlich trank Welscher seinen Tee in einem Zug aus und stand auf. Am liebsten hätte er alles hingeschmissen und sich so der Verantwortung entledigt. Leider wusste er nur zu gut, dass seine Mutter zwar eine ausgezeichnete Hausfrau abgab, aber mit jeglichem Schriftverkehr heillos überfordert war. Niemals würde sie allein die notwendigen Anträge ausfüllen können. Lieber würde sie alles so belassen, wie es war, und direkt in die Katastrophe schlittern. »Du willst dir einfach nicht helfen lassen.«

»Auch wenn er mir den größten Schmerz meines Lebens zugefügt hat, indem er dich aus dem Haus getrieben hat: Ich liebe ihn. Er ist mein Mann. Bis dass der Tod uns scheidet, in guten und in schlechten Zeiten, das habe ich vor Gott geschworen.« Sie stand ebenfalls auf, ergriff seine Hand und drückte sie zärtlich an ihre Wange. »Bitte, Jan«, flehte sie, »finde eine andere Lösung. Wirf deinen Hass über Bord. Mir hilfst du, nicht ihm. Hör auf, ihn zu bestrafen.«

Langsam zog Welscher die Hand zurück. »Es gibt keine Alter–« Er hielt inne. Wollte er seinen Vater tatsächlich bestrafen? Könnte seine Mutter recht haben? Musste es tatsächlich ein Heim sein?

Nicht gerade das, was sich jemand erhofft, der die Natur liebt
und gern unter dem Kirschbaum im Garten sitzt. Die Leinwände
im Schuppen, die sein Vater gut gelaunt vollkleckste, würden
sicherlich auch nicht mitdürfen. Was blieb da am Ende übrig von
den Freuden, die seinen Vater trotz der schweren Krankheit zu
einem glücklichen Menschen machten? Gab es nicht zahlreiche
andere Lösungen? War er zu hartherzig? Wollte er Rache?

Er löste sich von Hannelore und wandte sich ab. »Ich denk
drüber nach«, rief er ihr über die Schulter zu und rannte hinaus.

★★★

Erbost knallte Fischbach den Hörer auf die Station. Seit einer
Stunde versuchte er, Helga Freimers zu erreichen. Doch ob über
Festnetz oder über Handy, bisher waren alle seine Versuche ge-
scheitert. »Vielleicht ist sie ja noch im Dienst«, murmelte er.
Er nahm den Hörer wieder zur Hand, wählte die Nummer des
Wasserverbandes und ließ sich zur personalverantwortlichen Stelle
durchstellen. Dort erfuhr er, dass Helga Freimers gestern nicht
zur Arbeit erschienen war.

Er bedankte sich, riss die K-Heroes-Lederjacke von der Stuhl-
lehne und verließ das Büro, froh darüber, dem Baulärm entgehen
zu können.

Nach einer halben Stunde Fahrt erreichte Fischbach sein Ziel.
Er mochte das putzige Örtchen Marmagen. Das lag nicht allein
an den schön herausgeputzten Häusern im Ortskern oder an
der etwas in die Breite gegangenen St.-Laurentius-Kirche. Was
ihm am besten an dem Dorf gefiel, waren die weit im Umkreis
bekannten Chorkonzerte, die er gelegentlich mit Sigrid besuchte.

Beim ersten Mal hatte er verwunderte Blicke geerntet, als er
mit der Harley vorfuhr und mit der Lederjacke bekleidet eintrat,
Sigrid, die mit einem Taxi gekommen war, im eleganten Hosen-
anzug, eingehakt an seiner Seite. »Wir fallen mehr auf als eine
bunte Kuh«, hatte sie ihm amüsiert ins Ohr geflüstert. Inzwischen
gehörten sie fast schon zum Programm.

Er passierte die Villa Hubertus und bog in die Mühlenstraße

ein. Helga Freimers wohnte am Ende der Straße in einem fast quadratischen Häuschen.

Fünf Minuten lang klingelte Fischbach vergeblich. Gerade als er aufgeben wollte, bewegte sich die Gardine am Fenster links neben der Haustür. Er sprang in die Rabatte vor dem Haus, schirmte das Glas ab und lugte ins Innere.

Eine kräftige Frau stand mitten in der Küche und starrte ihn aus verweinten Augen an. Sie trug einen rosafarbenen Jogginganzug. Ein wenig erinnerte ihn das Outfit an diese Komikerin aus dem Fernsehen, die Sigrid so mochte.

»Frau Freimers, ich bin von der Polizei«, rief Fischbach. »Machen Sie bitte auf.«

»Nein!«, kreischte sie und taumelte einige Schritte rückwärts.

Fischbach sah das Unglück kommen, doch alles passierte so schnell, dass er keine Warnung mehr ausstoßen konnte.

Die Frau stolperte über eine grau gemusterte Katze, die sich um ihre Beine herumschlängelte, und fiel rückwärts zu Boden. Mit einem lauten Fauchen sprang die Katze zur Seite und verschwand hastig im Nebenraum.

Die Frau rührte sich nicht mehr.

»Ach du Scheiße«, fluchte Fischbach und trampelte aus den Rabatten heraus zur Haustür. Er holte seine EC-Karte aus dem Portemonnaie und setzte sie am Schloss an. »Bitte, bitte, bitte«, murmelte er, darauf hoffend, dass die Tür nicht abgeschlossen war.

Mit einem Klicken sprang die Falle zurück, und er drückte die Tür auf. Ein Fauchen empfing ihn. Die Katze stand mit gekrümmtem Rücken angriffslustig vor ihm.

»Keine Zeit zum Spielen«, sagte Fischbach. Er achtete nicht weiter auf das Tier, durchquerte den Flur und bog links ab.

Dort lag die Frau immer noch reglos auf dem Boden.

»Frau Freimers? Mensch, machen Sie doch keinen Ärger.« Er ging neben ihr auf die Knie. Mit den Fingerspitzen fühlte er ihren Puls am Handgelenk. Kräftig und regelmäßig. Autsch! Etwas sprang ihn von hinten an und krallte sich in seinen Nacken. Fluchend versuchte er, den Übeltäter zu erwischen. Er griff blind nach hinten, spürte Haare unter den Fingern und packte beherzt zu. Die Krallen der Katze zogen eine schmerzende Spur über seine Haut, als er sie nach vorne zog. »Du kleines Miststück«, zischte er und hielt sie weit von sich. »Ich will deinem Frauchen doch nur helfen.« Das Tier wand sich in seinem Griff und wischte immer wieder mit der Pfote in seine Richtung.

»Sie mag keine Eindringlinge.«

Fischbach blickte zu der Frau, die noch immer mit geschlossenen Augen auf dem Boden lag. Dabei achtete er darauf, die Katze auf Abstand zu halten. Die Kratzer im Nacken brannten schon genug, es mussten nicht noch welche im Gesicht hinzukommen. »Frau Freimers?«

»Bin ich, ja.«

»Geht es Ihnen gut?«

»Ja … ja, alles in Ordnung.«

Die Katze zappelte wild, fauchte, holte aus und schlug erneut mit der Pfote nach Fischbachs Nase. Nur um Millimeter verfehlten die ausgefahrenen Krallen das empfindliche Organ.

Helga Freimers öffnete die Augen. Sofort liefen Tränen über ihre Wangen. »Warum sind Sie nicht einfach gegangen?«

»Es gehört zu meinem Beruf, hartnäckig zu sein. Mein Name ist Fischbach, von der Kripo Euskirchen. Soll ich einen Arzt rufen?«

Ächzend kam sie auf die Beine und nahm ihm die Katze ab. Unversehens verwandelte sich diese von einem gefährlichen Raubtier in ein lammfrommes Schmusetier und schmiegte sich schnurrend an Helga Freimers' Brust.

»Zwei Seelen wohnen, ach, in meiner Brust«, rezitierte Fischbach, stand auf und setzte sich auf einen Stuhl. »Warum haben Sie nicht geöffnet?«

Behutsam setzte sie die Katze auf der Bank ab, ließ sich dann daneben nieder und stützte den Kopf in die Hände. »Paul ist etwas passiert, nicht wahr?«

Fischbach bemerkte die Tätowierung, die Paul Langes Nachbarin erwähnt hatte. Die drei Punkte stellten den Pfotenabdruck einer Katze dar. »Sie wissen es bestimmt schon aus der Zeitung.«

Heftig schüttelte sie den Kopf. »Ich habe das Haus seit gestern nicht verlassen. Und mein Laptop ist kaputt. Ich kann nicht ins

Internet.« Ihre Hand schoss vor und umklammerte Fischbachs Unterarm. »Was ist mit Paul?«

Sanft löste Fischbach die Finger. »Ich muss Ihnen leider …«

»Gestern Morgen? Im U-Boot?«

»Ja. Aber wir kennen die genauen Umstände noch nicht.«

»Tot?« Sie hauchte das Wort nur.

»Leider.«

Ihr Körper bebte. »Ich bin schuld, ich hätte … ich kann nicht mehr.« Laut schluchzte sie auf. »Hätte ich bloß nicht zugestimmt … wie konnte ich nur so bescheuert sein? Aber er hat ja … ich … er konnte wirklich überzeugend sein, wenn er wollte. Und jetzt? Habe ich Paul verloren und bin meinen Job los.«

Aus dem Gestammel wurde Fischbach nicht richtig schlau. Zumindest aber hatte sich bestätigt, dass Helga Freimers Paul Lange gut kannte. Geduldig wartete er, bis sie sich ein wenig beruhigt hatte und aufschaute. Schniefend zog sie die Nase hoch. »Ich bin schuld.«

Aus den Tiefen seiner Jackentasche zog er ein Taschentuch und reichte es ihr. »Immer der Reihe nach, Frau Freimers. Egal, was passiert ist, das Leben muss weitergehen.« Er kam sich wie ein Heuchler vor. Schließlich wäre er beinahe selbst an einem Schicksalsschlag gescheitert. Seine erste Frau und seine Tochter hatte Fischbach bei einem Autounfall verloren, den er verschuldet hatte. Ohne Sigrid wäre gar nichts mehr weitergegangen. Er wäre hoffnungslos abgestürzt und hätte sich vermutlich irgendwann die Pulsadern aufgeschlitzt. Oder kaputtgesoffen. Ob man wieder in die Spur kam, hing von verschiedenen Faktoren ab, die Helga Freimers nicht alle selbst bestimmen konnte. Das wusste Fischbach nur zu genau. Aber jetzt galt es, mehr von ihr zu erfahren. Daher verdrängte er die düsteren Gedanken. »Beginnen Sie einfach mit dem, was gestern Morgen passiert ist«, bat er mit sanfter Stimme.

Tatsächlich schienen seine Worte sie zu beruhigen. Ihr Atem ging ruhiger. Sie begann, den Stubentiger an ihrer Seite zu kraulen. »Viel habe ich nicht mitbekommen. Ich saß ja im Haus.«

»Im Haus des Wasserverbandes am Urftsee?«

»Ja. Da war ein Knall, und ich bin raus.«

»Wie lange hat das gedauert?«

»Bis ich draußen war?«

Fischbach nickte.

Ihre Wangen färbten sich rosa. »Ja, also ... eine Minute?«

Überrascht hob Fischbach die Augenbrauen. »Sind Sie gehbehindert?«

»Nein, ich ... äh ... na ja, ich war halt auf dem Pott. Man muss sich ja erst ... Sie wissen schon.«

»Ist klar. Erzählen Sie weiter.«

Sie schloss die Augen und rieb sich die Stirn. »Zunächst war alles wie immer. Doch dann bemerkte ich den Dunst über dem See. Gar nicht weit entfernt von meinem Standort, links von der Insel, die der Staumauer vorgelagert ist. Ich habe das erst für eine Art Nebel gehalten. Gewundert habe ich mich schon, dass er an nur einer Stelle knapp über der Wasseroberfläche auftauchte. Aber es gibt ja die verrücktesten Wetterphänomene. Doch dann war da auf einmal dieser Mann, so ein hagerer ungepflegter Kerl.« Sie schüttelte sich. »Brrr, der roch nach Schnaps und faselte was von einer Explosion und einer Gestalt. Der war mir unheimlich, erst recht, als er auch noch mit UFOs anfing.«

Angestrengt verkniff sich Fischbach ein Grinsen. Die Außenwirkung seines Freundes Zingsheim war nicht die beste, das stand fest.

»Ich habe ein paar ernste Worte mit dem Mann gewechselt«, berichtete Helga Freimers weiter, »und bin dann rasch wieder ins Haus. Ich habe sogar abgeschlossen, das mache ich sonst nie. Aber der Mann war irgendwie verwirrt, er rannte draußen herum, als wären die grünen Männchen hinter ihm her. Zur Aussichtsplattform ist er auch noch hoch. Gott sei Dank war er aber fort, als ich Feierabend hatte.«

»Um wie viel Uhr war das?«

»Um kurz nach sieben. Erst später, als ich schon wieder zu Hause war, ging mir auf, dass Paul etwas zugestoßen sein könnte. Der Dunst könnte Rauch gewesen sein, kam mir in den Sinn. Ein explodierter Motor oder eine streikende Batterie, was weiß ich, was sich an so einem U-Boot alles in Rauch auflösen kann. Ich bin zu Paul nach Gemünd, doch die Garage war leer. Über sein Handy konnte ich ihn auch nicht erreichen.« Ihr Blick ging in die Ferne.

Fischbach wusste mit einem Mal, worauf das alles hinauslief. Doch er wollte es aus ihrem Mund hören. »Sonst ist Ihnen nichts aufgefallen?

Sie schüttelte den Kopf.

»Okay, so weit, so gut. Mich interessiert natürlich brennend, wieso Paul Lange mit dem U-Boot im See abgetaucht war. Schließlich ist es verboten. Ich vermute, Sie können mir eine Erklärung dafür liefern.«

Kaum merklich nickte sie. Sie setzte einige Male an, bevor sie mit schwacher Stimme sagte: »Ich habe es ihm erlaubt.«

»Bitte? Wie kann denn so etwas sein? Sie haben dazu doch sicher gar keine Befugnis.«

»Nein, so direkt nicht. Erlaubt ist es eigentlich auch nicht … also eher geduldet.«

»Geduldet?«

»Nicht hingesehen, ihn nicht angeschwärzt, nicht gepetzt. Jetzt klar?«

»Ja, das war aber auch ziemlich umständlich formuliert«, sagte Fischbach etwas barsch.

Die Katze hob den Kopf und sah ihn vorwurfsvoll an. Helga Freimers schien es nicht bemerkt zu haben. Mechanisch streichelte sie weiter über das Fell. »Ich hätte nicht zustimmen dürfen. Aber Paul konnte sehr überzeugend sein. Und was macht man nicht alles aus Liebe, nicht wahr?« Zustimmungheischend blickte sie Fischbach an.

»Eine ganze Menge Blödsinn«, sagte er.

»Ja.« Sie schien erleichtert, lächelte verkrampft. »Nachts ist ja nichts los am See, das Risiko aufzufallen ist minimal. Wäre er erwischt worden, hätte er mich aus dem Spiel gelassen und ich mich dumm gestellt. Seine Bitte, im See tauchen zu dürfen, konnte ich ihm einfach nicht abschlagen.« Ihre Stimme wurde wieder weinerlich. Mit dem Ärmel ihrer Jacke wischte sie sich über die Augen.

»Ich vermute, da spielte auch die Angst mit, ihn zu verlieren.«

Sie nickte. »Ich wollte nichts riskieren. Die sechzig ist nicht mehr weit. Ich hatte immer nur Pech in der Liebe. Wenn da so wie aus dem Nichts einer wie Paul auftaucht und einen will, dann geht man dem Kerl schon mal um den Bart, um nicht wieder als Single zu enden.«

»Wo haben Sie sich denn kennengelernt?«

»Bei einer Besichtigungstour durch das Innere der Staumauer. Ich durfte die Gruppe führen, er war ein Gast. Hinterher sagte er mir, mein Humor würde ihm gefallen und ob wir nicht mal essen gehen sollten. Noch am Abend sind wir bei ›Friedrichs‹ in Gemünd eingekehrt. Seitdem sind wir … waren wir … ach Mist.« Sie schnäuzte laut in das Taschentuch. »Ich kann es nicht fassen.«

»Das verstehe ich. Um mal alles auf den Punkt zu bringen: Er hat sie überredet, die Tauchversuche während Ihrer Nachtschicht durchführen zu dürfen. Warum Sie dem zugestimmt haben, habe ich inzwischen kapiert. Aber warum hat Paul Lange das Risiko einer Strafanzeige in Kauf genommen?«

»Für ihn war es von Vorteil, quasi vor der Haustür sein Boot testen zu können. Dazu war er immer schon … hm … gewissermaßen rebellisch, ja, so kann man es nennen.«

»Erklären Sie mir das.«

»Also, er achtete streng darauf, dass sein Boot kein Jota emittierte, kein Öl, kein Schmierfett, überhaupt nichts. Selbst bei seinem Hänger hat er immer alles abgewischt, bevor er ihn ins Wasser stieß. Das konnte schon mal eine Stunde oder so dauern.«

Fischbach dachte an Paul Langes ungepflegten Vorgarten. »Schwer vorstellbar«, gab er zu.

»Es war aber so. Absolut clean, hat er immer gesagt. Und deswegen dachte er gar nicht daran, sich an die Vorschriften zu halten, wenn sein Boot ohnehin keine Gefahr darstellte.«

»Seltsame Logik. Haben Sie versucht, ihn umzustimmen?«

»Ja klar. Den Mund habe ich mir fusselig geredet. Doch Paul interessierte das nicht. Er meinte, sein Boot stelle keine Gefahr dar, basta.« Sie lachte traurig. »Obrigkeitshörigkeit gehörte eindeutig nicht zu seinen Eigenschaften. Paul hat oft darüber geschimpft, wie überreguliert der Staat ist.«

»Verstehe. Können Sie mir bitte noch mehr über ihn erzählen? Zum Beispiel, was für einen Beruf er ausgeübt hat? Gab es Freunde oder Verwandte? Feinde?«

Sie riss die Augen auf. »Feinde?«, hauchte sie. »War es etwa …?« Sie brach ab und schlug die Hand vor den Mund.

»Wie gesagt: Wir ermitteln noch in alle Richtungen, wir schließen nichts aus.«

»Schrecklich.«

»Dem kann ich nur zustimmen.«

Einige Sekunden verstrichen. Dann hatte sie sich wieder gefasst. »Er hat nie viel über sich erzählt. Wenn ich mal nachhakte, sagte er, die Vergangenheit sei vergangen, und nur die Gegenwart würde zählen. Er muss mal gut verdient haben. Das nehme ich zumindest an. Darüber gesprochen haben wir nie. Sein Haus ist aber nicht gerade klein, und so ein Hobby gewiss nicht preiswert. Schauen Sie sich nur mal seinen Pick-up an. Vermutlich ist der so teuer wie ein Reihenhaus in Euskirchen.«

»Könnte alles finanziert sein.«

»Möglich, ja. Glaube ich aber nicht. Sie können es bestimmt feststellen.«

Fischbach nickte. »Wenn es nötig werden sollte.«

Die Katze erhob sich, sprang von der Bank und ging im Wiegeschritt zu einem Napf neben dem Kühlschrank. Sie hockte sich hin und kaute schmatzend an einem übrig gebliebenen Fleischstück.

»Sie fragten nach Verwandten, Freunden … und Feinden.« Sie schluckte hart. »Zu Letzterem fällt mir nichts ein.«

»Und zur Familie?«

»Ich habe ihn danach gefragt. Da gab es wohl niemanden, der ihm nahestand. Und Freunde habe ich nicht kennengelernt. Paul war ein ziemlicher Einzelgänger. Fast ein Wunder, dass er sich mit mir abgegeben hat.«

»Nun, zumindest gab es da ja noch die nette Nachbarin. Solch ein Eigenbrötler schien er dann doch nicht gewesen zu sein.«

Sie lachte unlustig. »Ja, Sie meinen die verrückte Anni. Sie mag mich nicht. Ich glaube, sie ist insgeheim auch in Paul verliebt und sieht mich als Konkurrentin. Aber so richtig zählt sie nicht, denke ich.«

Einige Minuten bohrte Fischbach noch und versuchte, ihr Namen von Leuten zu entlocken, mit denen Paul Lange Umgang pflegte. Weit kam er jedoch nicht. Nach einer Viertelstunde gab er auf, bat sie, sich zur Verfügung zu halten, und verabschiedete sich.

An der Harley angekommen, klingelte sein Handy. Auf dem Display erkannte er die Nummer von Bönickhausen. »Was gibt's?«

»Hotte! Sitzt du?«

»Nein.«

»Egal, pass auf.«

Mit wachsendem Entsetzen hörte Fischbach zu.

★★★

Feuersänger empfing Welscher schon beim Betreten des Grundstücks. Breitbeinig und mit vor der Brust verschränkten Armen, stand der Tatorttechniker vor der geöffneten Doppelgarage von Paul Lange. Der weiße Schutzanzug wies schmutzige Stellen auf, ein Zeichen für seine tatkräftige Unterstützung des Teams.

»Ah, sieh an, der Kollege ist auch schon wach«, frotzelte er. Seine kräftige und dunkle Stimme würde bestimmt noch in Schleiden zu hören sein.

Welscher stellte sich neben ihn. Feuersängers Leute wuselten in der Garage herum und drehten alles auf links, was ihnen unter die Finger kam. »Hast du was für mich?«, fragte er. Mit den Gedanken an seine Eltern im Hinterkopf verspürte er momentan keine Lust auf ein Wortgefecht mit Feuersänger.

»Oho, so lammfromm heute Morgen?«

»Gewöhn dich nicht daran.«

Feuersänger führte in die Garage. »Hier hat Lange an dem U-Boot gebastelt. Wir haben Baupläne gefunden. Dazu unzähliges Werkzeug. Durchaus ungewöhnliche Stücke darunter, Drehmomentschlüssel und so ein Kram. Der war besser ausgestattet als jede Nobelkarossenschmiede. Und hinter dem Haus hat er ein Gartenhäuschen stehen. Dort hat er Material gelagert.«

»Hört sich alles unverfänglich an.«

»So ist es.« Feuersänger fischte ein Blatt aus dem Overall, faltete es auseinander und reichte es Welscher. »Hier hast du eine Verbindungsübersicht. Dazu Namen, die wir in Langes Adressbuch auf dem Handy gefunden haben.«

Erstaunt nahm Welscher das Papier zur Hand und überflog es. Es waren nur eine Handvoll Anrufe in den letzten Monaten, dazu drei Einträge im Adressbuch, unter anderem Helga Freimers, um die sich Fischbach kümmern wollte. »Wie kommst du denn da ran? Das fällt doch in unsere Zuständigkeit.«

»Beruhige dich, niemand will dir deine Arbeit abnehmen. Habe ich aus Versehen aus dem Fax mitgenommen.«

»Und dann schleppst du es mit hierher, anstatt es uns ins Büro zu reichen?«

»Jetzt mach dir mal nicht ins Hemd. Mir ist es erst hier aufgefallen, okay? Du machst aber auch immer aus einer Mücke einen Elefanten.«

»Und wenn wir dadurch wichtige Erkenntnisse erhalten hätten? Es wären Stunden vergangen, bis der Herr Chef von der Spurensicherung die Güte gehabt ...«

»Ist es jetzt gut?« Böse funkelte Feuersänger ihn an.

Welscher verbiss sich eine scharfe Erwiderung. Vielleicht war es besser, sich auf andere Dinge zu konzentrieren. Er holte tief Luft und fragte: »Was ist mit dem U-Boot?«

Feuersänger nahm das Angebot zum Waffenstillstand an. »Technisch einwandfrei, sieht man von dem gesprengten Loch ab. Es ist versenkt worden, daran besteht kein Zweifel mehr. Übrigens ein ganz tolles Gefährt, klein, leicht und druckstabil, perfekt für enge Unterwasserhöhlen. Ohne Probleme für eine Person zu handhaben, auch was den Transport und das Zuwasserlassen angeht.« Aus den Augenwinkeln fixierte er Welscher. »Spar dir deinen Spruch.«

Welscher stutzte. »Bitte?«

»Na, dass du uns Bauern so etwas nicht zugetraut hättest, oder was du in dieser Hinsicht sonst so gern verlauten lässt.«

Amüsiert verzog Welscher den Mund. Anscheinend musste er gar nichts Abfälliges mehr sagen, die Kollegen erledigten es schon selbst. Er legte Feuersänger die Hand auf die Schulter und drückte sie. »Wäre mir doch nie über die Lippen gekommen.«

»Wer's glaubt, wird selig.«

»Wie sieht es im Haus aus?« Die Haustür stand offen. Ein Techniker verschwand gerade im Inneren.

»Keine Einbruchspuren, nichts Auffälliges und spartanisch eingerichtet. Paul Lange schien sein Geld überwiegend in das Hobby investiert zu haben. Du kannst selbst nachschauen gehen.«

»Gute Idee.«

Im Flur roch es staubig. Eine Treppe führte nach oben, zwei Türen standen offen. Die rechte gehörte zum Gästeklo. Geradeaus ging es ins Wohn-Esszimmer mit integrierter Küche. Eine Theke trennte die beiden Bereiche voneinander. Eine gemütliche Sitzgruppe, ein kleiner Tisch und ein Schrank waren alles an Möbeln. Noch nicht mal Bilder zierten die Wände.

»Schau dich ruhig um«, sagte Feuersänger, »ich knipse oben noch ein paar Fotos. Einen Keller gibt es übrigens nicht, falls du danach suchen solltest.«

Welscher nickte und sah durch die Panoramafenster in den Garten hinaus. Der Rasen schien ausschließlich aus verbrannten Stellen zu bestehen. Da würde nur noch eine Generalüberholung helfen: umgraben, neue Aussaat und reichlich sprengen. Das Gartenhäuschen, das Feuersänger erwähnt hatte, stand im Schatten eines Kirschbaums am Ende des Grundstücks. Ein Maschendrahtzaun markierte die Grenze zum Nachbarn. Auf der Terrasse stand ein Plastiktisch, daneben zwei Stühle. Welscher wandte sich ab und ging zum Wohnzimmerschrank. Sicherheitshalber zog er Einweghandschuhe über. Feuersänger sollte keinen Grund finden, herumzupoltern. Nacheinander öffnete er Schubladen und Türen, wühlte sich durch Streichhölzer, Kerzen, alte Rechnungen, Werbeprospekte, gelesene Zeitungen, Weinflaschen, Gläser und anderen Krimskrams. Doch nur eine Mappe fand Welschers Interesse. Sie enthielt Unterlagen zur beruflichen Laufbahn von Paul Lange: Ausbildungszeugnis und Meisterbrief im Lehrberuf Schweißer, Technikerzeugnis in Mess-und-Regel-Technik, Ingenieurdiplom für Maschinenbau. Eine Gewerbeanmeldung und auch eine -abmeldung, Letztere zehn Jahre alt. »So klärt sich die Frage, woher dein Geschick in der

Konstruktion von Unterseebooten kommt«, murmelte Welscher. Die Mappe steckte er hinten in den Bund seiner Hose.

Die Küchenschränke bargen keinerlei Geheimnisse, und so beschloss er, im Obergeschoss weiterzuforschen. Auf der Treppe klingelte sein Handy. »Welscher«, meldete er sich, ohne auf das Display zu schauen.

»Hotte hier. Halt dich fest, du wirst es nicht glauben.«

★★★

Endlich Ferien.

Am liebsten wäre Sabine den ganzen Heimweg gehüpft, nur ziemte sich das nicht für einen Teenager, fand sie. Die Blumen am Wegesrand schienen ihr heute bunter, der Himmel blauer, das Summen der Insekten intensiver zu sein. Ein Traktor tuckerte gemächlich über die Wiese. Der würzige Duft nach Heu stieg ihr in die Nase und kitzelte einen Nieser heraus.

Endlos lange sechs Wochen ohne den Hohn und Spott der Mitschüler. Sechs Wochen nicht die Außenseiterin sein.

Ihr Zeugnis war auch in Ordnung. Zwar hatte die dämliche Sportlehrerin ihr eine Fünf verpasst. Nur weil Sabine keine Turnschuhe besaß und daher barfuß turnte. Doch ansonsten gab es Zweien und Dreien, und sogar eine Eins in Kunst. Aufs Malen verstand sie sich, egal mit welchen Materialien.

Ihre Eltern würden sich freuen.

Ein dunkler Schatten legte sich über ihr Gesicht. Zumindest Papa würde sich freuen.

Der Riemen ihrer Umhängetasche schien Sabine plötzlich die Luftröhre abzudrücken. Ärgerlich riss sie daran.

Mama war immer noch vollends begeistert von dem Leben in der Kommune. Sie interessierte sich dabei kaum mehr für sie.

Sabine tröstete sich damit, dass sich bei ihrem Vater ein Wandel zu vollziehen schien. Seine anfängliche Euphorie war verflogen. Er war wieder ansprechbar und interessiert an alltäglichen Dingen. Innerhalb der Kommune wurde er deshalb als Spießer bezeichnet. Nur weil er sich ein paar Regeln für das Zusammenleben wünschte. Zu Recht, fand Sabine. Es ging um so banale Sachen wie den Abwasch oder das Putzen. Im

Haus klebte alles, was man anfasste. Ein wenig Hygiene wäre durchaus angebracht.

Dass ihre Mutter mit anderen Männern ins Bett ging, mochte er auch nicht mehr. Bei einem Streit zwischen den beiden hatte Sabine letzte Woche die Worte »Herumhurerei« und »Nutte« aufgeschnappt. Die Wände in dem alten Bauernhaus waren nun einmal nicht sehr dick.

Sabine vermutete, dass Magnus' Wandel mit seiner neuen Arbeitsstelle zusammenhing. Davon hatte er ihr bei einem gemeinsamen Abendspaziergang erzählt. Dass er sich überhaupt Zeit für sie genommen hatte, war bereits eine positive Veränderung gewesen. Dann hatte er ihr auch noch von dem Traumjob vorgeschwärmt. Nach all dem Frust und Ärger in seinen Aushilfstätigkeiten nach dem Studium bot sich endlich eine Chance auf Festanstellung bei einer erfolgreichen Firma, die weltweit agierte. Vor Freude hatten seine Augen geglänzt wie Glasmurmeln in der Sonne. »Demnächst schwimmen wir in Geld«, hatte er gesagt und sie in die Seite geknufft. »Du wirst sehen, alles wird gut.«

Atemlos hatte sie ihm zugehört. Bald wieder ein normales Leben zu führen, mit geregelten Tagesabläufen, jederzeit genug Essen im Kühlschrank und gemeinsamen Samstagabenden vor dem Fernseher – der Gedanke war einfach paradiesisch. Nur ihre Eltern und sie, zusammengekuschelt auf einem Sofa, das nur ihnen gehörte und das sie mit niemandem teilen mussten. Vor Freude hatte sie ihn stürmisch umarmt.

Hinter dem Ortsschild bog sie links ab und folgte dem schmalen Weg entlang des Weidezauns. Das Ticken des Stroms in der Leitung schien den Grillen einen Takt vorgeben zu wollen. Hochstehende Gräser kitzelten ihre Waden.

Das Bauernhaus der Kommune lag in einer Senke unweit einiger Forellenteiche. Hinter dem Haus stand die Scheune, die landwirtschaftlich nicht mehr genutzt wurde. Zwei große Kastanienbäume vor der Haustür spendeten Schatten. Unter den weit überhängenden Ästen standen Sonnenstühle und eine Sitzgruppe. Zurzeit waren sie verwaist. Bei den sommerlichen Temperaturen der letzten Tage zogen die Hausbewohner tagsüber die Kühle im Haus vor.

Sabines Herz machte einen Sprung, als sie die hochgewachsene Gestalt erkannte, die aus der Haustür trat und ihr entgegenkam.

Papa!

Bestimmt hatte er am Fenster gesessen und auf sie gewartet. Sie zog *ihre Clogs aus und rannte den Weg hinunter. Ein Jauchzen floss über ihre Lippen. Sie sprang in seine Arme und drückte ihm einen dicken Schmatzer auf die Wange. Sein Rasierwasser roch herb und erinnerte sie an ihre Kindheit. Ein gutes Zeichen, dass er wieder welches verwendete.*

»Na, na, Kleines, nicht so stürmisch.« Er lachte. »Du reißt mich ja um.«

Sie ließ von ihm ab und fummelte das Zeugnis aus ihrer Umhängetasche. Stolz hielt sie ihm das Blatt so hin, dass er es sofort lesen konnte. »Schau!«

»Muss ja gut sein, wenn du es so eilig damit hast.«

»Überrascht?«

Amüsiert zuckten seine Mundwinkel. »Ein versteckter Vorwurf?«

Sie runzelte die Stirn, verstand nicht, auf was er hinauswollte. War es denn nicht verblüffend, wenn man gezwungen wurde, mitten im Jahr die Schule zu wechseln, dann aber trotzdem ordentliche Noten mit nach Hause brachte? »Vorwurf?«, echote sie ratlos.

Er wuselte ihr mit der Hand durch die Haare. »Schau nicht so verdutzt. Was ich meine, ist, dass ich mich einige Zeit nicht um deine schulische Leistung gekümmert, geschweige denn ihr Anerkennung gezollt habe. Ich kann schon verstehen, wenn du das nicht in Ordnung findest.« Er überflog das Zeugnis. »Ausgezeichnet«, urteilte er und schob ihre Hand mit dem Blatt zur Seite, sodass er sie umarmen konnte. »Das wird nicht wieder vorkommen«, flüsterte er ihr ins Ohr.

Sabine schluckte schwer. Ein warmes Gefühl durchströmte sie und brachte alle Nerven zum Vibrieren. Mit Macht kämpfte sie gegen ihre Freudentränen an. »War nicht so schlimm«, log sie, darauf bedacht, sein schlechtes Gewissen nicht weiter zu belasten. »Habe mich halt eine Weile allein durchgeschlagen. Aber das ist ja jetzt vorbei, oder?« Lauernd hielt sie die Luft an. War er wirklich wieder der alte Papa, den sie sich so sehr wünschte? Ihr Beschützer, das Familienoberhaupt, das immer für sie Zeit hatte und ihr stets mit Rat und Tat zur Seite stand? Oder waren es nur einige Tage der Vernunft, eine Phase, die sich jederzeit wieder ins Gegenteil kehren könnte?

Er hielt sie von sich. »Versprochen.« Feierlich hob er die Hand zum Schwur.

Jubilierend sprang Sabine in die Luft. »Dann wird ja alles gut«, plauderte sie drauflos. »Wir müssen nur Mama noch rumkriegen, aber zusammen schaffen wir es, da bin ich sicher. Und dann ziehen wir zurück in die Stadt, nicht wahr, und ich kann in meine alte Schule zu…«

»Halt, halt, so schnell geht das nicht«, fiel er ihr lachend ins Wort.

Unvermittelt fühlte sich Sabine wie mit eisigem Wasser überschüttet. Die Angst, dass er es doch nicht ernst meinen könnte, kehrte auf einen Schlag zurück.

»Alles zu seiner Zeit.« Seine Augenbrauen rückten zusammen, und er blickte sie ernst an. »Es gibt da noch etwas, was ich mit dir besprechen muss. Lass uns spazieren gehen, damit wir ungestört sind.«

Mit weichen Knien und Panik im Herzen folgte sie ihm.

Noch mehr Wasser

Andrea Lindenlaub lenkte nach rechts und folgte dem Verlauf der Bergstraße. Kurz ließ sie den Blick über die Wiesen hinüber zum Zentrum von Nettersheim schweifen. Alles wirkte friedlich. Doch die Idylle trog.

Viel lieber hätte sie jetzt wie einige der Wanderer, die hier unterwegs waren, irgendwo auf einer Bank gesessen, ein Glas Weißwein und ein Stück Baguette in den Händen, den Rücken befreit von einem schweren Wanderrucksack. Stattdessen erwartete sie die zweite Leiche des heutigen Tages. Dabei hätte es nach ihrem Geschmack mit der Obduktion von Paul Lange genug sein können. Hinsichtlich des Anblicks war sie zwar nicht sonderlich empfindlich. Sie war in einer Metzgerei groß geworden. Dort traf man bereits als Kind auf reichlich Blut, Knochen und aufgerissene Leiber. Doch der Gedanke daran, dass die Person auf dem Tisch des Gerichtsmediziners unverhofft aus dem Leben gerissen worden war, trieb ihr doch jedes Mal eine Gänsehaut auf die Unterarme.

Eine Wandergruppe kam ihr entgegen. Sie verringerte das Tempo und ließ ihren schwarzen Dienst-Golf langsam an der Gruppe vorbeirollen, dann trat sie wieder auf das Gaspedal. Kurz darauf erreichte sie einen der blau-silbrigen Streifenwagen. Er stand auf der linken Straßenseite und blockierte die Zufahrt zu einem Hof. Sie parkte dahinter, stieg aus und nickte den beiden Kollegen im Auto zu.

Auf der gekiesten Fläche vor dem Haus hatte das Hinterrad von Fischbachs Harley einen deutlichen Strich hinterlassen. Mit erkaltend knisterndem Motor stand das Motorrad jetzt neben Welschers Fiesta, einem Bully der Tatortgruppe und einem Honda mit Münchner Kennzeichen. Links gackerten einige Hühner unter einem Pflaumenbaum. Ein mit krakeligen Buchstaben beschriftetes Holzschild wies auf frische Eier hin. Rechts an das Wohngebäude schloss sich ein Stall an.

Sie betrat den Flur. Links ging es ins Badezimmer. Die Tür stand offen, und Feuersänger knipste Fotos.

»Verfluchte Sauerei«, murmelte er und schlug nach den Fliegen.

Andrea stellte sich in den Türrahmen. Die unverkleidete Wanne stand auf schnörkeligen Füßen. Ein beleibter Mann lag im Badewasser. Sein offen stehender Mund mit der tiefblauen Zunge und das teilweise verweste Gesicht ließen keinen Zweifel daran aufkommen, dass er tot war. Schrumpelig hing die grau-weiße Haut von dem bis zum Hals mit Wasser bedeckten Körper herab. Tiefe Furchen hatten sich darin eingegraben. Waschhaut, dachte sie und schauderte. Beim Herausnehmen des Leichnams würde sie sich großflächig ablösen. Auf Höhe der linken Schulter des Mannes lag ein Kofferradio im Wasser. Das Netzkabel wand sich über den Beckenrand bis zu einer Steckdose neben dem Alibert über dem Waschbecken. Auf dem Boden lag ein fleckiges Handtuch. In den Augenwinkeln des Toten bemerkte Andrea eine Bewegung. Maden. Die hatte sie noch nie leiden können. Sofort juckte es sie am ganzen Körper. Es reichte ihr, wenn sie im Sommer hin und wieder ihre Biotonne mit Insektenspray behandeln musste, um sie loszuwerden. Bei der Arbeit konnte sie gut auf die Mistviecher verzichten, besonders in Kombination mit einer Leiche. Trocken würgte sie.

Feuersänger schien sie erst jetzt zu bemerken. Er senkte die Kamera. »Ah, du bist es. Ja, ja, kein schöner Anblick. Der arme Kerl ist schon eine Weile hin. Ein bis zwei Wochen bestimmt. Aber ein Entomologe wird da mehr zu sagen können.«

Aus dem Mund des Toten krabbelte eine Fliege und summte davon.

»Selbstmord?«

Feuersänger zuckte mit den Schultern. »So weit sind wir noch nicht. Geh mal ins Wohnzimmer. Hotte hat sich mit dem Sohn des armen Kerls dorthin zurückgezogen. Wenn Jan sich bereits ausgekotzt hat, ist er bestimmt auch anwesend.« Ein süffisantes Lächeln umspielte seine Mundwinkel. »Weichei. Immer 'ne freche Schnauze, aber bei dem Anblick eines Toten macht er einen auf Mimose.«

»Sei nicht ungerecht. Es gibt wirklich Schöneres.« Sie ließ ihn stehen und orientierte sich auf ihrem Weg zum Wohnzimmer an Fischbachs mitfühlender Stimme. Sie klopfte gegen die offen stehende Tür und stellte sich dem vierschrötigen Mann vor, der wie ein Häufchen Elend auf der abgewetzten Samtcouch saß. Blass stand Welscher am geöffneten Fenster neben dem Fernsehschränkchen und nickte ihr zu.

Fischbach wies auf den Mann. »Das ist Manfred Lörsch. Der Verstorbene in der Wanne ist sein Vater Gustaf.«

Andrea Lindenlaub schenkte Lörsch einen bedauernden Blick.

Der rieb sich unablässig die Hände. »Ich wollte ihn überraschen. Ein spontanes verlängertes Wochenende, Sie verstehen? Bin heute in der Früh los. Ich habe noch nicht mal geklingelt, bin direkt rein. ›Papa‹, habe ich gerufen. Und dann sah ich ihn …« Er brach ab, seine Pupillen weiteten sich. Anscheinend erlebte er in Gedanken erneut die schrecklichen Sekunden.

Fischbach beugte sich vor. »Erzählen Sie uns bitte was über Ihren Vater.«

Andrea zog ihr Notizbuch aus der Hosentasche und schlug eine freie Seite auf.

»Er ist …« Seine Stimme kippte. Hektisch rieb er sich mit dem Ärmel seines Shirts über die Augen. »Ein guter Vater war er. Hat mich nie geschlagen oder so etwas. Auf ihn war stets Verlass. Er hätte sein letztes Hemd für mich hergegeben, wenn es denn nötig gewesen wäre.«

Argwöhnisch sah sich Andrea Lindenlaub um. Die abgewetzten Möbel, der in die Jahre gekommene Röhrenfernseher, die fleckigen Gardinen und der abgetretene Teppich erweckten bei ihr den Eindruck, der Verstorbene habe das letzte Hemd schon vor Jahren verschenkt.

»Sie verstanden sich also gut mit ihm?«, fragte Fischbach.

»Ja.«

»Und die Nachbarn? Freunde? Bekannte? Ihre Mutter?«

Manfred Lörsch versteifte sich. »Meine Mutter? Die hat uns im Stich gelassen. War ihr zu einfach hier. Papa war niemand, der Karriere machen wollte. Das Leben hier auf dem Land reichte ihm.«

»Und Ihrer Mutter nicht?«

»Scheint doch so, oder? Schließlich ist sie fort.«

»Haben Sie noch Kontakt?«

Er schüttelte den Kopf. »Ich weiß noch nicht mal, ob sie noch lebt.«

»Okay. Und die anderen? Wie verstand sich Ihr Vater mit denen? Gab es Menschen, die ihm zugesetzt haben?«

»Nein, nicht dass ich wüsste.«

»Oder hatte er Probleme? Zum Beispiel finanzieller Natur?«

»Davon weiß ich nichts.«

»War er krank? Vielleicht psychisch? Oder Krebs?«

Lörsch straffte sich. »Worauf wollen Sie eigentlich hinaus?«

Fischbach hob begütigend die Hände. »Okay, okay, bringen wir es hinter uns, Sie haben ja recht. Also: Gab es irgendeinen Grund, der Ihren Vater zum Selbstmord veranlasst haben könnte?«

Lörsch riss die Augen auf. »Selbstmord?«, rief er entgeistert und stemmte sich von der Couch hoch. »Was für ein Quatsch.« Mit den Unterschenkeln drückte er den Wohnzimmertisch nach vorne. »Kommen Sie mal mit.«

Erstaunt folgten sie ihm durch die Küche in den angrenzenden Stall. Brusthohe Pferche teilten den Raum in verschiedene Bereiche. Ein schwarz-weiß gescheckter Bulle stand im hinteren Abschnitt des Gebäudes und sah aus großen, traurigen Augen zu ihnen rüber. Die Haut spannte sich über den Knochen, seine Flanken zitterten unkontrolliert. Irgendwo quiekte müde ein Schwein. Es roch scharf nach Ammoniak.

Jemand muss die armen Tiere füttern und tränken, dachte Andrea Lindenlaub entsetzt. Sie nahm sich vor, so schnell wie möglich die Versorgung zu veranlassen, wenn Manfred Lörsch das nicht übernehmen konnte. Ein Wunder, dass die Tiere bei der andauernden Hitze der vergangenen Tage überhaupt noch lebten.

Lörsch riss die Klappe eines Elektroverteilers auf, der links an der Wand hing. »Hier, sehen Sie selbst. Nachdem ich meinen Vater gefunden hatte, bin ich direkt hergekommen, um nachzusehen. Ich selbst habe hier alles verdrahtet, die Elektrik komplett neu installiert. Das ganze Haus, den Stall, bis unters Dach. Wie oft habe ich ihm gesagt, er soll das Radio nicht auf den Wannenrand stellen. Nur milde gelächelt hat er. In solchen Dingen war Papa total leichtsinnig.«

Ratlos, was Lörsch ihnen damit sagen wollte, schaute Andrea Lindenlaub in den Verteiler. Dass Elektrogeräte nicht mit Wasser in Verbindung kommen sollten, war ja kein Geheimnis. Wie oft hatte sie das auch schon ihrem Sohn gepredigt. Warum aber hatte Lörsch sie hierhergeführt? Anscheinend hatte sein Vater die Weisheit mit Füßen getreten und dafür einen hohen Preis bezahlen müssen, so war es nun mal.

»Sie verstehen was davon?« Welscher deutete in den Kasten.

»Ja sicher doch. Elektroinstallation Manfred Lörsch, das bin ich. In München bestens bekannt.« Er warf sich in die Brust und schien seinen Vater ganz vergessen zu haben. »Wenn es mächtig blitzt und kräftig stinkt, die Sicherung nach unten klappt und der Feuermelder blinkt, dann verzage nicht und weine, sondern ruf die Firma Lörsch, die macht dem Strom wieder Beine!« Er lachte verhalten. »Selbst der Bayern-München-Manager ist mein Kunde, der mit den Würstchen, den kennen Sie bestimmt.«

»Als Werbeträger ist der aber inzwischen nicht mehr so geeignet. Und selbst wenn: Hier im Rheinland konnten Sie damit ohnehin nie punkten«, murmelte Welscher. »Es sei denn, Sie meinen mit Würstchen die Spieler.«

Andrea stieß ihm den Ellenbogen in die Seite.

»Was?«, fragte er.

Sie ging nicht darauf ein, sondern wandte sich an Lörsch. »Also gut, Sie sind ein Meister auf dem Gebiet. Jetzt erläutern Sie uns aber bitte, was Ihnen aufgefallen ist.«

»Ist doch offensichtlich.« Er tippte auf ein Bauteil im Verteiler. »Der FI-Schalter.«

Fischbach räusperte sich. »Hm, der hat … ausgelöst?«

»Ja, genau. Das ist ein Zehn-Milliampere-Fehlerstromschutzschalter. Den habe ich extra eingebaut, weil ich ja von der Vorliebe meines Vaters wusste. Wenn ihm das Radio wirklich ins Wasser gefallen wäre, hätte er bestenfalls ein Piken gespürt, nicht mehr. Die Dinger sind so schnell und zehn Milliampere so wenig, mein Vater wäre daran garantiert nicht gestorben.«

»Eine Fehlfunktion?«, fragte Welscher.

»Zigmal getestet«, widersprach Lörsch. »Schauen Sie mal hier.« Er ließ den Zeigefinger über einer Schraube oberhalb des Schalters schweben. »Das Kabel ist auf der verkehrten Seite befestigt.«

Das war Andrea Lindenlaub zu hoch. Sie trat einen Schritt vor und spähte auf den Anschluss. »Sieht aber doch fest aus.«

»Ja, mag sein. Aber hat man nur ein Kabel, so wie hier, wird es auf der anderen Seite in Drehrichtung untergeschoben. So zieht die Schraube beim Festziehen das abisolierte Ende mit unter.«

»Ah, verstehe«, sagte Andrea Lindenlaub. »Steckt man es auf der anderen Seite ein, könnten die Schrauben das Kupfer wieder hinausschieben.«

»Genau. Da muss man höllisch aufpassen. Ich sag Ihnen, da war jemand dran, da können Sie Gift drauf nehmen. So einen Murks hätte ich nicht verdrahtet.«

»Einen Zusammenhang kann ich trotzdem noch nicht herstellen«, gab Welscher zu bedenken. »Hätte jemand das Kabel abmontiert, wäre doch überhaupt kein Strom geflossen.«

Lörsch straffte sich und hob den Zeigefinger. »Richtig. Und deswegen schlussfolgere ich: Der FI-Schalter wurde überbrückt, damit mein Vater …« Er schluckte hart und wies unbestimmt in Richtung Badezimmer. »Als alles vorbei war, hat derjenige die Brücken entfernt. Dabei hat er das Kabel aus Versehen auf der falschen Seite wieder angeschraubt. Und den FI-Schalter nach unten geklappt.« Er sah sie an. »Kein Selbstmord.«

Fischbach strich sich durch die Haare. »Hm, das überzeugt mich noch nicht vollständig. Vielleicht hat Ihr Vater ja selbst dran rumgefummelt. Um zum Beispiel seinen Selbstmord vorzubereiten.«

»Zum einen hat mein Vater davon keinen blassen Schimmer. Der hätte nicht mal gewusst, wo er den FI-Schalter findet, geschweige denn, wo er hätte ansetzen müssen. Zum anderen stellt sich die Frage, wer denn dann die Brücken wieder entfernt und den Schalter nach unten geklappt hat?« Lörsch stieß mit dem Zeigefinger gegen Fischbachs Brust. »Wenn Sie die Antwort haben, haben Sie den … Mörder.« Seine Finger bebten, und er ließ die Hand sinken. »Oh Gott, es auszusprechen ist schrecklich.«

»Stopp, so weit sind wir noch nicht«, bremste Fischbach ihn. »Wir müssen zunächst …«

»Kommt ihr mal?«, rief Feuersänger mit seiner tiefen Stimme aus dem Inneren des Hauses. »Ich muss euch was zeigen.«

★★★

Der Krampf schien nicht enden zu wollen. Vornübergebeugt saß Sabine auf dem Klo und hielt sich den Unterleib. Helle Punkte tanzten vor ihren Augen, in ihrem Kopf sirrte es wie in einem Wespennest. Die Sorge, von nun an jeden Monat das Gleiche durchleben zu müssen, saß ihr im Nacken und verspannte ihre Muskeln.

Verächtlich schaute sie auf die Tücher, die neben ihrem Fuß auf den Fliesen lagen. Nicht mal ordentliche Binden gab es im Haus. Dafür sei kein Geld da, hatte ihre Mutter erklärt. Die Tücher müssten reichen, sie komme ja schließlich auch damit zurecht. Danach war sie wieder in einem der Schlafzimmer verschwunden.

Sabine wischte sich mit dem Ärmel den Rotz von der Nase. Was war nur mit ihrer Mutter los? Von Tag zu Tag wurde sie abweisender. Als ob Sabine stören würde. Ein vertrautes Gespräch hatten sie seit Wochen nicht mehr geführt. Es konnte doch nicht nur an dem Zeug liegen, das Viola rauchte und von dem sich ihr Blick verklärte. Was war es, was ihre Mutter an der Kommune so faszinierte und unempfindlich für Sabines Befinden machte? Waren es die bewundernden Blicke, die die Männer ihr zuwarfen, wenn sie, die Hüften schwingend, durch das Haus schlenderte? Oder die grenzenlose Zuneigung, die sie erfuhr? Es verging kaum eine Minute, in der sie nicht von irgendjemandem befummelt wurde.

Irgendwie konnte Sabine die Männer sogar verstehen. Die perfekte Figur ihrer Mutter mit den Rundungen an den richtigen Stellen musste jedem Mann den Kopf verdrehen. Die magere Kost der letzten Zeit hatte ihre Pfunde dort schmelzen lassen, wo sie nicht hingehörten.

Ein neuer Krampf zog durch ihren Unterleib. Sie stöhnte auf und verstärkte den Druck auf ihren Bauch. Wenn nur Papa da wäre. Der hätte sie nicht fröstelnd auf dem Klo sitzen lassen. Sicher wäre er losgelaufen und hätte ordentliche Binden besorgt, selbst wenn er dafür hätte stehlen müssen.

Sabine stellte sich vor, wie er an ihrem Bett saß, ihr die Haare streichelte und eine Wärmflasche an ihren Bauch drückte. Für einen kurzen Moment meinte sie, sein Rasierwasser zu riechen. Was man sich so alles einbilden … Etwas berührte sie an ihrem nackten Knie. Erschrocken riss sie die Augen auf.

Björk hockte vor ihr und musterte sie. Die langen Haare hatte er im Nacken zu einem Pferdeschwanz gebunden, in den Ohrläppchen steckten Anhänger mit dem Peace-Symbol. Ein verkrusteter Blutfleck unterhalb der Wange deutete auf eine missglückte Rasur hin. Er wirkte wie ein Teenager. Nur die ersten Fältchen in seinen Augenwinkeln verrieten, dass er diverse Lebensjahre davon entfernt war.

Hastig zog Sabine ihre Bluse herunter und versuchte so, ihre Blöße zu bedecken. Angestrengt presste sie die Beine zusammen. Am liebsten wäre sie weggelaufen. Doch dafür hätte sie aufstehen müssen, und Björk hätte alles gesehen. Stumm verfluchte sie den Umstand, dass es im ganzen Haus keine Schlüssel gab.

»Indianer?«, fragte er.

Sie runzelte die Stirn.

Er lachte leise. »Rothäute im Lager? Hast du die Tage?«

Es klang mitfühlend. Doch noch etwas anderes färbte seine Stimme und ließ Sabine aufhorchen. Knapp nickte sie.

Mit spitzen Fingern hob Björk eins der Tücher an. »Na ja, ich glaube, es gibt Besseres, um das zu überstehen.«

»Ist aber nichts da«, gab Sabine trotzig zurück. Sollte er ruhig wissen, an was es mangelte. War ja schließlich seine bescheuerte Idee gewesen, hier eine Kommune zu gründen.

Er legte die Hände auf die Knie und drückte sich hoch. »Ich regel das. Ich schicke eins der Mädels los, um was zu besorgen. In einer halben Stunde hast du etwas Ordentliches zwischen den Beinen. Und eine Schmerztablette wird sich auch noch irgendwo finden. Hast du heute schon was gegessen?«

Übelkeit stieg in Sabine auf, wenn sie nur an Essen dachte. »Kein Hunger«, presste sie hervor. Die aufsteigende Magensäure brannte in ihrer Kehle. Jetzt nicht auch noch brechen, dachte sie, ist auch so schon alles schlimm genug.

»Okay, verstehe. Dir ist nicht danach. Warte hier.« Er wandte sich ab und ging zur Tür.

Erleichtert atmete Sabine durch. Zum einen war sie froh, dass er sie endlich allein ließ. Schließlich mochte wohl niemand in einer solch beklagenswerten Situation angetroffen werden. Zum anderen freute sie sich über die Hilfe, die Björk versprach. Anscheinend gab es doch Wohltäter in dieser für sie immer noch sonderbaren Gemeinschaft.

Mit der Klinke in der Hand blieb er stehen. »Weißt du«, sagte er und wartete, bis er sich Sabines Aufmerksamkeit sicher war, »es wird Zeit, für dich einen neuen Namen zu finden.«

Mit ihren bohrenden Kopfschmerzen konnte sie ihm nicht folgen. Was meinte er? Wieso einen neuen Namen?

Er kratzte an der Blutkruste in seinem Gesicht, während sein Blick versonnen über Sabines Körper wanderte. »Finja finde ich passend. Es bedeutet ›die kleine Feine‹. Passt zu dir.« Er lächelte ihr zu. »Aber jetzt komm erst mal wieder auf die Beine. Das mit dem Namen klären wir später, junges Fräulein.« Mit einem Augenzwinkern zog er die Tür hinter sich ins Schloss und ließ Sabine allein.

Sie sprang auf und erbrach sich ins Klo. Björks lüsterner Blick zum Abschied hatte das Fass zum Überlaufen gebracht.

★★★

Feuersänger gähnte herzhaft. »Ich muss ins Bett«, murmelte er und stellte sich so, dass alle die Wanne sehen konnten.

Stumm zollte Welscher dem Spurensicherer Respekt. Er selbst hatte in der vergangenen Nacht zwar noch eine Stunde mit Lars telefoniert, der tief in den Vorbereitungen für die Geburtstagsfeier am Samstag steckte. Doch zumindest war es ihm gelungen, einige Stunden Schlaf zu bekommen. Feuersänger dagegen hatte ohne Unterbrechung durchgearbeitet. Davon zeugten die dunklen Augenringe und die rot unterlaufenen Augen.

»Seht mal hier.« Vorsichtig hob Feuersänger die Hände des Toten und drehte die Innenflächen nach oben. »Die rechte Hand ist dunkler, leicht bräunlich.«

»Eine Strommarke?«, frage Andrea Lindenlaub.

»Ja. Ich bin sicher, die Rechtsmedizin wird das bestätigen.« Er legte die Hände zurück auf den Körper und zog mit dem Zeigefinger die senkrechte Fuge zwischen dem Wannenrand und dem Handgriff darüber nach. »Schaut euch auch mal die Fuge an. Sie ist ausgekratzt. Wenn man genau hinschaut, erkennt man Spuren von Silikon an den Rändern der Fliesen.« Feuersänger drehte sich zur Außenwand. Durch das Fenster konnte man auf den Hof hinausblicken. »Die Fußleiste hier ist locker.« Er hockte sich vor die Wand, die das Badezimmer vom Flur trennte, und fuhr mit den Fingern über eine verputzte Stelle in der Wand. »Auf der anderen Seite ist die Steckdose vom Flur. Da war noch vor Kurzem ein Loch.«

»Mein Gott!«, rief Lörsch. »Die hat der Drecksack angezapft. Die habe ich noch mit am FI-Schalter angeschlossen.«

Welscher schaute um den Türrahmen herum auf die Steckdose. Auf den ersten Blick wirkte alles normal. Er wäre niemals darauf gekommen, dass etwas damit nicht stimmen könnte.

»Ja«, bestätigte Feuersänger. »Jemand hat den Handgriff an der Wanne unter Spannung gesetzt, da bin ich mir sicher.«

Er runzelte die Stirn. »Trotzdem hätte der FI-Schalter, wenn denn einer …«

»Konnte er nicht«, unterbrach ihn Fischbach. Er ließ die Hosenträger schnalzen und berichtete Feuersänger von Manfred Lörschs Vermutung.

»Hm, das passt schon zusammen. Spätestens beim Verlassen der Wanne dürfte Gustaf Lörsch zugegriffen haben. Der Stromschlag muss heftig gewesen sein, mit Herzkammerflimmern und so weiter. Das Opfer hat in dem Fall keine Chance, denn Loslassen geht nicht mehr. Der Strom verkrampft die Muskeln, da kommt man nicht gegen an.«

»Hätte es nicht gereicht, einfach das Radio ins Wasser zu schubsen?«, wollte Andrea Lindenlaub wissen. »Warum dieser Aufwand?«

Alle wandten sich Manfred Lörsch zu.

Kreideweiß und mit blutleeren Lippen schwankte er leicht hin und her. »Da kann man sich nicht sicher sein«, erklärte er fahrig, »mit ein wenig Glück fließt der Strom nicht über das Herz des … Badenden, sondern durchs Wasser direkt zum geerdeten Abfluss. Dabei kann es demjenigen vielleicht noch gelingen, aus der Wanne zu kommen.«

»Verstehe«, sagte sie. »Das ist hingegen unmöglich, wenn mit der Hand an die Stromquelle gegriffen wird.«

»Genau. Und wisst ihr was?«, fragte Feuersänger.

Erwartungsvoll sahen sie ihn an.

»Ich bin mir sicher, dass der Täter einen ferngesteuerten Schalter verwendet hat. Bestimmt hat er sich irgendwo versteckt und darauf gewartet, dass Lörsch baden geht. Oder er hat einen Druckschalter unter dem Wannenfuß installiert, der zeitverzögert den Strom eingeschaltet hat.«

»Den hätte er aber wieder entfernen müssen«, wandte Andrea Lindenlaub ein. »Mit dem Opfer und dem Wasser in der Wanne stelle ich mir das anstrengend vor.«

Manfred Lörsch stöhnte auf. »So muss es gewesen sein. Ansonsten bestand die Gefahr, dass mein Vater bereits beim Einstieg den Griff berührt. Dann hätte er es vielleicht noch geschafft, sich loszureißen. Perfide.« Er schüttelte sich und verkündete: »Ich setze einen Kaffee auf.« Seine Stimme hörte sich jetzt dünn und gequält an. »Möchte noch jemand?«

»Ich. Bitte einen ganzen Eimer«, sagte Feuersänger. Er holte das Handy aus der Brusttasche. »Da müssen jetzt auch noch die Jungs ran, die eigentlich freihaben. Ich brauch jeden Mann.«

Seine Verwandtschaft sucht man sich nicht aus

Welscher zog den Teebeutel aus der Tasse und drückte ihn mit dem Löffel aus. Feuersängers Verstärkung war rasch eingetroffen; Lörschs Haus glich jetzt einem Bienenstock. Fischbach und er hatten es daher vorgezogen, sich ein ruhiges Plätzchen zu suchen, um die Vorkommnisse zu bewerten. Welscher hatte den Biergarten des »Nettersheimer Hofs« vorgeschlagen. Er hatte Fischbach sogar dazu gebracht, zu Fuß zu gehen, was ihm auf den Weg hierher allerdings einige böse Blicke eingebracht hatte. Fischbach schwitzte auch jetzt noch aus allen Poren.

Andrea Lindenlaub war als Ansprechpartnerin am Tatort geblieben und quetschte weiter Manfred Lörsch aus.

»Unglaublich, dass der alte Lörsch nie abschloss«, sagte Welscher.

Fischbach nahm eine Serviette vom Tisch und wischte sich durchs Gesicht. Seine Haare klebten auf der Stirn. »Ja, leichtsinnig. Aber laut der Aussage seines Sohnes hatte er mit niemandem Streit. Vermögen war wohl auch keins vorhanden. Vermutlich hat er sich deswegen sicher gefühlt.« Er rückte den Stuhl mehr in den Schatten des Sonnenschirms. »Verfluchte Hitze. Dass du dir einen Tee bestellt hast …« Ungläubig schüttelte er den Kopf.

Welscher rührte Zucker hinein und schlürfte den Tee. »Ich bin da nicht so empfindlich.« Klirrend stellte er die Tasse ab. »So, jetzt mal konkret: Beim Ausschalten von Gustav Lörsch hat sich jemand große Mühe gegeben, ihn also nicht etwa einfach nur erstochen oder erschossen, du verstehst schon. Diese Parallele zu der Versenkung von Paul Langes U-Boot ist schon auffällig, findest du nicht?«

Fischbach ließ sich Zeit mit der Antwort. Umständlich angelte er einen Eiswürfel aus seinem Wasserglas und rieb damit über die Innenseite seines Handgelenks. »Ja. Aber sonst scheint es keine Verbindung zu geben.«

»Sie sind etwa im gleichen Alter.«

»Stimmt. Ist aber nicht gerade viel. Könnte Zufall sein.«

»Gut, dann drücke ich es anders aus: Wir können eine Verkettung nicht ausschließen.«

Fischbach wiegte zweifelnd den Kopf. »Wir behalten es im Hinterkopf, okay? So ganz überzeugt bin ich noch nicht, aber es kann ja nicht schaden.«

Die Bedienung kam an den Tisch und stellte den bestellten Apfelkuchen vor Fischbach ab. »Guten Appetit«, wünschte sie und ging wieder ins Haus.

Fischbach nahm die Kuchengabel und trennte ein Stück ab, das er sich in den Mund schob. »Köstlich«, nuschelte er.

»Wolltest du nicht abnehmen?«

Fischbachs Miene verdunkelte sich. »Spielverderber.«

»Die Hypnosetherapie scheint nicht anzuschlagen, was mich nicht wundert. So ein Firlefanz«, entfuhr es Welscher. Im selben Moment ärgerte er sich. Er hatte Sigrid versprochen, Fischbach gegenüber nichts davon zu erwähnen. Ihr selbst war es vor einer Weile beiläufig herausgerutscht. Sie hatte zwar nicht gesagt, warum ihr Mann sich der Therapie unterzog, doch Welscher wusste, wie sehr Fischbach unter seinem Übergewicht litt. Einen anderen Grund konnte es nicht geben.

Erstaunt starrte Fischbach ihn an. Wie eingefroren hing die Gabel nur wenige Zentimeter vor seinem Gesicht in der Luft. Einige Sekunden verharrte er so, dann ließ er sie sinken, straffte die Schultern und kaute weiter. »Ich weiß nicht, was du meinst.«

Eine Lüge, das spürte Welscher. Doch er war froh, sein Wissen nicht weiter begründen zu müssen. »Wir haben zwei Tote, sonst aber so gut wie nichts.«

»Was ist mit Lörschs Sohn? Kommt der als Täter in Frage?«

Welscher schürzte abschätzig die Lippen. »Weil er was von Elektrik versteht?«

»Ja. Ist doch nicht von der Hand zu weisen: Ein Toter in der Wanne, ermordet mit Strom. Er wäre außerdem nicht der erste Sohn, der seinen Erzeuger erledigt.«

»Und das Motiv?«

»Da fallen mir zig Dinge ein. Vielleicht war die Beziehung doch nicht so harmonisch, wie er uns glauben machen möchte. Jedoch denke ich, es ist simpler, mit dem Alibi anzufangen.«

Bevor Welscher zustimmen konnte, spielte Fischbachs Handy eine undefinierbare Musik.

»Was ist das denn für ein Krach?«, beschwerte sich Welscher.

»›Hell Bent For Leather‹ von Judas Priest, du Musikbanause«, antwortete Fischbach und nahm das Gespräch an. Kurz horchte er, dann hielt er die Hand über die Sprechmuschel und stand auf. »Ist der Chef. Ich bin mal kurz um die Ecke, wo niemand mithören kann.«

»Schon klar«, sagte Welscher und winkte ihn fort, worauf Fischbach den Innenhof verließ.

Das kann jetzt dauern, dachte Welscher. Er trank den Tee aus und bestellte sich bei der Kellnerin eine Fanta ohne Eis. Anschließend nahm er sein Smartphone und rief bei Lars an. Leider war der in einem Meeting. Schade. Da hatte er mal ein paar Minuten Zeit, und bei ihm passte es nicht. Er scrollte durch die Kontakte und wählte die Nummer seiner Mutter. »Jan hier«, meldete er sich, als sie abhob.

»Schön, dass du an mich denkst.« Ihre Stimme klang erfreut, kein Vorwurf lag darin.

»Wie geht es ihm?«

»Er hat einen guten Tag.«

»Und dir?«

»Wenn es ihm gut geht, dann geht es mir auch gut.«

Die alte Nummer, dachte Welscher. Die Ehefrau hat für das Wohlbefinden ihres Mannes zu sorgen. Eine Tradition, die er ablehnte. Selbst wenn man füreinander einstand, hieß das doch nicht, dass man sich selbst vergessen musste. Aber seiner Mutter, die ihr ganzes Leben in der Eifel verbracht hatte, das nahezubringen, käme einem Kampf gegen Windmühlen gleich. Oder Windräder. Er gluckste, als er sich vorstellte, wie er auf Rosinante in der mit den Windriesen verspargelten Landschaft der Eifel zum Angriff ritt. In der Zeitung hatte er letztens gelesen, dass bei Hillesheim ein riesiger Windpark entstehen sollte. Die neben dem Artikel abgedruckte Fotomontage war ein Schlag ins Gesicht für jeden Naturfreund. Die Stadt hatte darauf ausgesehen wie das legendäre Flugboot »Dornier Do X« kurz vor dem Start.

»Bist du noch dran?«

»Ja … äh, ja, klar.« Welscher räusperte sich. »Entschuldige, ich war gerade etwas abgelenkt.«

»Schön. Hast du dir was überlegt?«

Ihm brach auf der Stelle der Schweiß aus. Daran hatte er gar nicht mehr gedacht. Wie auch, bei dem ganzen Trubel der letzten Stunden? Er hatte sich nur mal kurz bei ihr melden wollen. Warum musste es immer so kompliziert sein? Einfach durchklingeln und plaudern war offensichtlich nicht möglich. »Ich bin dran«, wich er aus. »Mir fällt bestimmt etwas ein.«

»Bist ein guter Junge. Du, Jan …« Sie zögerte.

Er horchte auf. Was kam nun? »Raus damit, was immer dich quält«, forderte er bestimmt und hoffte, dass es keine neue Hiobsbotschaft war.

★★★

Die Wände der Fachwerkhäuser, die dicht an dicht im historischen Ortskern von Kommern standen, reflektierten dumpf den satten Sound von Fischbachs Harley. Es klang wie die tiefen Töne aus der Bassbox, vor der er letztes Jahr beim Andrea-Berg-Konzert gestanden hatte. Eine phantastische Veranstaltung, bei der die Sängerin nicht mit Reizen gegeizt hatte. Die Stimmung war ausgezeichnet gewesen. Das waren Momente, in denen Fischbach abschalten und die Schrecken, die ihm sein Beruf reichlich bescherte, restlos verdrängen konnte.

Sehnsüchtig wünschte er sich auf das Konzert zurück. Stattdessen dachte er an die beiden Mordfälle.

Bönickhausen teilte Fischbachs Meinung und hatte angeordnet, beide Fälle bis auf Weiteres zusammen zu bearbeiten. Darüber hinaus hatte er ihnen jegliche Unterstützung zugesagt. Davon hatte Fischbach auch sofort Gebrauch gemacht und ein paar weitere Telefonate geführt, um Verstärkung aus den anderen Dezernaten anzufordern. Just in diesem Moment schwärmten die zur Verfügung stehenden Kolleginnen und Kollegen der Polizeidirektion aus, um Zeugen zu finden und Nachbarn zu befragen. Die Ergebnisse sollte der Kollege Maier, der früher bei der Sitte gearbeitet hatte, erfassen und aufarbeiten. Somit waren

Fischbach, Welscher und Andrea Lindenlaub weitestgehend von der Schreibarbeit befreit.

Sanft lenkte er nach rechts und hielt auf den Platz vor dem Supermarkt zu. Das Licht der tief stehenden Sonne wurde von der dort stehenden Bronzeskulptur eines vor Gänsen fortlaufenden Mannes unglücklich reflektiert. Geblendet kniff Fischbach ein Auge zu. Als er wieder etwas erkennen konnte, stand eine Frau wild gestikulierend einige Meter vor ihm auf der Straße.

Beherzt bremste Fischbach, die Maschine bockte und stellte sich quer. Nur ein schnelles Gegensteuern rettete ihn vor dem Sturz. Wütend riss er sich den Helm vom Kopf. »Sind Sie von allen guten Geistern … Mutter?« Erst jetzt erkannte er sie. Sie war … geschminkt, und das angemessen dezent. Und die Haare. Waren die nicht kürzlich noch grau gewesen? Jetzt leuchteten sie lila, changierten an einigen Stellen ins Rosa. Sie trug ein gefälliges nachtblaues Kostüm, darunter eine weiße Bluse. Die Halbschuhe mit kleinen Absätzen glänzten neu. Insgesamt wirkte sie auf ihn frischer und mindestens zehn Jahre jünger als bei seinem letzten Besuch im Heim vor drei Wochen. Krampfhaft versuchte er, sich daran zu erinnern, wann er seine Mutter das letzte Mal derart gestylt gesehen hatte. Dazu musste er bis zu seiner Hochzeit mit Sigrid zurückdenken.

»Ich habe dich kommen hören, Junge«, rief sie über den im Leerlauf blubbernden Motor hinweg.

Hinter Fischbach hupte ein Wagen.

»Ja, ja, ist schon gut«, murmelte er, kuppelte ein und ließ die Maschine auf den Platz vor der Bronzeskulptur rollen.

Normalerweise wich er seiner Mutter aus. Die Besuche bei ihr waren eher sporadisch und selten freiwillig. Ihre ständige Nörgelei über die ungerechte Welt im Allgemeinen und ihren hartherzigen Sohn, der sie ins Heim gesteckt hatte, im Besonderen störten ihn gewaltig. Wenn sie sich im Dorf zufällig trafen, erfand er meist eine Ausrede, um sich rasch verabschieden zu können.

Doch diesmal siegte die Neugierde.

Er stieg von der Maschine und hängte den Helm am Riemen über den Griff. Keine Sekunde später fiel ihm seine Mutter um den Hals und drückte ihn herzlich.

»Mein Großer! Schön, dass wir uns hier treffen.« Es folgten ein feuchter Kuss auf die Wange und ein mütterlich-zärtliches Kneifen der Wange, dann ließ sie ihn endlich wieder los und trat einen Schritt zurück. »Ich möchte dir jemanden vorstellen«, sagte sie. Sie zeigte über Fischbachs Schulter zum Eingang des Supermarkts. Ihre Augen leuchteten auf.

Fischbach wandte sich um.

Eine schlaksige Gestalt mit breiten Schultern, in der Hand eine Einkaufstüte, stand vor der Tür und schaute treuherzig zu ihnen herüber. Der Mann wirkte trotz seines Alters, das Fischbach auf ungefähr siebzig schätzte, athletisch.

»Tom! Komm zu uns.« Fischbachs Mutter winkte ihn heran. »Hier ist jemand, den du kennenlernen *musst*.« Das letzte Wort betonte sie mit hoher Stimme.

Wie ein verliebter Teenager, dachte Fischbach und wusste augenblicklich, was hier ablief.

Der Mann kam zu ihnen und reichte Fischbach linkisch die Hand. »Thomas Brömers«, sagte er. »Gerne auch Tom.«

»Das ist mein Sohn Horst.« Sie kicherte wie ein kleines Mädchen. »Aber alle nennen ihn Hotte.«

»Sigrid nicht«, berichtigte Fischbach.

»Stimmt. Meine Schwiegertochter nennt ihn Schnäuzelchen.« Sie kicherte wieder. »Aber lass dich von dieser Verniedlichung nicht täuschen, Tom. Er ist ein knallharter Kriminalpolizeihauptkommissar. Vielleicht hast du schon in der Zeitung über ihn gelesen.« In ihrer Stimme schwang Stolz mit.

»Mutter, lass doch«, bat Fischbach verlegen. »Und es heißt Kriminalhauptkommissar.« Insgeheim freute er sich, dass seine Mutter mit ihm angab. Bisher hatte sie sich stets abfällig über seine Berufswahl geäußert, da sie ihre Pläne, aus ihm einen Musiker zu machen, durchkreuzt hatte.

Brömers drückte Fischbachs Hand fester. »Freut mich, Sie kennenzulernen. Sie jagen also die Bösewichte.«

Das Schmunzeln in Brömers' Mundwinkeln irritierte Fischbach. Wollte der Kerl ihn verspotten? War er vielleicht sogar ein Alt-Achtundsechziger, der mit der Exekutive traditionell auf Kriegsfuß stand?

»Er ist der Beste!«, rief seine Mutter und klatschte in die Hände. »Hotte kriegt jeden.«

»Wirklich?«, Brömers' Stimme klang zweifelnd. »Dann muss ich mich ja vorsehen.«

»Nur, wenn Sie etwas auf dem Kerbholz haben.« Fischbach blickte auf seine Hand, die Brömers immer noch festhielt. »Haben Sie?« Sanft zog er den Arm zurück.

Für einen Moment fixierte Brömers ihn mit stahlgrauen Augen, dann ließ er los. »Da gibt es schon eine Sache …«

Fischbach bemerkte, wie seiner Mutter das Lächeln im Gesicht gefror. »Die da wäre?«, fragte er.

»Raub.«

»Bitte?«

»Na, ich habe es im Radio gehört. Von dem Toten im Urftsee. Das fällt doch in Ihr Fachgebiet, oder?«

Fischbach zog die Augenbrauen zusammen. »Ich bin damit befasst, ja. Auf was wollen Sie hinaus?«

»Ist doch klar: Sie wirken erschöpft. Bestimmt freuen Sie sich auf das Abendessen und auf ein paar ruhige Minuten vor dem Fernseher. Und wir haben nichts Besseres zu tun, als Ihnen die Zeit zu stehlen.« Übertrieben deutlich kniff er ein Auge zu. »Stehlen, Sie verstehen?«

Erleichtert stieß Fischbachs Mutter Luft aus. »Ach so. Und ich dachte schon … aber du hast recht, Tom.« Sie hakte sich bei ihm unter. »Junge, fahr nach Hause und ruh dich aus. Ich bin aber auch selbstsüchtig, tut mir leid.« Mit der freien Hand streichelte sie über seine Schulter.

Fischbachs Kiefer klappte nach unten. Hatte er richtig gehört? Seine Mutter zeigte Verständnis? Das musste er rot im Kalender anstreichen.

Irritiert nahm er den Helm und setzte ihn auf. »Äh, okay, na dann. Lasst es euch gut gehen.«

Seine Mutter zog mit Brömers davon, der zum Abschied winkte und ihm über die Schulter hinweg zurief: »Schön, dass wir uns kennengelernt haben. Und viel Erfolg bei der Verbrecherjagd.«

Scheint ein netter Kerl zu sein, dachte Fischbach und startete den Motor, ohne zu wissen, wie weit er mit dieser Einschätzung danebenlag.

★★★

Wohltuende Ruhe.

Im Gebäude der Polizeidirektion Euskirchen war es still. Bereits vor Stunden hatten die Handwerker ihre Maschinen abgestellt und waren in den verdienten Feierabend gegangen.

Welscher legte die Füße auf den Tisch und kippte den Bürostuhl nach hinten. Der Monitor warf ein bläuliches Licht in den ansonsten dunklen Raum. Nur hin und wieder drang schwach der Motorenlärm eines vorbeifahrenden Fahrzeugs von der Kölner Straße zu ihm herein.

Vor zwei Stunden hatte sich Fischbach verabschiedet und war nach Hause gefahren.

Andrea Lindenlaub hatte noch die Nummern von Paul Langes Telefonanschlüssen geprüft, ohne auf eine Spur gestoßen zu sein. Sah man von den Gesprächen mit Helga Freimers ab, hatte er nur bei Firmen angerufen, die Materialien für das U-Boot verkauften. Inzwischen hatte sie ebenfalls die Segel gestrichen.

Morgen früh um acht würde es weitergehen. Eigentlich wäre er auch längst aufgebrochen. Aber er hatte seiner Mutter versprochen, auf dem Heimweg vorbeizukommen. Sie hatte ihn inständig darum gebeten, allerdings ohne wirklich durchblicken zu lassen, was sie bedrückte. Nur dass es um etwas Organisatorisches ging, hatte sie sich entlocken lassen. Ihm schwante nichts Gutes, daher hatte er den Aufbruch Minute um Minute hinausgezögert.

Wenigstens hatte er die Zeit sinnvoll genutzt und in aller Ruhe den Obduktionsbericht im Fall Paul Lange durchgelesen: Der Tote hatte eine Fleischwunde an der rechten Wange, vermutlich durch einen Splitter hervorgerufen. Das Trommelfell im rechten Ohr hatte einen Riss, Ursache war vermutlich die Explosion. Schlimme Verletzungen, jedoch nichts Lebensbedrohliches. Es gab letztlich auch keinen Zweifel daran, dass Paul Lange ertrunken war. Das hatte der Rechtsmediziner schwarz auf weiß bestätigt.

Welscher legte den Kopf gegen die Lehne und rieb sich den Nasenrücken. Paul Lange musste verzweifelt um sein Leben gekämpft haben. Vermutlich steuerte er in Richtung Ufer, um seichtes Gewässer zu erreichen, während er zeitgleich versuchte, die Kuppel aufzustoßen und sich aus der Enge des Schalensitzes zu befreien. Doch die Zeit reichte nicht. Was geschieht, wenn man ertrinkt?, fragte sich Welscher. Die Luft wird knapp, die Sinne trüben sich, die Bewegungen werden unkontrolliert. Schließlich verliert man den Kampf. Man hält die Luft an, eine Minute, vielleicht auch ein wenig mehr. Dann schnappt man nach Luft, kaltes Wasser strömt in die Lungen …

Welscher schauderte. »Was für ein Scheißtod«, murmelte er. Ertrinken gehörte für ihn zu den schrecklichsten Möglichkeiten, ums Leben zu kommen.

Er griff zu der Klarsichttüte, in die Feuersänger den Propeller gesteckt hatte. Im Licht des Monitors drehte Welscher sie hin und her. Ein Modellflugzeug war eindeutig keine gewöhnliche Tatwaffe. Offensichtlich hatten sie es mit einem sehr kreativen Täter zu tun.

Er wandte den Kopf zum Fenster und blickte in die Nacht hinaus. Warum musste Paul Lange sterben? Und war es derselbe Täter gewesen, der auch Gustaf Lörsch auf dem Gewissen hatte? Vermutlich lagen die beiden jetzt Kühlfach an Kühlfach in der Rechtsmedizin in Bonn. Andrea Lindenlaub hatte sich bereit erklärt, auch an der morgigen Obduktion von Gustaf Lörsch teilzunehmen. Sie war wirklich hart im Nehmen.

Er schwang die Beine vom Tisch und schloss die Tüte im Rollcontainer ein. Morgen würde er sie in die Asservatenkammer bringen. Jetzt wurde es Zeit, aufzubrechen.

Bring es hinter dich, feuerte er sich selbst an. Danach belohnst du dich mit einem Anruf bei Lars. In aller Ruhe, mit einer gekühlten Saftschorle in der Hand. Entschlossen fuhr er den Rechner runter, schloss das Fenster und machte sich auf den Weg zu seinen Eltern.

Sein Vater saß im Wohnzimmer auf dem Sofa und warf einen Teddy in die Luft. Dabei jauchzte er vor Freude.

Welscher stand neben seiner Mutter im Flur. Sein Vater schien sie nicht zu bemerken.

»Hat er was genommen?«, fragte Welscher.

Seine Mutter runzelte die Stirn. »Genommen?«

»Na, Drogen. Irgendetwas, was ihm einen Höhenflug bereitet. Oder Tabletten. Er bekommt doch welche, oder?« Demonstrativ schaute er auf die Armbanduhr. »Schon weit nach zehn. Andere Leute fangen um diese Uhrzeit an, sich bettfertig zu machen. Müsste er nicht müde sein?«

Sie zog ihn aus dem Flur in die Küche und drückte ihn dort auf einen Stuhl. Es roch nach Bratkartoffeln. Welscher lief das Wasser im Mund zusammen. Erst jetzt fiel ihm auf, dass er seit dem Frühstück nichts mehr gegessen hatte.

»Tag-Nacht-Umkehrung«, sagte Hannelore, »das ist nichts Ungewöhnliches, meint der Arzt. Kommt bei Alzheimerpatienten häufig vor.« Sichtlich erschöpft ließ sie sich ihm gegenüber auf einen Stuhl fallen.

Wie zerbrechlich sie wirkt, dachte er. Viel war von der agilen und stets lebenslustigen Frau nicht übrig, die er als seine Mutter in Erinnerung hatte.

»Deswegen auch der kleine Spaziergang gestern Nacht«, mutmaßte er.

»Normalerweise sind die Haustüren abgeschlossen. Gestern … die Müdigkeit hat mich …« Sie knetete ihre Hände. »Es war ein blöder Fehler. Wenn du fort bist, schließe ich ab, versprochen. Deine Kollegen werden diese Nacht nicht auf ihn stoßen.«

»Hm.« Welscher musterte sie streng.

Hannelore wich seinem Blick aus.

»Schwamm drüber. Mach dir keinen Kopf, es ist ja noch mal gut gegangen.«

Ein dankbares Lächeln huschte über ihr Gesicht.

»So, jetzt aber mal zum eigentlichen Thema. Was gibt es denn zu regeln?«, sagte Welscher.

Sie zögerte einen Moment, sagte dann: »Ich muss einige Tage ins Krankenhaus.«

Welscher schluckte. »Ich hoffe …«

»Nein, nein«, unterbrach sie ihn, »Zysten am Eierstock. Nichts, was einen das Leben kostet.« Sie lachte unsicher. »Meine Freundin passt auf deinen Vater auf, wenn ich im Krankenhaus bin.«

Verächtlich schnaufte Welscher. »Sie wird sich bedanken.«

»Ist ja nur für ein paar Tage.«

»Wenn alles gut geht.«

»Was soll schon schiefgehen?« Sie stand auf und schlurfte zum Kühlschrank. »Zysten am Eierstock entfernen ist heutzutage Routine.« Für Welscher klang es, als würde sie sich selbst Mut zusprechen.

»Hoffen wir das Beste.« Irgendwie hatte sich bei ihm das Gefühl festgesetzt, dass das noch nicht alles war. Gespannt musterte er seine Mutter.

Sie nahm eine Flasche Sprudel und goss sich ein. Ihre Hand zitterte. »Warum ich dich hergebeten habe …« Sie brach ab. »Also, was ich nicht am Telefon mit dir besprechen wollte …« Gebannt starrte sie auf die Arbeitsplatte der Küchenzeile.

»Ja?« Es ist doch Krebs, dachte er. Sein Magen rumorte. Von wegen Zysten.

»Die Nachbarin … sie …«

»Mensch, Mama, jetzt mach es nicht so spannend.«

Sie holte tief Luft. »Sie bleibt nicht über Nacht«, stieß sie hervor, »nur tagsüber.«

»Tagsüber? Ja und? Und das konntest du mir nicht am Telefon sagen?« Erleichtert legte er die Hände auf die Tischdecke. Kein Krebs, keine andere todbringende Krankheit. Innerlich atmete er auf. »Dafür gibt es doch Pflegedienste. Eine Nachtwache …«

»… ist zu teuer«, unterbrach sie ihn. Sie setzte das Glas mit dem Sprudel an und leerte es in einem Zug. Sie wirkte wie eine Alkoholikerin, die ihren Wodka herunterstürzt, um das Flattern der Hände in den Griff zu bekommen. »Das können wir uns nicht leisten. Wir haben ja noch nicht mal eine Pflegestufe bewilligt bekommen. Und die Kasse zahlt so etwas nicht. Die Nachbarin hat für mich nachgefragt.«

»Dann bleibt nur eine vorübergehende Heimunter–«

»Nein.« Sie knallte das Glas auf den Tisch. Trotzig schob sie das Kinn vor. »Kein Heim, auch nicht für ein paar Tage.«

Überrascht über ihren Ausbruch lehnte sich Welscher zurück

und verschränkte die Arme vor der Brust. »Aber so etwas kann ein Arzt …«

»Nein.«

Langsam wurde es ihm zu bunt. Wenn seine Mutter alles in den Wind schlug, was er anbot, konnte er auch gleich gehen und sie machen lassen, was immer sie wollte. »Du kannst ihn nicht über Nacht einfach einschließen. Es muss jemand auf ihn aufpassen.«

Aus dem Wohnzimmer drang ein herzhaftes Lachen zu ihnen herüber, schwere Schritte polterten auf den Dielen. Dann stand sein Vater in der Tür. »Oh, Besuch?«, fragte er und streckte die Hand aus.

Das kannte Welscher bereits. Schon vor Monaten, als er nach langer Zeit mit Lars an der Hand wieder hier aufgetaucht war, hatte sein Vater ihn nicht mehr erkannt. Die Erinnerungen im Kopf seines Vaters zerplatzten nach und nach wie Seifenblasen. Zum Ende hin würden nur wenige übrig bleiben, bis auch die fortgespült wurden. Ein schreckliches Schicksal.

»Theodor Welscher«, stellte sich sein Vater vor und lächelte erfreut. »Oder Theo, das ist auch … in …«, er stockte, runzelte die Stirn und dachte angestrengt nach. »Wie heißt das …«

»In Ordnung?« Welscher wusste, dass der Wortschatz bei Alzheimerpatienten wegbröckelte wie erodierendes Gestein. Vermutlich wäre es besser gewesen, geduldig zu warten, statt auszuhelfen. Aber die Gelassenheit konnte er einfach nicht aufbringen.

Die Miene seines Vaters hellte sich auf. »Ja!« Er ließ die Hand los und klatschte sich an die Stirn. »Die Dinger … äh …«

»Worte?«

»Ja!«

»Passiert mir auch hin und wieder«, tröstete Welscher ihn.

»Ah, ja, ja.« Fröhlich pfeifend ging Theo zu Hannelore, drückte sie und gab ihr einen dicken Kuss auf die Wange. »Essen?«

»Du hattest doch gerade erst Bratkartoffeln.«

Er runzelte die Stirn. »Echt? Aber … Hunger.«

»Ich mach dir gleich was.«

»Danke.« Ein wenig ungelenk schlenderte er an Welscher

vorbei und blieb eine Sekunde im Flur stehen, bevor er zurück ins Wohnzimmer ging. »Ei… hm … Zug?«, rief er.

»Unter dem Sofa«, antwortete Hannelore. »Ich helfe dir gleich, wenn ich mit dem Essen fertig bin.«

Welscher hörte ein zustimmendes Brummen, dann das Summen eines Kinderlieds.

»Eine Modelleisenbahn? Oder wovon spricht er?«, fragte Welscher.

Sie setzte eine Pfanne auf den Herd, holte zwei Eier aus dem Kühlschrank und schlug sie auf. »Als Kind hatte er eine. Die stand immer unter dem Sofa. Er spielt nicht wirklich damit, sucht nur danach. Es reicht, wenn ich es ihm bestätige.«

Welscher bewunderte ihre Gemütsruhe.

»Er lebt in einer anderen Welt«, erklärte sie, »für ihn ist sie Realität. Es gibt zwar Berührungspunkte zu der unsrigen. Doch es bringt nichts, ihm erklären zu wollen, dass unsere Welt die wahre ist. So etwas verwirrt ihn nur.«

Die Eier brutzelten in der Pfanne. Welschers Magen knurrte.

»Okay, du musst wissen, was du machst«, sagte er, obwohl er bezweifelte, dass dieses Vorgehen richtig war. Sollte man die Patienten nicht besser so lange fordern wie möglich, um sie in der Realität zu halten? Er sah auf die Uhr. Der Stundenzeiger bewegte sich auf die Elf zu. Es wurde Zeit, aufzubrechen. Bestimmt wartete Lars bereits auf seinen Anruf. »Um noch mal auf deine Operation zurückzukommen: Wie stellst du dir das denn jetzt vor?«

Mit einem Ruck zog sie die Pfanne von der heißen Platte. Ihre Finger umklammerten so fest den Griff, dass die Knöchel weiß hervortraten. »Ich habe einen großen Fehler gemacht. Ich hätte zu dir halten sollen, als er dich wegen deiner Homosexualität aus dem Haus getrieben hat. Für meine Feigheit schäme ich mich, jeden Tag, jede Minute.«

»Geschenkt.« Welscher winkte ab. »Das Thema hatten wir doch schon. Ich habe dir gesagt, dass du dir darum keine Sorgen mehr machen musst.«

»Das freut mich, Jan, wirklich, und ich hoffe inständig, dass es wahr ist.«

»Versprochen.«

»Gut. Denn ich habe eine Bitte.«

Er hob den Arm und klopfte auf seine Uhr. »Komm zur Sache, Mama. Ich will nach Hause.«

Sie ließ den Pfannengriff los, setzte sich vor ihn hin, ergriff seine Hände und legte sie in ihre. »Jan, ich möchte, dass *du* während meiner Zeit im Krankenhaus auf deinen Vater aufpasst.«

Ohne Spur nichts los, aber wenn du glaubst, es geht nicht mehr, kommt von irgendwo ein Lichtlein her

Fischbach unterdrückte ein Gähnen. Er hatte schlecht geschlafen. Das war aber auch eine Nacht gewesen. Er hatte geträumt, auf einem elektrischen Stuhl zu sitzen. Uniformtragende Männer hatten ihn festgeschnallt und die Lederhaube mit dem nassen Schwamm auf seinem Kopf befestigt. Dann war einer von ihnen zu einem riesigen Schalter an der Wand gegangen und hatte ihn wie in Zeitlupe umgelegt. Das war der Moment gewesen, in dem Fischbach schweißgebadet und mit fliegendem Puls aufgewacht war. Immerhin war ihm damit der schreckliche Stromstoß durch seinen Körper erspart geblieben.

Er tippte mit dem Radiergummi-Ende des Bleistiftes auf den Schreibtisch. Früher hatte er besser von der Arbeit abschalten können. Sein Verdrängungsmechanismus schien einzurosten.

Seit einer Stunde saßen sie zusammen im Büro, ohne einen Ansatz für die Ermittlungen gefunden zu haben. »Fangen wir von vorne an«, entschied er und schaute dabei zur Decke. Vor fünf Minuten war der Baulärm verstummt. Doch die Ruhe war trügerisch. Vermutlich frühstückten die Arbeiter, oder es gab Instruktionen vom Bauleiter. Garantiert würden sie die Stille nicht lange genießen können. »Oder was meinst du?«, fragte er Welscher. Der ließ bereits den ganzen Morgen die Mundwinkel hängen, und an dem Gespräch hatte er sich auch kaum beteiligt. Dabei waren die Freitage normalerweise die Tage, an denen er mit einem seligen Lächeln im Gesicht den Dienst verrichtete. Die Vorfreude auf das Wiedersehen mit Lars versetzte Welscher regelmäßig in gute Stimmung. Selbst seine zynische Art, mit der er die Kollegen nur zu gerne auf die Palme brachte, ruhte freitags üblicherweise.

»Klar«, erwiderte Welscher einsilbig.

Andrea Lindenlaub stand vom Besucherstuhl auf und drückte sich hinter Fischbach vorbei, um sich ans offene Fenster zu stellen. »Ich muss gleich los, zur Obduktion.«

Noch war es offenbar nicht so weit, denn sie lehnte sich bequem an das Fenstersims und trank weiter ihren Kaffee.

Klaus Maier, der von den Kollegen hinter vorgehaltener Hand wegen seiner ehemaligen Zugehörigkeit zur Sitte auch Porno-Maier genannt wurde, saß auf dem zweiten Besucherstuhl und balancierte ein Notebook auf den Oberschenkeln. »Die Kollegen sind bei Dienstbeginn wieder ausgeschwärmt. Vielleicht finden sie ja noch was.«

Fischbach warf genervt den Bleistift auf den Tisch. Es gab im Moment ohnehin nichts Bemerkenswertes, was er auf die Oberfläche hätte kritzeln können. »Die Nachbarn haben sie schon durch. Weitere Verwandte gibt es nicht. Was soll denn da noch kommen? Nein, es ist, wie es ist: Wir tappen im Dunkeln. Weder bei Paul Lange noch bei Gustaf Lörsch haben wir etwas, wo wir einsteigen können. Aber egal, wiederhol bitte mal: Was wissen wir bisher über die beiden?«

Konzentriert rief Maier auf dem Notebook eine Seite auf. »Paul Lange, geboren am 13. Februar 1946 in Euskirchen. Eltern bereits verstorben, Geschwister gibt es keine, andere Verwandte scheinen auch nicht mehr zu leben. Zumindest wissen wir nichts davon. Abitur, sehr spätes Maschinenbaustudium, hat erst mit achtunddreißig sein Diplom gemacht. Seitdem selbstständiger Ingenieur, bis er sich vor zehn Jahren zur Ruhe gesetzt hat. Einen Meisterbrief und eine Technikerausbildung hatte er außerdem vorzuweisen. Passionierter Höhlenforscher, nie verheiratet, keine Kinder. Die Nachbarn beschreiben ihn als freundlichen und hilfsbereiten Einzelgänger. Streit hatte er mit niemandem. Vollkommen unauffällig, wenn ihr mich fragt.«

Fischbach nickte. »Leider ja. Mach mal mit dem Gustaf Lörsch weiter.«

Maier schob den Zeigefinger über das Trackpad. »Wie vorhin schon gesagt, ein ganz anderer Typ. Neujahr 1940 in Breslau geboren, Flucht über die Ostsee, nach verschiedenen Stationen in Auffanglagern Ankunft mit der Mutter 1947 in Mechernich. Vater vermisst. Nur Volksschule, hat sich laut Angaben des Sohnes Manfred Lörsch später hauptsächlich mit Gelegenheitsjobs über Wasser gehalten. Anpassen war dabei eher nicht Gustaf Lörschs Stärke, er verkrachte sich regelmäßig mit seinen Vorgesetzten. Verheiratet von 1977 bis 1986 mit Rita Lörsch, geborene

Lammers. Der Sohn kam kurz nach der Hochzeit zur Welt. Im gleichen Jahr kauften sie auch den kleinen Bauernhof in Nettersheim.«

»Wo wohnt diese Rita heute?«, fragte Andrea Lindenlaub.

»Wissen wir noch nicht.«

»Seltsam. Ist sie nicht gemeldet?«

»Scheint so«, sagte Maier, »der Sohn kann da nicht helfen, er hat keinen Kontakt zu ihr.«

»Bleib dran. Sie muss schließlich irgendwie zu finden sein«, sagte Fischbach und kritzelte mit dem Bleistift den Namen »Rita Lammers« auf die Tischoberfläche. Dabei fiel sein Blick auf die Notiz daneben: »HFR1700«. Übersetzt bedeutete es: Hypnose, Freitag, siebzehn Uhr. Daran hatte er gar nicht mehr gedacht, obwohl Sigrid es ihm am Morgen noch mal eingeschärft hatte. Ob er Zeit dafür finden würde? »Weiter«, forderte er Maier auf.

»Gustaf Lörsch war im Schützenverein aktiv. Politisch stand er wohl sehr weit links. Er trat für seine Überzeugungen ein, auch schon mal ziemlich vehement. Nachbarn berichteten, dass er gelegentlich zulangte. Böse Zungen nannten ihn einen Kommunisten.«

Welscher pfiff beeindruckt. »In dieser erzkatholischen Region hier schon fast das Schlimmste, was einem passieren kann. Kommt direkt nach einem Aussätzigen.«

»Richtig.« Maier runzelte die Stirn. »Wartet, da fällt mir gerade ein …« Rasch bewegte er seine Finger übers Trackpad. »Da war doch … ah … hier, Moment.« Er sah auf. »Mist, hatte ich beim ersten Mal vergessen.«

»Ja, was denn nun?«, fragte Fischbach ein wenig ungehalten. Insgeheim wünschte er sich Bianca Willms zurück. Sie war in der Aktenführung unschlagbar gewesen, auch ohne Fachhochschulstudium. Er nahm sich vor, alle Hebel in Bewegung zu setzen, um sie nach der Anwärterzeit wieder hier in Euskirchen begrüßen zu können.

»Im letzten Monat gab es eine Schlägerei mit dem Vorsitzenden des Vereins, Otto Kruschweski. Ich druck die Adresse mal aus.« Er betätigte eine Tastenkombination, und der Drucker sprang an.

Andrea Lindenlaub nahm den Ausdruck heraus. »Nach der Obduktion fahr ich da hin.«

»Mach das«, stimmte Fischbach zu.

Maier grinste. »Interessant ist, dass nur eine einzige Nachbarin dem Kollegen bei der Befragung gestern die Schlägerei gesteckt hat. Die Eifeler sind verschwiegen.«

»Vielleicht wussten die anderen nichts davon«, sagte Andrea Lindenlaub.

»So was spricht sich rum«, wehrte Maier ab. »Ich würde eine hohe Wette darauf abschließen, dass das jedem in Nettersheim bekannt ist.«

Welscher grunzte verächtlich. Doch bevor er einen seiner zynischen Sprüche ablassen konnte, flog die Tür auf, und Feuersänger schlurfte herein. Wie eine Marionette, der man die Fäden durchgeschnitten hatte, ließ er sich auf den freien Stuhl fallen, gähnte ausgiebig und riss die blutunterlaufenen Augen auf. Das ansonsten dunkelrote Feuermal zeigte sich heute lediglich blassrosa, und von einer Gesichts*farbe* konnte keine Rede mehr sein.

»Du siehst ja grässlich aus«, sagte Maier.

»Wie ein Zombie«, bestätigte Welscher. »Hast du Feinde? Vielleicht jemand, der sich auf Voodoo spezialisiert hat?«

»Blödmann.« Feuersänger beugte sich vor und griff nach Fischbachs Kaffeetasse. In einem Schluck stürzte er den Inhalt herunter. »Bin seit Mittwoch wach.« Ärgerlich blickte er zu Welscher. »Und du?«

»Wer während des Dienstes richtig reinhaut, der muss nicht die Nächte durcharbeiten.«

»Das ist ja wohl …«, schimpfte Feuersänger los, wurde jedoch sogleich von Fischbach unterbrochen.

»Lass gut sein, Heinz. Der will dich doch nur wieder hochnehmen.« Fischbach warf Welscher einen bösen Blick zu. »Wenn es nämlich tatsächlich danach gehen würde, dürfte sich der Feierabend des lieben Kollegen bei seiner heutigen Mundfaulheit ebenfalls um einige Stunden verschieben.«

Welschers zufriedenes Grinsen verschwand.

Andrea Lindenlaub lachte glucksend. »Stimmt.«

»Ah, wenn das so ist …« Feuersänger lehnte sich zurück und gähnte erneut. Mit dem Ärmel seines Poloshirts fuhr er sich über die Lippen. »Dann lege ich mal besser los, damit der junge Kollege noch die Gelegenheit erhält, sich den Feierabend zu verdienen.«

»Nur zu«, sagte Fischbach, »und danach horchst du ein paar Stunden an der Matratze.«

»Ja, Papa. Dann sorge aber auch dafür, dass keine neue Leiche auftaucht.« Feuersänger straffte sich. »Also, passt auf – wenn ich ein wenig durcheinander berichte, seht es mir bitte nach. Die Müdigkeit …«

»Schon klar, leg endlich los«, forderte Fischbach.

»Hm, wenn du mich nicht immer unterbrechen würdest … Gut, zum U-Boot. Ist eine tolle Konstruktion, Hochachtung. Paul Lange verstand sein Handwerk. Aber mit den technischen Details möchte ich euch nicht langweilen. Fakt ist, und das können wir jetzt endgültig so festhalten: Es ist eindeutig aufgrund des Lecks, das ihr gesehen habt, gesunken.«

»Na ja, das hatten wir doch ohnehin bereits angenommen«, meinte Andrea Lindenlaub.

Abermals gähnte Feuersänger. »Ja. Es gibt Spuren von Sprengmittel, aber nichts Ungewöhnliches: handelsübliches Schwarzpulver, wie es für Feuerwerkskörper Verwendung findet. Also kein Plastiksprengstoff oder so etwas. Ein Stück Rohr«, er hob die Hand und streckte den kleinen Finger aus, »in dieser Dicke haben wir gefunden. Wenn wir von einem Modellflugzeug ausgehen …«, er unterbrach sich und sah fragend von einem zum andern.

Fischbach nickte.

»… dann dürfte es den Flugzeugrumpf verstärkt haben. Vorne befand sich zudem der Aufprallzünder. Den haben wir leider aber nicht rekonstruieren können. Einige verbrannte Isolierungen, die am Rumpf des U-Bootes klebten, sprechen jedoch dafür.« Er rubbelte über einen dunklen Fleck auf seinem Poloshirt. »Dann haben wir noch die beiden Wohnhäuser der Opfer auf links gedreht. Sowohl Paul Lange als auch Gustaf Lörsch wohnten schlicht eingerichtet. Obwohl ich bei Paul Lange vermute, dass er zwar finanziell gut gestellt war, jedoch alles in sein Hobby gebuttert hat. Gustaf Lörsch hingegen scheint nichts an den Füßen gehabt zu haben und lebte von der Hand in den Mund. Aber das ist nur so ein Eindruck von mir. Zu erforschen, ob es stimmt, überlasse ich euch. Bei Paul Lange haben wir zahlreiche Fotos sichergestellt. Alles Mögliche ist dabei, mit und ohne U-Boot, das geht über Jahrzehnte. Ich habe jemanden drangesetzt, der sie einscannt. Dürften euch in Kürze zur Verfügung stehen. Bei Lörsch gab es außer einem Porträt seines Sohnes nichts.«

»Ist doch ungewöhnlich, oder?«, fragte Welscher.

»Das war mir bereits gestern aufgefallen«, sagte Andrea Lindenlaub. »Ich habe seinen Sohn danach gefragt. Nach seiner Scheidung wollte Gustaf Lörsch nicht mehr an die Vergangenheit erinnert werden und hat alles vernichtet. Er verweigerte sich fortan jeglicher Retrospektive.«

»Ein Mann mit Prinzipien«, murmelte Maier. »Passt zu dem, was ich euch gerade berichtet habe.«

»Ach was«, sagte Welscher, »ein ganz normaler Eifeler: ein sturer Eigenbrötler, der die Fotografie als modernes Teufelszeug verpönt.«

Fischbach fürchtete, Feuersänger würde wieder auf Welschers Spruch anspringen. Doch dieser gähnte nur und fuhr unbekümmert in seinem Bericht fort.

»In Gustaf Lörschs Haus haben wir alles abgeklebt und ins Labor gegeben. Es gibt zahlreiche Schuhsohlen- und Fingerabdrücke. Allerdings erhoffe ich mir keine verwertbaren Spuren. Anders ausgedrückt: Bei dem Lörsch hätte ich eher im Schweinekoben übernachtet als in einem Gästebett oder auf dem Sofa. Wir haben noch nicht einmal Putzmittel gefunden. Vermutlich hat sich in den vergangenen Jahren ganz Nettersheim dort mit Spuren von DNA verewigen können.« Er schauderte und stand auf. »Dass die Leute so im Schmutz … aber egal. Mehr habe ich leider noch nicht. Eine Kollegin sitzt am PC und fasst alles für euch zusammen. In Kürze habt ihr die Mail in euren Postfächern.« Er hob kurz die Hand zum Abschied. »Bin dann mal durch die Tür. Ihr könnt euch gar nicht vorstellen, wie sehr ich mich nach meinem Bett sehne.«

Just in diesem Moment legten über ihnen die Handwerker

wieder los. Das Konzert aus Bohrhämmern, Schleifmaschinen und Stemmmeißeln steigerte sich zum Crescendo.

Feuersänger sah nach oben und lächelte. »Viel *Spaß* noch«, sagte er und drückte die Türklinke.

Fischbach wusste, dass das letzte Wort noch nicht gesprochen war. Er wartete und zählte stumm von drei rückwärts. Deckenputz bröckelte herab und fiel auf seine Hose. Bei null angekommen, hielt Feuersänger inne und wandte sich um.

»Ach, da war doch noch was. Fällt mir gerade wieder ein. Ich bin aber auch manchmal … entschuldigt bitte.« Aus seiner Hosentasche zog er zwei gefaltete Papierbogen. Einen öffnete er sofort, legte ihn auf den Tisch und strich mit der Handkante darüber. Neugierig erhob sich Fischbach und beugte sich darüber.

»Diesen E-Mail-Verkehr«, Feuersänger tippte auf das Blatt, »haben wir auf Paul Langes Rechner gefunden.«

»Lies mal vor«, sagte Fischbach, der die kleinen Lettern auf dem Kopf kaum entziffern konnte. Er würde sich wohl doch bald mal eine Lesebrille zulegen müssen.

»Die Unterhaltung beginnt mit einer Mail von einem gewissen Andreas Resch: ›*Lange nicht voneinander gehört, Lange. (Kleine Wortspielerei am Rande, he, he.) Habe deine E-Mail-Adresse auf deiner Homepage gefunden. Pass auf, ich habe da kürzlich etwas Ungewöhnliches erhalten. Du auch? Wenn ja, sollten wir uns mal treffen.*‹ Paul Lange hat am gleichen Tag geantwortet: ›*Alter Schwede! (He, he, was du kannst, kann ich auch.) Du lebst also noch. Ja, wir müssen uns treffen. Das kleine Landcafé in Kerpen bei Hillesheim, morgen, 15:00 Uhr.*‹« Feuersänger sah auf. »Ich an eurer Stelle würde diesem Andreas Resch mal auf den Zahn fühlen.«

»Von wann sind die E-Mails?«, wollte Andrea Lindenlaub wissen.

»Von vor genau zwei Wochen. Im Café waren sie also am Samstag.«

Welscher rieb sich das Kinn. »Zwei Wochen? Das könnte mit dem Todeszeitpunkt von Gustaf Lörsch zusammenfallen.«

»Gut kombiniert«, sagte Feuersänger. »Aber es kommt noch besser.« Er öffnete das zweite Blatt und legte es auf das andere.

»Das hier haben wir in der Mülltonne von Gustaf Lörsch gefunden. In kleine Fetzen zerrissen. War eine ganz schöne Arbeit, das wieder zusammenzubekommen, kann ich euch sagen.«

Auch ohne Lesebrille konnte Fischbach die großen Buchstaben diesmal problemlos lesen: *»Zahltag! Mit Zins und Zinseszins nicht weniger als DEIN LEBEN!«*

★★★

Sie ist anders als die anderen, dachte Sabine.

Seit einer halben Stunde verharrte sie hinter zwei nicht sauber aneinandergefügten Holzbrettern in der Scheune und beobachtete durch den Spalt die neu angekommene Frau. Günther Grass' Roman über den kleinen Sonderling Oskar Matzerath, der beschlossen hatte, nicht erwachsen zu werden, lag unbeachtet neben ihr auf dem Boden der Tenne.

Die Frau, die Björk ihnen gestern als Agnetha vorgestellt hatte, saß regungslos in einem Liegestuhl am Bach. Am Treiben im Haus schien sie wenig Interesse zu haben. Das war ungewöhnlich. Normalerweise stürzten sich die Neuankömmlinge sofort ins Getümmel und ließen in den ersten Tagen nichts aus. Sie dagegen hatte jeden Annäherungsversuch abgeblockt.

Agnetha sah, soweit Sabine es beurteilen konnte, hübsch aus. Blonde, schulterlange Haare umrahmten ein schmales Gesicht. Heute trug sie ein buntes Sommerkleid, das ihrem wohlgeformten Körper schmeichelte.

»Ach hier bist du«, hörte Sabine Ole sagen. Er trat in ihr Blickfeld und schlenderte auf Agnetha zu, die zusammenzuckte und aufsah. Er stellte sich an ihre Seite und strich ihr über die Haare.

»Bitte lass das«, sagte Agnetha und zog den Kopf weg.

»Du wirkst so traurig«, sagte Ole.

Oh nein, dachte Sabine, jetzt macht er wieder auf warmherzig. Ihr Vater hatte das vor seiner Abreise genervt als Frauenversteher-Tour bezeichnet. Gespannt drückte sie sich noch näher an den Spalt. Würde Agnetha Oles Charme erliegen?

»Ich brauche Zeit«, sagte Agnetha, »Zeit für mich. Ich muss in Ruhe über gewisse Dinge nachdenken.«

»Da bist du bei uns genau richtig. Wir setzen niemanden unter

Druck, jeder kann das machen, wozu er Lust hat. Du findest hier immer jemanden, der dir zuhören wird.« Erneut streichelte er ihr über die Haare. »Zuhören ist wichtig, wichtiger noch als reden.«

Sie griff in einer schnellen Bewegung nach Oles Handgelenk und stoppte so die Zärtlichkeiten. »Danke. Sobald ich so weit bin, melde ich mich.«

»Ich bin ein ausgezeichneter Zuhörer.«

Sie ließ ihn los. »Davon bin ich überzeugt.«

Ole griff sich ans Ohr und hielt ihr einen Joint hin. »Magst du? Es hilft.«

Sie schüttelte den Kopf.

»Rauchst du nicht? Ist völlig harmlos. Man fühlt sich besser, glaub mir.«

»Nicht jetzt«, sagte Agnetha. Sie klang verärgert. »Du, nimm es mir bitte nicht übel, aber ich will im Moment wirklich nur allein sein.«

Zögernd klemmte sich Ole den Joint wieder hinters Ohr. »In einer Kommune allein sein … das passt nicht. Wir sind eine Gemeinschaft. Wir helfen uns untereinander, sind füreinander da. Wenn jemand leidet, bieten wir unsere Hilfe an.« Wieder streckte er seine Hand aus.

Agnetha war schneller und stoppte sie, bevor er ihre Haare berührte. »Ich weiß das zu schätzen. Deswegen bin ich zu euch gekommen. Und wegen der Toleranz, weil ihr niemanden verurteilt, jedem eine Chance einräumt. Ich werde mich öffnen, versprochen. Aber ich bin noch nicht so weit, hab ein wenig Geduld mit mir, ja?«

Ole steckte die Daumen in die Tasche seiner Jeans. Die Enttäuschung stand ihm ins Gesicht geschrieben.

In ihrem Versteck freute sich Sabine diebisch über die Abfuhr. Ihr Vater würde sich schieflachen, wenn sie ihm davon erzählte.

»Ich bin dann mal …« Er wies ruckartig mit dem Kinn zum Haus.

Agnetha schenkte ihm ein Lächeln. Es wirkte wie ein Friedensangebot. »Bis später.«

Ole stapfte los. Dabei kam er ziemlich nahe an Sabines Versteck vorbei. »Schlampe. Dich krieg ich noch, wart's ab«, murmelte er wütend, dann war er aus ihrem Sichtfeld verschwunden. Wenig später hörte Sabine, wie die Haustür krachend ins Schloss fiel.

So ein Blödmann. Sie warf einen letzten Blick auf Agnetha, setzte sich dann mit dem Rücken an die Bretter gelehnt hin und nahm ihr Buch *zur Hand. Agnetha wollte allein sein, das hatte sie Ole unmissverständlich verdeutlicht. Da gehörte es sich nicht, sie heimlich zu beobachten.*

»Sabine? Sabine, wo bist du?«

Die Stimme ihrer Mutter riss Sabine aus der Geschichte und weg von dem Strand, an dem Oskar Matzerath gerade das Brausepulver mit Maria teilte. Die Szene war lustig und ungewöhnlich zugleich, sogar ein wenig ekelig. Nur widerwillig verließ sie die beiden, um Viola nicht zu verärgern.

»Mensch, Sabine, wo steckst du schon wieder?« Die Stimme ihrer Mutter hatte an Schärfe zugenommen. Eilig öffnete Sabine das Scheunentor einen Spalt und schlüpfte hindurch.

»Hier! Ich komme.« Sie rannte um die Hausecke herum über den Hof. Fast wäre sie dabei über den schwarzen Kater gestolpert, der ihren Weg kreuzte. Fauchend sprang er zur Seite, bevor Sabines Fuß seine Flanke treffen konnte.

Ihre Mutter wartete an der Haustür und zog an einer selbst gedrehten Zigarette.

Keuchend stoppte Sabine vor ihr.

»Kind, wo du dich immer rumtreibst.« Missbilligend rümpfte Viola die Nase.

»Ich war lesen.«

»Kannst du doch auch auf deinem Zimmer. Da weiß man zumindest, wo du steckst.«

Sabine wollte entgegnen, dass das stetige Knarren der überbelasteten Bettfedern und das hemmungslose Gestöhne sie störten. Doch sie schluckte die Erwiderung herunter. Ihre Mutter würde dafür garantiert kein Verständnis aufbringen, wie auch, sie war doch ein Teil des Problems.

»Björk erwartet uns alle in der Küche. Er hat uns etwas Wichtiges mitzuteilen.« Violas Augen leuchteten.

Irritiert runzelte Sabine die Stirn. Erkannte sie da eine Spur Stolz im Blick ihrer Mutter? Aber worauf?

»Dann komme ich ja im rechten Augenblick«, sagte eine Stimme hinter ihr. Sabine wandte den Kopf.

Lächelnd strich sich Agnetha eine Haarsträhne hinters Ohr. Im Licht der Abendsonne schimmerte das Blond fast golden.

Wie ein Engel, dachte Sabine.

»Ja, ja«, knurrte ihre Mutter. Sie trat die Zigarette mit der Schuhsohle aus. »Jetzt aber los.«

Neben dem Wohnzimmer war die Küche der größte Raum im Haus. Trotzdem drängten sich die Mitglieder der Kommune dicht an dicht um den riesigen Esstisch herum. Etwa dreißig Personen redeten durcheinander. Pärchen kuschelten sich aneinander. Die Atmosphäre war ausgelassen, friedlich. In der Luft hing ein blauer Rauchschleier. Sofort kratzte Sabines Hals unangenehm, sie hüstelte.

»Ah, da bist du ja«, rief Björk und klopfte auf den freien Platz neben sich. »Komm zu mir, Sabine.«

»Los, mach schon«, sagte Viola und gab ihr einen Stups.

Sabine zwängte sich durch und setzte sich neben Björk auf die Bank am Kopfende des Tisches.

»Leute!« Björk hob die Arme und bat um Ruhe. »Es wird nicht lange dauern, keine Sorge.« Er lächelte milde, umarmte Sabine und drückte sie an sich.

Sie spürte, wie ihre Wangen heiß brannten. So viel Aufmerksamkeit war ihr unangenehm. Was war hier los? Was wollte Björk? Warum hielt er sie fest? Das Ganze war ihr nicht geheuer. Am liebsten wäre sie aufgesprungen und hätte sich wieder in die Scheune verzogen.

»Leute, die Sabine hier ...«

Björk ruckte an ihrem Körper, zog sie noch ein Stück näher. Sie fühlte sich wie in einem Schraubstock gefangen.

»... also, die Sabine, die ist ab sofort die Finja. Ich glaube, mehr muss ich dazu nicht sagen.«

Finja!

Sabine wollte protestieren, doch ihr Blutdruck sackte ab. Ihre Zunge wollte ihr nicht mehr gehorchen, der Blick engte sich ein. Sie sah klatschende Hände, doch der Applaus erreichte ihre Ohren nicht. Ein Rauschen wie ein Wasserfall hatte sich in ihren Gehörgängen festgesetzt.

Sie wollte nicht Finja heißen!

Sabine war doch okay. Das war der Name, den ihre Eltern für sie ausgesucht hatten. Mama und Papa hatten sich doch was dabei gedacht, monatelang darüber gegrübelt und schließlich eine Entscheidung gefällt. Sie mussten den Namen lieben, denn niemand wählte einen Namen für sein Kind, den er nicht mochte. Es musste ihnen etwas bedeuten. Woher nahm Björk das Recht, sich darüber hinwegzusetzen und ihr einen anderen Namen zu verpassen? Hilfesuchend schaute sie zu ihrer Mutter, suchte Unterstützung für den Protest, den sie gleich äußern wollte. Viola lehnte lächelnd am Türrahmen und ... klatschte.

Entsetzen packte Sabine. Mama hat es gewusst, dachte sie. Kaltblütig hatte sie Sabine ins Verderben rennen lassen. Verraten und verkauft, von der eigenen Mutter. Die Enttäuschung ließ sie zusammensinken, ihr Widerstand erlahmte. Resigniert wartete sie ab.

Björks Hand wanderte über ihren Rücken hinunter zum Po. Sabine war zu erschöpft, um sich dagegen zu wehren. Eine bleierne Müdigkeit schien jede Faser ihrer Muskeln zu lähmen. Sie ahnte, was mit dem neuen Namen verbunden war, bevor es Björk aussprach.

»Das Kind Sabine ist zur Frau geworden. Finja hat jetzt alle Pflichten, die ein Erwachsener bei uns in der Kommune erfüllen muss.« Streichelnd glitten seine Finger über Sabines Pobacke. »Und selbstverständlich auch alle Rechte«, ergänzte er.

Erneut brannte Applaus auf.

Ein Schauder durchlief Sabine. Inständig hoffte sie, dass ihr Vater bald zurückkommen würde, um sie aus diesem Alptraum zu erlösen.

Raus mit der Sprache

Beherzt biss Fischbach in das Matjesbaguette. Eine Stunde hatten sie es im Büro noch ausgehalten, bevor es ihnen zu viel geworden war. Dem Baulärm entflohen, hatte sich sofort sein Appetit gemeldet. Normalerweise kochte Sigrid für ihn zu Mittag. Heute war sie jedoch mit den Landfrauen auf Tour. Wenn er es recht in Erinnerung hatte, ging es nach Zülpich ins Bädermuseum. Für Sigrid, die an einem Eifeler Reiseführer mit regionalen Kochrezepten arbeitete, ein lohnenswerter Ausflug.

Da der heimatliche Kochtopf als Option nicht zur Verfügung stand, hatte Fischbach die Nordsee-Filiale in der Euskirchener Fußgängerzone vorgeschlagen. So standen sie nun zu zweit an einem Stehtisch und konnten durch die Schaufensterscheibe den Strom der Einkaufenden beobachten.

»Jetzt spuck's schon aus«, forderte Fischbach. »Was ist dir über die Leber gelaufen?«

Welscher nahm einen hektischen Schluck von seiner Fanta und knallte den Becher zurück auf den Tisch. »Nichts. Zumindest nichts, womit ich dich belästigen muss.«

Das kannte Fischbach. Allzu gern fraß Welscher Kummer in sich hinein. Wenn er dann endlich mit der Sprache herausrückte, war es für Hilfe fast schon zu spät. »Ist was mit Lars?«

»Dem geht es gut, alles okay.« Demonstrativ wandte Welscher sich ab und sah nach draußen.

Einige Sekunden gab Fischbach ihm, kaute in Ruhe weiter und spülte mit Cola nach. »Wenn du glaubst, du könntest weiterhin mit dieser Miesepetermiene durch die Gegend rennen, hast du dich geschnitten. Notfalls werde ich Lars anrufen.«

Welscher wirbelte herum. Fast hätte er mit dem Arm seine Fanta vom Tisch gefegt. »Das wirst du nicht! Misch dich nicht in meine Angelegenheiten ein.«

»Aber sicher, da kannst du Gift drauf nehmen.« Ungerührt von Welschers Ausbruch biss Fischbach erneut in das Baguette.

»Du bist so ein …«

Mit hochgezogenen Augenbrauen riet Fischbach: »Arsch?«

»Mit Ohren.«

»Und Ringelschwanz?«

Welscher lächelte, zum ersten Mal heute. »Sehr interessante Vorstellung. So etwas hatte ich noch nicht.«

Fischbach spürte, dass er seinen Widerstand gebrochen hatte. »Also noch mal: Was ist los?«

Welscher wuselte sich durch die Haare. »Du gibst ja doch keine Ruhe. Ich soll für ein paar Tage auf meinen Vater aufpassen. Meine Mutter muss ins Krankenhaus, nichts Schlimmes. Aber sie fällt halt aus und will meinen Vater nicht ins Heim stecken, selbst wenn es nur vorübergehend ist. Da würde sie eher auf den Eingriff verzichten.«

»Verstehe.« Fischbach schob sich den letzten Bissen in den Mund und wischte sich mit der Serviette die Lippen ab. Er wusste von der heftigen Auseinandersetzung bei Welschers Coming-out und dem anschließenden Bruch mit dem Vater.

»Der Mann hat mich aus dem Haus gejagt«, sagte Welscher. Mit der flachen Hand hieb er auf den Tisch. »Er hat mich wüst beschimpft. ›Arschficker‹ war noch die harmloseste Bezeichnung, die er für mich übrig hatte.«

Verlegen kratzte sich Fischbach am Nacken. »Ein bisschen leiser, Jan.«

»Schämst du dich jetzt etwa auch für deinen schwulen Kollegen?« Böse funkelte Welscher ihn an.

»Ach was. Warum sollte ich? Ich habe da vollstes Verständnis, das weißt du doch. Ich gehöre schließlich selbst zu einer Randgruppe.«

Welscher stutzte. »Hä?«

»Na ja, Rocker halt.«

Perplex öffnete Welscher den Mund, ohne etwas zu sagen. Einige Sekunden verharrte er so, dann fing er an zu lachen. »Das ist gut, wirklich, echt stark.«

»Weiß nicht, was es da zu lachen gibt.« Pikiert verschränkte Fischbach die Arme vor der Brust.

Welscher wischte sich mit dem Handrücken eine Lachträne aus dem Augenwinkel. »Vergiss es, ich wollte nicht …« Er kicherte haltlos. »Du verstehst es, jemanden aus einem Tief zu holen.«

»Ja, ja«, sagte Fischbach beleidigt. Warum nur wurde seine Leidenschaft von niemandem ernst genommen? Er fuhr eine wunderschöne Harley Night Rod Special und war Mitglied der K-Heroes, einer Motorradgang. Natürlich war er ein Rocker, was sollte er sonst noch machen, damit man ihn als solchen ansah? Musste er erst jemanden verprügeln oder bis zum Abwinken Bier in sich hineinschütten? Das waren doch alles nur Klischees, die er garantiert nicht bedienen würde.

»Nein, sorry … Hotte, hör zu, es tut mir leid, wirklich.«

»Schon gut.« Fischbach ging zur Theke und bestellte sich eine Portion Fish and Chips. Essen half ihm über den Ärger hinweg.

»Alles in Ordnung bei Ihnen?«, fragte die Bedienung. Die junge Frau war allerhöchstens zwanzig Jahre alt, schätzte er. Ihre Augen standen etwas zu dicht zusammen, aber ihre Stupsnase wog das wieder auf. Keine Schönheit, aber durchaus nett anzusehen. Verschwörerisch beugte sie sich vor. »So ein Schnuckel und alles für die Katz.« Sie sah bedauernd auf Welscher. »Der Arme.«

»Wie bitte?« Fischbach wusste nicht, was sie meinte.

»Schwul«, hauchte sie lang gezogen und warf Welscher einen verklärten Blick zu. »Meinen Sie, es ist nur … äh … eine Phase?«

»Tut mir leid, keine Chance.«

Sie straffte sich. Ihre nach unten gebogenen Mundwinkel verrieten ihre Enttäuschung. »Macht drei fünfzig.«

Fischbach bezahlte und ging zurück zum Stehtisch. »Und? Was wirst du machen?«

»Lars sagt, ich soll meinem Vater verzeihen. Findest du das auch?«

Fischbach überlegte einen Moment. Theo Welscher hatte seinem Sohn übel mitgespielt, gar keine Frage. War er dafür aber nicht schon genug bestraft worden? Fischbach zweifelte zwar an einem höheren Wesen. Wenn es jedoch so etwas wie einen Gott gab, dann hatte er an Welschers Vater ein Exempel statuiert.

»Ich würde dir empfehlen, einen anderen Blickwinkel einzunehmen.«

»Was? Das ist mir zu hoch.«

»Ganz einfach: Du hilfst nicht deinem Vater, sondern deiner Mutter. Und mit ihr kannst du doch wieder gut, oder nicht?«

Langsam neigte Welscher den Kopf. Mit dem Zeigefinger wischte er über die Tropfen auf dem Tisch, die bei seinem Ausbruch vorhin aus dem Becher gespritzt waren. »Genau das hat Lars auch gesagt.«

»Dann ist doch alles klar.« Fischbach klopfte ihm auf die Schultern. »Und weißt du, was? Ich werde vorbeikommen und dir Gesellschaft leisten. Geteiltes Leid ist halbes Leid. Wir werfen den Grill an, hören ein wenig Musik und lassen den lieben Gott einen netten Mann sein.«

Welscher nickte zögernd. »Okay. Hört sich gut an. Aber eine Bedingung habe ich.«

»Die da wäre?«

»Deine Andrea-Berg-Sammlung lässt du zu Hause.«

»Andrea wer?«, presste Fischbach hervor.

Welscher lachte und winkte ab. »Komm, egal. Danke für dein Angebot. Jetzt geht es mir bedeutend besser.« Er sah auf die Uhr. »So langsam sollten wir aber mal zum Landcafé in Kerpen aufbrechen. Sonst schaffen wir es danach nicht mehr pünktlich zu diesem Andreas Resch. Zwei Uhr hat er gesagt, das haut jetzt gerade noch so hin. Bin gespannt, was wir von ihm zu hören kriegen.«

★★★

Ausnahmsweise brummte der Motor von Welschers altem Fiesta zufrieden. Mit konstant einhundert Stundenkilometern ließ er den Wagen über die A 1 in Richtung Trier rollen. Selbst das Radio funktionierte heute, nachdem er es mit einem Handballenschlag eingeschaltet hatte, wenn auch nur mit einem Lautsprecher. Aber das reichte, um die Langeweile auf der langen Fahrt nach Wittlich zu bekämpfen.

In dem kleinen Landcafé in Kerpen hatten sie nichts Interessantes in Erfahrung bringen können. Die zierliche Besitzerin hatte Paul Lange auf Fotos zwar wiedererkannt. Dessen Begleiter beschrieb sie als sportlich gekleidet, etwa eins siebzig groß und etwas jünger als Paul Lange. Sie konnte sich sogar an die Bestellung der Männer erinnern: Kirschkuchen mit Mandelstreusel und Sahne sowie Weincremetorte. Mehr konnte sie aber leider nicht beisteuern. Die Männer seien vollkommen unauffällig gewesen.

Jetzt war Welscher gespannt, was Andreas Resch ihnen über das Treffen berichten würde.

Der Wind pfiff durch das einen Spaltbreit geöffnete Seitenfenster und kühlte seine Stirn.

Mit der grollenden Harley unter dem Hintern war Fischbach bereits kurz vor Hillesheim aus seinem Sichtfeld entschwunden. Trotzdem würde er kaum eher ankommen, da war sich Welscher sicher. Fischbach nutzte selten die schnellste Verbindung, sondern suchte sich stattdessen gemütliche Strecken über die Eifeler Höhen und durch die malerischen Täler.

Die Maare hatte Welscher bereits hinter sich gelassen, nur noch wenige Minuten, und er würde in Lüxem, nordöstlich von Wittlich, ankommen.

Die Aussprache mit Fischbach hatte ihn erleichtert. Es war schon zu blöd. Eigentlich hatte er sich die ganze Zeit über eingeredet, dass er seiner Mutter zuliebe über seinen Schatten springen und die Aufsicht über seinen Vater übernehmen sollte. Doch das hatte ihm nicht gereicht. Zu tief saßen Verbitterung und Schmerz, da half auch kein rationales Denken. Erst die Gespräche mit Lars und soeben mit Fischbach hatten ihm bestätigt, den richtigen Weg eingeschlagen zu haben. In Gefühlsdingen benötigte er einfach ab und zu den Zuspruch von Außenstehenden.

Er konzentrierte sich wieder auf den Fall. Vorhin am Telefon war Andreas Resch zwar über den Anruf eines Kripobeamten überrascht gewesen, doch er hatte einem Treffen sofort zugestimmt. Dabei hatte er fast schon erleichtert geklungen, wie jemand, dem man eine schwere Entscheidung abnahm.

Welscher verließ die Autobahn an der Anschlussstelle Wittlich-Mitte und umrundete nördlich des Ortes im weiten Bogen das Gewerbegebiet. Kurz darauf parkte er den Wagen auf der Bombogener Straße in Lüxem.

Lässig lehnte Fischbach an der Harley. »Herrliches Bikerwetter.« Er ließ die Hosenträger flitschen. »Verstehst du nun, warum ich die Leute mitunter nicht am Telefon befrage?«

»Kostet aber alles Zeit.« Welscher wusste, dass Fischbach Hummeln im Hintern hatte. Wenn sich ihm eine Gelegenheit bot, quer durch die Eifel zu fahren und damit dem Büro entfliehen zu können, dann tat er es auch. Wind und Wetter konnten ihn nicht abhalten.

»Ja, mag sein, dagegen kann ich ja kaum etwas einwenden.« Fischbach drückte sich von der Harley ab und ließ die Schultern kreisen. »Außer vielleicht, dass es in unserem Fall nicht schadet. Wenn wir einen Sack voller Verdächtiger hätten, müsste man die Abläufe strukturieren, um Zeit zu sparen. Dem ist aber nicht so. Und du hast selbst genug Erfahrung, um zu wissen, dass nonverbale Kommunikation manchmal mehr verrät als das gesprochene Wort.« Er warf sich die Lederjacke über die Schulter und ging auf das Haus mit der Nummer 21 zu.

Welscher folgte ihm. An der Haustür drückte Fischbach die Klingel.

»Ein Ritter-Sport-Haus«, sagte Welscher.

»Ein was?«

»Quadratisch, praktisch, gut.«

Fischbach lachte. »Habe ich ja noch nie gehört.« Er sah an der Front entlang. »Passt aber bestens.« Erneut klingelte er. Der Gong schlug an, doch nichts rührte sich. Er sah auf die Uhr. »Pünktlich. Wir hatten zwei Uhr gesagt, oder?«

»Ja.«

»Also pünktlich.«

»Da gibt es kein Vertun.«

»Wo steckt der denn?«

»Geben wir ihm noch ein paar Minuten.« Welscher nahm das Smartphone und sichtete seine E-Mails. »Am Telefon erwähnte er, dass er noch was erledigen muss. Vermutlich wurde er aufgehalten.«

»Heutzutage ist was los«, sagte Fischbach und klopfte ungeduldig. »Kein Respekt mehr vor der Polizei.«

»Jawoll«, sagte Welscher, ohne vom Display aufzuschauen. Mit der freien Hand salutierte er lässig.

»Ist doch wahr.« Einige Sekunden schwieg Fischbach, dann sagte er: »Ich drehe mal eine Runde ums Haus.«

»Mach das«, murmelte Welscher und konzentrierte sich wieder auf die Mail von Lars. Der hatte sich einen halben Tag freigenommen. Gerade war er in seinem Wochenenddomizil in Kronenburg eingetroffen und hatte mit den Vorbereitungen für die Geburtstagsfeier begonnen. Welscher öffnete seinen Fotoordner und rief ein Bild von Lars auf. Versonnen strich er mit dem Daumen darüber. Heute Abend würden sie sich wiedersehen. Alles in ihm sehnte sich danach, in Lars' Armen zu liegen, den Kopf auf seine breite Brust gebettet, und alles zu vergessen. So sah für ihn im Moment der Himmel auf Erden aus. Mit wischenden Bewegungen blätterte er weiter: Lars und er gemeinsam in Köln, unterwegs in Diskotheken und Kneipen, mit Freunden auf dem CSD. Es folgten Fotos von Lars als Larissa in einem bunten Kleid, die Haare offen, blank rasiert und geschminkt. Er beziehungsweise sie stand vor einer Staffelei und malte. Larissas Hobby. So hatten sie sich kennengelernt. Bei Welscher hatte es lange gedauert, bis der Groschen gefallen war und er den Mann unter der Verkleidung entdeckt hatte.

»Schmuckes Kerlchen.« Fischbach grinste ihn an.

Ertappt zuckte Welscher zusammen und steckte sein Smartphone in die Hosentasche. »Was schleichst du hier herum?«

»Mach dir nicht ins Hemd. Bin doch nur ich.«

»Trotzdem. Finde ich nicht prickelnd, wenn man hinter meinem Rücken meine privaten Dateien sichtet.« Welscher war nicht wirklich verärgert. Doch er hatte auch ein Nacktbild von Lars auf dem Handy. Zwar nur von hinten aufgenommen, aber trotzdem musste es Fischbach nicht unbedingt sehen.

»Entschuldige«, sagte Fischbach. »War ja eher zufällig als absichtlich.«

Welscher atmete durch. Warum aufregen, es war schließlich noch mal gut gegangen. »Okay, vergiss es.«

»Jetzt ist er fast schon zwanzig Minuten überfällig.«

»Ich rufe mal an.«

»Brauchst du nicht, habe ich gerade schon ohne Erfolg probiert. Das Telefon steht im Wohnzimmer, aber niemand ist aufgetaucht. Ich konnte von der Terrasse aus hineinsehen.« Er hämmerte ein Stakkato auf den Klingelknopf.

Welscher ließ das Handy stecken. »Schon seltsam.«

»Du sagst es.« Jetzt hämmerte Fischbach mit der Faust gegen die Haustür. »Herr Resch? Kriminalpolizei! Wir waren verabredet.«

»Vielleicht ist etwas passiert?«

»Glaube ich nicht.«

»Verkehrsunfall oder so. Kann doch sein.«

Fischbach hörte auf zu klopfen, wandte sich Welscher zu und tippte ihm auf die Brust. »Nee, weißt du, was ich glaube?«

Welscher schüttelte den Kopf.

»Der Typ ist abgehauen. Der hat Dreck am Stecken. Und wir waren so blöd und haben uns noch angekündigt.«

★★★

Hektisch kaute Andrea Lindenlaub auf ihrem Kaugummi. Die Obduktion war kräftezehrend gewesen. Der faulige Geruch der im Anfangsstadium verwesten Leiche schien sich in ihrer Kleidung gefangen zu haben. Die Klimaanlage des Wagens blies auf der kältesten Stufe. Sie hoffte, so den Gestank vertreiben zu können. Doch alles, was sie bisher damit erreicht hatte, war, dass sie erbärmlich fror.

Sie hatte Maier vor gut einer halben Stunde über die Freisprecheinrichtung eine Zusammenfassung geliefert. Feuersängers Annahme, dass Gustaf Lörsch an den Folgen eines Stromschlags gestorben war, hatte sich als richtig erwiesen. Die braunen Stellen an der Hand waren tatsächlich Strommarken. Somit schied das im Wasser liegende Kofferradio als Ursache für den Schlag aus. Der Badewannengriff musste unter Spannung gestanden haben, und damit stand fest, dass es sich um einen Mord handelte. Heimtückischer konnte man kaum umgebracht werden. Gustaf Lörsch war ansonsten bei bester Gesundheit gewesen. Nur ein Loch im linken Trommelfell und eine Nierenprellung mussten ihm in den letzten Lebenstagen zu schaffen gemacht haben. Der Rechtsmediziner hatte sich vage auf einen Todestag festgelegt:

Er schätzte, dass Gustav Lörsch zwei Wochen tot in der Wanne gelegen hatte.

Maier hatte ihr im Gegenzug berichtet, dass er angefangen hatte, das Alibi von Manfred Lörsch zu überprüfen. Nach einem Anruf in dessen Firma hatte man ihm Lörschs Terminplan zugefaxt. Der Mann war in den letzten vier Wochen vollkommen ausgebucht gewesen, Sechzehn-Stunden-Tage waren eher die Regel als die Ausnahme. In den verbleibenden Stunden von München in die Eifel und zurück zu reisen, um jemanden zu töten, wäre zwar nicht unmöglich, aber zumindest ambitioniert. Einige Anrufe bei zufällig ausgewählten Kunden, die im Kalender aufgeführt waren, hatten die aufgelisteten Dispositionen bestätigt. Maier hatte eine Kollegin gebeten, die restlichen Termine zu überprüfen, und wollte sich nun auf Manfred Lörschs private Termine vor zwei Wochen konzentrieren. Vielleicht gelang es ihnen so, ein lückenloses Alibi zu rekonstruieren, um Manfred Lörsch endgültig als Täter ausschließen zu können.

Andrea Lindenlaub rechnete nicht mit einer Überraschung. Ihr Bauchgefühl sagte ihr, dass Manfred Lörsch nichts mit dem Mord zu schaffen hatte.

In Nettersheim parkte sie den Wagen gegenüber der Hubertus-Apotheke in der Steinfelder Straße und stieg aus. Die Sonne brannte unbarmherzig vom Himmel, und sofort verschwand ihre von der eisigen Klimaanlage hervorgerufene Gänsehaut.

Der Vorsitzende des Schützenvereins Otto Kruschweski, mit dem sich Lörsch kurz vor seinem Tod eine Schlägerei geliefert hatte, war mühelos auszumachen. Im vollen Ornat stand er auf der Schattenseite der Straße. Andrea Lindenlaub schwitzte schon bei seinem Anblick. Hemd, Janker, lange Hose und dazu noch ein Hut, unter dem gelockte graue Haare hervorschauten. Der Mann musste eine körpereigene Kühlanlage besitzen.

»Sie sind bestimmt die Kommissarin«, sagte er. Die tiefe raue Stimme hallte dröhnend von den Häuserwänden wider. Er streckte die Hand aus. Rund um sein rechtes Auge schimmerte die Haut gelblich.

»Das bin ich«, sagte Andrea Lindenlaub, schüttelte seine Hand und zeigte ihren Dienstausweis.

»Lassen Sie ruhig stecken.« Kruschweski lachte. »Ich habe nichts zu verbergen und stehe jedem, der von mir was über Gustaf Lörsch hören möchte, Rede und Antwort. Mit oder ohne Ausweis, vollkommen egal.«

»Darf ich fragen, warum Sie sich gerade hier mit mir treffen wollten?« Vorhin beim Telefonat hatte Kruschweski darauf bestanden, dass sie sich vor der Tür trafen. Einen Besuch der Polizei in seinem Haus hatte er kategorisch abgelehnt.

Verlegen hakte er einen Zeigefinger in den Hemdkragen und lockerte ihn. »Ich will meine Frau nicht aufregen.«

»Ich denke, Sie haben nichts zu verbergen.«

»Habe ich auch nicht. Aber sie hat Bluthochdruck. Da muss man vorsichtig sein. Und die Nachbarn … äh … na ja, Sie wissen schon.«

»Das Gerede, verstehe.«

Ein wenig hilflos zuckte er mit den Schultern. »So ist es halt hier in der Eifel. Macht es Ihnen etwas aus, wenn wir zum Bahnhof gehen? Ist nicht weit, fußläufig ein paar Minuten. Ich muss mit dem nächsten Zug nach Köln. Eine deutschlandweite Versammlung, daher auch der Aufzug.« Mit beiden Händen strich er über das Revers des Jankers. Ohne ihre Zustimmung abzuwarten, schritt er aus. Dabei zog er ein Bein nach.

Andrea Lindenlaub holte ihn ein und ging neben ihm her, ohne sich ihre Verärgerung ansehen zu lassen. Wenn Kruschweski zum Bahnhof musste, hätten sie sich auch gleich dort verabreden können. Der Mann schien Umstände zu mögen. Davon abgesehen war es nicht in Ordnung, dass er die polizeiliche Vernehmung durch die Abfahrtszeit eines Zuges befristete. Notfalls würde sie ihn an dem Einstieg hindern. »Wie gut kannten Sie Gustaf Lörsch?«

»Auf einer Skala von eins bis zehn? Da würde ich eine Neun vergeben. Wir sind … waren Freunde. Sogar gemeinsame Urlaube haben wir verbracht. Damals, als seine Frau, die Rita, noch bei ihm lebte. Da war der Manfred noch klein. Vorsicht«, er zeigte nach vorne auf den Gehsteig. »Scheiße.«

Andrea Lindenlaub achtete darauf, nicht in den Hundehaufen zu treten. »Sie sagten, Sie *waren* Freunde. Bezieht sich die

Vergangenheitsform auf das Ableben? Oder kam es wegen der körperlichen Auseinandersetzung zum Bruch zwischen Ihnen und Lörsch?«

Aus dem Augenwinkel warf Kruschweski ihr einen belustigten Blick zu. »Sie reden vielleicht aufgebauscht. Eine wüste Prügelei hatten der Gustaf und ich, richtig zugelangt hat er.« Er tippte sich sanft auf sein gelb umrandetes Auge. »Ich bin froh, dass die Schwellung endlich weg ist. Den Tritt gegen meinen Oberschenkel habe ich inzwischen auch weitestgehend verdaut.«

Sie bogen links ab auf die Bahnhofstraße. Solarzellen gleißten auf den Dächern der Häuser, die sie passierten.

»Aber der Gustaf musste auch einstecken«, sagte Kruschweski stolz. »Sein Ohr hat geblutet, und ein paar Nierenhaken konnte ich auch setzen.« Kurz hielt er zum Schattenboxen an. »Bin noch gut in Schuss mit meinen fünfundsechzig, das können Sie mir glauben.«

Tatsächlich wirkte er gelenkig und seine Bewegungen flüssig.

»Wie kam es zum Streit?«

»Gustaf war zeit seines Lebens aufbrausend und jähzornig. Folgte man seiner Meinung nicht, gab es Ärger. Deswegen hat ihn die Rita auch verlassen. Sie war selbst nicht anders, da prallten zwei Planeten aufeinander.«

»Haben Sie noch Kontakt zu Rita Lörsch?«

»Nein. Schon lange nicht mehr.«

»Dann können Sie mir auch nicht sagen, wie ich sie erreichen kann?«

»Sollte das die Polizei nicht am besten wissen?«

»Leider ist Rita Lörsch nicht gemeldet. Ihre letzte Anschrift ist die ihres Mannes.«

Er lachte auf. »Das passt zu Rita. Sie war immer schon aufsässig. Mit der Obrigkeit kam sie nie klar. Ich werde mal meine Frau fragen. Die redet nicht viel, weiß aber alles.«

Sie betraten den Bahnsteig. Zwei Jugendliche standen mit Bierflaschen am Fahrplanschild.

»Wenn ihr in Richtung Köln wollt, sind es noch zehn Minuten, Jungs. Immer um einundzwanzig nach«, teilte Kruschweski ihnen mit. Ohne weiter auf die beiden zu achten, stellte er sich in den

Schatten des Bahnhofsgebäudes. Aus den Tiefen des Jankers zog er eine Roth-Händle-Packung hervor. »Rauchen Sie?«

Andrea Lindenlaub hob abwehrend die Hand. »Nicht mehr.«

»Gut so.« Er steckte sich eine Zigarette an und blies den Rauch in die Luft.

»Was war denn bei Ihrem letzten Streit mit Gustaf Lörsch konkret vorgefallen?«

Kruschweski spie einen Tabakkrümel aus. »Er hat mir vorgeworfen, Gelder aus der Vereinskasse veruntreut zu haben.«

»Gibt es denn keinen Kassenwart? Dem würde das doch auffallen.«

»Eben.«

»Gustaf Lörsch war das?«

»So ist es.« Kruschweski zog an der Zigarette und inhalierte tief.

»Und? Ist an dem Vorwurf etwas dran?« Sie musterte ihn gespannt, drauf gefasst, eine ausufernde Verteidigungsrede zu hören.

»Leider ja«, gab Kruschweski überraschenderweise zu und ergänzte: »Sie würden es ja eh herausbekommen.«

»Von welchem Betrag sprechen wir?«

Er räusperte sich. »Zehn«, flüsterte er und sah sich verstohlen um.

»Zehntausend?«

Er nickte und legte den Zeigefinger über die Lippen.

»Eine stolze Summe«, sagte Andrea Lindenlaub. Menschen wurden schon für weniger Geld getötet. »Aber wenn es stimmt, wieso kam es dann überhaupt zu der Schlägerei? Reue und Wiedergutmachungsbeteuerungen wären da angemessener, sollte man meinen.«

»Aber doch nicht bei der Mitgliederversammlung.« Entrüstet trat er die nur zur Hälfte gerauchte Zigarette aus. Er nahm den Hut ab und wischte sich mit dem Handrücken über die schweißnasse Stirn. »Hören Sie, ich habe da ein kleines Problem. Ich fahre gelegentlich nach Bad Neuenahr, ins Spielkasino …« Er brach ab und hob entschuldigend die Schultern. »Ich habe es mir doch nur geliehen, sozusagen ein Kredit. Auf der Mitgliederversammlung habe ich selbstverständlich alles bestritten. Wissen Sie, ich hänge an dem Posten, ich liebe ihn. Und aller Bescheidenheit zum Trotz möchte ich sagen: Ich bin bei Weitem der Beste für den Vorsitz. Da konnte ich doch gar nicht anders, als alles abzustreiten. Zum Wohle des Vereins.«

Andrea Lindenlaub entfuhr ein zynisches Lachen. »›Zum Wohle des Vereins.‹ Der ist gut.«

»Es wäre nur für ein paar Wochen gewesen. Übernächsten Monat wird meine Lebensversicherung ausgezahlt, und ich kann meinen Kredit tilgen.«

»Sie hätten von Anfang an mit offenen Karten spielen sollen. Sicher kann so ein Verein auch hochoffiziell einen Kredit vergeben, da gibt es bestimmt Wege.«

Der Lautsprecher über ihnen knackte, und eine metallisch klingende Stimme informierte die Fahrgäste, dass sich der Zug um wenige Minuten verspäten würde.

Kruschweski winkte ab. »Ach, das ist doch alles viel zu kompliziert. Und dem guten Ruf wäre es auch nicht zuträglich gewesen. Wie gesagt, ich hänge an dem Posten. Ohne ihn weiß ich nicht, was ich mit meinem Rentnerdasein anfangen soll.«

Obwohl Andrea Lindenlaub Kruschweskis Vorgehen nicht guthieß, konnte sie sein Motiv verstehen.

»Als ich Gustaf der Lüge bezichtigte, drehte er jedenfalls durch«, berichtete er weiter. »Für mich war es ein Glücksfall. Nach der Prügelei haute er ab, ohne weiter auf seiner Entdeckung herumzureiten. Ich gewann dadurch an Glaubwürdigkeit, nahm mir seine Unterlagen und versprach den Mitgliedern, die Sache aufzuarbeiten. Damit waren sie zufrieden, schließlich vertrauen sie mir.«

»Kommen wir zu der Frage von eben zurück. Waren Sie danach noch Kumpels oder seitdem spinnefeind? Ist die Freundschaft daran zerbrochen?«

»Ach was. Von meiner Seite aus hatte sich durch den Vorfall nichts zwischen uns verändert. Warum sollte ich ihm das auch übel nehmen? Gustaf hat doch nur seinen Job gemacht.« Zerknirscht schob er sich eine weitere Roth-Händle in den Mundwinkel. »Am Tag danach habe ich ihn angerufen. Ich wollte ihm die Situation erklären und um sein Verständnis werben.«

»Wann war das genau?«

Kruschweski überlegte einen Moment. »Zwei Wochen ist das her, am dreizehnten.«

Stimmt mit dem Todeszeitpunkt überein, den der Rechtsmediziner geschätzt hat, dachte Andrea Lindenlaub. »Und? Wie hat Gustaf Lörsch reagiert? Wütend aufgelegt?«

»Nein, nein, wo denken Sie hin? Gustaf war bei allem Jähzorn und aller Dickköpfigkeit ein praktisch denkender Mensch. ›Eine Hand wäscht die andere‹, hat er gesagt.«

»Er hat Sie erpresst?«

»Holla, nee, nee«, wehrte Kruschweski ab. »Das nun wirklich nicht. Wir haben ein wenig … geklüngelt. Er wollte immer schon Solarzellen auf dem Dach haben. Ich hätte sie finanziert. Den Ertrag hätten wir uns geteilt.«

»Eine nicht ganz preiswerte Investition.«

»Die Lebensversicherungssumme ist sechsstellig. Das können Sie gern überprüfen.«

»Werde ich bei Bedarf. Halten Sie bitte die Unterlagen bereit«, sagte Andrea Lindenlaub streng. Sie zweifelte jedoch nicht an der Richtigkeit der Aussage. Allerdings stellte sie sich die Frage, ob es für Kruschweski nicht einfacher gewesen wäre, seinen Freund umzubringen. Schließlich konnte er nicht sicher sein, dass Lörsch für alle Zeit den Mund hielt und keine weiteren Forderungen stellen würde. Dass Kruschweski der Typ für gewaltsame Auseinandersetzungen war, hatte er bereits schlagkräftig unter Beweis gestellt. Doch war er auch zu einem Mord fähig? »Was mich noch interessiert: Haben Sie eine Idee, wer Gustaf Lörsch getötet haben könnte?«

Er dachte einige Sekunden über die Frage nach. »Nein, dazu fällt mir nichts ein. Gustaf war zwar streitsüchtig und bestimmt nicht bei allen beliebt. Aber ein Mord? Das kann ich mir beim besten Willen bei niemandem vorstellen.«

Das ist der Unterschied zwischen Zivilpersonen und Kriminalbeamten, dachte Andrea Lindenlaub. In einem Mordfall musste sie hinter jeder menschlichen Fassade die schrecklichsten Abgründe vermuten. »Kennen Sie einen Paul Lange?«

Nachdenklich sah er zu Boden. »Lange, Lange, hm …« Er zog

an der Zigarette und blickte auf. »Sagt mir gar nichts, wenn ich ehrlich bin. Haben Sie einen Tipp für mich, vielleicht …«

»Ist schon gut«, unterbrach sie ihn und wies am Gleis entlang in Fahrtrichtung Trier. »Ihr Zug kommt. Viel Spaß in Köln. Wenn Ihnen noch etwas einfallen sollte, rufen Sie mich bitte an.«

Sie verabschiedete sich. Der Zug hielt, und die Türen glitten auf. Bevor Kruschweski einstieg, sagte Andrea Lindenlaub: »Ach, eins noch: Was waren Sie eigentlich von Beruf, also vor der Rente?«

Er flitschte den Zigarettenstummel unter den Zug und stellte sich in die Lichtschranke der offenen Tür. »Ich war Schlosser bei Lafarge im Zementwerk in Kall, Sörtenich.«

»Als Schlosser kennt man sich sicher auch mit Elektrik aus?«

Er schüttelte den Kopf. »Dafür gibt es Elektriker.«

»Verstehe.« Sie hob die Hand zum Abschied.

»Viel Erfolg«, wünschte er und trat in den Zug. »Aber wenn Sie mal jemanden brauchen, der Ihnen den E-Herd anschließt, können Sie mich ruhig anrufen. Ich habe mir bei den Elektrofuzzis eine Menge abgeschaut.«

★★★

Die Mauern der Kronenburger Altstadt hoben sich im Mondlicht hell vom Dunkel der Nacht ab.

Welscher hatte den Fiesta auf dem Parkplatz am Stadttor stehen lassen und schlenderte den Burgbering entlang. Seine Schritte hallten in der Gasse wider. Grillen zirpten.

Die Viecher sind überall, dachte er. Es roch nach Grillkohle, und von irgendwoher drang Lachen an seine Ohren. Bierflaschen klirrten gegeneinander.

Die Vorfreude beschwingte ihn und ließ ihn förmlich über die Pflastersteine schweben. Schräg gegenüber des Fußwegs, der zur Wilhelm-Tell-Gasse hinabführte, zückte er den Schlüssel und beschleunigte seine Schritte. Er sperrte die Haustür auf und rannte die Treppe hinauf. Oben angekommen, rief er: »Da bin ich.«

Die Anspannung der letzten Tage fiel von ihm ab.

Lars, jetzt Larissa, stand vom Sofa auf und umarmte ihn. »Schön«, hauchte sie ihm ins Ohr, bevor sie ihm einen innigen Kuss gab. »Komm, setzen wir uns.«

Die Enttäuschung versetzte Welscher einen Stich. »Bitte? Ich dachte … äh … ich dachte, wir gehen ins Schlafzimmer.«

Larissa grinste. »Du wirst doch wohl noch einen Moment warten können.«

»Können schon, aber wollen bestimmt nicht.«

»Oh Gott, du bist mir ja vielleicht ein Wilder.« Sie knuffte ihn in die Seite. »Gedulde dich bitte ein wenig. Dafür lassen wir später das Schlafzimmer Schlafzimmer sein und gehen stattdessen in den Keller.«

Welschers Herz schlug schneller. »In den Keller? Bist du freitags nicht immer zu müde …«

»Heute nicht.« Sie zog ihn aufs Sofa. »Aber ich will dir erst zeigen, wer morgen alles kommt.«

Auf dem Tisch lag ein Tablet-Computer. Welscher setzte sich so, dass er auf das Display schauen konnte.

»Achtzig Zusagen«, jubelte Larissa. »Ist das nicht grandios?«

Interessiert überflog Welscher die Liste. Die meisten Namen kannte er nicht. Er würde also mit vielen neuen Leuten Bekanntschaft machen und freute sich darauf. Bevor er Larissa kennengelernt hatte, war sein soziales Umfeld so gut wie ausgestorben gewesen. Die Trennung von seinem Exfreund hatte ihn seelisch in ein tiefes Loch gestürzt. Jegliche Kontaktversuche hatte er abgeblockt. Folglich hatte sich sein Freundeskreis nach und nach in Luft aufgelöst. »Ja. Wird bestimmt eine Megaparty. Hoffentlich muss die Polizei nicht einschreiten.«

»Apropos Polizei. Wie war dein Tag? Erzähl mal. Seid ihr weitergekommen?«

Welscher legte den Kopf in den Nacken und strich sich mit den Fingern durch die Haare. Wo sollte er anfangen? Nach ihrer Rückkehr aus Wittlich hatten sie den Rest der Zeit damit verbracht, sich auszutauschen und nach neuen Spuren zu suchen. Fischbach hatte sich um kurz vor siebzehn Uhr für eine Stunde verabschiedet, da er den Kopf freibekommen wollte. Allerdings hatte es sich nach einer Ausrede angehört. Welscher vermutete, dass sein beleibter Kollege die Therapiestunde zum Abnehmen nicht hatte platzen lassen wollen. Maier hatte immer mal wieder versucht, Andreas Resch zu erreichen. Leider ohne Erfolg. Fischbach sah sich bei seiner Rückkehr dadurch in seiner Annahme bestätigt, dass Resch untergetaucht war. Wenn sie ihn bis morgen früh nicht erreichen sollten, wollte er Andreas Resch zur Fahndung ausschreiben. Da Andrea Lindenlaub auch keine heiße Spur hatte beisteuern können, entschied sich Welscher bei seinem Bericht für die absolute Kurzvariante. »Du siehst, von einem Durchbruch sind wir noch weit entfernt«, schloss er nach wenigen Minuten.

Larissa streichelte seinen Oberschenkel. »Wird schon werden, da bin ich sicher. Ihr seid ein klasse Team. Und jetzt …« Sie stand auf und zog ihn mit hoch. »… gehen wir in den Keller.«

Welscher spürte, wie sich sein Puls beschleunigte.

Mit einem Schlag wurde es dunkel, alle Lichter gingen aus.

»Ach, Mist«, fluchte Larissa. »Ist heute schon das dritte Mal. Ich muss dringend die Handwerker kommen lassen. Die Toilettenspülung hakt auch immer mal wieder. So ein altes Haus ist mitunter ein Groschengrab. Inzwischen bin ich aber bestens vorbereitet.« Eine Taschenlampe leuchtete auf und schnitt einen hellen Strahl in die Dunkelheit. »Folge mir. Der Sicherungskasten ist sowieso im Keller.«

★★★

Sabine schreckte aus ihrem unruhigen Schlaf auf. Ängstlich zog sie die Decke bis unters Kinn und horchte in die Dunkelheit. War da nicht etwas gewesen, etwas, was sie aus ihrem Traum gerissen hatte?

Von draußen drang der Ruf eines Kauzes durch das geöffnete Fenster. Das Gebälk über ihr knarrte, und der Sommerwind pfiff leise durch die Ritzen. Vertraute Geräusche, die sie beruhigten. Manchmal glaubte sie, das alte Bauernhaus würde leben: Die Fenster stellten die Augen dar, das Fachwerk die Knochen und das Dach mit den ausgewaschenen Pfannen einen Hut. Die Bewohner waren Herz und Seele zugleich.

Sie stopfte sich das Kissen in den Nacken.

Irgendjemand schnarchte laut, Gott sei Dank ausreichend weit ent-

fernt, um Sabine nicht am Einschlafen zu hindern. Sie kicherte. Morgen früh hatte derjenige bestimmt Muskelkater. In einer Nacht einen ganzen Wald umzusägen, war kein Pappenstiel.

Plötzlich bemerkte sie einen Schatten. Er hob sich kaum von dem Dunkel ab, doch sie erkannte eindeutige Umrisse. Ihr Herz pochte wild. Sie öffnete den Mund, aber ihre Kehle zog sich zu und erstickte einen Schrei. Nur ein Wimmern brachte sie zustande.

Was war hier los?

Hätte sie sich doch nicht so sehr für ein Einzelzimmer eingesetzt. Eine zweite Person als Bettnachbar wäre jetzt bestimmt aufgewacht und hätte losgebrüllt. Stattdessen würde der Einbrecher sie hier still und leise massakrieren, während die anderen selig in den unteren Etagen schlummerten.

Stocksteif verharrte sie, ihre Muskeln schienen jeden Befehl ihrer Nerven zu verweigern.

Aber vielleicht hatte er sie ja gar nicht bemerkt.

Hoffnung keimte in Sabine auf. Noch befand sich der Fremde genau zwischen ihrem Bett und der Tür. Um das Zimmer zu durchsuchen, musste er sich aber von ihr weg in Richtung Schrank bewegen. Sie machte sich bereit. Sobald das geschah, wollte Sabine aufspringen und hinausrennen.

Der Umriss bewegte sich – doch leider nicht zur Seite, sondern auf sie zu.

Nein! Sabines Nerven kreischten auf. Falsche Richtung! Zur Seite, nach links, hier ist nichts zu holen, rief sie stumm.

Die Dielen knarrten leise. »Pssst! Ich bin's«, flüsterte eine Männerstimme.

Sabine benötigte einige Sekunden, bis sie sie zuordnen konnte. »Björk?«

Er kam näher. Fast schien er zu schweben, wie der Vampir in dem Schwarz-Weiß-Film, den sie letztes Jahr mit ihrem Vater angesehen hatte. Nur das Knarren der Holzdielen störte diesen Eindruck. Ihre Angst verflog, um dann heftiger zurückzukehren.

Wenn Björk sie hier mitten in der Nacht aufsuchte, konnte das nur bedeuten, dass etwas Schlimmes passiert war. »Mama? Ist …?«

»Alles in Ordnung, mach dir keine Sorgen«, flüsterte er und hockte sich neben sie auf die Bettkante. Der Geruch nach Pfefferminz stach

ihr in die Nase. Björk musste sich gerade erst die Zähne geputzt haben. »Allen geht es gut, Finja.«

Erleichterung durchströmte sie. Morgen früh würde sie aufstehen, und alles wäre wie immer. Ihr Glücksgefühl hielt jedoch nicht lange an. »Ich heiße nicht Finja«, sagte sie entschieden.

»Gewöhn dich lieber daran.«

»Werde ich nicht. Und jetzt lass mich weiterschlafen.«

Etwas Warmes strich an ihrem nackten Bein entlang und streichelte sie zärtlich. Sabine versteifte sich. Björks Hand? Was sollte das denn jetzt?

»Entspann dich«, flüsterte er. »Es ist … schön, vertrau mir.« Seine Hand wanderte höher und erreichte den Saum ihres Nachthemdes.

»Ich … will … das nicht.«

»Doch, bestimmt, du weißt es nur noch nicht. Es ist noch toller, als es sich selbst zu machen. Du hast doch bestimmt schon da unten rumgefummelt, oder?«

Scham trieb Sabine die Röte auf die Wangen. Seit einigen Wochen wusste sie, wie man sich selbst befriedigt. Es war schön, ja. Zu Beginn ein warmes Ziehen, aus dem sich eine wohlige Explosion im Unterleib entwickelte. Die Entspannung danach machte sie jedes Mal schläfrig. Jedoch war es ihr intimes Geheimnis, niemand sollte davon erfahren.

Die Hand traf auf ihr Höschen, ein Finger wanderte weiter unter den Bund. »Mhm, fast flauschig, deine Härchen.« Björk keuchte. »Eine richtige Frau.«

»Nicht … bitte«, bettelte Sabine. »Lass mich.« Ihre Gedanken wirbelten durcheinander. Ihr fehlte die Erfahrung, mit solch einer Situation umzugehen. Gab es bei Männern so etwas wie einen Ausschalter? Ein Satz, den man sagen musste, damit sie aufhörten? Ein Nein schien ja nicht zu reichen. Was aber dann? Schreien und damit alle im Haus aufwecken? Na, die anderen würden sich bedanken. Sie musste mit ihrer Mutter reden. Vielleicht wusste sie die Antwort. Allerdings bezweifelte Sabine das. Ihre Mutter könnte ihr bestimmt etwas zum Einschalter bei Männern erzählen, aber vermutlich nicht, wie man sie sich vom Leib hielt.

Der Finger rieb jetzt sanft über ihren Venushügel. Das warme Gefühl, das sich einstellte, wenn sie es selbst tat, blieb aus. Offensichtlich hatte Björk gelogen. Es war nicht schöner, als sich selbst dort anzufassen.

»Du bist so hübsch«, säuselte er.

Sie spürte seine andere Hand, die ihre Brust umfasste.

Sie wollte das nicht. Nicht so, nicht mit jemandem, den sie nicht ausgesucht hatte. So hatte sie sich das nicht vorgestellt.

Zwei Finger packten ihre Brustwarze, zwirbelten sie. Schmerz schoss durch ihre Nervenbahnen und erlöste sie aus ihrer Schockstarre. Hektisch strampelte sie die Decke von sich weg, schlug um sich und sprang auf. Die alten Bettfedern knarrten überanstrengt. »Nein!«, herrschte sie Björk an. »Lass mich in Ruhe!«

Er zuckte zurück. Ernüchtert stand er auf und ließ die Arme baumeln.

Schritte näherten sich. Das Licht flammte auf, und Ole schaute ins Zimmer. »Was ist denn … Oh.«

Inzwischen war es Sabine egal, ob sie das Haus in Unruhe versetzte. Hauptsache, der Alptraum mit Björk hatte ein Ende. Sie zitterte vor Erregung und fühlte sich von einer Sekunde zur anderen stark. Triumphierend ballte sie die Fäuste und streckte das Kinn vor. Sie hatte Björk in die Schranken gewiesen. So einfach war das also. Einfach laut schreien. Sicher war es ihm jetzt peinlich, hier mit nacktem Oberkörper und nur in Unterhose vor den anderen zu stehen. Gleich würde er sie verschämt um Verzeihung bitten und Besserung geloben. Fest sah sie ihm ins Gesicht. Sie hatte den Zweikampf für sich entschieden.

»Du grober Klotz.« Ole lachte. »Komm, lass es gut sein. Das Raubkätzchen beißt dir sonst was ab.« Er wandte sich ab und sprach mit denen, die auf dem Flur standen. »Alles in Ordnung, Leute. Nur ein Missverständnis. Geht wieder schlafen, es ist nichts passiert.«

Wie festgefroren stand Björk da und starrte zur Tür.

Innerlich jubilierte Sabine. Sie hatte es geschafft, sie ganz allein. Sie war stark, mächtig. Die Männer würden nach ihrer Pfeife …

Björks Kopf ruckte herum. Kalt blickte er sie an. »Also gut, Raubkätzchen. Du willst erobert werden? Dann eben auf die harte Tour.«

Sabines Blut gefror in ihren Adern. Ein Schauder jagte über ihren Rücken. Für einen Moment fürchtete sie, er würde sich auf sie stürzen und sich mit Gewalt nehmen, was er eben unter der Vorgabe von Zärtlichkeiten von ihr gewollt hatte.

Doch dann huschte ein Lächeln über sein Gesicht, und er schlenderte lässig zur Tür. Den Griff in der Hand, drehte er sich noch einmal zu ihr um. »Schlaf schön, mein Kätzchen. Für heute hattest du genug Aufmerksamkeit. Dein Tiger kommt ein anderes Mal wieder.« Schelmisch zwinkerte er ihr zu und schloss die Tür hinter sich.

Sabines Beine gaben nach. Sie fiel aufs Bett, rollte sich seitlich zusammen und zog die Beine an.

Sie zitterte, obwohl ihr nicht kalt war.

Wäre doch nur ihr Vater hier.

Ein unerwarteter Anruf

Das Licht der Morgensonne wurde von dem Chrom an Fischbachs Night Rod Special zurückgeworfen. Schnüffel stürmte auf ihren Stummelbeinen auf Fischbach zu, rieb ihren Rücken an seiner Lederhose und grunzte erwartungsvoll.

Er warf ihr die drei gekochten Kartoffeln hin, die Sigrid gestern Abend bei der Zubereitung des Gromperepuddings zur Seite gelegt hatte. Grunzend machte sich das Schwein über die Küchenabfälle her.

Er schaute kurz zu und setzte sich dann auf die Bank vor der Werkstatt. Trotz der heißen Temperaturen der letzten Tage konnten die Eifeler die sonnigen Tage genießen. Durch die anhaltenden Regenfälle im Frühling zeigte sich die Natur grün und kräftig. Dagegen fürchteten die Landwirte im Osten nach Monaten der Trockenheit massive Ernteausfälle. In einigen Gemeinden in Mecklenburg-Vorpommern gab es bereits kein Trinkwasser mehr. Dort verteilte das THW Wasserkanister. In den Siebzigern hatte Fischbach einen ähnlich trockenen Sommer erlebt. Feuerwehrwagen waren durch das Dorf gefahren und hatten über Megafon die Bevölkerung aufgefordert, sparsam mit dem Wasser umzugehen. Wochenlang waren die Familienmitglieder am Waschtag in ein und dasselbe Badewasser gestiegen. Die Reihenfolge hatte das Los bestimmt. Vermutlich war der Letzte schmutziger herausgekommen, als er hineingestiegen war. Für sie als Kinder war es kein Problem gewesen. Zahlreiche Fischteiche in der Umgebung hatten zum Baden eingeladen. Man musste sich nur vor den Besitzern in Acht nehmen. Die mochten die ausgelassen tobenden Kinder überhaupt nicht und setzten alles daran, ihrer habhaft zu werden.

Das Bild der bis zum Rand gefüllten Urfttalsperre kam Fischbach in den Sinn. Gedanklich sah er das Wasser in die Überlauftrichter tröpfeln. Dieses Jahr mussten die Eifeler nicht fürchten, trockenzulaufen. Ganz im Gegenteil: Der Wetterbericht kündigte für die nächsten Tage massive Regenfälle an. Er musste unbedingt daran denken, die Regenkombi rauszusuchen.

Schnüffel hatte die Kartoffeln vertilgt, schlenderte mit schaukelndem Bauch heran und hob erwartungsvoll die Steckdosennase.

Er beugte sich vor und kraulte Schnüffel zwischen den Ohren. »Gleich kriegst du mehr, keine Sorge.«

Das Grundstückstor quietschte.

Fischbach sah auf.

»Guten Morgen«, rief Hermann Zingsheim.

Fischbach fühlte sich wie bei einem Déjà-vu. Der würde doch nicht schon wieder …

Zingsheim schien seine Gedanken gelesen zu haben. »Keine Sorge«, sagte er und setzte sich neben Fischbach auf die Bank. »Ist nichts weiter passiert.« Er wirkte müde und abgekämpft, doch zumindest schien er nichts getrunken zu haben.

»Was machst du dann hier?«, konnte sich Fischbach nicht verkneifen zu fragen. Immerhin war es erst kurz nach sechs. »Und wo ist deine Karre abgeblieben?« Suchend reckte er den Hals. Auf dem Stück Straße, das er einsehen konnte, parkte der grüne Renault 4 nicht. Er konnte sich auch nicht daran erinnern, einen Motor gehört zu haben.

»Kein Benzin mehr«, murmelte Zingsheim. »Der Wagen steht am Ortseingang, weiter ging es nicht.« Mit der Fußspitze malte er Kreise auf den Beton. »Bin früh raus. Konnte nicht schlafen.«

»Hm. Und warum nicht?«

»Die Neugierde, wenn ich ehrlich bin.« Nervös rutschte er hin und her. »Gibt es was Neues von meinem Fall?«

»*Deinem* Fall?«

Zingsheim kniff die Lippen zusammen und zuckte mit den Schultern.

Fischbach räusperte sich. »Hermann, ich darf dir nichts sagen. Das verstehst du sicher.«

»Du bist doch mein Kumpel«, maulte Zingsheim. »Muss ja nichts Wichtiges sein, nichts von Bedeutung für die Ermittlungen. Aber wenn ich was für meine Internetseite hätte …«

»Vergiss es.«

Zingsheim packte Fischbachs Unterarm. »Hotte, ich muss … also, wenn ich nicht bald … Mensch, so richtiger Driss ist das alles. Ich kann die Miete nicht mehr bezahlen. Die wollen mich rauswerfen. Ich muss … vielleicht kann ich …« Er brach ab, ließ Fischbachs Arm los und umklammerte stattdessen seine Knie. Mit dem Oberkörper wippte er vor und zurück. »Ich brauche Geld, jetzt, sonst ist alles am Arsch.«

»Du willst interne Informationen verkaufen?«, fragte Fischbach. Das reimte er sich zumindest zusammen. Seine Verwunderung über diese Unverfrorenheit hielt sich in Grenzen. Wer nicht wagt, der nicht gewinnt, und zu verlieren schien Zingsheim im Moment ohnehin nichts zu haben.

»Es würde reichen, wenn ich das, was wir da beim Abendessen letztens …«

»Ich würde persönlich bei dir vorbeikommen und dir die Leviten lesen«, sagte Fischbach. »Du hast geschworen, den Mund zu halten, und ich verlasse mich darauf.« Jetzt spürte er doch Ärger in sich aufsteigen, Ärger über sich selbst, Zingsheim vielleicht vorschnell vertraut zu haben.

Zingsheim nickte langsam. »Okay, okay. Ich habe ein Versprechen ja auch noch nie gebrochen.«

»Dann fang jetzt bitte nicht damit an.«

»Deswegen wollte ich deine Erlaubnis einholen.«

»Erlaubnis verweigert.«

»Schatz, kommst du?«, rief Sigrid aus der Küche. Schnüffel rannte los und verschwand im Haus.

Fischbach stand auf und musterte Zingsheim. Dessen Kleidung hätte eine Wäsche nötig, genau wie der Mensch, der darin steckte. In ihm rührte sich Mitleid. Er hielt ihm die Hand hin. »Komm, gehen wir frühstücken. Mit einem vollen Magen sieht die Welt viel freundlicher aus, warte ab.« Und anschließend werde ich mit Sigrid reden, dachte er. Wäre doch gelacht, wenn wir dem armen Kerl nicht ein wenig unter die Arme greifen könnten.

Zingsheim blickte auf die dargebotene Hand. Zögerlich griff er zu und ließ sich von Fischbach auf die Beine helfen. »Ich möchte euch aber nicht zur Last fallen.«

»Keine Sorge, tust du nicht.«

Im Gehen schaute Zingsheim zur Werkstatt rüber. »Ich könnte an deinem … Projekt weiterarbeiten … so als Dankeschön.«

Fischbach hielt inne und wandte sich um. Er wusste, dass Zingsheim zu stolz wäre, um mehr als eine Einladung zum Essen anzunehmen. Wenn er auf den Vorschlag einginge, könnte er seine Arbeit entlohnen, und alle wären zufrieden. »Ja, also, wenn es dir nichts ausmacht«, sagte er daher.

Zingsheims Miene hellte sich auf. »Nein, nein, überhaupt nicht.«

Fischbach kam eine Idee. Schließlich musste Zingsheim später irgendwie wieder nach Hause kommen. »In der Werkstatt steht noch ein Kanister mit zwanzig Liter Benzin. Den nimmst du dir und befüllst den Tank deiner Karre damit.«

Widerwillig verzog Zingsheim das Gesicht. »Das muss nicht …«

»Doch, es muss sein«, unterbrach ihn Fischbach, »da bestehe ich drauf.« Er lachte und klopfte Zingsheim auf den Rücken. »Geht schon klar. Ich wollte den Kanister schon lange loswerden, ist ja viel zu gefährlich. Eins noch: Wenn du dich bei mir schmutzig machst, bestehe ich außerdem darauf, dass du bei uns unter die Dusche springst. Ist das klar?«

»Aber …«

»Nichts da. Keine Widerrede.«

Sigrid erschien in der Haustür. »Schnäuzelchen, Telefon. – Ah, jetzt verstehe ich, warum du mich warten lässt.« Mit einem Wink begrüßte sie Zingsheim und hielt dann das Telefon in Fischbachs Richtung. »Andrea ist dran.«

Fischbach zog die Augenbrauen zusammen. Was war denn heute nur los? Alle schienen mitten in der Nacht aufgestanden zu sein. Neugierig drückte er sich den Hörer ans Ohr. »Hotte hier. Was gibt's?«

»Gerade kam eine Meldung von den Kollegen in Trier über den Ticker. Als ich die gelesen hatte, habe ich sofort dort angerufen. Sitzt du?«, fragte Andrea Lindenlaub.

Fischbachs Blick glitt zur Bank. Sollte er … Ach was. Er schalt sich selbst, das überhaupt erwogen zu haben. Er war doch kein gebrechlicher Mann. »Leg schon los«, forderte er und hörte aufmerksam zu.

Keine zwei Minuten später saß er, ohne einen Happen gefrühstückt zu haben, auf der Harley und trieb die Maschine zur Kriminalinspektion in Trier.

★★★

Auch nicht schöner als unsere Behörde, dachte Fischbach, als er die Maschine auf dem Parkplatz abstellte. Für einen Augenblick amüsierte ihn dieser Gedanke, weil er ihm bei jedem Besuch bei den rheinland-pfälzischen Kollegen in den Sinn kam.

Er blickte an der Fassade des mehrstöckigen Gebäudes hoch, das einem aufrecht stehenden Schuhkarton glich. Blassrote Klinker umrahmten die Fensterreihen. Absolut schmucklos und bestenfalls funktionell.

Am Haupteingang empfing ihn eine Kollegin mit Handschlag. »Esther Rosenbaum«, sagte sie, nachdem Fischbach sich vorgestellt hatte.

Ihre ausgewaschene, fast schon hellblaue Jeans und das blassgraue T-Shirt boten wenig Kontrast zu den fast weißen Haaren. Eine runde, an den Rändern gezackte Narbe verunzierte ihre linke Wange. Oh Gott, dachte Fischbach, die Arme.

»Habe ich mir bei einer Razzia eingefangen. Glück im Unglück«, sagte Esther Rosenbaum, die seinem Blick gefolgt war, und tippte sich auf die Narbe. »Ein sauberer Durchschuss, sogar die Zähne haben es unbeschadet überstanden. Offensichtlich habe ich bei kniffligen Einsätzen den Mund offen stehen. Hat geblutet wie Sau, aber die Schmerzen hielten sich in Grenzen. Komm mit«, forderte sie ihn auf.

Sie führte ihn durch das Treppenhaus. »Deine Kollegin sagte, dass du mit einer Harley vorfahren wirst.«

»Damit bin ich unschwer zu erkennen.«

»Sicherheitshalber hat sie noch eine Personenbeschreibung geliefert.«

»Ach, sag bloß? Die da wäre?«

Über die Schulter warf sie ihm einen schelmischen Blick zu. »Treffend.«

Mehr würde sie nicht preisgeben, das spürte Fischbach. Vermutlich ein Hinweis darauf, dass die Beschreibung nicht schmeichelnd gewesen war. Verstohlen strich er über seinen Kugelbauch, über dem sich die Hosenträger spannten. Letzte Woche noch hatte Welscher den Zeigefinger in seinen Bauch gerammt und gesagt, er sähe aus wie Barbapapa. Fischbach hatte damit nichts anfangen können. Daher hatte er sich abends heimlich an Sigrids Notebook geschlichen und im Internet nach dem Begriff gesucht. Gefunden hatte er eine Comicserie aus den Siebzigern. Die Figuren darin glichen bunten Michelinmännchen: unförmig dick. Neidisch musterte er Esther Rosenbaum. Sie war gertenschlank, nirgends eine Spur von Fett am Körper.

Im dritten Stock angekommen, keuchte er hinter ihr den Flur entlang. Am Ende des Ganges betraten sie ein Besprechungszimmer. Vier Tische standen in einer Reihe, rundherum zahlreiche Stühle. Zwei Computer summten im Leerlauf. Auf einem Flipchart waren in krakeliger Handschrift Stichwörter notiert worden, an einem Metaplan hingen Fotos. Auf einigen erkannte Fischbach einen Tatort. Dicht stehende Bäume warfen lange Schatten, ein breiter Forstweg schnitt durch den Wald, und Absperrbänder sicherten die Stelle. Drei andere zeigten das Opfer in Nahaufnahme: ein älterer Mann mit blasser Hautfarbe, grauen Haaren und schmalen Lippen. Er wirkte friedlich, als würde er schlafen.

»Unser Einsatzraum«, erklärte Esther Rosenbaum. »Setz dich. Kaffee?« Sie ging zu dem Sideboard am Fenster, auf dem eine riesige Maschine thronte.

Fischbach schob sich auf einen der Stühle. »Ihr seid ja besser ausgestattet als ein Café. Da nehme ich dein Angebot gern an.« Unvermittelt knurrte sein Magen.

»Hast du einen Bären verschluckt?« Sie lachte und drückte einen Knopf, vernehmlich rasselte das Mahlwerk der Maschine los. Gleich darauf schoss wohlriechender Kaffee in die Tasse.

»Bin auf Diät«, sagte er und wunderte sich unversehens über die Aussage. Was erzählte er hier für einen Quatsch? Nur weil Andrea Lindenlaub ihn vielleicht als Dampfwalze mit über den Hosenbund hängendem Schmerbauch beschrieben hatte?

Sie stellte ihm den Kaffeebecher vor die Nase. »Im Kühlschrank sind noch Brötchen von gestern Abend. Wir haben hier lange zusammengehockt, wie du dir denken kannst.«

Der Bär in Fischbachs Magen grollte wütend und schien so nach der in Aussicht gestellten Beute zu verlangen. Peinlich berührt schlürfte Fischbach seinen Kaffee.

Esther Rosenbaum grinste. »Bin gleich zurück.«

Eine halbe Minute später biss Fischbach ausgehungert in ein labbriges Käsebrötchen. »Jetzt hast du mich verführt«, nuschelte er, »aber gleich morgen geht es mit dem Abnehmen weiter.«

»Du bist nicht der Typ, der Diäten macht.« Sie setzte sich und zog Maus und Tastatur zu sich heran. Der Monitor leuchtete auf. »Und wenn ich dir einen Rat geben darf: Lass es bleiben. Du müsstest auf zu viele Dinge verzichten, die du liebst. Das ist es nicht wert.«

Knengbraten zum Beispiel, dachte Fischbach, oder ein leckeres Druvekümpche. »Ist doch bei einer Diät immer so.«

»Nicht unbedingt.«

Neugierig wartete Fischbach auf eine Erklärung.

Doch für Esther Rosenbaum schien das Thema abgehakt. Sie konzentrierte sich auf den Monitor. »Ich lese lieber ab, damit ich nichts vergesse. Bin etwas sprunghaft in meinen Gedanken, seit …« Sie brach ab und strich sich über die Wange.

Fischbach ahnte, was in ihr vorging. Eine Schussverletzung hatte nicht selten ein Trauma zur Folge. Er kannte einige Kollegen, die deswegen in den vorzeitigen Ruhestand versetzt worden waren. Sie waren einfach nicht mehr in der Lage, einem geregelten Dienst nachzugehen. Esther Rosenbaum schien eine starke Frau zu sein, die sich trotz allem nicht unterkriegen ließ.

»Wo war ich? Egal, also Folgendes«, sagte sie. »Das Opfer heißt Andreas Resch, am 31.09.1955 in Köln geboren, ledig, keine Kinder, wohnhaft in Wittlich-Lüxem, Bombogener Straße 21.« Sie löste ihren Blick vom Bildschirm. »Und eben dort wart ihr gestern mit ihm verabredet, hat mir deine Kollegin am Telefon berichtet.«

»Hat sie dich umfassend aufgeklärt?« Fischbach griff sich ein Salamibrötchen. »Über die beiden Mordfälle bei uns im Kreis?« Er wollte nur sichergehen, denn er bezweifelte keine Sekunde, dass Andrea Lindenlaub ihr eine erstklassige Zusammenfassung gegeben hatte.

»Ja.«

»Gut. Eine Verbindung der Fälle besteht, daran gibt es meines Erachtens keinen Zweifel. Und dieser dritte Fall hat ebenfalls was damit zu tun, denn Resch stand mit mindestens einem unserer beiden Opfer in Kontakt. Aber mach mal weiter, bin gespannt, was ihr schon zusammengetragen habt.«

Sie wandte sich wieder dem Monitor zu. »Resch wurde in dem Waldgebiet gefunden, das sich östlich an Lüxem anschließt. Er trug dunkelblaue Laufkleidung. Das lässt darauf schließen, dass er gewalkt oder gejoggt ist. Nachbarn haben bestätigt, dass Resch trotz seines Alters ein sportlicher Mensch war. Er lag in einem Gebüsch neben einem Forstweg, die genauen GPS-Daten übermittel ich euch nachher. Um zwanzig vor zwei ist ein Spaziergänger dort vorbeigekommen. Sein Schäferhund schlug an, der Spaziergänger fand den Leichnam und rief über Handy die Polizei. Eine Viertelstunde später war ein Streifenwagen vor Ort.« Sie scrollte mit der Maus nach unten, überflog die Zeilen und murmelte: »Das ist alles Routine, Tatort sichern, Spusi und so weiter … ah, hier wird es wieder spannend.« Sanft tippte sie auf den Monitor. »Zunächst gab es keinen Hinweis auf eine Gewalttat. Resch lag körperlich unverletzt auf dem Boden. Der herbeigerufene Notarzt war sich aber nicht sicher, und so kamen wir von der Kripo ins Spiel. Zwei von uns sind raus und haben sich der Sache angenommen. Zuerst wurde der Zeuge, dieser Spaziergänger, befragt. Der war, kurz bevor er die Stelle erreichte, an der Resch lag, fast von einem weißen Lieferwagen überfahren worden. Anscheinend ist der Fahrer unachtsam gewesen. Ein beherzter Sprung zur Seite hat unserem Zeugen das Leben gerettet. Dadurch ergab sich sofort die Frage: Was sucht ein Lieferwagen im Wald? Die Wege sind nur für Forstfahrzeuge und Einsatzwagen freigegeben.«

»Vielleicht hat der Fahrer illegal Müll entsorgt. Einfach ab damit in die Botanik. Das kommt ja leider häufiger vor, als man sich wünscht.«

»Das war auch unser erster Gedanke. Wir haben aber in der Umgebung nichts gefunden.«

»Möglicherweise hat er sich dann doch nicht getraut. Ein Kennzeichen habt ihr vermutlich nicht, oder?«

»Du wirst staunen. Der Zeuge wollte ihn wegen des Quasi-Unfalls anzeigen und hatte sich das Kennzeichen notiert. Doch was soll ich sagen, du ahnst es vermutlich schon, es …«

»… war gestohlen.«

»Richtig. Und an dem Punkt sind wir stutzig geworden. Denn ein Toter im Wald und ein durch den Wald rasender gestohlener Lieferwagen waren uns zu viel des Zufalls.«

»Kann ich verstehen.«

»Übrigens hat der Zeuge noch eine antennenähnliche Apparatur auf dem Dach des Lieferwagens erwähnt.«

»Ein Übertragungswagen?«

»Könnte durchaus sein.«

»Das wird ja immer seltsamer.«

»Genau. Die Kollegen von der Streife haben wir angewiesen, danach Ausschau zu halten. So ein Fahrzeug muss irgendwann auffallen.«

»Gut, ich gebe das auch an unsere Streifenhörnchen weiter. Die sollen ebenfalls die Augen offen halten«, sagte Fischbach. »Gab es Reifenspuren?«

»Zu trocken. Der Boden ist steinhart.«

»War zu erwarten.«

»Ja. Wir haben die Staatsanwaltschaft informiert und Andreas Resch zur Rechtsmedizin geschafft. Nun sind wir gespannt, was die Obduktion ans Tageslicht bringen wird. Sie wissen nicht, ob sie es heute noch schaffen, setzen aber alles daran. Das haben sie uns versprochen.« Sie stand auf und machte sich ebenfalls einen Kaffee. »Wenn du mich fragst: Sie werden was finden. Dafür würde ich inzwischen meine Hand ins Feuer legen.«

Fischbach nickte. »Auf jeden Fall sollten wir in Verbindung bleiben. Mein Bulleninstinkt sagt mir, dass unsere Mordfälle mit eurem Fall zusammenhängen.«

»Du gehst also von einem Dreifach-Mörder aus?«

»Ja, wenn bei Andreas Resch nicht wider Erwarten doch noch eine natürliche Todesursache attestiert wird. Ist er ermordet worden, kristallisiert sich meiner Ansicht nach langsam, aber sicher ein Modus Operandi heraus: Die Zielgruppe des Täters besteht aus älteren Männern. Unsere Opfer waren beide um die siebzig,

Resch annähernd sechzig Jahre alt. Der Mörder tötet nicht auf herkömmliche Art und Weise, zumindest war das bei unseren beiden Fällen so, sondern lässt sich etwas einfallen. Ich habe zwar noch keine Vorstellung davon, wie er Andreas Resch getötet haben könnte. Ihr solltet aber auf jeden Fall eine ungewöhnliche Methode als Möglichkeit im Hinterkopf haben.«

»Ein Profi?«

Mit der Antwort ließ sich Fischbach Zeit. »Nein, ich denke nicht. Auf der einen Seite wirkt alles klug und durchdacht. Andererseits sind seine Versuche, die Spuren zu verwischen, eher dilettantisch.«

»Ist wohl nicht unbedingt schlau, mit einem geklauten Lieferwagen auf einem abgesperrten Forstweg spazieren zu fahren?«

»Ja, in die Richtung. Wenn er denn tatsächlich der Fahrer war. Nimm als weiteres Beispiel die Spuren in Gustaf Lörschs Haus.« Fischbach fasste kurz zusammen, was sie dort vorgefunden hatten. »Die ausgekratzte Fuge, das Kabel, das verkehrt an dem FI-Schalter befestigt war: All das wäre einem Profi nicht passiert.«

»Stimmt. Ohnehin würde ein Spezialist nicht so einen Aufwand betreiben. Schalldämpfer aufschrauben, rein ins Haus, Schuss ins Herz und wieder raus, so lösen die das. Dauert keine Minute. Gleichzeitig reduziert die rasche Durchführung die Gefahr, gesehen zu werden.«

Fischbach nickte. »Hat meine Kollegin eigentlich von dem Drohbrief berichtet?«

Sie nickte. »Ich habe die Information an meine Kollegen weitergegeben. Sie werden in Reschs Haus danach Ausschau halten.«

Fischbach kam eine Idee. »Können mein Kollege und ich helfen?«

Misstrauisch hob sie eine Augenbraue. »Wir schaffen das schon.«

»Glaub ich dir, keine Sorge. Nur muss man manchmal Dinge sehen, um sie in einen Zusammenhang zu bringen. Könnte nicht schaden, wenn wir auch ein wenig herumschnüffeln.«

»Kein Problem.«

Fischbach stemmte sich hoch. »Dann will ich mal los. Kommst du mit?«

Ihre Miene verhärtete sich. Auf einmal wirkte sie verletzlich und ängstlich. Ihre Hand zuckte zur Narbe auf der Wange. »Nein, ich …« Sie atmete heftig durch. »Für mich gibt es nur noch Innendienst.«

★★★

Welscher parkte den schwarzen BMW, den er sich von Lars geliehen hatte, hinter einem silberfarbenen Opel und stieg aus. Die Fahrt hierher war überaus angenehm gewesen, und er hatte sich dabei ertappt, wie er über einen neuen, größeren Wagen mit mehr Komfort nachgedacht hatte. Schon allein wegen der Klimaanlage wäre die Investition lohnenswert.

Er warf einen Blick in den Opel. Im Seitenfach der Beifahrertür lag eine Kelle, am Armaturenbrett hing das Mikro eines Funkgerätes. Die Kollegen aus Trier waren also schon da. Und der graue Mercedes Vito auf der anderen Straßenseite gehörte mit Sicherheit zur Spurensicherung.

Neugierige Nachbarn standen in den Vorgärten und verfolgten aufmerksam jeden seiner Schritte. Wie auf dem Laufsteg, dachte er.

Vor dem Zugang zu Reschs Haus lehnte Fischbachs Harley auf dem Seitenständer.

Das Frühstück, das Welscher nach dessen Anruf heruntergewürgt hatte, lag ihm schwer im Magen. Heilfroh, der Leiche diesmal nicht zu begegnen, betrat er den Hausflur. »Hallo?«, rief er.

»Bin hier hinten«, hörte er Fischbach rufen. »Zweite Tür rechts.«

Ein Techniker der Tatortgruppe trampelte die Treppe zum Obergeschoss herunter, grüßte kurz und verschwand nach draußen. Welscher drückte sich an die Wand, um nicht im Weg zu stehen, und ging dann zum Wohnzimmer.

Fischbach hockte vor dem Schrank und kramte in den unteren Schubladen. Er trug Einmalhandschuhe, neben ihm stapelten sich Briefe. Hinter ihm stand ein stämmiger, etwa fünfzigjähriger Mann. Dessen Gesicht wies eine Haarpracht auf, die Welscher so noch nie gesehen hatte: Vollbart, schwarze buschige Augenbrauen und eine wilde Mähne auf dem Kopf. Jeder männliche Löwe hätte ihn vermutlich beneidet.

Der Behaarte streckte die Hand aus. »Volker Beinßel, Kripo Trier. Du gehörst zum Kollegen Hotte?«

Zögerlich griff Welscher zu. Die Haare auf Beinßels Handrücken knisterten. Ein Affe, dachte er und starrte auf den vorstehenden Stoff des Poloshirts unter Beinßels Kinn. Oberhalb des Halsausschnittes schimmerten schwarze Locken. Welscher mochte sich den Pelz auf der Brust gar nicht vorstellen.

»Meine Kollegin Horchfeld geht oben zur Sache«, berichtete Beinßel. »Die stell ich dir später persönlich vor.«

»Okay, gern.« Welscher wunderte sich, dass Beinßel Fischbach hier unten den Vortritt bei der Durchsuchung ließ. Seelenruhig stand er hinter ihm, wippte leicht auf und ab und nickte hin und wieder gütig.

»Schon was gefunden?«, fragte Welscher. Er sah sich um. Andreas Resch hatte bei der Einrichtung Geschmack bewiesen. Die funktionellen Möbel in modernen Farben wirkten frisch und versprühten einen Hauch von Wohlstand. Die Tapeten harmonierten, selbst die Fotografien von Eifeler Landschaften, die an den Wänden hingen, waren hell und farbenfroh. Kein Vergleich zu den dunklen Ölschinken mit röhrendem Hirsch, die hier in der Gegend häufig in Wohnzimmern anzutreffen waren.

Auf dem Tisch lag eine Packung mit Einweghandschuhen. Er griff sich ein Paar und streifte sie über.

»Die Briefe müssen alle gelesen werden«, sagte Fischbach, »möglicherweise finden wir weitere Anhaltspunkte. Einen Drohbrief, einen Kontakt zu unseren Mordopfern, so was halt.«

»Jo«, sagte Beinßel. Vermutlich animiert durch Welschers Aktionismus, nahm er sich ebenfalls Handschuhe und setzte sich mit dem Stapel Briefe auf das Sofa. Die Beine schlug er übereinander, wobei der Saum seiner Hose hochrutschte und ein dicht behaartes Schienbein freigab. Welscher unterdrückte ein Schaudern. Körper- und Mundgeruch sowie dicht bepelzte Männer stießen ihn ab. Eher würde er sich in eine Frau verlieben.

Fischbach nahm die Schubladen heraus und kontrollierte die

Unterböden. Ohne aufzusehen, sagte er: »Jan, kümmer dich bitte um den Rechner. Der steht auf dem Tisch in der Küche, Tür raus direkt gegenüber. Die Spusi nimmt ihn zwar nachher mit und wertet alles aus, aber vielleicht findest du schon was.«

»Wird gemacht«, murmelte Welscher, froh darüber, Beinßels widerlichem Anblick entfliehen zu können.

Der Tatorttechniker von vorhin kam ihm auf dem Flur mit einem Alukoffer entgegen. »Beim dritten Zusammentreffen gibst du einen aus«, sagte er zu Welscher und grinste.

Die Küche war ebenso modern eingerichtet wie das Wohnzimmer. Der Küchenblock schimmerte in Hochglanzweiß, die graue Marmorarbeitsplatte passte perfekt zu den schwarzen Steinzeugfliesen. Es roch angenehm nach Zitrusfrüchten. Resch schien Sauberkeit geliebt zu haben.

Welscher klappte das ultramoderne Notebook auf, startete das Betriebssystem und setzte sich. Erfreulicherweise hatte Resch kein Passwort vergeben, und so konnte er kurz darauf mit der Durchforstung von Dateien und E-Mails beginnen.

Bereits die erste zufällig ausgewählte Mail war ein Volltreffer.

★★★

Andrea Lindenlaub genoss die Ruhe im Büro. Den Handwerkern schien der Samstag ebenso heilig zu sein wie der Sonntag, und so wurde sie heute von dem Baulärm verschont. Sie schlenderte in die Teeküche, setzte einen Kaffee auf und räumte die Spülmaschine aus. Währenddessen grübelte sie über den Fall nach. Es war wichtig, alle Details zu einem Gesamtbild zu vereinen, um nichts zu übersehen. Klaus Maier saß aus ebendiesem Grund eine Etage tiefer in seinem Büro und versuchte, die bisherigen Informationen so für die Akte zu sortieren und zusammenzufassen, dass die Staatsanwaltschaft später rasch durchblicken würde. Keine einfache Aufgabe, wie sie wusste. Maier gab sich redlich Mühe, doch Bianca Willms konnte er nicht das Wasser reichen. Sie hatte ein Händchen dafür gehabt, die Daten optimal zu analysieren und Querverbindungen aufzudecken.

Die Maschine röchelte vor sich hin, der aromatische Kaffeegeruch verteilte sich im Raum. Sie schloss die leer geräumte Spülmaschine, lehnte sich an die kleine Spüle, verschränkte die Arme vor der Brust und ging im Geiste ihren restlichen Tagesablauf durch. Lukas musste heute zu einem Freundschaftsspiel nach Satzvey. Er liebte Fußball, Borussia Dortmund war für ihn so etwas wie eine Religion. Sie hatte ihrem Sohn versprochen, ihn hinzufahren und zuzusehen. Bisher schien es, als würde sie ihr Versprechen auch halten können. Sie seufzte. Das Leben als alleinerziehende Mutter war nicht einfach. Ihrer Meinung nach als Polizistin sogar doppelt so schwer. Immer wieder konnten kurzfristige Einsätze Absprachen zunichtemachen. Nicht dass sich Lukas darüber beschwerte. Er tröstete sie sogar hin und wieder. Doch sein trauriger Blick, wenn sie ihn wieder einmal versetzte, verriet seine wahren Gefühle und schmerzte in der Mutterseele. Lukas' Vater war während ihres Zusammenlebens weniger zurückhaltend und verständnisvoll gewesen. Sein ewiges Genörgel über ihre unregelmäßigen Abwesenheiten hatte sie maßlos genervt. Und er hatte mit den extremen Stimmungsschwankungen, die ein Gewaltverbrechen bei ihr hervorrief, nicht umgehen können. Streitigkeiten waren also an der Tagesordnung gewesen, und es war bereits nach kurzer Zeit schnurgerade in die Trennung gegangen. Jetzt lebte er in Hamburg. Den Unterhalt überwies er pünktlich, und Lukas verbrachte die Ferien bei ihm. Sie konnte ihn jederzeit anrufen und um Rat fragen. Entscheidungen, die Lukas' Zukunft angingen, trafen sie zusammen. Sie kam mit ihm jetzt besser aus als während ihrer Partnerschaft. Die Distanz zwischen ihnen schien ein probates Mittel zu sein, Streit zu verhindern. Doch insgeheim liebte sie ihn immer noch und sehnte sich in seine Arme zurück. Zugeben würde sie es niemals, dazu war sie zu stolz, und ihm nachzurennen verbot sie sich. Die Kränkung saß zu tief.

Sie seufzte. Das Leben war halt kein Kuschelkissen.

Gedanklich wechselte sie zu der bevorstehenden Geburtstagsfeier von Lars alias Larissa. Darauf freute sie sich riesig. Lukas übernachtete bei ihren Eltern, und sie würde seit langer Zeit endlich mal wieder so richtig abzappeln können.

Sie hörte Schritte; kurz darauf kam Bönickhausen um die

Ecke. Er trug einen eleganten grauen Anzug und wirkte wie aus dem Ei gepellt. »Ah, du bist es«, sagte er und reichte ihr die Hand. »Frischer Kaffeeduft zieht mich magisch an.« Er holte zwei Tassen aus dem Hängeschrank, goss ein und reichte ihr eine davon. »Wie geht es voran?«

»Läuft. Hotte und Jan sind in Wittlich. Irgendwie hängt alles zusammen, wir sind uns da ziemlich sicher.«

Bönickhausen erhielt von Maier jeden Morgen einen Bericht über den Stand der Ermittlungen. Andreas Resch war in dem von heute bereits erwähnt worden. So musste sie nicht ins Detail gehen. Es war allgemein bekannt, dass Bönickhausen alles umgehend las. In solchen Dingen war er eigen. Er rührte Zucker in den Kaffee. »Ein Serienmörder also?«

»Es sieht so aus.«

Nachdenklich nippte er an der Tasse. »Hm, amerikanische Verhältnisse in der Eifel?«

»Kann vorkommen.«

»Trotzdem. Der Gedanke gefällt mir nicht. Passt einfach nicht hierher. Entspricht nicht dem Bild, das ich mir von meiner Heimat male.«

Spöttisch verzog sie einen Mundwinkel. »Ich werde es dem Täter ausrichten, wenn ich ihm begegne.«

»Ja, ja, mach dich nur über einen alten Mann lustig.« Er sah auf die Uhr. »Oh! Doch schon so spät.« Er trank noch einen kleinen Schluck, kippte dann den Rest in die Spüle. »Ich muss nach Lüttich. Heute Nachmittag treffe ich mich mit dem dortigen Polizeipräsidenten. Anschließend geht es in die Oper.«

»Ah, daher der feine Zwirn.«

Er strich sich übers Jackett. »Und? Was sagt dein Frauenblick? Ist es in Ordnung?«

Sie lachte. »Todschick.«

Er reichte ihr erneut die Hand. »Richte Hotte bitte aus, dass ich für Montag eine Pressekonferenz plane. Die Uhrzeit überlege ich mir noch, er soll sein elektronisches Postfach im Auge behalten.« Dann ließ er sie allein zurück.

Andrea Lindenlaub goss sich Kaffee nach und ging in ihr Büro zurück. Sie trat ein und schreckte zusammen.

»Da bist du ja endlich«, sagte Feuersänger. Er saß auf dem Besucherstuhl und blätterte im Stadt-Anzeiger, den sie heute Morgen mitgebracht hatte.

»Mit dir hätte ich jetzt nicht gerechnet. Wieder ausgeschlafen?« Sie setzte sich an ihren Schreibtisch. Feuersänger wirkte zwar nicht wie frisch aus dem Jahresurlaub zurückgekehrt, doch die Ringe unter den Augen waren fast verschwunden. Auch leuchtete sein Feuermal wieder vitaler.

»Schlaf wird überbewertet«, sagte er und faltete die Zeitung zusammen. »Aber Spaß beiseite. Ich kann doch mein Team nicht rödeln lassen und mir selbst tagelang eine Auszeit gönnen.«

»Dann lieber antreiben, sich anschließend bei einer Kollegin im Büro verstecken und gemütlich die neuesten Nachrichten aus der Region lesen?«

»Sehr witzig.« Er legte die Zeitung weg. »Da will man nett sein und die Untersuchungsergebnisse so rasch wie möglich weitergeben. Und was hat man davon? Nichts als Hohn und Spott. Ruf mal Klaus an. Er soll den Schlepptopp mitbringen.«

Zwei Minuten später stand Maier in der Tür und setzte sich an den verwaisten Schreibtisch gegenüber von Andrea Lindenlaub.

Sie schluckte schwer, als ihr bewusst wurde, dass Guido Büscheler dort niemals wieder Platz nehmen würde. Die Beerdigung war erst wenige Tage her. Und schon hatte der Alltag sie wieder eingeholt, alles vereinnahmt und die Trauer überlagert.

»Dann tipp mal alles in dein Schmuckkästchen ein«, sagte Feuersänger zu Maier. »Ich habe heute Morgen den Entomologen angerufen. Dr. Made lässt euch grüßen. Ich will es kurz machen: Er hat den von der Rechtsmedizin angenommenen Todeszeitpunkt von Gustaf Lörsch bestätigt. Zwei Wochen, plus/minus ein Tag.«

»Ist doch schon mal was«, sagte Maier.

Insgeheim amüsierte sich Andrea Lindenlaub über Maiers Bemühungen auf der Tastatur. Vom Zehn-Finger-System war er genau acht, eher sogar neun Finger entfernt. Sie hatte mal bei einem Kaffeekränzchen mit anderen Müttern gehört, dass ein bekannter Eifeler Krimiautor seine Romane mit nur einem Zeigefinger tippte. Was für eine Mühsal. Aber immerhin tippte

Maier zügig und ohne hinzusehen. Er schien die Tastaturbelegung eingeübt zu haben.

»Gut, war jetzt keine Überraschung, das gebe ich zu«, sagte Feuersänger. »Kommen wir zu den Fingerabdrücken. Ihr könnt euch vorstellen, dass wir unzählige Abdrücke in den Häusern von Gustaf Lörsch und Paul Lange sicherstellen konnten. Zwei meiner Leute haben die letzten vierundzwanzig Stunden nichts anderes gemacht, als die Dinger einzuscannen und abzugleichen. Und wie ihr wisst, kann der Computer dabei helfen, aber ohne das menschliche Auge geht es eben nicht. Die beiden sind gerade vollkommen erschöpft nach Hause geschlichen.«

Andrea Lindenlaub wechselte einen genervten Blick mit Maier. Dass Feuersänger die Arbeit der Spurensicherung gern dramatisierte, war in der Euskirchener Polizeibehörde bekannt.

»Ist gut, Heinz«, brummte Maier, »wir wissen, wie hart ihr arbeitet. Jetzt liefere mal das Ergebnis und zieh bitte nicht wieder deine Drei-zwei-eins-Nummer ab.«

»Du gönnst einem alten Mann aber auch keinen Spaß«, beschwerte sich Feuersänger. Doch der amüsierte Unterton war deutlich herauszuhören. »Fakt ist, dass wir noch nicht alle Abdrücke zuordnen konnten. Es ist eine Sisyphusarbeit, erwartet daher keine raschen Resultate. Interessant ist aber, dass wir keine einzige Übereinstimmung zwischen Lörschs und Langes Haus gefunden haben.«

Andrea Lindenlaub nahm einen Kugelschreiber und klickte damit. »Es ist ohnehin davon auszugehen, dass der Täter Handschuhe trug. Wie sieht es mit den Fingerabdrücken von Lörsch und Lange aus?«

»Sind vorhanden«, sagte Feuersänger.

»Scherzkeks. Du weißt, was ich meine.«

»Ist ja schon gut. Also nein, die Fingerabdrücke der beiden finden sich nur in ihren eigenen Häusern.«

»Okay, wir tappen somit weiter im Dunkeln, ob die beiden sich kannten beziehungsweise gegenseitig besucht haben.«

»Kannst du mit dem Geklicke aufhören?«, bat Maier.

Verwundert schaute Andrea Lindenlaub auf ihre Hand. Ihr Daumen verharrte über dem Kugelschreiber. Sie hatte gar nicht

bemerkt, dass sie damit gespielt hatte, wusste aber, dass es eine
üble Angewohnheit von ihr war. Büscheler hatte sich nie be-
schwert und es stoisch ertragen. Sie stopfte den Schreiber in die
Schublade.

»Gibt es schon was Neues von Hotte und Jan?«, fragte Feuersänger.

Sie schüttelte den Kopf.

Er stand auf. »Ich habe mit dem Leiter der Spurensicherung
der Trierer telefoniert. Wir bekommen alle Informationen so
schnell wie möglich zugeschickt. Ich lasse dann weiter abglei-
chen.« Zielstrebig verließ er das Büro. »Und wenn ihr schön artig
seid, habe ich beim nächsten Mal auch wieder was nach alter
Drei-zwei-eins-Manier für euch«, hörte Andrea Lindenlaub ihn
auf dem Flur sagen, bevor seine Schritte in der Ferne verhallten.

★★★

Fischbach, Beinßel und die Trierer Kollegin Horchfeld, die
bis jetzt im oberen Stockwerk tätig gewesen war, standen um
Welscher herum und starrten auf den Notebook-Bildschirm.
Ganz anders als Beinßel war Frida Horchfeld eine vollkommen
unauffällige Person, etwa Mitte dreißig, ohne Ecken und Makel.
Die Schöne und das Biest, hatte Welscher gedacht, als sie das erste
Mal neben Beinßel aufgetaucht war.

»Ich fasse zusammen«, sagte er, »aber erlaubt mir bitte, dass ich
ein wenig aushole. Andreas Resch war ein sehr kommunikativer
Mensch. Er hat Profile in Facebook, Twitter und GooglePlus. Er
hat überall kräftig mitgemischt.«

»Bemerkenswert für sein Alter«, sagte Horchfeld.

»Das kann man wohl sagen«, bestätigte Welscher. »Bezieht man
dann noch die Region als Faktor mit ein, grenzt es bereits an ein
Wunder.« Schmunzelnd sah er in die Runde, blickte jedoch in
zwei ratlose Gesichter. Nur Fischbach schien die Spitze verstanden
zu haben, denn seine Miene umwölkte sich. »Die Daten schützte
er wenig bis kaum«, führte Welscher weiter aus. »Die Passwörter
sind in einer Exceltabelle hinterlegt, was, am Rande bemerkt,
meine Arbeit hier erleichtert hat. Persönliche Informationen wie

zum Beispiel die E-Mail-Adresse oder Bilder von Resch sind im Internet weit verstreut. Hört sich unbedarft und laienhaft an, doch das täuscht. Resch besaß gute Computerkenntnisse, denn er hat wirklich alles auf der kleinen Kiste hier drauf, was man sich vorstellen kann. Selbst so banale Dinge wie seine tägliche Walkingrunde hat er mit dem GPS-Empfänger seines Handys aufgezeichnet. Er kannte sich also aus, schien jedoch keinen gesteigerten Wert auf Datenschutz zu legen.«

»Okay, verstanden«, sagte Beinßel, während er sich am Unterarm kratzte. Die Haare knisterten. Sofort kam Welscher wieder das Bild eines Affen in den Sinn. Er dachte an Läuse und spürte einen Juckreiz auf der Kopfhaut. Schnell wechselte er vom aktuellen Internetbrowser-Fenster zu Outlook. Eine Liste von Mails erschien.

»Auch hier bestätigt sich, dass Resch den regen Austausch liebte. Hauptsächlich hat er sich über Gesundheit unterhalten und informiert. Wenn ich es richtig herausgelesen habe, war Resch vor einigen Jahren schwer herzkrank. Daraufhin hat er sein Leben umgekrempelt. Meine Einschätzung wird dadurch bestätigt, dass er im Browser …« Er wandte sich an Fischbach. »Browser ist das Ding, mit dem du im Internet surfen …«

»Ich weiß, was das ist«, warf Fischbach gereizt ein. »Und auch, was surfen ist.«

»Okay, okay«, beschwichtigte Welscher ihn. »Ich dachte ja nur, weil du mit den englischen Begriffen nicht so klarkommst. Also, Andreas Resch hat zahlreiche Internetseiten über gesunde Ernährung und Lebensweise besucht.«

»Ob du mit der Erkrankung richtigliegst, wird die Obduktion klären«, sagte Frida Horchfeld. »Wenn da was war, wird es ans Tageslicht kommen. Jetzt aber mal zu der E-Mail, wegen der du uns hierherbeordert hast.«

Welscher öffnete eine Mail und vergrößerte die Ansicht.

Beinßel setzte sich eine Lesebrille auf die Nase und rückte unangenehm nah an ihn heran. Angestrengt unterdrückte Welscher den Wunsch, aufzuspringen und sich am ganzen Körper zu kratzen.

»Lies mal vor«, sagte Fischbach, der hinter Beinßel stand und Mühe hatte, einen Blick auf den Monitor zu erhaschen.

»Die Mail ist gut zwei Wochen alt«, kam Welscher der Bitte nach, »Absender ist eine GMX-Adresse, aus dem Namen kann man sonst nichts schließen. Interessant, Hotte, ist der Text. Du kennst ihn schon.« Welscher kam nicht umhin, eine dramaturgische Pause einzubauen.

»Mach hinne«, forderte Fischbach.

Welscher las vor: »*›Zahltag! Mit Zins und Zinseszins nicht weniger als DEIN LEBEN!‹*«

★★★

»Na, wieder die Mutzenbacher?«

Sabine schreckte zusammen und sah von ihrem Buch auf. Sie hatte Ole nicht hereinkommen hören.

Er zog das Scheunentor hinter sich zu und kam näher. Sein gieriger Blick ließ sie frösteln. Von einer Sekunde auf die andere verfluchte sie die Tatsache, sich heute Morgen für einen knielangen Rock entschieden zu haben. Sie zupfte am Saum und versuchte so, mehr zu verdecken, als möglich war. »Heinrich Böll«, krächzte sie und hielt ihm das Cover hin. Ihre Stimme drohte zu versagen. Sie richtete sich auf, jederzeit bereit, von dem Leiterwagen herunterzuspringen und wegzurennen.

Ole blieb vor ihr stehen. »Ah. ›Die verlorene Ehre der Katharina Blum‹. Gute Wahl, wenn du mich fragst.« Seine Hand glitt vor und streichelte Sabines Knöchel.

Sie zuckte zurück und presste das Buch an ihre Brust.

Maliziös lächelte Ole. »Nicht so schreckhaft, kleine Lady. Ich will dir nichts Böses.«

»Lass mich in Ruhe.« Sie hatte die Worte kräftig und bestimmt sagen wollen, doch ihre Stimme war wenig mehr als ein Piepsen. Die Angst lähmte ihre Stimmbänder.

Fast alle waren heute im Freibad. Björk hatte irgendwie Geld lockergemacht, und so sollte der ausklingende Sommer ein letztes Mal im Jahr gebührend genossen werden. Selbst wenn sie einen lautstarken Hilfeschrei zustande brächte, hören würde sie wohl kaum jemand. Wieso war Ole überhaupt hier und nicht mit den anderen unterwegs? Hatte er es etwa darauf angelegt, mit ihr allein zu sein? Aber sie selbst war ja auch nicht mitgefahren, sondern hatte es vorgezogen, in der Scheune zu hocken und zu lesen. Vermutlich hatte er einfach keine Lust zum Schwimmen gehabt.

Amüsiert gackerte er los. »Du bist mir ja ein widerspenstiges Kätzchen. Weißt du, ich kann verstehen, dass du Björk nicht an dich rangelassen hast. Der ist ja mächtig alt, der Bock. Er könnte dein Vater sein.«

Hoffnung keimte in Sabine auf. Hatte sie ihn falsch eingeschätzt? Wollte er sie einfach nur beschützen?«

Sein Arm schnellte vor, und er umklammerte ihren Knöchel.

Wild trat sie um sich und versuchte, sich zu befreien, doch seine Hand war wie ein Schraubstock. Ein mickriger Schrei entrang sich ihrer Kehle. Großer Gott, war das alles, was sie hervorbrachte?

»Ja, mach nur«, presste Ole hervor. »Streng dich an, schön müde werden. Dann bist du gleich nicht mehr so biestig.« Er versuchte, auf den Leiterwagen zu klettern.

In dem Moment verlagerte Sabine ihr Gewicht auf die linke Seite und trat mit dem rechten Bein nach ihm. Sie erwischte seinen Unterkiefer, die Zähne schlugen aufeinander, der Kopf flog in den Nacken, und sein stählerner Griff löste sich. Stöhnend torkelte Ole zwei Schritte rückwärts. Er hielt sich den Kiefer und sog scharf die Luft ein.

Sabine ließ ihr Buch fallen und sprang vom Wagen. Eine Sekunde lang verharrte sie unschlüssig. Sollte sie hinausrennen? Ole würde sie sicher einholen, bevor sie sich verstecken konnte. Seine Wut würde ihm Flügel verleihen.

Sie rannte zur Leiter, die zum Heuboden führte. Hastig kletterte sie die Sprossen hinauf. Sie musste oben ankommen, bevor er wieder bei klarem Verstand war, und dann die Leiter hochziehen. Hinter sich hörte sie Ole fluchen. »Du verdammtes Miststück! Dir werde ich zeigen, wo der Hammer hängt.«

Sein gutturales Lachen trieb ihre eine Gänsehaut über die Arme. Ein Tier, er ist ein wildes Tier, dachte sie und verstärkte ihre Anstrengungen. Auf halber Höhe der Leiter spürte sie eine Erschütterung. Er war bereits hinter ihr! Sie rutschte mit dem Fuß ab, fing sich und zog sich weiter nach oben. Nur noch drei Sprossen, zwei, eine, dann endlich stand sie auf dem Heuboden. Sie wirbelte herum und erschrak.

Ole war näher als erwartet. Nur noch wenige Sprossen, und er würde sie erreichen.

Mit aller Kraft stemmte sie sich gegen die Leiter, doch sie schaffte es nicht, sie mehr als wenige Millimeter zu bewegen. Der Schwerpunkt war bereits zu weit oben. Sie warf sich auf den Rücken. Staub wirbelte auf und ließ sie niesen.

Oles Haare tauchten über der Heubodenkante auf, dann der Kopf. Hektisch trat sie gegen die Leiter.

»Zu spät, du kleines Miststück«, sagte Ole und fletschte die Zähne. Ein Speichelfaden durchsetzt mit Blut hing ihm aus dem Mund. »Du hättest seitlich schieben sollen, dann wärst du mich vielleicht noch losgeworden.« Er versuchte, ihr Bein zu greifen. In allerletzter Sekunde zog Sabine es außer Reichweite, drehte sich auf den Bauch und sprang auf. Panisch suchte sie nach einem Ausweg.

Vor ihr lag der leere Heuboden, gut vier Meter über der Tenne. Sollte sie es riskieren zu springen? Aus dieser Höhe auf einen gestampften Lehmboden? Unmöglich! Sie rannte los in Richtung Außenwand, presste sich mit dem Rücken dagegen. Neben ihren Füßen lagen die Decke und das Kissen, auf die sie sich hier oben beim Lesen immer setzte. Die zwei leeren Kartoffelsäcke daneben dienten ihr als Lehne.

Ole stand inzwischen ebenfalls auf dem Heuboden und kam näher. Die Bretter knarrten unter seinem Gewicht.

Inständig hoffte Sabine, sie würden durchbrechen. Altes Holz, es war altes Holz, es musste nachgeben. Lieber Gott, bitte lass ihn runterfallen.

Sie suchte nach einem Ausweg. Was hatte sie nur geritten, hier hinaufzuflüchten? In eine Sackgasse? Sie machte einen Ausfallschritt nach links.

Lässig lächelnd folgte Ole ihrer Bewegung. »Endstation«, nuschelte er und leckte sich über die geschwollene Unterlippe. »Ich wollte es dir schön machen, wirklich. Ich wollte Rücksicht nehmen, dich verwöhnen.« Er kam einen weiteren Schritt auf sie zu und parierte lässig Sabines Seitwärtsschritt nach rechts. »Jetzt stehe ich hier und spucke Blut. Nee, nee, Mädchen, so geht das nicht.«

Nur noch drei Meter, dann würde er sie packen können.

Sabine nahm allen Mut zusammen, spannte die Muskeln und machte mit ausgestreckten Armen einen Satz nach vorne. Mit voller Wucht traf sie auf Ole, und ein stechender Schmerz fuhr durch ihre Handgelenke.

Von der Attacke überrascht ächzte er auf und stolperte zurück.

Ja! Ja! Triumphierend ballte Sabine die Fäuste. Noch einen Schritt, und er würde vom Heuboden stürzen.

Ole ruderte mit den Armen und setzte den einen Fuß zurück, aber nur einen winzigen Schritt. Der Absatz seines rechten Schuhs befand sich gerade einmal eine Handbreit vor der Kante. Sein verblüffter Gesichtsausdruck verschwand und wich einem boshaften Grinsen. »Du hast ganz schön Feuer«, sagte er und blickte über die Schulter nach unten. »Ich hätte mir bestimmt das Genick gebrochen.«

Innerlich heulte Sabine auf. Sie wich zurück. »Bitte«, flehte sie tränenerstickt, »bitte nicht.«

»Warte mal, lass mich kurz überlegen.« Gespielt nachdenklich rieb er sich das Kinn. Sabine wusste, dass er die Situation genoss. »Also ich denke … nein. Du bist mir was schuldig.« Er stürzte vor und warf sie rücklings auf die Decke. Der Angriff kam so schnell, Sabine blieb keine Zeit zu reagieren. Mit dem Hinterkopf schlug sie hart auf den Boden auf, und für einen kurzen Moment schwanden ihr die Sinne.

Zeit genug für Ole, seine Jeans bis zu den Kniekehlen herabzustreifen, ihr Höschen zu zerreißen und ihre Arme zu packen. Mit seinem Körpergewicht drückte er sie auf den Heuboden und presste mit den Knien ihre Schenkel auseinander.

Erst durch den heftigen Schmerz beim Eindringen klärten sich Sabines Sinne wieder. Sie schluchzte auf, ruckte hin und her, aber sie konnte sich nicht befreien.

Ole pumpte wie ein Berserker. Sein Atem strich heiß über ihr linkes Ohr. »Du Miststück, du«, stieß er keuchend aus. »Jetzt kriegst du, was du verdienst.«

Alles in ihr schrie, vor Wut, vor Scham, vor Abscheu.

Ole stöhnte auf, hob den Kopf an, schloss die Augen und stieß zum letzten Mal heftig zu. Dann erschlaffte er und ließ sich schwer auf Sabine fallen.

Sie konnte kaum noch atmen und versuchte, sich seitlich herauszuwinden. Nur fort, weit weg von ihm. Doch es gelang ihr nicht.

Plötzlich wurde Ole hochgerissen. »Du Schwein!«, schrie jemand wütend. Es war Björk.

Erleichterung durchflutete Sabine und dämpfte sogar das Brennen in ihrer Scheide.

»Was machst du überhaupt hier?«, zischte Björk. »Du solltest doch mit den anderen zum Schwimmen fahren.« Er hieb Ole die Faust aufs Auge.

Der taumelte zurück und fiel über seine heruntergelassene Hose.

»Du kennst die Regel.« Björk bebte vor Zorn. »Verschwinde!«

Ohne ein Wort zu erwidern, zog Ole seine Hose hoch und kletterte nach unten.

»Jetzt zu dir, du Früchtchen.« Björk baute sich über Sabine auf und öffnete seinen Gürtel.

Was sollte das denn jetzt bedeuten?

»Du treibst es hier mit Ole, obwohl mir als Gründer der Kommune das erste Mal zusteht.«

»Ich …«, setzte Sabine zu einer Verteidigung an. Doch weiter kam sie nicht. Björk verpasste ihr eine Ohrfeige. Sie fiel zurück auf die Decke.

»Schweig!«, befahl er und streifte die Hose ab. In seinen Augen loderte die Wut.

Sabine erkannte, dass sie keine Optionen mehr hatte. Alle schienen sich gegen sie verschworen zu haben, Gott inklusive. Eine Leere breitete sich in ihr aus, die alle Empfindungen verschlang wie ein schwarzes Loch. Sie stellte den Widerstand ein.

In dem Moment begann die Tortur erneut.

Irgendwann danach war sie weinend eingeschlafen.

Ein Geräusch in unmittelbarer Nähe riss sie in die Wirklichkeit zurück. Sie wimmerte, stemmte sich hoch und krabbelte auf allen vieren in die andere Richtung, bis sie mit dem Kopf gegen die Außenwand traf. Ihr Unterleib fühlte sich an, als würde er in Flammen stehen. Sie kauerte sich zusammen und umklammerte ihre Beine. Die Furcht, das Schreckliche erneut erleben zu müssen, versetzte sie in Panik. Sie war sich sicher, es nicht zu überleben. Lieber würde sie sich vom Heuboden in die Tiefe stürzen.

Von weit her hörte sie Leute reden und lachen. Es klang so vertraut. Ihre überreizten Sinne beruhigten sich ein wenig. Der Heuboden lag im Halbdunkel. Durch einen Spalt zwischen zwei Brettern konnte sie erkennen, dass die Dämmerung bereits eingesetzt hatte.

Der Ausflug zum Schwimmbad war offensichtlich beendet, und jetzt saßen sie vor der Haustür und genossen den warmen Spätsommerabend. Sie stellte sich Björk vor, wie er scherzte und gütig lächelte. Und Ole, der lachend berichtete, er sei hingefallen und habe sich ein blaues Auge zugezogen.

Diese Schweine.

Am liebsten wäre sie zu ihnen gegangen, hätte mit dem Finger auf sie gezeigt und sie der Vergewaltigung bezichtigt. Doch den Mut dazu brachte sie nicht auf. Sie war ja nur ein kleines Mädchen, wer würde ihr schon glauben? Björk würde sicher die richtigen Worte finden, um sich zu verteidigen. Ihm vertrauten sie, er war wie ein Heiliger für die Mitglieder der Kommune.

Ein Keuchen.

Sabine schreckte zusammen, versuchte die Quelle zu lokalisieren. Panisch blickte sie hin und her.

Da! Ein menschlicher Umriss. Er hob sich gegen das schwache Hintergrundlicht der letzten einfallenden Sonnenstrahlen ab. War es Ole? Oder wieder Björk? Oh nein, bloß nicht schon wieder.

Der Schatten kam ein Stück näher. »Vor mir musst du keine Angst haben«, flüsterte eine Stimme.

Sabine erschauerte. Wieder schwang darin diese Lüsternheit mit, die sie bereits bei Ole gehört hatte.

Ein durch die Ritzen fallender Lichtstrahl traf die Gestalt.

Sabine riss die Augen auf. »Knut?«

Er hob seine Kamera. Das Sonnenlicht reflektierte sich in der Linse und blendete Sabine. »Ich tu dir nichts«, murmelte er und drückte ab. »Nur ein paar Bilder. Es ist so wahnsinnig authentisch.«

Rasch zog Sabine ihren Rock herunter. Das konnte doch nicht wahr sein. Statt ihr zu helfen, fotografierte er sie. Widerlich. Sie würgte, bittere Galle stieg auf. Sie ließ sich zur Seite fallen und erbrach sich auf die Kartoffelsäcke.

»Ja«, raunte Knut freudig. »Was für Bilder. So intensiv.« Hektisch drückte er mehrmals auf den Auslöser.

»Hau ab!«, schrie Sabine.

»Kannst du nicht noch mal die Beine spreizen? Das würde noch besser …«

Sabine griff in ihr Erbrochenes und schleuderte es ihm entgegen. »Hau endlich ab!«, schrie sie. Obwohl die Magensäure in ihrem Hals brannte, war ihre Stimme zum ersten Mal seit den Vorfällen wieder kräftig.

Knut ließ die Kamera sinken. »Ist ja schon gut. Ich wollte ja nur … ach, egal. Ich habe genug Bilder.« Er wischte sich unbekümmert die Kotze von den Beinen und kletterte die Leiter hinunter.

Erschöpft ließ sich Sabine auf die Decke zurücksinken.

Sobald sie wieder bei Kräften war, würde sie ihre Mutter einweihen. Sie würde ihr beistehen.

Ja, das war die Lösung. Sie würden hier verschwinden. Morgen schon. Der Gedanke tröstete sie.

Ihre Augen fielen zu, die Müdigkeit wickelte sie ein.

Noch einmal schreckte sie hoch. Ein schrecklicher Gedanke war ihr gekommen. Eine Vorahnung, ein Bauchgefühl.

Erneut erbrach sie sich auf die Säcke.

Was summt denn da?

Fischbach schlenderte zum dritten Mal zum Buffet und sondierte erneut das reichhaltige Angebot. Lars, das heißt Larissa, ließ sich nicht lumpen, keine Frage. Diverse Salate, verschiedene Fleischgerichte, Gemüse, Obst und ein Querschnitt an Nachspeisen buhlten um die Gunst der Gäste. Sogar echter Kaviar fand sich auf dem gut fünf Meter langen Tisch.

Er wählte den Salat, der auffällig mit Petersilie und Minze bestückt war.

»Ein Schlaraffenland.« Zingsheim stand hinter ihm und bestaunte die Speisen. Frisch geduscht, rasiert und mit einer Kleidungsleihgabe aus der Nachbarschaft sah er ganz anders aus als noch am Morgen. Er wirkte um Jahre jünger.

Fischbach und Sigrid hatten spontan entschieden, ihn mitzunehmen. Ein angenehmer Nebeneffekt war gewesen, dass Sigrid so Unterhaltung im Taxi hatte. Und Fischbachs schlechtes Gewissen, dass er sie wieder einmal allein losschickte, während er mit der Harley fuhr, hatte sich gar nicht erst gemeldet.

»Hau rein«, forderte Fischbach ihn auf und lächelte zufrieden. Na also, wäre doch gelacht, wenn er seinen alten Kumpel nicht wieder aufpäppeln könnte. Er stellte sich mit seinem Teller in eine Ecke, um ungestört essen zu können.

»Mach ich doch glatt.« Zingsheim zeigte mit seiner Gabel auf Fischbachs Teller. »Was isst du denn da? Kannst du das empfehlen?«

»Irgendwas mit Minze. Schmeckt aber gut.«

»Sieht nach Bulgur aus.«

Fischbach musterte den Salat. Von Bulgur hatte er noch nie etwas gehört.

Zingsheim wartete keine Antwort ab, sondern schaufelte sich den Teller voll. »Dass ausgerechnet du so etwas wählst. Ich habe gedacht, deine Essensexperimente würden sich eher selten über die Eifelregion hinauswagen.«

»Nein, nein«, versicherte Fischbach rasch. »Das siehst du

falsch. Kann auch schon mal …« Wonach hörte sich Bulgur an? Bayerisch? Eher nicht. »… aus den neuen Bundesländern sein«, urteilte er spontan.

»Du bist mir einer«, sagte Zingsheim und lachte. »So eng verbrüdert sind wir mit Vorderasien nun doch noch nicht.« Er drehte sich um und steuerte die Bar an.

Die Party war im vollen Gange. Bestimmt an die einhundert Gäste, schätzte Fischbach. Hier, im oberen Stockwerk des Hauses, wurde geplaudert und gegessen. Unten befand sich die Tanzfläche. Die Musikauswahl traf den Geschmack der Gäste, sah man davon ab, dass Fischbach gern auch mal einen Schlager gehört hätte.

Sigrid winkte ihm, und er nickte ihr zu. Sie stand mit drei Frauen zusammen, die er noch nie gesehen hatte. Berührungsängste kannte sie nicht.

Andrea Lindenlaub kam mit Bianca Willms im Schlepptau die Treppe herauf. Ihre vom Tanzen schweißnassen Blusen lagen eng am Körper an. Durchaus ansehnlich, dachte Fischbach amüsiert. Anderswo zahlt man für solche Anblicke.

Sie gesellten sich zu ihm.

»Waren abzappeln«, sagte Andrea Lindenlaub dicht an seinem Ohr. Ihr Atem roch nach Bier. Es war lange her, dass er sie so zufrieden und ausgelassen gesehen hatte. Sie genoss den Abend, gar keine Frage. Er freute sich darüber.

Bianca Willms kicherte und ergänzte: »Musste auch mal machen.« Ihr Blick war ein wenig glasig. Sie hakte sich bei ihm ein.

Nur mit Mühe und einer fast akrobatischen Einlage konnte er verhindern, dass der Salat vom Teller rutschte.

Bianca Willms legte den Kopf an seine Schulter, formte eine Schnute und blinzelte zu ihm hoch. »Ich nehme dich mit. Brauchst keine Angst zu haben, ich tanz mit dir. Musst nicht allein auf die Fläche.«

»Aber nur, wenn du vorher noch was isst«, sagte er.

»Na gut.« Sie ließ ihn los und schlenderte zum Buffet.

»Oh, oh«, sagte Fischbach und bat Andrea Lindenlaub: »Pass ein wenig auf sie auf.«

»Ja, klar, mach ich doch glatt. Übrigens …« Sie rückte wieder näher an ihn heran. Ihre Haare kitzelten ihn am Halsansatz. »Auf der Fahrt hierher habe ich mit Bianca unsere Fälle diskutiert.«

Strafend blickte Fischbach sie an. »Halte ich nicht für einen tollen Einfall.«

»Nu mach dir mal nicht ins Hemd. Bei ihr … ach, egal … also: Es kam die Theorie auf … ich weiß gar nicht, wer sie zuerst hatte …«

»Andrea, willst du mir wirklich hier davon erzählen? Es ist doch jetzt nicht der richtige Zeitpunkt für …«

»Sch!« Sie legte den Zeigefinger über die Lippen. »Ich muss … sonst habe ich Sorge, dass es hier hinten untergeht.« Sie tippte sich auf den Hinterkopf.

Fischbach schob sich ergeben eine Gabel voll Salat in den Mund und ließ sie gewähren. Wenn sie sich danach besser fühlte, warum nicht?

»Der Täter muss die Opfer beobachtet haben. Im Vorfeld, meine ich, da er ja so viel über sie wusste. Über ihren Tagesablauf und die Dinge, die sie sonst so trieben …« Sie brach ab und kicherte. »Also, nicht *das* Treiben, das du jetzt vielleicht denkst.«

»Denke ich nicht«, sagte er, obwohl er jetzt doch ein entsprechendes Bild im Kopf hatte. Wie der rosa Elefant, an den man nicht denken soll.

»Echt nicht? Also ich habe sofort …«

»Ich nicht.«

»Na gut. Du bist vermutlich aus dem Alter raus.«

Er verschluckte sich und hustete.

Beherzt griff Andrea Lindenlaub nach seinem schräg stehenden Teller und verhinderte so eine Sauerei auf dem Boden.

Als er wieder Luft bekam, sagte Fischbach keuchend: »Was? Ich soll zu alt …«

Sie lachte und klopfte ihm auf den Rücken. »War doch nur ein Scherz. Geht's wieder?«

Er nickte und richtete sich wieder auf. Sie ließ den Teller los. »Was hat Bianca denn nun gesagt?«

Sie schenkte ihm noch einen fürsorglichen Blick und sagte dann: »Na, sie hat gemeint, er hat seine Opfer observiert.«

»Der Gedanke ist mir auch schon gekommen.«

»Dann sind wir uns ja einig. Bei Andreas Resch sollten wir mal schauen, ob er Mitglied bei Runtastic oder einem ähnlichen Dienst ist.«

»Run… Was?«

»Damit kann man seine sportlichen Erfolge aufzeichnen. Du gehst laufen, dein Handy zeichnet per GPS die Strecke auf, und hinterher teilst du das in Runtastic, also im Internet, mit. Oder auch direkt in Facebook.«

Fischbach runzelte die Stirn. Hatte Welscher bei der Kontrolle des Notebooks nicht erwähnt, wie akribisch Resch seine Laufrunden aufgezeichnet hatte? Aber hatte Resch auch alles ins Internet gestellt? Darüber hatten sie im Detail nicht gesprochen. Möglicherweise aber hatte Welscher genau das gemeint und es nicht für nötig gehalten, es weiter auszuführen. »Wieso sollte jemand so etwas machen?«

Sie zuckte mit den Schultern. »Stolz? Motivation? Angeberei? Was weiß ich, warum Menschen so etwas machen? Aber wenn du dir diese Frage stellst, dann könntest du auch direkt Face…«, ein Schluckauf unterbrach sie, »sorry … äh … das ganze Social-Media-Zeugs einstampfen.«

»Moment, damit ich es richtig verstehe: Resch hat ins weltweite Netz hinausposaunt, wann er sich wo aufhält?«

»Ja, könnte doch sein. Wenn dabei ein Muster erkennbar war, also wenn er zum Beispiel immer die gleiche Strecke zur gleichen Zeit lief, brauchte unser Täter nur an der richtigen Stelle zu warten. So konnte er ganz elegant die Falle zuschnappen lassen.« Erwartungsvoll blickte sie ihn an. »Und? Was meinst du?«

Grüblerisch schob er sich eine weitere Portion Salat in den Mund. »Ja, könnte was dran sein. Klären wir ab.«

»Supi!«, rief Andrea Lindenlaub. »Jetzt aber genug davon. Ich hole mir noch ein Bier.« Sie zwängte sich durch die Menschenmenge zur improvisierten Bar, die entlang der Fenster aufgebaut war.

Ein rumpelndes Gluckern durchlief Fischbachs Eingeweide. »Ach, Mist«, fluchte er leise. Da stand wohl ein Gang zur Toilette an. Er hatte sich eigentlich geschworen, nur noch zu Hause das Klo aufzusuchen. Nach einigen schlimmen Erfahrungen in der

Polizeibehörde war er übervorsichtig geworden. Doch fernab der Heimat von einem inneren Tsunami überfallen zu werden, ließ das Einhalten des Vorsatzes aussichtslos erscheinen. Er stellte seinen Teller am Rande des Buffets ab und schob sich in Richtung Treppe. Von unten hämmerte der Beat von »Highway To Hell« zu ihm hoch. Auf den Stufen begegnete ihm Welscher.

»Hotte, du alter Rocker! Habe ich extra für dich auflegen lassen.« Glücklich lachte er ihn an, um den Hals trug er Luftschlangen, die Enden hingen lose herab.

»Wo ist die Toilette?«, fragte Fischbach kurz angebunden. Irgendetwas schien ihm nicht bekommen zu sein. Es wurde höchste Eisenbahn.

Welscher schien ihn nicht verstanden zu haben. Aufgeregt plapperte er weiter: »Übrigens habe ich eben mit meiner Mutter telefoniert. Ich werde am Montag im Haus meiner Eltern übernachten. Sie ist dann bei ihrer Freundin. Soll ein Test sein. Ich bin so aufgeregt, kann ich dir …«

Fischbach packte Welschers Schultern. »Ich … muss … mal. Dringend!«

»Ach so, sag das doch gleich. Larissa hat zwei Dixiklos besorgt. Die stehen oben am Parkplatz, vielleicht hast du sie gesehen. Das Klo hier oben ist ja im Eimer, da war guter Rat …«

Fischbach stöhnte auf. Hatte Welscher getrunken, oder warum quatschte der hier ohne Punkt und Komma? Nein, bei seiner Abneigung gegen Alkohol hatte er wohl eher eine Pille eingeworfen. Aber egal, andere Dinge verlangten nach Aufmerksamkeit. »Zu weit.«

»Okay, verstehe. Ein Notfall. Treppe runter, im Keller nach links … nein warte, rechte Tür.« Er sah zur Decke. »Mann, meine Rechts-links-Schwäche nervt.« Resigniert schüttelte er den Kopf. »Na ja, kann man nichts machen. Behalt's aber für dich, ja? Also, das mit dem Klo, meine ich. Zieh sicherheitshalber die Kellertür hinter dir zu. Die Hebeanlage ist nicht für einhundert Gäste …«

Fischbach stürmte los. Es blieb keine Zeit mehr für Konversation. Ob es an diesem seltsamen Bulgur lag? Hatte das Zeug abführende Wirkung? Himmel, solche Krämpfe. Oder war der

Kaviar schuld? Daran war er schließlich nicht gewöhnt. In seinen Gedärmen rumorte es wie ein Schwarm Hornissen, dessen Nest man mit einem Stock traktiert.

Endlich unten angekommen, stellte Fischbach erleichtert fest, dass das Klo tatsächlich frei war. Glück gehabt! Er kontrollierte rasch den Papiervorrat, prüfte, ob die Wasserspülung lief, zog die Hose runter und setzte sich.

Keine Sekunde zu früh.

Zufrieden stellte er die Ellenbogen auf die Oberschenkel und stützte den Kopf ab.

Das war gerade noch mal gut gegangen.

Ein wenig ärgerte er sich darüber, dass seine schlagartig auftretenden Verdauungsprobleme ihn immer mal wieder in solch brenzlige Situationen brachten.

Er gönnte sich zehn Minuten der Entspannung, bevor er sich säuberte und die Hose hochzog. Das Wasser spülte kräftig durch, alles lief ohne Probleme ab.

»Fast habe ich erwartet, dass wieder etwas schiefgeht«, murmelte er, drückte die Klinke und schob die Tür auf.

In diesem Moment verlosch das Licht.

Es war pechschwarz. Fischbach sah die Hand vor Augen nicht.

Dumpf hörte er oben die Gäste reden, es klang aufgeregt, von wummernden Bässen keine Spur mehr.

Er schob den Fuß vor. Oder sollte er besser warten? Aber wer konnte schon sagen, wie lange der Stromausfall dauern würde? Außer Welscher wusste niemand, dass er hier unten war. Und bestimmt war dieser der Auffassung, er wäre bereits wieder oben. Er konnte ja nicht ahnen, dass Fischbach ganze zehn Minuten auf dem Thron gesessen hatte.

Nein, niemand würde kommen und ihn abholen.

Wo war noch gleich die Treppe gewesen? Links oder rechts? Welscher hatte ihn mit dem Rechts-links-Tick ganz durcheinandergebracht.

Einen Moment durchatmen.

Beim Runterkommen war er nach rechts … nein links … Auf beiden Seiten war eine Tür gewesen, da war er sich sicher. Aber wo war die Treppe?

Er streckte die Arme vor, wagte einen weiteren Schritt und spürte kaltes Metall an den Fingern.

Die andere Tür.

Vielleicht gab es in dem Raum dahinter eine Taschenlampe. Oder zumindest eine Kerze. Ein Streichholz oder ein Feuerzeug wäre auch okay.

Er drückte die Klinke und schob die Tür auf. Ein scharfer Geruch nach Reinigungsmitteln schlug ihm entgegen. Larissa schien Wert auf einen äußerst gepflegten Haushalt zu legen, wenn sie selbst im Keller so rigoros putzte.

Er tastete sich an der Wand entlang und spürte einen Lichtschalter. Er drückte darauf, doch nichts geschah.

Plötzlich stieß er mit dem Fuß gegen etwas. Er senkte den Arm und ertastete eine geriffelte Oberfläche.

Ein Schrank. Seine Finger glitten am Korpus entlang, bis er den Griff einer Schublade spürte.

Vorsichtig zog er daran. Es lagen längliche Gegenstände darin. Eindeutig Kunststoff. Waren das etwa tatsächlich Taschenlampen? Hoffnungsvoll nahm Fischbach den größten Gegenstand heraus. Suchend fuhr er daran entlang. Wo war nur der Schalter?

Schritte polterten die Treppe herunter. »Kein Problem«, rief Larissa nach oben. »Muss nur die Sicherung wieder hochklappen.«

»Pass auf der Treppe auf, ja? Fall mir ja nicht runter. Warte, ich komme mit. Geteiltes Leid ist halbes Leid, und doppelt hält besser oder so.« Es folgte ein schrilles Lachen.

Das war Welscher, die Plappernase. Eindeutig hatte der was eingeworfen.

Ehrgeizig suchte Fischbach weiter nach dem Schalter der Taschenlampe. Er hatte nicht vor, sich hier wie eine Mimose retten zu lassen. Das wäre nur wieder Öl in Welschers Feuer. Er hörte ihn in Gedanken bereits lästern: »Die Eifeler können noch nicht mal kacken gehen, ohne danach gerettet werden zu müssen« oder so ähnlich. Das musste ja nicht sein, wenn es sich vermeiden ließ. Jetzt aber zügig. Fischbach ertastete eine geriffelte Stelle. Seltsame Taschenlampe, dachte er und drehte sie nach links.

Im gleichen Augenblick wurde er von einem Lichtkegel geblendet, der aber nicht von seiner Taschenlampe herrührte.

Dagegen summte und vibrierte es heftig in seiner Hand. Ohne hinzusehen, klopfte er einige Male den Stab in die hohle Hand.

»Hotte!«, riefen Welscher und Larissa gleichzeitig. »Was machst du denn hier?«

Der Lichtkegel wanderte weiter zur Wand. Fischbach erkannte einen Sicherungskasten. Larissa riss die Tür des Kastens auf und klappte eine Sicherung nach oben.

Die Deckenbeleuchtung flammte auf.

Geblendet schloss Fischbach die Augen. Als er sie wieder öffnete, sah er in die erstaunten Gesichter von Welscher und Larissa. Beide lächelten spitzbübisch.

In der Tür erschien Sigrid. »Habt ihr mein Schnäuzelchen gesehen? Ich habe ihn länger nicht … oh!« Sie riss die Augen auf und starrte auf Fischbachs Hand.

Irritiert hob er die Taschenlampe, die sich immer noch wie wild schüttelte. »Die ist hinüber. Könnt ihr wegwerf–« Er brach ab und riss überrascht die Augen auf.

»So haben wir es gern.« Welscher lachte gackernd. »Sich hier allein vergnügen wollen. Von wegen Toilette, du versautes Kerlchen.«

Fischbach starrte auf den Dildo in seiner Hand. Was für ein Oschi. Der reinste Totschläger. Ekel packte ihn. Er wollte sich gar nicht vorstellen, wo der schon überall zum Einsatz gekommen war. In hohem Bogen warf er ihn von sich.

Der Dildo prallte gegen eine Liege, die in der Mitte des Kellerraums stand, und fiel zu Boden. Dort tanzte er summend über die Fliesen.

Entgeistert sah Fischbach sich um. Was war das hier für ein seltsamer Raum? Ein Andreaskreuz lehnte rechts an der Wand, Lederriemen hingen daran herab. Ein riesiger Spiegel befand sich an der Decke, und von den Postern an den Wänden blickten Männer mit durchtrainierten Körpern lasziv zu ihm herüber. Das letzte Mal hatte er einen solchen Raum vor zwanzig Jahren bei einer Razzia in einem Bordell gesehen.

»Ich habe nur eine Taschenlampe …«, setzte er zur Verteidigung an, wechselte dann aber die Taktik. »Mensch, warum schließt ihr nicht ab!«

Larissa lachte. »Wir haben doch nichts zu verbergen.« Er schob Welscher vor sich her zur Tür hinaus. »Sieh dich ruhig um.« An Sigrid gewandt sagte er im Vorbeigehen: »Lasst euch Zeit. Ich werde dafür sorgen, dass ihr nicht gestört werdet.«

Lachend verschwanden die beiden im Flur. Kurz darauf hörte Fischbach sie die Treppe hochgehen.

Sigrid trat in den Raum und packte den brummenden Dildo. »Was für ein Monsterteil.« Sie stellte ihn aus und legte ihn auf die Liege. »So, so«, sagte sie ernst. »Ich glaube, du bist mir eine Erklärung schuldig.«

Fischbach spürte, wie er rot wurde. »Wirklich, es war alles nur ein Zufall. Eine Verkettung unglücklicher Umstände.«

Sie baute sich vor ihm auf. Einen Moment schaffte sie es noch, die strenge Miene beizubehalten, dann prustete sie los. »Dein Gesicht!«, rief sie lachend zwischen zwei Atemzügen. »Du siehst aus, als hätten wir dich auf frischer Tat ertappt. Sind wir etwa zu früh gekommen?«

Erleichterung durchströmte Fischbach. Er fiel in ihr Lachen ein. »Ist aber auch zu blöd, oder?«

Sie nickte und hielt sich den Bauch, ihre Brüste wogten rhythmisch.

»Sollen wir wieder hochgehen?«, fragte er. »Hier ist es mir zu … äh … das ist nicht meine Welt.«

Sigrid holte einige Male tief Luft, hakte sich dann bei ihm unter und führte ihn zur Tür. »Bist du dir da ganz sicher?«

»Aber ganz und gar. Und bitte zu keinem ein Wort«, bat er.

»Versprochen.« Sie zwinkerte ihm zu.

Doch seine Bitte war zwecklos gewesen. Oben wurden sie mit Gelächter, Applaus und einem großen Hallo empfangen. Andrea Lindenlaub zeigte ihm den ausgestreckten Daumen.

Fischbach warf Welscher, der ihm eine Cola in die Hand drückte, einen ärgerlichen Blick zu. »Du Klatschmuul.«

Welscher grinste und stieß ihm den Ellenbogen in die Seite. »Ich habe doch nur deinen Ruf verbessert, du wilder Stier.«

★★★

Bereits am frühen Morgen war Welscher in Kronenburg aufgebrochen. Larissas Haus sah aus wie ein Schlachtfeld. Lieber saß er im Büro, als die Spuren zu beseitigen. Zwar regte sich in ihm ein klein wenig das schlechte Gewissen, Larissa in dem Chaos alleinzulassen. Doch am Nachmittag würde die eigens einbestellte Putzkolonne auftauchen, sodass Larissa nur noch die Tätigkeiten koordinieren und delegieren musste. Der persönliche Einsatz war also überschaubar.

Zufrieden seufzend legte er die Akte auf den Tisch, lehnte sich zurück und sah aus dem Fenster. Blauer Himmel spannte sich über Euskirchen. Aber damit war bald Schluss. Heute Morgen, auf der Fahrt hierher, hatte Radio Euskirchen von einem Sturmtief berichtet, das sich über dem Atlantik zusammenbraute und sich langsam heranschob. Spätestens am Dienstag würde es mit der Hitze vorbei sein.

Er gähnte herzhaft. Gegen sieben Uhr war er für zwei Stunden auf der Couch eingenickt, mehr Schlaf hatte er nicht bekommen. Die Party war ein voller Erfolg gewesen. Er hatte überhaupt keine Lust verspürt, aufzuhören. Was für eine Sause. Fast wie in alten Tagen, als er nächtens mit Freunden durch Köln gezogen war. Trotz seiner Müdigkeit fühlte sich Welscher so jung und vital wie seit Langem nicht mehr.

Er streckte sich und sah auf die Uhr. Kurz vor zwölf. Fischbach war erst um elf aufgetaucht und hatte sich gerade eben mit Andrea Lindenlaub im »Schlepp« zum Mittagessen verabschiedet.

Welscher ahnte, dass sie heute wohl kaum Fortschritte machen würden. Die Feier bei Larissa forderte ihren Tribut, alle schienen heute ein wenig lethargisch durch die Gegend zu rennen.

Eher angezogene Handbremse heute, dachte er. Das erinnerte ihn an das vor zwei Wochen gerissene Handbremsseil seines Fiestas. Inzwischen war es schwieriger, funktionierende Teile an dem Wagen aufzuzählen als defekte. Die gemeinsamen Tage mit der Rostlaube waren bald gezählt. Es sei denn, er würde ihn von Grund auf reparieren lassen. Doch besser war es, sich direkt einen neuen Wagen zuzulegen. Davon hatte ihn Lars überzeugen können.

Das Telefon klingelte.

Welscher hob ab und meldete sich.

»Hier ist Beinßel, erinnerst du dich an mich?«

Unwillkürlich schüttelte sich Welscher. Wie hätte er den überaus behaarten Kollegen vergessen können?

»Aber selbstverständlich.« Jegliche Müdigkeit fiel von ihm ab. Der Anruf konnte nur bedeuten, dass die Trierer etwas gefunden hatten. Er zog den Notizblock näher und zückte den Kugelschreiber.

»Ich komme gerade aus der Rechtsmedizin, sehr interessant, wirklich«, spannte Beinßel ihn auf die Folter. »Andreas Resch war fit wie ein Turnschuh, kann ich dir sagen. Der wäre hundert Jahre alt geworden, wenn sein Herz das mitgemacht hätte. Das war nämlich seine Achillesferse.« Er lachte verhalten. »Oder eher sein Achillesmuskel, nicht wahr?«

Der hat wohl einen Clown zum Frühstück verspeist, dachte Welscher. »Ich lache morgen darüber.«

»Äh, nun ja. Scheinst schlecht gefusselt zu sein. Wie auch immer. Reschs Herz benötigte Unterstützung. Deswegen hat man ihm einen Herzschrittmacher mit Defibrillator verpasst. Technisch ein ausgeklügeltes Teil, wie mir der Arzt erklärte. Für Patienten mit einem implantierten Defibrillator ergibt sich eine zusätzliche Sicherheit, da lebensbedrohliche Herzrhythmusstörungen durch das Gerät unmittelbar erkannt und behandelt werden. – Moment … dazu hat der Arzt mir Fachbegriffe diktiert …«

Welscher hörte ihn mit Papier rascheln.

»Ah, hier habe ich es. Mensch, was für eine Sauklaue.« Wieder lachte er. »Also Kammerflimmern, klar, wäre ich auch noch so draufgekommen. Aber jetzt pass auf: Kammertachykardie. Kannst du mal googeln. Ist auf jeden Fall eine Erkrankung, die zum Herzkammerflimmern führen kann. Und das ist eine sehr ungesunde Angelegenheit, wie du sicher weißt. Ein Impuls des implantierten Defibrillators bringt das Herz wieder in den Tritt, laienhaft ausgedrückt. Morgen werde ich Reschs Hausarzt aufsuchen und die ursprüngliche Anamnese erfragen. Fakt ist nämlich, dass Andreas Resch vor Jahren einen schweren Infarkt hatte. Das konnte der Rechtsmediziner an einer Narbe am Herzen erkennen.«

Welscher überflog seine Notizen. Bisher hatte Beinßel nicht erwähnt, woran Andreas Resch denn nun tatsächlich verstorben war. Lag demnach nur ein schlichtes Herzversagen vor? Alles Zufall? Die E-Mail mit der Drohung, der Lieferwagen im Wald? Den vermuteten Zusammenhang mit den beiden Mordfällen gab es vielleicht gar nicht?

»Aber egal, was der Arzt mir dazu erzählen wird«, sagte Beinßel, »eine natürliche Todesursache kann schon mal ausgeschlossen werden.«

Welscher drückte den Hörer fester ans Ohr. Jetzt wurde es spannend. »Sag bloß.«

»Ja, ganz sicher. Um die Sonden des Herzschrittmachers herum ist das Gewebe verbrannt. Es sieht aus, als hätte das Gerät unkontrolliert Signale abgegeben. Ich zitiere da mal frei Schnauze den Rechtsmediziner: Das Herz setzt zum Galopp an und hört einfach nicht mehr auf. Das haut selbst den Stärksten aus den Schuhen.«

Instinktiv legte Welscher die freie Hand auf seine Brust. »Also eine Fehlfunktion?«

»Ja. Allerdings sind die Dinger heutzutage ziemlich betriebssicher. Die Wahrscheinlichkeit, dass das Gerät von sich aus die Pferderennbahn besucht, tendiert gegen null. Es müssen schon äußere Einflüsse dazukommen. Und jetzt wird es interessant.«

Wieder machte Beinßel eine Pause. Anscheinend liebte er es, seine Gesprächspartner zappeln zu lassen. Der würde gut zu Feuersänger passen, dachte Welscher.

»Elektromagnetische Wellen sind Gift«, sagte Beinßel, »selbst bei einem Handy muss man aufpassen. Oder bei Lautsprecherboxen. Aber diese Störquellen sind üblicherweise nicht fatal, man kann sich ja von ihnen entfernen. Danach ist alles wieder in Ordnung. Jetzt stell dir aber vor, es geht nicht, du kommst nicht weg.«

»Ziemlich mies.«

»Genau. Und weißt du, was besonders desaströs für die Geräte ist?«

»Nein, weiß ich nicht«, erwiderte Welscher gereizt. Warum konnte Beinßel nicht einfach seinen Bericht abspulen, wie sie es auf der Fachhochschule gelernt hatten? Das war doch hier keine Quizshow.

»Ein Radiosender.«

»Von dem kann man sich ja auch fernhalten.«

»Klar, im Normalfall schon. Jetzt zähl aber mal eins und eins zusammen.«

Einige Sekunden verstrichen, bevor bei Welscher der Groschen fiel. Er richtete sich auf. Es war so ungeheuerlich, dass ihm die Sprache wegblieb.

★★★

Satt und zufrieden stand Fischbach im Schatten des Vordachs seines Hauses in Kommern. Sigrids gestovtes Rindfleisch mit Pellkartoffeln war ein Gedicht gewesen. Da konnte er sich reinsetzen. Er öffnete den Hosenknopf. Sofort sprang der Bauch einige Zentimeter vor. Nicht zum ersten Mal war er froh, inzwischen Hosenträger zu benutzen. Die Dinger waren Gold wert, urig, bequem und unkompliziert. Mit den Verstellschnallen konnte er jederzeit die Länge verändern. Ein Gürtel dagegen war irgendwann am Ende angekommen, und dann half nur noch die nächste Größe.

Ab und zu drang ein Lachen aus der Küche.

Andrea half Sigrid beim Abwasch. Die beiden verstanden sich ausgezeichnet. Noch einen Kaffee, dann würden sie wieder nach Euskirchen aufbrechen.

Aus der Werkstatt hörte er Schleifgeräusche. Zingsheim ackerte hart und hatte es sich auch heute nicht nehmen lassen, gleich nach dem Essen weiterzuarbeiten. Nur gut, dass Fischbach sich auf seine Nachbarn verlassen konnte. Von denen würde niemand bei den Kollegen anrufen und sich über eine Lärmbelästigung am heiligen Sonntag beschweren.

Inzwischen hatte er den Eindruck, dass sich Zingsheim bei ihnen wohlfühlte. Es würde schwer werden, ihm nach ein paar Tagen der Ruhe klarzumachen, dass er seine Zeit nicht auf ewig hier verbringen konnte. Aber bis dahin würde noch viel Wasser die Rur hinunterlaufen. Alles zu seiner Zeit. Zunächst galt es, einen Mörder zu fassen.

Sigrid erschien in der Haustür. In der Hand hielt sie einen Kochtopf. »Schnäuzelchen, kannst du bitte mal zum Mänes springen?«

»Was soll ich denn bei dem?« Fischbach brach schon bei dem Gedanken daran, den Schatten verlassen und durch die Mittagssonne zwei Straßen weiter spazieren zu müssen, der Schweiß aus.

»Er ist schwer krank.« Sie seufzte. »Ist ja auch schon über neunzig. Ich glaube, der Arme macht es nicht mehr lange. Das Essen wird ihm guttun. Selbst kocht er ja nicht mehr.«

»Krank?« Er runzelte die Stirn. »Davon weiß ich ja gar nichts.«

»Ich habe es dir noch nicht erzählt. Ich wollte dich nicht beunruhigen.«

»Verdammt«, murrte er und suchte fieberhaft nach einer Ausrede. Er mochte Mänes, ein Ur-Eifeler Original, der sein Leben lang hart gearbeitet hatte. Häufig hatten sie in den vergangenen Jahren im »Krug« die Köpfe zusammengesteckt und über die Leute im Ort getratscht. Doch seinen Freund jetzt auf der Schwelle zum Tod zu erleben, darauf war er emotional nicht vorbereitet. »Du kannst doch gleich gehen.«

»Könnte ich, aber du gehst. Mänes hat nach dir gefragt.«

»Äh … okay. Dann gehe ich heute Abend zu ihm rüber. Jetzt muss ich los«, sagte er. Entschlossen knöpfte er die Hose zu.

»Das hat auch noch zehn Minuten Zeit«, bestimmte Sigrid. Sie trat näher und drückte den Topf gegen seinen Bauch.

Resigniert nahm er ihn entgegen. Bei solchen Dingen kannte Sigrid kein Erbarmen. Wenn es darum ging, jemandem im Dorf zu helfen, gab es kein Entrinnen.

Er stapfte los.

Auf der Kölner Straße blickte er in das gut besuchte Eiscafé. Vielleicht sollte er sich auf dem Rückweg zum Trost einen Eisbecher gönnen? Er verspürte einen Heißhunger auf etwas Süßes. Warum warten? Er konnte es unterwegs essen. Den Topf würde er einfach in die Seite stemmen. Das würde schon irgendwie gehen.

Er betrat die Eisdiele und reihte sich in die Schlange an der Theke ein. Ganz vorne wählten drei Jungen und zwei Mädchen aus den verschiedenen Sorten aus. Immer wieder entschieden sie sich um. Das konnte dauern. Er sah sich um. Sein Blick blieb an Thomas Brömers hängen, der in der hintersten Ecke der Eisdiele saß. Er führte ein intensives Gespräch mit einer Frau, die Fischbach den Rücken zukehrte. Viel konnte er nicht von ihr erkennen, doch es handelte sich eindeutig nicht um Fischbachs Mutter. Sie trug ein Sommerkleid und einen wagenradgroßen Sommerhut. Ein buntes Halstuch bedeckte ihren Nacken.

Brömers beugte sich über den Tisch, ergriff ihre Hand und streichelte sie.

Oha, dachte Fischbach. Brömers scheint nicht nur an meiner Mutter interessiert zu sein.

Möglichst unauffällig löste er sich aus der Schlange und verließ das Eiscafé.

Auf dem Weg zu Mänes nahm er sich vor, Brömers auf den Zahn zu fühlen, sobald die aktuellen Mordfälle abgeschlossen waren.

★★★

»Moment, stopp!«, rief Andrea Lindenlaub und hob die Hände. Ihr war schwindlig.

Welscher verstummte. Besorgt sahen Fischbach und Maier sie an.

Sie riss ein Bürofenster auf. Ihr Herz fühlte sich an, als wollte es aus dem Brustkorb springen. Welscher hatte gerade eben erklärt, wie Andreas Resch ums Leben gekommen war.

Grausam. Wer denkt sich nur solche Abscheulichkeiten aus?

Tief holte sie Luft. Ein Kollege stand unten vor dem Haupteingang und rauchte. Er sah nach oben und grüßte mit einer lässigen Handbewegung. Sie achtete nicht weiter darauf, sondern wandte sich um. »Nur damit ich es wirklich richtig verstehe: Der Täter wartet im Lieferwagen auf Resch, folgt ihm und schaltet schließlich die Radiosendeanlage ein, die er im Gepäck hat? Damit Reschs Defibrillator ungehemmt funkt und das Herz zum Spurt ansetzt?«

»Ich sagte: Galopp. Aber ist ja fast das Gleiche«, bestätigte Welscher. »Vermutlich hat Resch schließlich erkannt, dass die

Gefahr von dem Lieferwagen ausging. Er wird versucht haben, sich seitlich in die Büsche zu schlagen. Doch zu diesem Zeitpunkt war es schon zu spät für eine Flucht.«

Eine Gänsehaut lief über ihre Unterarme. »Ich mag mir die letzten Sekunden gar nicht vorstellen, die Panik, das wild hämmernde Herz. Wie bestialisch.«

»Mhm. So sind Morde schon mal.«

Ärgerlich funkelte sie ihn an. »Deinen Sarkasmus kannst du dir sonst wohin stecken. Hier ist ein Mensch auf abscheuliche Weise ermordet worden, da verstehe ich keinen Spaß mehr.«

»Die Tochter des Metzgers ist doch sonst nicht so empfindlich«, maulte Welscher in Fischbachs Richtung.

»Lass meinen Vater aus dem Spiel!«

»Na, na, na, Leute«, beschwichtigte sie Fischbach. »Vertragt euch wieder. Lasst uns lieber zu den Fakten zurückkehren. Also, wir haben Strom, ein explosives Flugzeug und jetzt Radiowellen. Unser Täter ist ungewöhnlich einfallsreich.«

»Und technisch versiert«, ergänzte Maier.

Fischbach nickte. »Allerdings ist er meiner Meinung nach kein Profi.« Er berichtete von den Überlegungen, die er bereits mit Esther Rosenbaum geteilt hatte. »Aus den Drohbriefen … äh … Droh-E-Mails? Hört sich bescheuert an. Na egal, ihr wisst ja, was ich meine. Also daraus wissen wir, dass die Opfer für irgendetwas zahlen sollen.«

»Bei Paul Lange haben wir aber keinen Drohbrief gefunden«, wandte Maier ein.

»Bin mir aber sicher, dass er einen erhalten hat«, sagte Fischbach. »Schließlich hat er auf Reschs Kontaktaufnahme entsprechend eindeutig reagiert. Nehmen wir es also einfach mal an. Ich frage mich, was der Täter damit meint. Heimzahlen? Rächt er sich, für was auch immer? Ist das sein Motiv?«

»Liegt nahe«, antwortete Welscher. »Er spricht von ›Zahltag‹ und ›Zinsen‹. Also ist in der Vergangenheit etwas passiert, was ihm nicht gefallen hat. Die heutigen Opfer waren damals Täter.«

Andrea Lindenlaub drehte sich wieder zum offenen Fenster. Irgendwo dort draußen lief ein Serienmörder herum. Sie spürte erste Anzeichen von Kopfschmerzen, dumpf, noch weit entfernt.

Inständig hoffte sie, dass es nur ein Brummschädel aufgrund der Ausschweifungen gestern bei Larissa war. Allemal besser als eine Migräneattacke. Sie schloss die Augen und sperrte so das Tageslicht aus. »Wir müssen die Lebensläufe komplettieren«, sagte sie. »Es muss einen gemeinsamen Punkt, eine Schnittmenge, in der Vergangenheit geben.«

»Sehe ich auch so«, bestätigte Fischbach. »Ich fordere noch ein paar Leute beim Chef an.« Sie hörte ihn zum Telefon greifen. Er berichtete Bönickhausen vom derzeitigen Stand der Ermittlungen und bat um Verstärkung. Dann legte er auf. »Geht klar«, teilte er mit. »Wir bekommen die Leute. Klaus, du kümmerst dich um die Organisation. Ein paar schickst du vor Ort. Die sollen noch mal die Nachbarschaft nerven.«

Maier nickte. »Kümmere ich mich drum.«

»Gehen wir mal davon aus, dass sich der Täter ein genaues Bild von seinen Opfern gemacht hat, bevor er zuschlug. Denn Nullachtfünfzehn-Morde liegen hier eindeutig nicht vor. Eine gute Planung war zwingend erforderlich. Und wenn dem so war, muss er sich längere Zeit in der Nähe aufgehalten haben. Dabei könnte er aufgefallen sein. Danach sollen sie fragen.«

»Soll ich den Trierern deine Annahme auch mitteilen?«

Fischbach schüttelte den Kopf. »Ich glaube, das können wir uns sparen. Wenn ich Jan richtig verstanden habe, war Resch sozusagen ein gläserner Mensch.«

Welscher drehte den Monitor und zeigte auf den geöffneten Facebook-Account von Andreas Resch. »Der hätte sogar einen querstehenden Furz gepostet. Ich fasse das einfach nicht. Wie kann man so unvernünftig sein? Eine Einladung für unseren Mörder, observieren überflüssig.«

Andrea Lindenlaub wandte sich um und starrte auf den Bildschirm. Sie erkannte die immer wiederkehrende Laufstrecke, die Resch eingestellt hatte. Immer zur selben Zeit, stets die gleiche Runde. Wie ein Uhrwerk. Bianca Willms hatte richtiggelegen.

»Zwei Leute setzt du an die Lebensläufe«, sagte Fischbach zu Maier. »Die sollen alles durchgehen, Internet, Zeitungen, unser Archiv, einfach alles. Und das bitte von Grund auf. Kann ja sein, dass wir beim ersten Mal etwas übersehen haben.«

Maier nickte. »Übrigens habe ich auch noch was: erstens: Manfred Lörschs Alibi steht lückenlos, der kann es nicht gewesen sein. Die Kollegin, die wir da rangesetzt haben, hat gute Arbeit geleistet und alles geprüft, was er angegeben hat.«

Zufrieden nickte Andrea Lindenlaub. Auf ihr Bauchgefühl schien sie sich verlassen zu können.

»Zweitens: Die Telefonanschlüsse der Opfer sind überprüft, keine Auffälligkeiten. Und die E-Mail-Adresse von GMX, die der Absender ...«

»Mörder«, fuhr Andrea Lindenlaub barsch dazwischen. Manchmal ging ihr der Behördenjargon gegen den Strich. Viel zu häufig verharmloste er die Situation. »Die GMX-Adresse hat der *Mörder* benutzt, nicht ein Absender.« Ihre Kopfschmerzen verstärkten sich.

»Ist ja schon gut. Wie du willst. Also, die GMX-Adresse, die der Mörder benutzt hat, ist auch eine Sackgasse. Angelegt wurde sie in einem Internetcafé in Köln und natürlich unter einem fingierten Namen. Die Kollegen vor Ort haben den Besitzer ausgehorcht, sachdienliche Hinweise konnte der jedoch nicht geben.«

»Was zu erwarten war«, sagte Welscher.

Andrea Lindenlaub zermarterte sich den Kopf. Wo sollten sie den Hebel ansetzen? Sie rieb sich den Nacken.

»Was mir gerade in den Sinn kommt«, sagte Welscher. »Wo war eigentlich Gustaf Lörsch, als der Mörder die Stromfalle installierte?«

»Moment«, bat Maier, »jetzt, wo du es erwähnst ... Mir fällt ein, etwas dazu gelesen zu haben.« Er tippte etwas in sein Notebook. »Ah, hier, das ist es. Lörschs Nachbarn haben ausgesagt, dass er jeden Dienstag wanderte, egal bei welchem Wetter. Einer der Befragten nannte es sogar seine ›Macke‹.«

»Solche Dinge musst du uns sagen«, belehrte Fischbach ihn.

»Weshalb strukturiere ich wohl alles?«, erregte sich Maier. »Ihr könnt doch lesen, oder?«

Die Nerven liegen langsam blank, dachte Andrea Lindenlaub.

»Vielleicht hast du ja noch gar nicht mitbekommen, dass Feuersänger keine Einbruchspuren gefunden hat. Oder weißt nicht, warum?« Maiers Stimme klang wie das wütende Gebell eines Terriers.

»Doch, das weiß ich. Sein Sohn hat uns gesagt, dass er nie abgeschlossen hat.«

»Ach nee, sag bloß. Erzählt hast du mir das aber nicht. Ich habe es erst aus Feuersängers Bericht erfahren.«

»Komm mal wieder runter«, forderte Fischbach.

»Hättest mich ja nicht aufscheuchen müssen.«

»Es war doch nur … eine Anmerkung.«

»Anmerkung? Wohl eher eine Zigarre. Ach, weißt du was? Schau selbst in die Akte.« Maier sprang auf, verließ den Raum und knallte die Tür hinter sich zu.

»Mensch, was ist denn mit dem los?«, fragte Fischbach.

Andrea Lindenlaub fasste sich an den Kopf. Lärm war jetzt nicht das richtige Mittel, um ihrer Kopfschmerzen Herr zu werden. Mit Schrecken dachte sie an morgen, wenn die Maschinen der Handwerker sich wieder durch den morschen Estrich arbeiten würden. Rasch pumpte sie frische Luft in ihre Lungen. Vielleicht half es ein wenig.

Maier tauchte unten vor dem Haupteingang auf, steckte sich eine Zigarette an und inhalierte tief.

Sie wandte sich an Fischbach. »Du weißt nicht viel über die Kollegen, mit denen du zusammenarbeitest, oder?«

Welscher zog sich Maiers Notebook heran. »Klär uns bitte auf«, bat er.

»Bei der Sitte wurde Klaus vorgeworfen, er hätte Zeugenaussagen unterschlagen und die Akte frisiert, weil er jemanden decken wollte. Dieser Jemand war sein Cousin.«

Fischbach sog scharf Luft ein. »Davon habe ich überhaupt nichts mitbekommen.«

»Hast du dir nie Gedanken gemacht, warum er nicht mehr bei der Sitte ist?«

»Warum sollte ich? Jeder verspürt hin und wieder den Wunsch, sich zu verändern. Wie ist die Sache denn ausgegangen?«

»Das Verfahren wurde eingestellt.«

»Dann ist doch alles in Ordnung, oder nicht?«

»Ich glaube, da machst du es dir zu einfach. Trotzdem bleibt immer etwas im Nervenkostüm hängen. Du hast gerade einen Volltreffer auf seinen wunden Punkt gelandet.«

Nachdenklich senkte Fischbach den Kopf. Nach einer Weile sagte er: »Das war nicht meine Absicht.«

»Er raucht unten vor der Tür.«

Fischbach schob den Stuhl zurück und stand auf. »Habe verstanden. Ich gehe mal runter und entschuldige mich.« Dann verließ er das Büro.

»Ich denke, für heute reicht es«, sagte Welscher und stand ebenfalls auf. »Ich haue ab und helfe Larissa noch ein wenig beim Aufräumen. Was ist mit dir?«

Mit kreisenden Bewegungen rieb Andrea Lindenlaub sich die Schläfen. »Ich weiß nicht … eigentlich muss ich mich noch um das Alibi von Otto Kruschweski kümmern. Du weißt schon, der Kerl, der sich mit Lörsch geprügelt hat.«

Welscher nickte. »Ja, muss ganz bestimmt erledigt werden. Aber ich denke, das hat auch bis morgen Zeit. Mit Verlaub, du siehst echt beschissen aus. Ein wenig bleich im Gesicht.« Er schenkte ihr ein mitfühlendes Lächeln.

Schwer ließ sich Andrea Lindenlaub auf einen Schreibtischstuhl fallen. Der Teleskopdämpfer protestierte mit einem Quietschen gegen die unsanfte Behandlung. Nur zu gern würde sie Welschers Ratschlag Folge leisten. Doch was, wenn Otto Kruschweski der Mörder war und gerade in diesem Moment eine neue Teufelei plante? Schlimmer noch: Er könnte einen weiteren Menschen töten, nur weil sie sich nicht rechtzeitig an seine Spur geheftet hatte. Es war nach der derzeitigen Sachlage zwar nicht wahrscheinlich, aber auch nicht auszuschließen.

Das würde sie sich nie verzeihen.

★★★

Die Nächte waren schrecklich.

Sobald die Sonne unterging und Sabine sich bettfertig machte, kam die Furcht. Ihre Gedanken drehten sich nur noch darum, ob Björk oder Ole erneut versuchen würden, sie zu vergewaltigen. Zwei Wochen war der Übergriff jetzt her.

Die Zahnbürste zitterte in ihrer Hand, der Schaum der Zahnpasta ließ sie würgen. So konnte es nicht weitergehen. Das Spiegelbild des Aliberts zeigte ein Mädchen mit strähnigen Haaren und fettiger Haut. Die Körperpflege hatte Sabine auf das Nötigste reduziert. Als graue Maus würde sie weniger anziehend wirken.

Tagsüber hielt sie sich nur noch in der Nähe von Erwachsenen auf und hoffte, niemand würde es wagen, sich an ihr zu vergehen, solange sie beobachtet würden. Bisher war die Rechnung aufgegangen.

Schwieriger gestaltete es sich, ihren Schutz auch auf dem Schulweg aufrechtzuerhalten. Dabei stellte der morgendliche Gang kein sonderliches Problem dar, üblicherweise schliefen noch alle, wenn sie um kurz vor halb acht das Haus verließ. Für den Heimweg jedoch hatte sie sich etwas einfallen lassen müssen. Glücklicherweise schien ein Junge aus dem Dorf ein Auge auf sie geworfen zu haben. Er störte sich nicht an ihrem schmuddeligen Aussehen. Warum es so war, dafür hatte sie keine Erklärung. Sie selbst fand, dass sie erbärmlich nach Schweiß stank. Wie es jemand in ihrer unmittelbaren Nähe aushielt, war ihr unerklärlich. Eigentlich konnte sie den Jungen auch nicht ausstehen. Er war ein Angeber. Ohne Unterlass prahlte er von dem wahnsinnig tollen Mercedes seines Vaters, der nur noch von dem neuen Deutz-Traktor der Familie übertroffen wurde. Dabei zupfte er in einer Tour an seinen wahrscheinlich sündhaft teuren Klamotten herum. Vermutlich, um Sabines Aufmerksamkeit darauf zu lenken. Ein echtes Arschloch. Mit ihm zu reden hatte sie bereits Überwindung gekostet. Doch er brachte sie jeden Tag bis zur Haustür, und das war das Beste, was ihr im Moment passieren konnte. Da schluckte man auch schon mal die eine oder andere Kröte.

Die Scheune mied sie wie die Pest. Aber da sie sich ohnehin nicht auf das Lesen konzentrieren konnte, vermisste sie ihre Ruhezone nicht sonderlich.

Sie wusch den Kopf der Zahnbürste aus und stellte sie ins Glas. Mehr investierte sie nicht in die Körperpflege. Die Zähne putzte sie auch nur deshalb, weil sie Angst davor hatte, Schmerzen wegen Karies zu bekommen. Das Wasser zum Ausspülen schlürfte sie direkt vom Hahn, spuckte aus und verließ das Bad.

Bisher waren ihre Vorsichtsmaßnahmen von Erfolg gekrönt. Doch das Leben in Angst konnte kein Dauerzustand werden. Sie musste unbedingt mit ihrer Mutter unter vier Augen sprechen. Bisher war es ihr nicht gelungen. Immer wieder hatte Viola sich verleugnen lassen oder vorgegeben, keine Zeit zu haben.

Keine Zeit für das eigene Kind! Verächtlich schnaufte Sabine. Diesmal würde sie sich nicht vertrösten lassen. Sie würde ihre Mutter zur Rede stellen und sie um Hilfe bitten.

Im Schlafanzug rannte sie die Treppe hinunter. Vor einer halben Stunde war ihre Mutter mit Knut in einem der Schlafzimmer verschwunden. Sie drehte nach rechts ab, ging den kleinen Flur entlang und riss die Tür am Ende des Ganges auf. Wie erwartet lag ihre Mutter erschöpft und mit einem seligen Lächeln auf dem Gesicht in Knuts Armen. Die Kamera lag auf seinem Bauch.

Mistkerl, dachte Sabine, der scheint vor nichts mehr Respekt zu haben und alles zu fotografieren, was ihm vor die Linse kommt. Allerdings schien ihre Mutter auch nichts dagegen zu haben.

»Was willst du denn schon wieder? Kannst du mich nicht mal für fünf Minuten in Ruhe lassen?«

»Fünf Minuten? Da ist ja wohl die Höhe«, empörte sich Sabine. »Seit Tagen laufe ich dir hinterher. Ich muss mit dir sprechen, schon vergessen? Ich muss mit dir sprechen.«

»Wie theatralisch. Ich bin müde. Lass uns morgen …«

»Nein! Jetzt!«, schrie Sabine. Diesmal würde sie sich nicht vertrösten lassen.

Das Gesicht ihrer Mutter verlor den gleichgültigen Ausdruck und verfinsterte sich. »Wenn du nicht auf der Stelle versch–«

»Ich bleibe.« Entschlossen schob Sabine sich auf den Stuhl in der Ecke und verschränkte die Arme vor der Brust.

Knut seufzte, schob Viola zur Seite und setzte sich auf die Bettkante. »Ich geh runter und ess was.« Er schlüpfte in seine Jeans und verließ den Raum.

»Und? Zufrieden? Da siehst du, was du mit deiner Zickerei anrichtest. Die Leute flüchten vor dir.« Sie nahm den Tabakbeutel von der Nachtkonsole und drehte sich eine dünne Zigarette. »Ich verstehe dich nicht. Andere Kinder wären froh, wenn sie so viele Freiräume hätten wie du.«

»Kinder vielleicht«, entgegnete Sabine. Böse funkelte sie ihre Mutter an. »Aber ich bin ja kein Kind mehr. Ich heiße ja jetzt Finja.«

»Wie du das sagst. Als wenn du etwas auskotzen würdest. Dagegen hast du also auch schon wieder was?« Viola steckte sich die Zigarette an und blies den Rauch nach oben. »Du wurdest im Kreis der Kommune als volles Mitglied aufgenommen. Das ist doch toll. Aber nein, was passiert? Schon wieder nur Gemecker von dir. Hast du dir schon mal selbst zugehört? Du beschwerst dich am laufenden Band. Das Haus ist dir zu zugig, das Essen zu spartanisch, die Menschen zu freizügig. Weißt du, ich kann deine ewige Nörgelei bald nicht mehr hören.«

»Ich habe auch allen Grund dazu.« Sabines Stimme bebte vor Zorn. Das Gespräch verlief so, wie sie es befürchtet hatte. Ihre Gefühle waren ihrer Mutter vollkommen egal. Was mit ihr geschah oder wie sie den Tag verbrachte, interessierte sie nicht. Sie wollte sich damit nicht beschäftigen. Die Kälte, die Viola ausstrahlte, schmerzte Sabine bis in die tiefste Seele. Hätte sie doch ihrem Vater schreiben können. Doch sie hatte noch nicht mal eine Adresse. Seine Briefe nahm ihre Mutter entgegen. War sie guter Laune, durfte Sabine sie nach ihr lesen. Wenn nicht, behauptete sie nur: »Nichts Neues.« Wo sie die Briefe versteckte oder ob sie diese nicht direkt ins Feuer des Küchenherdes warf, wusste Sabine nicht.

Ihre Mutter lachte verächtlich. »Ach? Sag bloß?« Heftig zog sie an ihrer Zigarette, die Glut leuchtete grell auf. »Welchen Grund hat das Prinzesschen denn, uns alle zu terrorisieren? Du hast genug zu essen, ein Dach über dem Kopf und sogar ein Einzelzimmer. Also, ich sehe nichts, was dich quälen könnte.«

Wut brodelte in Sabine, Tränen schossen ihr in die Augen. Die Ignoranz ihrer Mutter war unglaublich. Merkte sie denn nicht, dass sie litt, dass sie sich quälte, jeden Tag aufs Neue? »Kein Wunder, dass du nichts von mir mitbekommst. Du denkst nur noch an deine Hurerei«, fauchte sie.

Sekundenlang schwebte die Zigarette ungeraucht vor den Lippen ihrer Mutter. Ihre Augen verengten sich zu Schlitzen. »Was hast du gesagt?«

»Hure! Du denkst nur noch ans Ficken!« Erschrocken zuckte Sabine zusammen. Hatte sie das gerade wirklich gesagt?

Ihre Mutter sprang aus dem Bett, baute sich vor ihr auf und holte aus. Die Ohrfeige fegte Sabine vom Stuhl.

»Du Miststück!«, schrie ihre Mutter, beugte sich hinunter und riss Sabine an den Haaren hoch. »Was nimmst du dir heraus? Was glaubst du, wer du bist?«

Speicheltröpfchen benetzten Sabines Gesicht. Vor ihren Augen tanzten rote Punkte, die Kopfhaut brannte fürchterlich. Sie war nicht in der Lage, einen klaren Gedanken zu fassen. Ihr Zorn loderte in jedem Muskel. »Nutte!«, schrie sie und trat wild um sich. Es klatschte, ihre Mutter stöhnte auf und ließ endlich die Haare los. Sabine robbte von ihr fort, ballte die Fäuste und hielt sie drohend vor sich.

Doch Viola schien genug zu haben. Sie rieb sich den Oberschenkel und sah sie trotzig an. »Ich habe geahnt, dass es eines Tages so kommen wird.« Die glimmende Zigarette lag unbeachtet vor ihren Füßen. »Aber dein Vater wollte ja partout ein Kind. Er war nicht davon abzubringen.«

Warum hatte sie »Vater« derart abfällig gesagt?

»Ich habe versucht, es ihm auszureden. Wirklich alles habe ich versucht, das kannst du mir glauben. Jeden Tag habe ich auf ihn eingeredet. Ich ahnte, nein, ich wusste sogar, dass ich als Mutter nicht geeignet bin. Doch er wischte alle Vorbehalte und Bedenken mit seiner großkotzigen Art, die ich inzwischen so sehr hasse, vom Tisch.«

Vor Sabines Augen fiel ihre Mutter in sich zusammen. Sie schwankte und hielt sich am Bettpfosten fest. Jetzt wirkte sie nur noch hilflos und selbst wie ein Opfer. Weinte sie sogar? Zögerlich senkte Sabine die Arme.

»Dabei habe ich versucht, dich zu lieben. Wirklich. Du warst so klein, so zierlich, so zerbrechlich.« Ihre Mutter deutete die Größe eines Babys an. »Schutzbedürftig, ja, genau. Ich habe alles gegeben, wozu ich fähig war. Mir kann niemand vorwerfen, ich hätte dich vernachlässigt. Nein, sicher nicht. Dir hat es an nichts gefehlt. Ich habe dich gewickelt, in den Schlaf gewiegt, dich gefüttert, gewaschen, fein herausgeputzt, alles, einfach alles, was man von einer guten Mutter erwartet. Gleichzeitig fing ich an, dich zu hassen.«

Sabine zuckte zusammen. Hass? Hatte sie richtig gehört? Ihre Beine schlotterten. Nur mit Mühe schaffte sie es, sich wieder auf den Stuhl zu setzen.

»Du nahmst mich gefangen, du stahlst mir meine Zeit. Vor dir, ja, da hatte ich Pläne, Träume und Visionen. Ich wollte so vieles erleben. Ich war jung, fühlte mich frei, dorthin zu gehen, wohin mich der Zufall führte. Meditieren in Indien, auf einem Kamel durch die Wüste reiten, Schafe in Neuseeland hüten, Pinguine beobachten. Ja, und auch Sex wollte ich haben, wild und hemmungslos, das gebe ich zu, auch wenn ich dich damit vielleicht schocke. Oder überfordere. Stattdessen hockte ich mit dir in der Wohnung und fühlte mich wie eingesperrt. Die ganze Zeit spürte ich,

wie die Distanz zwischen uns wuchs. Und fühlte mich schuldig.« Ihre
Stimme brach. Sie sackte auf die Bettkante, zog ein Kissen heran und
drückte es an ihren Körper. »Wenn ich das Kind nicht liebe, dachte ich,
dann stimmt mit mir etwas nicht. Die Selbstzweifel wuchsen von Tag
zu Tag. Jede Minute kam ich mir minderwertiger vor. Unzureichend,
erbärmlich, nicht wert, eine Mutter zu sein.« Sie wiegte sich hin und her.
»Mit deinem Vater wurde es zunehmend schwieriger. Er verstand nicht,
was mit mir los war, konnte sich nicht in mich hineinfühlen. Vorwürfe
wurden zur Tagesordnung. Am Anfang stritten wir uns, später schwiegen
wir uns nur noch an.«

»Aber das kann nicht sein«, warf Sabine ein, »unsere Abende vor
dem Fernseher, ich habe sie geliebt. Es war so … harmonisch.«

Ihre Mutter schnaubte durch die Nase. »Naives Kindchen. Das war
doch alles nur geschauspielert.«

»Nein! Das glaube ich dir nicht. So was kann man nicht vorspielen.«

Sie erntete einen spöttischen Blick. »Wie du meinst. Von mir aus,
behalte es so in Erinnerung, kann nicht schaden. Aber die Wahrheit
ist: Wären wir nicht hier in die Kommune gezogen, hätten dein Vater
und ich uns längst getrennt. Es sollte der letzte Versuch sein. Es hat
deinen Vater … Magnus … Überwindung gekostet, keine Frage. Das
rechne ich ihm hoch an. Es sollte mir ermöglichen, ein wenig von dem
zu bekommen, was ich mir in jungen Jahren erträumt und erhofft habe.
Doch während ich mich hier wohlfühlte, hat es Magnus auf Dauer nicht
ertragen. Obwohl er am Anfang munter mitgemischt hat. Allerdings
denke ich inzwischen, es war eher so etwas wie ein Trotzverhalten.
Magnus …«

»Nenn ihn nicht so.«

»Wie sonst?«

»Papa. Oder von mir aus auch Vater.«

Sie lachte schrill auf. »Vielleicht denkst du noch mal darüber nach …«

»Nein!«

»… wenn ich dir sage, dass er nicht dein Vater ist.«

Sabine fühlte sich, als hätte sie erneut eine Ohrfeige einstecken müssen.
»Was?«, hauchte sie ungläubig.

»Zumindest nicht dein leiblicher. Wir haben dich adoptiert. Und
genau damit bin ich nicht fertiggeworden. Ich konnte dich nicht als mein
Kind akzeptieren. Deswegen die Distanz, so schließt sich der Kreis.«

Sabine stand schwankend auf, rannte aus dem Schlafzimmer, die Treppe hinunter und aus dem Haus.

Sie rannte und rannte, als wäre der Teufel persönlich hinter ihr her.

Erst oberhalb des Steinbruchs stoppte sie, mit den Zehenspitzen an der Abbruchkante. Ihre Haare wehten im Wind. Sie breitete die Arme aus und sah hinab.

Dreißig Meter, und der Schmerz, der sie zu zerreißen drohte, wäre vorbei.

Höflichkeit ist eine Zier …

Montagmorgen. Die Stemmmeißel lärmten wieder im Obergeschoss.

Sehnsüchtig wünschte Welscher sich die Ruhe des Wochenendes zurück, während er versuchte, Otto Kruschweski telefonisch zu erreichen. Andrea Lindenlaub hatte ihn gestern nicht an die Strippe bekommen, und heute Morgen hatte sie sich mit einer ausgewachsenen Migräne krankgemeldet. So kümmerte er sich jetzt um die Sache.

Fischbach war vor gut einer Stunde zu Bönickhausen entschwunden. Der Landrat war zu Gast und hatte gefordert, ausführlich über den Stand der Ermittlungen informiert zu werden. Anschließend wollten sie gemeinsam zu der anberaumten Pressekonferenz gehen.

So, wie Welscher Fischbach kannte, würde der sich hinterher sofort zu Tisch begeben. Welscher hingegen hatte sich vorgenommen, auf ein Mittagessen zu verzichten. Nach dem Dienst würde es schnurstracks zu seinen Eltern gehen, die Tasche lag gepackt im Auto. Fischbach wollte vorbeikommen und den Grill anwerfen. Der schwatzte nicht rum, sondern handelte. Nur wenige waren so unkompliziert. Das schätzte Welscher an seinem dickbäuchigen Eifeler Kollegen, und er freute sich drauf. Welscher konnte sich schon gar nicht mehr daran erinnern, wann er das letzte Mal gegrillt hatte. Ob Sigrid ihren sensationellen deftigen Sommersalat beisteuern würde? Gurke, Mozzarellakugeln, Kirschtomaten und gebratenes Hähnchenfleisch. Wäre das Grillen dann zu fleischlastig? Egal, Hauptsache, es schmeckt, entschied er.

Er drückte die Wahlwiederholung. Geduldig wartete er und hörte dem Klingelzeichen zu, bis die Leitung automatisch unterbrochen wurde. Er knallte den Hörer auf die Station. Wo trieb sich dieser Otto Kruschweski nur den ganzen Tag herum?

Fischbachs Telefon läutete. Er nahm ab, presste den Hörer fest ans Ohr und hielt sich das andere zu. So konnte er den Baulärm zumindest ein wenig aussperren. »Welscher«, meldete er sich.

»Äh … du? Ich bin's, Heinz. Ist Hotte nicht da?«

»Nein.«

»Aha.« Sekundenlanges Schweigen füllte die Leitung. »Wo steckt er denn?«

»Nicht im Büro.«

»Sondern?« Feuersängers Stimme hörte sich gereizt an.

Welscher grinste. Mal sehen, wie weit er es treiben konnte. »Außerhalb des Büros.«

»Ich muss ihn aber sprechen.«

»Hier ist er jedenfalls nicht.«

»Willst du mich verarschen?«

»Ich antworte nur auf deine Fragen.«

»Also das ist ja wohl die Höhe!«

»Dass ich auf deine Fragen antworte?«

»Nein, dass du … Was soll der Scheiß?«

Gackernd lachte Welscher. Für einen Moment überlegte er, Feuersänger auf die Spitze zu treiben. Aber das hätte Fischbach sicher verärgert, und das wollte er nicht riskieren. Sonst saß er vermutlich heute Abend ohne saftig gegrilltes Schweinesteak am Tisch. Daher fragte er: »Jetzt rück schon raus: Was ist los? Soll ich Hotte was ausrichten?«

»Na, geht doch«, brummte Feuersänger. »Sag ihm, ich fahre mit meinem Team heute noch mal zu Langes Haus. Es fuchst mich, dass wir keinen Drohbrief gefunden haben. Ich fresse einen Besenstiel, wenn da nicht noch was zu finden ist.«

»Und warum sagst du es nicht einfach mir? Ich bin ebenfalls Ermittlungsbeamter in dem Fall.«

»Tja.«

»Tja was?«

»Nichts. Einfach nur tja.«

»Tja sagt man nicht einfach nur so.«

»Tja.«

Welscher wurde es zu bunt. Er ahnte, dass Feuersänger eine Retourkutsche versuchte. Seltsamerweise besserte es seine Laune. Das Schlitzohr schien mehr Humor zu besitzen als erwartet. »Gut, von mir aus, belassen wir es beim Tja. Sonst noch was?«

»Die Trierer drehen Reschs Haus heute auch noch mal auf links.«

»Ach? Warum das denn? Da haben wir doch den Drohbrief. Beziehungsweise die entsprechende Mail.«

»Sie kommen einer Bitte von mir nach.«

»Von dir?«

»Weißt du, manchmal … ach, du machst dich eh nur wieder lustig.«

»Nun lass dich nicht lange bitten.«

Feuersänger zögerte. Dann sagte er: »Ein Bauchgefühl. Habe ich schon mal. Da muss mehr zu finden sein.«

»Okay.« Welscher dehnte das Wort bis fast zur Unkenntlichkeit. Feuersänger stöhnte auf. »Ich habe es geahnt.«

»Ich habe doch gar nichts gesagt«, erregte sich Welscher, doch Feuersänger hatte bereits die Leitung unterbrochen.

Kaum hatte Welscher den Hörer aufgelegt, klopfte es an der Tür. Wenn nicht gerade in diesem Moment alle Baumaschinen geschwiegen hätten, hätte er es überhört. »Ja?«, rief er.

Ein Kollege drückte die Tür auf und steckte den Kopf ins Zimmer. »Hier ist jemand für euch. Ich wollte sie telefonisch ankündigen, doch das Telefon war besetzt. Hast du Zeit?«

Welscher nickte.

Der Kollege machte den Weg frei, ließ eine zierliche Frau um die sechzig vorbei und schloss die Tür wieder.

»Sie wünschen?«

Die Frau machte einen eingeschüchterten Eindruck. Ihre Augen sprangen hin und her, als versuchte sie, alle Eindrücke auf einen Schlag aufzunehmen. Mit ihrer weißen Bluse und dem knielangen schwarzen Rock wirkte sie wie jemand, der sich für den Kirchgang herausgeputzt hatte. Die Tasche hielt sie mit beiden Händen fest und drückte sie an ihre Brust.

Fast wie ein Ritterschild, dachte Welscher. »Setzen Sie sich doch«, bot er an und wies auf den Besucherstuhl.

In dem Moment legten die Bauarbeiter wieder los.

Die Frau zuckte zusammen und sah ängstlich zur Decke.

Welscher faltete die Hände zum Gebet und schickte einen stummen Fluch nach oben. »Wissen Sie was«, sagte er, »wir gehen eine Runde spazieren. Ich habe den Eindruck, dass es Ihnen ohnehin lieber ist.«

Ihre Augen leuchteten dankbar auf. Ohne ein Wort zu sagen, folgte sie ihm nach draußen.

Welscher führte die ältere Dame ins Chinarestaurant »Mandarin«, nur wenige Meter die Kölner Straße runter, direkt am Kreisverkehr gelegen. Sie setzten sich, und er bestellte für sich einen Cappuccino und für sie ein Kännchen Kaffee.

»So«, sagte er, als alles auf dem Tisch stand, »Sie sind also Otto Kruschweskis Ehefrau.«

Sie nickte. »Hermine.«

»Und was verschafft mir die Ehre?«

»Mein Mann sagte, Ihre Kollegin hätte Fragen an mich.«

Stimmt, dachte Welscher, das hatte Andrea Lindenlaub erwähnt. Um Zeit zu gewinnen, rührte er Zucker in den Cappuccino. Was stand noch mal in der Akte? Otto Kruschweski hatte sich mit Gustaf Lörsch eine wilde Prügelei geliefert. Einige Verletzungen, die der Rechtsmediziner bei Lörsch attestiert hatte, gingen darauf zurück. Grund dafür war gewesen, dass Kruschweski in die Vereinskasse gegriffen hatte. Lörsch war dahintergekommen. Erleichtert, wieder auf dem Stand der Dinge zu sein, konzentrierte er sich wieder auf die Frau vor sich. War da nicht auch etwas mit Bluthochdruck gewesen? Hatte Otto Kruschweski seiner Frau nicht deswegen Unannehmlichkeiten ersparen wollen? Er musterte Hermine Kruschweski auf der anderen Seite des Tisches. Sie wirkte rüstig und gesund. Ihre Augen blickten klar und neugierig in die Welt hinein und zeigten keine Anzeichen einer schweren Erkrankung. »Sie fühlen sich wohl?«, fragte er sicherheitshalber. Er wollte nichts riskieren.

Sie schmunzelte. »Dass Sie sich Sorgen um meine Gesundheit machen, hatte ich nicht erwartet.«

»Ihr Mann erwähnte …«

Sie fiel ihm ins Wort. »Er übertreibt.« Eine Zornesfalte erschien auf ihrer Stirn. »Verstehen Sie mich nicht falsch, ich liebe ihn. Aber damit geht er mir immens auf die Nerven. Ich nehme Tabletten gegen Bluthochdruck und bin damit gut eingestellt.

Mir geht es ausgezeichnet.« Ihr Gesichtsausdruck wurde wieder weich. »Eigentlich sollte ich nicht ärgerlich sein. Es ist halt Ottos Art, seine Zuneigung zu zeigen.«

»Die Liebe geht seltsame Wege«, sagte Welscher und dachte dabei an seine Mutter. »Machen Sie sich keine Vorwürfe.«

Draußen donnerte ein Lkw mit Tieflader, auf dem ein monströs großer Bagger stand, vorbei. Beim Durchqueren des Kreisels räumte er fast die Skulpturen in der Kreismitte ab. Welschers Hand zuckte. Am liebsten hätte er sich das Kennzeichen notiert, doch er hatte keinen Kugelschreiber dabei. Und sein Smartphone hatte er am Ladegerät im Büro liegen lassen.

»Ich kann Ihnen sagen, wo Rita wohnt.«

Irritiert ließ Welscher den Tieflader ziehen. Rita? Wer war das denn?

»Rita Lörsch«, ergänzte sie, »die Exfrau von Gustaf. Ihre Kollegin sagte meinem Mann, dass Sie nicht wissen, wo sie wohnt.«

Langsam dämmerte es Welscher. »Ah, ja, genau, Rita Lörsch. Gemeldet ist sie noch bei ihrem Mann.«

Sie zog ein fleckiges Blatt Papier aus ihrer Handtasche und legte es auf den Tisch. Mit dem Zeigefinger tippte sie auf einen Kreis, von dem Striche abgingen. Die Zeichnung sah aus wie eine von einem Kindergartenkind gemalte Spinne. »Ripsdorf«, sagte sie.

»Bei Blankenheim?« In der Ecke war er als Kind mit seinem Vater angeln gewesen.

»Ja. Ich habe Rita vor einiger Zeit zufällig hier in Euskirchen getroffen. Wir haben ein wenig geplaudert, und sie hat mich eingeladen. Da sie kein Telefon besitzt, hat sie mir rasch diese Zeichnung angefertigt.« Sie wies auf das Papier, das zwischen ihnen lag. »Rita hat da einen Wohnwagen.«

»Mhm, ich verstehe.« Seit einiger Zeit boomte der Straßenstrich in der Eifel. Wie Perlen auf einer Kette reihten sich die fahrbaren Etablissements längs der L 115 in südlicher Richtung. Erst letzten Monat hatten sie den Fall einer schwerverletzten Prostituierten bearbeitet. Nach einer schnellen Nummer war es zum Streit um den Preis gekommen. Der angetrunkene Freier hatte kurzerhand ein Messer gezogen, zugestochen und war dann zu Fuß geflüchtet. Die Frau überlebte nur, weil ein weiterer Kunde im Schatten eines Baumes gewartet hatte und rechtzeitig den Notarzt informieren konnte. Der Täter wurde später vollends betrunken aus dem Führerhaus seines in der Nähe geparkten Fernlasters gezogen.

Zaghaft nippte Hermine Kruschweski an ihrer Tasse und sah Welscher forschend an. »Was genau verstehen Sie?«

Er beugte sich vor und flüsterte: »Straßenstrich.«

Klappernd stellte sie ihre Tasse auf die Untertasse. Ihre Wangen färbten sich rot. »Da haben Sie mich aber falsch … also, nein, nein. Ein Bauer hat ihr erlaubt, dort den Wohnwagen abzustellen. Es ist wohl am Rand einer Wiese. Da muss auch eine Wasserquelle sein, hat sie mir zumindest erzählt«, beeilte sie sich, die Sache klarzustellen. »Und überhaupt: Rita ist doch viel zu alt dafür.«

Welscher fragte sich, ob es ein Höchstalter für die Ausübung dieser Tätigkeit gab. »Dann klären Sie mich auf. Ich wüsste gern, warum Rita in einem Wohnwagen … lebt?« Fast hätte er »haust« gesagt, da er sich so ein Leben nicht vorstellen konnte. »Ist doch dann so, oder?«

»Ja«, bestätigte sie und schaute versonnen nach draußen. Ihre Gedanken schienen in die Ferne zu schweifen und Rita Lörsch zu besuchen. »Hm, wenn Sie Rita kennen würden, hätten Sie die Frage gar nicht gestellt. Die Rita lässt sich nichts vorschreiben, die macht immer, was sie will. Wenn sie in einem Wohnwagen leben will, dann macht sie es einfach und stört sich nicht daran, was andere davon halten. Mein Mann hat sie mal einen störrischen Esel genannt.«

»Ah, okay. Wieso? Gab es Streit?«

»Wo denken Sie hin? Nein, nein. Das war in einem gemeinsamen Urlaub gewesen, wo genau, weiß ich gar nicht mehr. Auf jeden Fall am Meer. Rita lag oben ohne am Strand, und es war verboten.«

»Sicher in Italien«, sagte Welscher. »Dort wird so etwas streng gehandhabt, soweit ich weiß.«

»Möglich. Auf jeden Fall waren da zwei Polizisten, die sprachen sogar ganz passabel Deutsch. Freundlich, aber bestimmt baten sie

Rita, sich anzuziehen. Jeder andere hätte Folge geleistet, denke ich. Nur Rita nicht. Sie ließ sich partout nicht überzeugen. Ein heftiger Wortwechsel entbrannte, bis es den Polizisten zu blöd wurde. Sie packten die wild kreischende, zappelnde Rita und führten sie ab.«

»Nackt?«

»Nackt. Sie durfte eine Nacht im Gefängnis verbringen, zusammen mit drei Kerlen. Einer von denen wollte ihr an die Wäsche. Den haben sie wenig später mit geprellten Hoden ins nächste Krankenhaus gebracht.« Sie kicherte und goss sich Kaffee nach.

Nach und nach formte sich in Welscher ein Bild von Rita Lörsch. »Das war bestimmt der letzte gemeinsame Urlaub.« Wer würde sich schon in der schönsten Zeit des Jahres mit solchen Problemen herumschlagen und solch einem verrückten Huhn nachrennen?

»Na ja«, sagte sie, »mein Mann hat zwar geflucht. Doch ich glaube, wir wären wieder mit den Lörschs gefahren, wenn sich Rita nicht von Gustaf getrennt hätte. Sie konnte nämlich auch sehr hilfsbereit, charmant und lustig sein. Da verzieh man ihr die Eskapaden. Und …« Sie brach ab und rührte etwas zu heftig in ihrem Kaffee.

»Ja?«

Sie zögerte, für einige Sekunden hing der Löffel in der Luft. »Ach, was soll's«, sagte sie schließlich und legte den Löffel ab. »Es spielt eh keine Rolle mehr, wenn ich auch zugeben muss, immer noch eifersüchtig zu sein: Ich habe meinen Mann im Verdacht, dass er mit ihr …« Sie drehte die Hand in der Luft. »Sie wissen schon.«

»Ein Fisternöllchen?«

»So nennt man das wohl.«

»War das der Grund, warum sich die Lörschs getrennt haben?« Welschers Interesse war geweckt. Vielleicht war Manfred Lörsch gar nicht der Sohn von Rita und Gustaf. Otto Kruschweski als heimlicher Bestäuber? Könnte darin ein Motiv für den Mord an Gustaf Lörsch zu finden sein? Aber nach all den Jahren? Wie wahrscheinlich war das? Und selbst wenn man etwas konstruieren könnte, es würde nicht ins Gesamtbild passen. Es gab schließlich noch zwei weitere Morde.

»Ach was«, antwortete Hermine Kruschweski, »Ritas Ruf war legendär, bereits vor der Hochzeit. Wenn sie etwas wollte, dann zog sie es durch. Sie ließ sich nicht von einem Ehegelübde abhalten.«

»Und Gustaf Lörsch war das egal?«

Sie lächelte tiefgründig. »Er war keinen Deut besser.«

Welscher bemerkte die leichte Röte auf ihren Wangen. Anscheinend hatte sie es ihrem Mann heimgezahlt. Die Abgründe hinter vermeintlich gutbürgerlichen Ehen amüsierten ihn. »Sodom und Gomorrha«, sagte er und zwinkerte ihr zu.

In ihre Mundwinkel schlich sich ein Lächeln.

»Gut«, sagte Welscher und schaute auf die Uhr. Genug geplaudert, es wurde Zeit, die Sache abzuschließen. In einem Schluck trank er den nur lauwarmen Cappuccino aus. »Kennen Sie einen Andreas Resch?«

Sie runzelte die Stirn. »Hm, nie gehört.«

»Und einen Paul Lange?«

Diesmal ließ sie sich mit der Antwort mehr Zeit. Ihre Brauen schoben sich zusammen.

Welscher ließ ihr die Zeit und bestellte währenddessen die Rechnung.

»Ich glaube, in der Zeitung schon mal seinen Namen gelesen zu haben«, sagte sie schließlich. »Er hatte ein ungewöhnliches Hobby ... darum ging es in dem Bericht.« Sie kaute an ihrem Daumennagel. »Ich komme nicht darauf ...«

»Er war Höhlenforscher. Unter Wasser«, half Welscher nach. »Aber darum geht es mir nicht. Vielmehr möchte ich wissen, ob Gustaf Lörsch oder möglicherweise sogar Rita Lörsch die Namen irgendwann mal hat fallen lassen.« Welscher beglich die Rechnung beim herbeigeeilten Kellner.

»Jetzt verstehe ich«, sagte sie und klatschte sich mit der Hand an die Stirn. »Manchmal stehe ich aber auch auf dem Schlauch. Der Mord im Urftsee. Stand doch letzte Woche in der Zeitung, natürlich ohne den vollen Namen zu nennen. Ich hätte darauf kommen müssen.« Sie beugte sich vor. Übergangslos wurde sie ernst. »Sie vermuten einen Zusammenhang mit dem Mord an Gustaf?« Ihre Augen wurden groß. »Dieser erste Name, dieser Andreas … wie …?«

»Resch.«

»Der ist dann auch ermordet worden?«

Er nickte. »Und? Haben die beiden die Namen mal erwähnt?« Sie schüttelte den Kopf.

Wäre ja auch zu schön gewesen, dachte Welscher. »Bitte nehmen Sie es mir jetzt nicht übel, Frau Kruschweski, aber ich muss das fragen: Gustaf Lörsch ist vor ungefähr zwei Wochen getötet worden. Und Ihr Mann hat ein Motiv.« Kurz überlegte er, ihr Details zu ersparen. Aber dann entschied er sich dagegen. Sie würde es verkraften können, da war er sich sicher und berichtete davon, was Kruschweski Andrea Lindenlaub erzählt hatte.

»So ist das also«, sagte sie, als er geendet hatte. »Der Schweinebuckel. Dem werde ich nachher ordentlich einheizen.« Ihr verbiesterter Gesichtsausdruck bewies Welscher, dass sie es durchaus ernst meinte. »Wenn Sie aber annehmen, mein Otto könnte der Mörder sein, muss ich Sie leider enttäuschen.«

»So?«

»Allerdings. Nach der Schlägerei sind wir an die Ahr. Wir haben dort einen Wohnwagen stehen. Otto war die ganze Zeit bei mir.«

Streng blickte er sie an. Es war nicht auszuschließen, dass sie ihrem Mann gerade ein Alibi verschaffte. »Schon wieder ein Wohnwagen?«

»Ehrlich«, sagte sie. »Sie können unsere Platznachbarn fragen.« Sie fischte einen Kugelschreiber aus ihrer Tasche und schrieb zwei Namen mit Telefonnummern auf das Blatt, auf dem die spinnenähnliche Wegbeschreibung zu Rita Lörschs Wohnwagen aufgemalt war.

»Wie lang waren Sie denn vor Ort?« Er faltete den Zettel und steckte ihn ein.

»Anderthalb Wochen. Ottos Veilchen bot Anlass für zahlreiche Sticheleien. Unsere Freunde werden Ihnen das alles bestätigen.«

Er würde die Sache sofort überprüfen, wenn er wieder im Büro war, doch seine anfängliche Skepsis war verflogen. Er glaubte

Hermine Kruschweski. »Eine abschließende Frage: Können Sie sich vorstellen, wer Gustaf Lörsch ermordet hat?«

»Er war unbequem«, antwortete sie, »aber deswegen wird man doch nicht umgebracht, oder? Ich wüsste niemanden, dem ich eine solche Tat zutrauen würde.«

Welscher schob den Stuhl nach hinten und stand auf. »Nein, da haben Sie recht, vielen Dank. Soll ich Sie noch irgendwo hinfahren? Zum Bahnhof?«

Sie schüttelte den Kopf und winkte dem Kellner. »Passt schon. Ich werde noch eine Weile bleiben, ein Mittagsmenü essen und die Zeit genießen. Ohne Ehemann, der mit sorgenvoller Miene um mich herumschwirrt.«

»Hört sich gut und richtig an.« Welscher verabschiedete sich und machte sich auf den Weg. Ein Besuch bei Rita Lörsch stand an. Sobald Fischbach aus der Mittagspause zurückkehrte, sollten sie aufbrechen. Vielleicht fand sich dort ein Hinweis, der die drei Mordfälle verband.

★★★

Hell leuchtete der Mond am Nachthimmel und tauchte die Umgebung in ein diffuses Licht.

Sabine stand an der Kante des Abbruchs und schaute in die Tiefe. Der an der Felswand aufsteigende Wind traf sie und schien sie zurückstoßen zu wollen. Sie stemmte sich dagegen, Sediment löste sich und fiel in die Tiefe. Prasselnd traf der Unrat auf große Steinblöcke, die am Fuß des Kessels lagen. Unkraut wucherte dazwischen. Waren es zwanzig Meter bis nach unten? Oder sogar mehr? Entfernungen abzuschätzen gehörte nicht zu ihren Stärken. Egal, einen Sturz aus der Höhe würde sie garantiert nicht überleben, auf ein paar Meter mehr oder weniger kam es dabei nicht an. Nur ein Schritt trennte sie von der verlockenden Erlösung. Der brennende Schmerz in ihrer Brust würde im Bruchteil einer Sekunde enden, sich genauso verflüchtigen wie ihr noch junges Leben.

Ein Schluchzen entwich ihrer Kehle. Niemand würde sie vermissen.

Außer vielleicht ihr Vater. Aber vermutlich würde der sich einfach ein neues Kind aus dem Waisenhaus holen. Er war bestimmt auch nicht besser als die anderen.

Missbraucht und jetzt auch noch gehasst von der eigenen Adoptivmutter. So etwas konnte doch niemand verkraften. Sie war doch erst fünfzehn. Sie wollte behütet und geliebt werden. Eine Person an ihrer Seite wissen, die sie tröstete, ihr über den Kopf streichelte, sie in die Arme nahm und beteuerte, dass alles gut werden würde.

Stattdessen fühlte sie sich wie eine Verstoßene, der man verboten hatte, in die schützende Obhut ihres Dorfes zurückzukehren. Isoliert von jeglicher Hilfe im Kampf gegen die täglichen Gefahren. Auf verlorenem Posten. Niemand hielt das auf Dauer durch, da konnte man doch sofort die Segel streichen.

Eine heftige Böe zerzauste ihre Haare. Sie breitete die Arme aus und schloss die Augen. Eine Sekunde, oder zwei? Wie lange würde es dauern? Würde sie einen körperlichen Schmerz verspüren? Oder ging alles so schnell, dass die Nerven nichts mehr ans Gehirn übermitteln konnten?

Der Wind nahm zu und umtoste ihren Kopf, er kühlte die Wangen und rauschte in den Ohren.

Sie horchte in sich hinein. Der Schmerz brannte unverändert stark, schien sie zerreißen zu wollen. Das wollte sie nicht länger spüren, ganz bestimmt nicht. Sie beugte sich weiter vor, nur noch Zentimeter, vielleicht nur Millimeter, bis sie das Gleichgewicht verlieren würde.

Unerwartet riss sie etwas zurück.

Sie stolperte und schlug der Länge nach hin. Sie fiel weich, unter ihr ächzte jemand auf.

»Was …?«, entfuhr es Sabine. Panisch schlug sie um sich. War es Ole? Oder Björk? Oh Gott, hier hatten sie leichtes Spiel, sie war ihnen schutzlos ausgeliefert. Wütend heulte sie auf. Nur den Bruchteil einer Sekunde später, und die Schweine hätten Pech gehabt. Wie sehnte sie sich jetzt nach dem Abgrund. Mit dem Ellenbogen stieß sie nach hinten.

»Hör auf!«, befahl ihr eine weibliche Stimme. »Es ist alles in Ordnung.«

Nichts ist in Ordnung, wollte Sabine schreien, doch sie brachte nur einen gutturalen Laut zustande. Der Zorn und die Angst vor einer neuen Vergewaltigung schnürten ihr die Kehle zu und blockierten zugleich ihr rationales Denken. Sie wehrte sich nach Leibeskräften, vermochte sich jedoch nicht aus der Umklammerung zu winden.

»Ich lass dich nicht los«, sagte die Stimme dicht an ihrem Ohr. »Du springst mir nicht da runter.«

Erst jetzt wurde Sabine bewusst, dass eine Frau mit ihr sprach. Ihr Widerstand erlahmte. War das ihre Mutter? Aber nein, eine andere Stimme, nicht so rauchig.

»Ich will dir helfen, egal wobei.«

Sabine blieb starr liegen, wehrte sich nicht mehr. »Helfen?«, hauchte sie.

»Ja.«

Der stählerne Griff lockerte sich, verschwand. Sabine spürte eine Hand, die sanft über ihr Gesicht strich. Sie drehte den Kopf. »Du?«

Agnetha lächelte gequält. »Bist du wieder bei Sinnen? Würde es dir etwas ausmachen, von mir runterzurutschen? Du bist ganz schön schwer.«

»Ja … ja, sicher, klar«, stieß Sabine aus. Was machte Agnetha hier? Zufall, oder war sie ihr gefolgt? Sie rollte sich von ihr herunter, stand auf und wollte sich den Staub vom Nachthemd klopfen. Doch ihre Knie wurden weich, und vor ihren Augen tanzten Sterne.

»He, Moment, mach keinen Ärger«, hörte sie Agnethas Stimme wie aus weiter Ferne sagen, dann sackte sie ohnmächtig zusammen.

Mühsam kämpfte sich Sabine aus der Schwärze. Sofort bohrte der Schmerz wieder in ihren Eingeweiden. Für einen kurzen Moment musste sie dem Verlangen widerstehen, sich zurück in die tröstende Ohnmacht fallen zu lassen. Die streichelnde Hand auf ihrer Wange half ihr dabei.

»So Kindchen, Schluss mit dem Unfug«, sagte Agnetha, während sie Sabine in die sitzende Position half. Fürsorglich legte sie einen Arm um ihre Schulter und drückte sie an sich. »Jetzt will ich aber wissen, was mit dir los ist. Warum stehst du mit ausgestreckten Armen an einem Abgrund?« Zögerlich lachte sie. »Du wolltest dich doch nicht etwa in den Tod stürzen?«

Sabine presste die Lippen aufeinander. Sie wusste nicht, was sie darauf sagen sollte. Die ganze Sache war ihr auf einmal peinlich. Agnethas Interesse verunsicherte sie. Meinte sie es wirklich ernst? Oder war es nur eine Fassade, hinter der eine neue Demütigung vorbereitet wurde? Mist, fluchte sie stumm. Anscheinend konnte sie mit Zuneigung nicht mehr umgehen, schaltete innerlich automatisch auf Abwehr, sah hinter jeder Annäherung nur einen weiteren Versuch, sie zu verletzen.

»Du zitterst ja«, stellte Agnetha fest und zog sie näher an sich heran. »Ist dir kalt? Sollen wir nach Hause?«

Heftig schüttelte Sabine den Kopf. »Nur das nicht«, spie sie aus. Eine Welle von Wut und Zorn spülte über sie hinweg, Tränen liefen ihr über die Wangen. Das Zittern nahm zu, und sie konnte nichts dagegen unternehmen.

»Was ist nur mit dir los?«, murmelte Agnetha besorgt. Sie legte ihren Kopf an ihren.

Sabine heulte jetzt hemmungslos. Die ersten Worte musste sie noch mit aller Kraft hervorpressen, sie waren mehr ein Stottern. Sinnvolle Sätze brachte sie nicht zustande. Viel zu hastig rang sie nach Atem, fürchtete, Agnetha würde alles zu viel werden, fürchtete, sie würde aufbrechen und sie ihrem Schicksal überlassen. Erst als Agnetha sagte: »Ruhig, lass dir Zeit. Wir haben genug davon«, beruhigte sie sich ein wenig, und es sprudelte aus ihr heraus. Sie erzählte und erzählte, von Ole und Björk, von Knut mit den Fotos, von ihrer Einsamkeit, wie sehr sie ihren Vater vermisste und von dem Hass ihrer Mutter. Anschließend fühlte sie sich erschöpft und zugleich aufgewühlt. Gespannt wartete sie auf eine Reaktion.

»Das ist ja …« Agnetha rückte etwas von ihr ab und hielt sie an den Schultern eine Armeslänge von sich entfernt. Das Mondlicht glitzerte in ihren Tränen. »Das ist schrecklich. Kind, warum bist du nicht schon längst zu mir gekommen? Jetzt wird mir einiges klar. Gott sei Dank bin ich dir gefolgt.«

Sabine konnte kaum fassen, was sie da hörte. Jemand interessierte sich für sie, für ihre Probleme und für ihr Leid. Ihr Herz machte einen Sprung. Die Welt erschien ihr von einem Augenblick auf den anderen nicht mehr so rabenschwarz wie noch vor gut einer halben Stunde.

»Pass auf«, sagte Agnetha. Sie zog Sabine mit sich hoch. »Morgen Vormittag klären wir die Sache. Du musst raus aus der Kommune. Ich werde versuchen, deinen Vater zu erreichen.« Sie umarmte Sabine. »Alles wird gut, du wirst schon sehen. Jetzt aber los.« Agnetha löste sich. »Eine Mütze Schlaf muss schon sein. Morgen wird ein anstrengender Tag.«

Leichtfüßig folgte Sabine Agnetha zurück zum Haus. Die Nacht war immer noch hell und klar, der mit Wurzeln gesäumte Weg gut zu erkennen. Stumm dankte sie dem lieben Gott für Agnethas Auftauchen. Wenn sie nicht gewesen wäre, dann läge sie vielleicht schon tot am Fuße der Steilwand. Sie unterdrückte ein Kichern. Wie irrational ihr der Gedanke, sich selbst zu töten, inzwischen vorkam. Was für ein Blödsinn. »Alles wird gut« hatte Agnetha eben gesagt, und sie glaubte fest daran. Agnetha war bestimmt schon dreißig Jahre alt. Sie besaß sicher genug Lebenserfahrung, um zu wissen, wie man solche Dinge anging.

Leise schlichen sie sich ins Haus. Im Wohnzimmer lachten einige, aus den Schlafzimmern waren die üblichen vertrauten Geräusche zu hören. Ihr Fortbleiben schien niemanden sonst interessiert zu haben. Unbemerkt erreichten sie Sabines Zimmer. Agnetha schob sie hinein. »Leg dich hin und rühr dich nicht vom Fleck. Du kannst beruhigt schlafen, ich passe auf dich auf. Heute Nacht passiert hier nichts mehr, das garantiere ich dir.« Entschlossen schob sie das Kinn vor.

Sabine konnte nicht anders. Wild umarmte sie Agnetha, drückte ihr einige Küsse aufs Gesicht und ließ sie wieder los. »Danke«, murmelte sie.

»Ist doch selbstverständlich, Kind. Jetzt aber los.« Sie wedelte mit der Hand in Richtung Zimmer.

Sabine warf sich aufs Bett und zog die Decke über sich. Morgen früh stand erst mal ein Vollbad an. Vielleicht kam die Polizei, und einem Beamten, von dem sie sich Hilfe erhoffte, wollte sie nicht verlottert gegenübertreten.

Erleichtert seufzte sie. Endlich würde sie dem Alptraum entfliehen können. Keine Angst mehr vor Ole oder Björk haben zu müssen, kam ihr vor wie der Himmel auf Erden.

Der Schlaf übermannte sie, die Augen wurden schwer. Sie träumte von einer Sommerwiese. In der Luft hing der Geruch von Heu. Ihr Vater war da. Sie lachten viel, streckten sich auf einer Decke aus und verfolgten die wenigen schneeweißen Schäfchenwolken, die über den blauen Himmel schwirrten. Nur einen schwarzen Schatten, der hin und wieder auf ihr Gesicht fiel und ihr die Sicht nahm, konnte sie nicht zuordnen, sosehr sie auch nach der Ursache suchte. Er beunruhigte sie.

Noch Jahre später würde sie sich an diesen Schatten im Traum erinnern, ihn in Verbindung mit der Zeit und den Ereignissen danach bringen. Oder, wie sie es ausdrückte: mit der Hölle auf Erden.

★★★

Langsam fuhr Fischbach über die Hauptstraße durch Ripsdorf in westlicher Richtung. Im Rückspiegel sah er Welscher, der mit dem schwarzen BMW folgte. Lars hatte sich nach dem turbulenten Wochenende einen Tag Urlaub gegönnt und benötigte den Wagen heute nicht. Welscher schien das Fahrzeug mittlerweile richtiggehend zu lieben. Vermutlich lag das in erster Linie an der Klimaanlage.

Am Restaurant »Breuer« stoppte Fischbach und winkte Welscher im Wagen an seine Seite.

Surrend fuhr die Fensterscheibe des BMWs herunter. Ein Schwall kalter Luft streifte Fischbachs Gesicht.

Welscher beugte sich über den Beifahrersitz und sah zu ihm auf. »Was ist?«

»Wo geht es weiter?«

»Du hast dir doch vorhin die Zeichnung angesehen.«

»Ja klar, Ripsdorf habe ich mir ja auch gemerkt. Aber meinst du, ich kenne jeden Wirtschaftsweg hier?«

Welscher kramte aus der vorderen Hosentasche das Papier hervor und faltete es auseinander. Suchend sah er sich um. »Da.« Er deutete auf das Straßenschild hinter Fischbach. »Tränkgasse. Da müssen wir rein.« Er blickte wieder auf das Blatt und runzelte die Stirn. »Ein gutes Stück weiter, da, wo es ein paar Kreise gibt, steht der Wohnwagen.«

»Kreise?«

»Mann, bist du vergesslich.« Welscher hielt das Papier so, dass er draufschauen konnte, und tippte mit dem Finger auf die besagte Stelle.

»Ja, ja, schon gut. Was soll das sein?«, fragte Fischbach.

Welscher zuckte mit den Schultern. »Kornkreise?«

»Sind das nicht diese seltsamen Muster aus niedergetretenen Ähren auf den Feldern, die angeblich von Außerirdischen stammen?«

»Richtig.«

»So etwas hier in der Eifel?«

»Stimmt, ist unwahrscheinlich. Ich kann mir auch nicht vorstellen, dass intelligentes Leben Milliarden von Kilometern durchs All reist, um dann ausgerechnet mit den Eifelern Kontakt aufzunehmen. Da könnten Sie auch direkt zu Hause bleiben und einen Primatenfelsen aufsuchen.«

»Du bist ein Arsch. Hättest die Kruschweski ja mal fragen können, was das sein soll.«

Welscher lachte. »Ich denke auch nicht immer an alles. Vielleicht rufst du mal deinen Kumpel Zingsheim an. Der wird uns bestimmt sagen können, ob so ein Phänomen hier aufgetaucht ist.« Er schloss das Fenster, setzte auf der Straße zurück und bog in die Tränkgasse ab.

Fischbach folgte ihm. Trotz Welschers verbaler Spitze gegen die Bevölkerung der hügeligen Region schmunzelte er. Nicht müde werdend sonderte Welscher zynische Kommentare ab, doch eine Veränderung war deutlich zu spüren. Früher schwang in den Phrasen Verachtung und sogar eine Spur Abscheu mit. Inzwischen jedoch hatte sich die Schärfe verflüchtigt, und zurückgeblieben war ein eher routinierter Ablauf. Vermutlich auch eine Spur von Selbstschutz. So musste Welscher sich nicht eingestehen, mittlerweile in der Heimat angekommen zu sein. Zumindest reimte sich Fischbach das so zusammen.

Die Straße schlängelte sich zwischen Wiesen hindurch, dann entlang des Waldrandes. Links tauchte ein Bauernhof auf. Vermutlich wohnte dort der Landwirt, auf dessen Grundstück Rita Lörsch campierte. Einige hundert Meter weiter lenkte Welscher den BMW in einen Weg, der nach links abzweigte, und stoppte vor einer Holzhütte.

Fischbach stellte die Harley ab und zog den Helm aus, während Welscher ausstieg.

»Da hast du deine Kornkreise.« Welscher lachte und zeigte mit der Hand in östliche Richtung.

Fischbach nickte. »Hätte man draufkommen können, dass es sich dabei um Fischteiche handelt.«

In den ersten Teich vor ihnen plätscherte ein Bach hinein. Aufgeregt schwammen Forellen unter der Wasseroberfläche. Vermutlich erwarteten sie eine Fütterung. Mücken tanzten über das Wasser, gejagt von schillernden Libellen. Bei dem Anblick wuchs in Fischbach der Wunsch nach einer Abkühlung. Er prüfte den Himmel. Heute Morgen hatte der Wetterfrosch heftige Gewitter angekündigt. Bisher war davon noch nichts zu bemerken. Er schirmte die Augen mit der Hand ab und sondierte die Umgebung. Die Teiche weiter hinten trugen eine grünliche Decke aus Wasserlinsen. Links rahmte die Straße das Anwesen ein, rechts stand eine Baumgruppe. Auf Höhe des dritten Teichs stand ein Wohnwagen im Schatten der Bäume. Bunt angemalt glich er einem Zirkuswagen. Die Tür stand offen, Rita Lörsch konnte demnach nicht weit entfernt sein. Ein Trampelpfad führte an der Hütte und den Teichen vorbei dorthin.

»Dann mal los«, entschied Fischbach und stapfte los. Plötzlich krachte ein Schuss. Sein Helm flog vom Sattel und kullerte über den Boden.

Welscher sprang hinter die Hütte und zog die Dienstwaffe.

Mit einem großen Satz hechtete Fischbach hinter das Heck des BMWs. Schmerzhaft drückte sich ein Kieselstein in sein Knie. »Verdammt«, fluchte er, wischte den Stein mit der Hand fort und blickte verstohlen um den Kotflügel herum. »Was ist denn hier los?«, rief er Welscher zu.

»Woher soll ich das wissen?«

Fischbach richtete sich ein wenig auf und brüllte: »Polizei! Kommen Sie mit erhobenen Händen raus!«

Ein zweiter Schuss ließ den Helm einige Meter weiter rollen.

Im Schutz des Fahrzeuges schob sich Fischbach vor und duckte sich auf Höhe des rechten Vorderreifens. Nur zwei Meter verblieben bis zur Hüttenwand, an der Welscher lehnte.

»Kleinkaliber«, sagte Welscher.

»Wir fordern Verstärkung an. Das ist mir zu brenzlig.«

»Warte«, bestimmte Welscher. Einem Wiesel gleich rannte er auf der Rückseite der Hütte in die Baumgruppe hinein.

Stumm verfluchte Fischbach ihn. Immer wieder diese Alleingänge. Er zog die Walther. Vorsichtig schaute er über den Kotflügel hinweg. Niemand zu sehen. Was hatte Welscher nur vor? Den Gegner ein wenig abzulenken, konnte jedenfalls nicht schaden.

»Hören Sie! Wir sind von der Polizei. Legen Sie Ihre Waffe ab und stellen Sie sich.«

Er wartete knapp eine Minute, dann versuchte er es erneut.

Erfolglos. So wird das nichts, sagte er sich und zog das Handy. Warum hier Verstecken spielen? Sobald die Kollegen von der Streife mit Tatütata auftauchten, würde der Schütze schon …

»Waffe fallen lassen!«, hörte er Welscher rufen.

Ein weiterer Schuss krachte.

»Mist, Mist, Mist«, fluchte Fischbach. »Ich zieh dem die Hammelbeine lang.« Zitternd drückte er die erste Taste auf dem Nummernblock und spähte dabei immer wieder zu dem Wohnwagen.

»Lassen Sie mich …« Eine Frauenstimme. Auf einmal kullerten zwei Menschen hinter dem Wohnwagen hervor.

Ein Handgemenge. Und Welscher mittendrin!

Fischbach ließ sein Handy fallen und stürmte los. Nach wenigen Metern erkannte er, dass Welscher alles im Griff hatte. Er saß auf dem Rücken einer Person und schloss die Handschellen um deren Gelenke.

Keuchend stoppte Fischbach neben ihnen. Mit der Pistole zielte er sicherheitshalber auf die am Boden liegende Person.

»Steck ein«, sagte Welscher und zog seine Widersacherin nach oben.

»Der Schuss eben?«

»Ins Wasser«, erklärte Welscher.

Erstaunt starrte Fischbach auf den nackten, nahtlos braun gebrannten Körper der Frau, die ihn zornig anblickte. Hatte dieses unscheinbare Persönchen tatsächlich den Schneid aufgebracht, bewaffneten Widerstand zu leisten? Tiefe Falten hatten sich in jeden Winkel ihrer Haut eingegraben, und die schlaffen Brüste konnten der Schwerkraft nichts mehr entgegensetzen. Er steckte seine Waffe ein. »Rita Lörsch?«

»Wer will das wissen?«, zischte sie und spuckte aus.

»Das sagte ich bereits. Wir sind von der Polizei.« Er zog seine Marke und stellte sich und Welscher vor. »Also?« Fischbach versuchte, nur in ihr Gesicht zu schauen. Auf keinen Fall wollte er den Eindruck entstehen lassen, er fände diese Frau attraktiv.

»Ja, bin ich.« Sie ruckte an den Handschellen.

»Wieso schießen Sie auf uns?«

»Schauen Sie sich doch um. Weit und breit ist niemand, der mir zur Hilfe eilen könnte. Da muss ich mich doch verteidigen.«

»Hilfe?« Fischbach schnaubte. »Wir sind diejenigen, die helfen. Po-li-zei, kommt das nicht bei Ihnen an?«

»Ja, klar. Ein rabenschwarzer BMW rollt durch die Pampa hierher, gefolgt von einem in schwarze Lederkluft gekleideten Fettsack auf einem Motorrad. Genauso stelle ich mir Bullen vor, genau so. Und nicht etwa Leute irgendeiner verbrecherischen Organisation.«

Ein amüsierter Ausdruck zeichnete sich auf Welschers Gesicht ab. »Vielleicht sollten Sie sich erst mal etwas überziehen«, schlug er vor.

»Ich stehe zu meinem Körper«, sagte sie.

Welscher packte die Handschellen fester und drückte Rita Lörsch in Richtung des Wohnwagens. »Mag sein. Es entspricht aber nicht den Knigge-Richtlinien, Besuchern den nackten Hintern zu zeigen.«

Eine halbe Stunde später saßen sie auf Campingstühlen im Schatten der Bäume um einen Klapptisch herum.

Rita Lörsch, jetzt leger mit einem T-Shirt und kurzer Sporthose bekleidet, verteilte Gläser und schenkte Limonade ein. »Damit Sie mir nicht verdursten.«

»Plötzlich so gastfreundlich?«, ätzte Welscher.

»Jetzt weiß ich ja auch, dass sie mir nicht gewaltsam die Beine spreizen wollen.«

Welscher schüttelte den Kopf. »Also wirklich.«

Durstig trank Fischbach. Die Aufregung hatte einen kratzigen Hals hinterlassen. Neben Welscher lag das Kleinkalibergewehr im Gras.

Rita Lörsch setzte sich. »Hören Sie. Ich wollte Sie wirklich nicht erschießen. Es waren nur Warnschüsse.«

»Die feuert man in die Luft ab«, grummelte Fischbach.

»Quatsch. Beeindruckt doch hier in der Gegend niemanden. Alle naselang schießen die Jäger hier herum. Ich kann gut zielen. Für Sie bestand zu keiner Zeit eine Gefahr.«

»Das wird noch ein Nachspiel haben. Und den Helm zahlen Sie mir.«

»Ihr Verständnis ist ja atemberaubend. Was glauben Sie,

222

wie oft hier Spanner rumlungern, wenn ich mein Sonnenbad nehme.«

Wer's glaubt, wird selig, dachte Fischbach. Obwohl … es gab ja für alles einen Fetisch. Das riesige Andreaskreuz in Lars' Keller kam ihm in den Sinn, und unwillkürlich wanderte sein Blick zu Welscher. Er räusperte sich. »Vergessen wir die Sache für einen Augenblick.« Er lehnte sich vor. Der Stuhl knarrte bedenklich. »Frau Lörsch, wann haben Sie Ihren Mann das letzte Mal gesehen?«

Sie runzelte die Stirn. »Gustaf? Was spielt der denn auf einmal für eine Rolle?«

»Antworten Sie einfach auf meine Frage.«

»Einige Jahre ist das schon her.«

»Telefon? Briefe?«

»Nein, nichts. Der kann mir gestohlen bleiben. Er ist ein brutales Schwein. Vordergründig gibt er sich gutmütig und verständnisvoll. Aber wehe, man tanzt nicht nach seiner Pfeife. Dann ist aber der Teufel los.«

»Ihr Sohn hat uns davon nichts berichtet. Seines Wissens haben Sie die Familie verlassen, weil Ihnen das Leben auf dem Hof zu einfach war und es Sie gestört hat, dass Ihr Mann keine höheren Ambitionen hatte.«

Ihr Gesicht verfinsterte sich. »Pah, Manfred. Mit dem habe ich auch ewig nicht mehr gesprochen. Der hat sich auf die Seite seines Vaters geschlagen. Total verblendet, der Junge. Wer weiß, was Gustaf ihm alles erzählt hat, um mich schlechtzumachen. Von dem werden Sie garantiert kein böses Wort über seinen Vater hören. Gustaf liebt ihn abgöttisch, hat alles in den Jungen gesteckt. Ist total verwöhnt, der Panz. Für mich blieb schon damals nicht viel übrig.«

Fischbach hatte Mühe, sich zu konzentrieren. Immer wieder spähte er zu Welscher, der wild auf seinem Smartphone herumtippte. Vermutlich tauschte er Liebesschwüre mit Lars aus.

»Die Limo ist alle«, stellte Rita Lörsch fest. »Ich hole rasch Nachschub.«

Bevor Fischbach abwiegeln konnte, war sie bereits im Wohnwagen verschwunden. Er beugte sich zu Welscher und flüsterte: »Meinst du nicht, es geht einen Moment ohne?«

»Was denn?«

Fischbach deutete auf das Smartphone. »Lars wird doch ein paar Minuten ohne dein Gesimse auskommen.«

»Gesimse?«

»Sagt man das nicht so? Wenn man eine SMS schreibt?«

»Doch, doch. Allerdings überrascht es mich, dass du den Begriff kennst.«

»Ich leb ja nicht hinterm Mond.«

»Aber in der …«

»Schluss«, stoppte Fischbach ihn. »Erspar mir das, ja? Hat einen Bart wie Methusalem. Und hör auf zu tippen, während wir Frau Lörsch befragen.«

Spöttisch hob Welscher die Augenbrauen und drehte das Display um.

Fischbach las die ersten Zeilen. »Du schreibst mit? Äh … wo ist denn dein Notizbuch? Aus Papier das, meine ich.«

Welscher winkte ab. »Es gab eine digitale Revolution. Gut, die wird den Landstrich hier außen vor gelassen haben, aber gehört hast du bestimmt schon davon.«

»Ich weiß nicht«, sagte Fischbach. »Ist mir zu …«

»Ja?«

»… technisch.«

»Deine Worte in Edisons Ohren, und wir würden vermutlich immer noch bei Kerzenschein sitzen.«

Rita Lörsch kam mit zwei Flaschen zurück, nahm wieder Platz und goss ein.

Fischbach sammelte sich und fragte: »Kennen Sie einen Paul Lange? Oder einen Andreas Resch?«

Sie schüttelte den Kopf, stoppte dann aber mitten in der Bewegung. Leise wiederholte sie die Namen. »Irgendetwas verbinde ich damit.«

Fischbach wechselte einen Blick mit Welscher. Bahnte sich hier eine Sensation an? In einem der ruhigsten Winkel der Eifel? Fand sich hier endlich die Verkettung der Mordfälle? Er zwang sich, nicht zu drängeln, lehnte sich zurück und nippte an seiner Limo.

»Ich habe die Namen schon mal gehört«, murmelte Rita Lörsch. »Wenn ich nur wüsste, in welchem Zusammenhang?«

Sie kaute auf ihrer Unterlippe. »Ob Gustaf … hm.« Sie seufzte. »Tut mir leid, im Moment komme ich nicht darauf. Vielleicht blitzt was auf, wenn Sie mir sagen, um was es geht.«

Fischbach räusperte sich. »Leider muss ich Ihnen mitteilen, dass Ihr Mann ermordet wurde. Und die beiden anderen Männer, deren Namen ich gerade genannt habe, auch.«

Ungerührt nahm sie die Nachricht auf. »Ah, dann ist ja gut. Ich dachte schon, es wäre etwas Schlimmes passiert.«

»Wie bitte?« Fischbach konnte kaum glauben, was er gerade gehört hatte. »Haben Sie mich überhaupt verstanden? Ich rede von drei Morden.«

»Was bestimmt bedauerlich ist, aber für mich persönlich ohne Bedeutung. Wenn ich um jede Person trauern würde, die gewaltsam zu Tode kommt, hätte ich viel zu tun. Denken Sie allein an die täglichen Bürgerkriegsopfer überall auf der Welt.« Übertrieben gelassen zupfte sie an dem Ärmel ihres T-Shirts herum. »Und Gustaf … ach, es ist doch bereits klar geworden, dass der mir den Buckel runterrutschen kann, der Drecksack.«

Welch kaltherziges Luder, dachte Fischbach. »Vielleicht haben Sie ihn getötet«, sagte er provozierend. »Wenn Sie ihn so sehr hassten, ist das nicht abwegig, oder?«

»Sie werden es sicher herausfinden.« Sie sah ihm direkt in die Augen. Fischbach hielt stand und zückte währenddessen eine Visitenkarte aus seinem Portemonnaie. Er schob sie über den Tisch. »Rufen Sie mich …«

»Ich habe kein Telefon.«

»Eine Telefonzelle?«

»Kein Geld.« Sie lachte. »Und keine Ahnung, wo ich eine finden soll.«

»Nachbarn?«

Sie nahm die Karte. »Ja, da gibt es eine Möglichkeit. Muss ich aber Lust zu haben.«

Fischbach haute mit der flachen Hand auf den Tisch. Die Gläser sprangen einige Millimeter hoch. Wollte Rita Lörsch sie verarschen? »Also, wissen Sie, ich denke, Lust sollte bei Informationen an die Polizei bei drei Morden keine Rolle spielen. Schließlich könnten Sie das nächste Opfer sein.«

»Ich? Wie kommen Sie denn darauf? Das ist aber ziemlich unwahrscheinlich. Nach dem, was Sie sagten, sind ja nur Männer ins Visier geraten.«

»Und wenn er das ändert? Wir sind nicht sicher, dass …«, sagte Fischbach mit vor Zorn bebender Stimme, doch Rita Lörsch stoppte ihn mit erhobener Hand.

»Egal, ich denke, Sie haben mich eben völlig falsch verstanden. Bevor Sie hier platzen, möchte ich es lieber klarstellen: Das nächste Telefon ist die Straße runter beim Jochen. Der lässt mich hier wohnen. Sie sind an seinem Bauernhof vorbeigekommen. Jochen ist alleinstehend und erfüllt mir jeden Wunsch, auch die kleinste Nettigkeit, wenn ich ihm dafür ebenfalls eine Gefälligkeit erweise.« Sie zog mit dem Zeigefinger ihr Unterlid herunter. »Sie verstehen?«

Fischbach schluckte. »Sie wollen mir doch nicht erzählen …«

»Doch, will ich. Und da ich nicht mehr die Jüngste bin, verspüre ich halt nicht immer Lust dazu.« Sie lehnte sich zurück und grinste. »Dafür haben *Sie* in Ihrem Alter sicher Verständnis.«

Welscher lachte verhalten.

Fischbach warf ihm einen bösen Blick zu. Er spürte, wie er rot wurde. Rita Lörsch war eine äußerst unangenehme Person. »Nun gut«, sagte er und stand auf. »Das soll es fürs Erste gewesen sein. Ihr Kleinkaliber nehmen wir mit. Auf ein Nachspiel sollten Sie sich gefasst machen.«

Sie verabschiedeten sich.

Bei der Harley angekommen, hob Fischbach das Handy und den Helm auf und betrachtete die Dellen. »Hält eine Menge aus«, stellte er fest.

Welscher warf das Gewehr in den Kofferraum. »Und jetzt?«

»Du fährst zu deinen Eltern und richtest dich ein. Wir haben nachher noch genug Zeit, den Fall hin- und herzuwenden wie die Koteletts. Ich schau noch rasch im Büro vorbei. Falls es was Neues gibt, bringe ich die Infos mit.«

Welscher zögerte, sein Gesicht wurde ernst. »Es ist noch früh am Tag. Erst vier. Ich muss nicht vor sechs …«

»Mensch, jetzt hau schon ab. Deine Mutter wird sich freuen.«

»Hm, wenn du meinst, ja, dann fahre ich mal.«

»Es wird schon gut gehen. Dein Vater beißt ja nicht.«

»Früher war er sehr bissig.«

»Mag sein, ist aber lange her und längst *vergessen*.« Fischbach griente.

Welscher stutzte. »Ist das nicht ein wenig geschmacklos.«

»Okay, okay, gebe ich zu. Aber mit Humor kann man Dinge leichter ertragen. Und jetzt mach hinne.« Eine heftige Böe blies Fischbach eine Haarsträhne ins Gesicht und wirbelte Staub auf. »Oha, wenn das nicht ein Vorbote ist. Scheinen die Wetterfrösche doch recht zu behalten. Hoffentlich stehen wir nachher nicht im Regen.« Er setzte den lädierten Helm auf.

Welscher öffnete die Fahrertür, stieg aber nicht ein, weil Rita Lörsch wild gestikulierend auf sie zurannte.

»Halt! Stopp!«, rief sie. Außer Atem hielt sie vor ihnen an. »Ich weiß jetzt, woher ich die Namen kenne.«

★★★

Das Vogelgezwitscher weckte Sabine. Schlaftrunken richtete sie sich auf. Die Sonne schien herein und zeichnete ein helles Rechteck auf den Dielenboden. Staub tanzte im Licht.

Geblendet kniff sie die Augen zusammen. Von weit her hörte sie die Kirchenglocke läuten. Sie zählte mit. Elf Schläge. Irritiert packte sie ihren Wecker, der auf dem Boden stand. Tatsächlich. Sie hatte den Morgen verschlafen. Sicher wartete Agnetha bereits auf sie.

Sie warf die Decke zur Seite, sprang auf und suchte sich frische Kleidung aus der Kommode. Mit dem Wäschebündel in der Hand lief sie zum Bad und riss die Tür auf. Frei, stellte sie erleichtert fest. Rasch entkleidete sie sich und stellte die Dusche an. Sogar lauwarmes Wasser rann aus der Leitung. Wenn das nicht ein gutes Zeichen war. Björk musste noch ein paar Pfennige für Heizöl aufgetrieben haben. Hart prallte der Strahl aus dem Duschkopf auf ihren Körper und vertrieb die Müdigkeit. Sie fühlte sich wie aufgeputscht. Mit Agnetha an ihrer Seite würde sie heute der Hölle hier entfliehen.

Zehn Minuten später stürmte sie die Treppe hinunter und rannte in die Küche. Auf dem Tisch standen Frühstücksutensilien, selbst gemachte Marmelade und Brot, Brettchen und einige Kaffeetassen. Über allem hing der bläuliche Dunst unzähliger gerauchter Zigaretten. Es roch merkwürdig süßlich. Jeder Platz war besetzt. Die Bewohner schwatzten und lachten durcheinander. Suchend sah sich Sabine um.

Björk bemerkte sie zuerst. »Finja! Komm, setz dich zu mir«, dröhnte er über die Köpfe der anderen hinweg und rutschte auf der Bank zur Seite. Ein winziger Spalt zum Sitznachbarn entstand.

Eher springe ich in den Abgrund, dachte Sabine. »Wo ist Agnetha?«

Björk runzelte die Stirn und legte die Hand hinter das Ohr. Offensichtlich hatte er sie in dem Lärm nicht verstanden.

»Agnetha?«, rief sie.

Einer der Männer, an dessen Namen sich Sabine nicht erinnern konnte, drehte sich auf dem Stuhl zu ihr um. »Die reist ab. Wenn du Glück hast, erwischst du sie noch vor der Tür.«

Sabines Herz setzte einen Schlag aus. Was hatte das denn jetzt zu bedeuten? Abreise? Ihre Muskeln schienen den Dienst verweigern zu wollen. Sie taumelte einen Schritt vor und hielt sich an der Schulter des Mannes fest.

»Schau doch nicht so entsetzt«, sagte der, »hier ist doch immer ein Kommen und Gehen. Ihr Mann stand heute Morgen vor der Tür. Mit dem Söhnchen an der Hand. Gebettelt haben die beiden, sie solle doch zurückkommen. Ziemlich herzerweichend das Ganze.« Belustigt gluckste er.

»Agnetha hat ein Kind?«, fragte Sabine.

»Ja, ein süßer Fratz, wenn du mich fragst. Weißt du, ich denke ja, es ist besser so. Agnetha hat sowieso nicht richtig zu uns gepasst.« Er griff zur Marmelade und schien Sabine bereits vergessen zu haben.

Sie taumelte los und wäre fast über die Schwelle zum Flur gestolpert. Was hatte das alles zu bedeuten? Agnetha konnte doch nicht alles verdrängt haben, nur weil ihre Familie vor der Tür stand. Sie konnte sie doch nicht einfach im Stich lassen!

Vor der Tür stoppte Sabine.

Agnetha schlug gerade die Beifahrertür von innen zu. Ein Junge saß auf der Rückbank, er war etwa zehn Jahre alt. Er hüpfte auf und ab, immer wieder umarmte er Agnetha und küsste sie auf die Wange.

Sabine wollte aufschreien, doch ihre Stimme versagte. Die Enttäuschung traf sie wie ein Faustschlag und raubte ihr die Luft.

Der Fahrer startete den Wagen und ließ ihn anrollen. In dem Moment schaute Agnetha aus dem Fenster und entdeckte sie. Ihr Lächeln gefror. Zögerlich hob sie zum Abschied die Hand. Dann gab der Fahrer Gas, und der Wagen entschwand, eingehüllt in eine Staubwolke, hinter der Hügelkuppe.

Tränen verschleierten Sabines Blick. Ihre Kehle zog sich zusammen, die Angst kehrte mit voller Wucht zurück. Sie spürte eine Hand auf ihrer Schulter.

»Für mich ist es auch jedes Mal ein Verlust, wenn jemand geht«, sagte Björk. »Ich kann dich gut verstehen.«

Sein Lächeln ließ sie würgen. Nur unter Aufbietung all ihrer Kräfte konnte sie es verhindern, sich vor ihm zu erbrechen. Doch mit der Selbstbeherrschung war es vorbei, als Björk ergänzte: »Aber wir haben ja noch uns. Ich werde dir helfen, über den Verlust hinwegzukommen.«

Sabine riss sich los, rannte um die Hausecke und fiel auf die Knie. Ihr Magen rebellierte. Die Galle brannte in ihrem Hals, als sie sie herauswürgte.

Wie Björks Hilfe aussehen würde, konnte sie sich nur zu gut vorstellen.

Zur Hölle auf Erden gehören lodernde Flammen

Müde, aber dafür fast wieder ohne Kopfschmerzen, betrat Andrea Lindenlaub ihr Büro.

Überrascht sah Maier auf. »Was machst du denn hier? Ich denke, du hast Migräne.«

Sie ließ ihre Tasche auf den Boden fallen und setzte sich. »Ich kann euch doch nicht allein lassen.« Tapfer lächelte sie und fuhr den Rechner hoch.

»Du bist bescheuert«, beschied Maier sie. »Sei froh, dass die Jungs von der Baustelle bereits drüben im ›Route 7‹ sitzen.« Er beugte sich über die Schreibtischoberfläche. Vor ihm lagen die Einzelteile eines Kugelschreibers.

»Woher weißt du, wo die sich aufhalten?«

»War doch nur so dahingesagt. Ich meinte damit, dass sie Feierabend haben und bestimmt kräftig Bierchen kippen.« Seine Zunge blitzte frech aus dem Mundwinkel, während er die eine Hälfte der Kugelschreiberhülle gegen das Licht hielt. »Irgendwie will das Ding nicht mehr«, murmelte er. »Sauteuer, aber hält nichts aus.«

»Wo sind Hotte und Jan? Ihr Büro war abgeschlossen.«

»Zu Rita Lörsch.« Er erzählte ihr knapp die Neuigkeiten. Dabei schob er behutsam die Feder des Kugelschreibers auf die Mine. Prüfend spannte er die Feder.

Das Telefon schrillte.

Maier zuckte zusammen und rutschte mit dem Finger ab. Die Feder wurde von der Mine katapultiert und traf seinen Augapfel. »Verfluchter Mist!«, jaulte er auf. Er ließ alles fallen und hielt sich das Auge. »Kannst du nicht einen anderen Klingelton einstellen? Da bekommt man ja jedes Mal einen Herzkasper. Verdammt! Mein Auge brennt wie Hölle. Das muss gekühlt werden.« Er rannte zur Tür hinaus und ignorierte völlig das immer noch schrillende Telefon.

Andrea Lindenlaub unterdrückte einen Lacher, hob ab und meldete sich.

»Esther Rosenbaum, Kripo Trier. Ich habe Neuigkeiten: Wir haben gerade eben den Lieferwagen gefunden.«

»Den der Zeuge im Zusammenhang mit dem Mord an Andreas Resch im Wald gesehen hat? Den mit dem falschen Kennzeichen?«

»Genau den. Eine aufmerksame Streife hat ihn am Straßenrand in Wittlich bemerkt. Der Halter … Moment …« Es raschelte auf der anderen Seite der Leitung. »Frederik Günther, selbstständig, besitzt ein Radio- und Fernsehgeschäft. Er hatte gar nicht bemerkt, dass der Wagen weg war.«

»Wie das?«

»Sommerzeit, Ferienzeit. Er war bis heute Morgen in Urlaub. Wir haben das geprüft, es stimmt. Günther hat ein Alibi. Der Wagen stand außerdem wieder dort, wo er ihn abgestellt hatte, direkt vor seiner Haustür.«

»Und was macht euch so sicher, dass es genau dieser Wagen war?«

»Die geklauten Nummernschilder lagen unter dem Fahrzeug. Die Fahrertür war aufgebrochen, die Kabel präpariert für eine Kurzschlusszündung.«

Andrea Lindenlaub rollte das Spiralkabel des Hörers über ihren Zeigefinger. »Interessant.«

»Du sagst es. Frederik Günther besitzt eine Lizenz für einen privaten Radiosender. Die passende Technik hat er in dem Lieferwagen verbaut. Der Sender ist wohl seine große Leidenschaft, wie er zu Protokoll gegeben hat. Ein richtig anspruchsvolles Hobby, um es mal zu erwähnen. Nicht gerade preiswert und mit reichlich bürokratischem Aufwand verbunden. Zulassungsantrag bei der Landesmedienanstalt erforderlich, gegebenenfalls sogar ein Zuordnungsantrag von Frequenzen und so weiter und so fort.«

»Verstehe.« Andrea Lindenlaub stellte sich Frederik Günther vor, wie er das letzte Hemd verpfändete, um seinen Sender zu betreiben. Viele Männer waren bei ihren Hobbys kompromisslos. Ihr erster Freund hatte alles Geld, das er besaß, jede Mark, jeden Pfennig, in seinen Opel Manta gesteckt. Wenn sie dann abends unterwegs waren, musste sie den Eintritt in die Disco und dazu die Getränke bezahlen. Noch heute ärgerte sie sich darüber, so blöd gewesen zu sein.

»Unsere Techniker haben sich mit der Rechtsmedizin kurzgeschlossen«, fuhr Esther Rosenbaum fort. »Ergebnis und Siegerehrung: Die Rundfunkanlage ist leistungsstark genug, um die Probleme in Andreas Reschs Defibrillator ausgelöst zu haben. Wir haben den Computerspeicher des Senders ausgelesen. Die Anlage lief während Reschs Todeszeitpunkt, und das mit höchster Abstrahlung. Er hatte keine Chance.«

»Teuflisch«, sagte Andrea Lindenlaub.

»Du sagst es. Wir nehmen jetzt Günthers Umfeld auseinander. Dass der Täter von der motorisierten Rundfunkanlage wusste, kann kein Zufall sein. Bestimmt kennt er ihn.«

Erneut kam Andrea Lindenlaub ihr Exfreund in den Sinn. Die Prahlerei mit dem Manta war ihr schon nach wenigen Tagen auf die Nerven gegangen. Jeder, der nicht rasch genug verschwinden konnte, musste sich einen Vortrag über Spoiler, Luftfilter, Reifen und Ventilkipphebel oder wie die Dinger auch immer hießen, anhören. Sie vermutete, dass Frederik Günther es ähnlich handhabte. »Hast du nicht gesagt, er hat ein Geschäft? Bestimmt kennt jeder Kunde Günthers Steckenpferd.«

»Ja, da hast du vermutlich recht. Aber es ist …« Esther Rosenbaum brach ab. Andrea Lindenlaub hörte Männerstimmen im Hintergrund. »Du, warte mal … Mir flattert hier gerade etwas auf den Tisch. Scheint wichtig zu sein, du hörst ja bestimmt den Tumult hier. Moment … ist was von unserer Spusi. Die haben ja heute Reschs Haus noch mal auf den Kopf gestellt. Euer Feuersänger hat vehement darauf …« Erneut brach sie mitten im Satz ab, wieder raschelte es. Andrea Lindenlaub ließ das Spiralkabel flitschen und drückte den Hörer fester ans Ohr.

Maier kam zurück. Mit einem feuchten Papiertuch kühlte er sein Auge. »Was ist denn los?«

Sie ignorierte ihn.

Esther Rosenbaum sog hörbar Luft ein. »Das ist ja …«

»Was?«, fragte Andrea Lindenlaub. Die Neugierde ließ ihren Puls schneller werden.

»Es sind Bilder. Die Jungs haben Bilder gefunden.«

»Und? Was ist darauf zu sehen?«

»Weißt du was: Bevor ich lange herumrede und sie dir beschreibe, scann ich sie lieber sofort ein. Ich rufe dich dann wieder an. Mach dich auf was gefasst.« Es klickte in der Leitung, bevor Andrea Lindenlaub sich verabschieden konnte.

Langsam legte sie den Hörer auf die Station.

»Was ist los? Jetzt red schon!«, forderte Maier sie auf. Er warf das feuchte Papiertuch in den Mülleimer.

»Das war eine Kollegin aus Trier«, berichtete sie, »und wenn mich nicht alles täuscht, werden wir gleich Bauklötze staunen.«

★★★

Welscher rümpfte die Nase. Sie hätten doch weiter draußen sitzen können. Warum nur hatte Rita Lörsch sie in das Innere des Wohnwagens gebeten? Es roch darin nicht nur nach Nudeln mit Tomatensoße, sondern auch nach muffiger Feuchtigkeit und Schimmel. Ungespültes Geschirr stapelte sich in der kleinen Spüle. Dicke, grünlich schimmernde Fliegen krabbelten darauf herum und ließen es sich gut gehen.

»Setzen Sie sich doch.« Rita Lörsch wies auf die Sitzgruppe am Ende des Wagens.

Welscher rutschte auf der Bank durch. Das Kunststofffenster stand gekippt, und er freute sich über die frische Brise, die durch den Spalt hereinwehte.

Fischbach hatte Mühe, seinen Bauch an Rita Lörsch vorbeizuzwängen.

»Sie sind aber auch ein Fesselballon«, sagte sie. »Muss man bei der Polizei nicht rank und schlank sein? Was machen Sie denn, wenn Sie mal einen verfolgen müssen?«

»Da schicke ich meinen Kollegen vor«, grummelte Fischbach und setzte sich. »Sehr effektiv. Das haben Sie ja am eigenen Leib erlebt. Aber jetzt mal raus mit der Sprache: Woher kennen Sie Andreas Resch und Paul Lange?«

»Und ich habe immer gedacht, Dicke seien gemütlich. Sie widerlegen meine Theorie aber so was von.«

»Frau Lörsch …«, setzte Fischbach mit gepresster Stimme an.

Welscher legte ihm eine Hand auf den Unterarm. »Es kommt doch nicht auf die Minute an, Hotte.« Je länger wir hier brauchen, desto später muss ich mich mit meinem Vater beschäftigen, ergänzte er stumm. Er wandte sich an Rita Lörsch. »Trotzdem sollten wir auf den Punkt kommen. Dort draußen läuft ein Irrer herum, den es zu fassen gilt, bevor er noch mehr Unheil anrichtet.«

»Weise Worte«, sagte sie. »Moment.« Sie ging zum anderen Ende des Wohnwagens, nahm ein gerahmtes Foto von der Wand und legte es vor sie auf den Tisch.

Neugierig zog Welscher es näher. Eine Gruppe junger Menschen lächelte in die Kamera. Das Bild hatte einen Gelb-Rot-Stich und erinnerte ihn an die Hochzeitsfotos seiner Eltern. Dort waren die Farben ebenso nachgereift, typisch für Fotos aus den Siebzigern. Die Mode und die Frisuren erinnerten ebenfalls an dieses Jahrzehnt: Schlaghosen, enge Baumwollshirts, Koteletten und Frauen in grellbunten Kleidern.

Rita Lörsch tippte auf ein Gesicht. »Das bin ich.«

Welscher sah genauer hin. Von dem ehemals hübschen Gesicht war heute nicht mehr viel zu erkennen. Die Zeit hatte es mit Rita Lörsch nicht gut gemeint. »Was ist das für eine Gruppe?«, fragte er. »Ein Familienausflug?«

»Weit gefehlt.« Versonnen betrachtete sie das Foto. »Es war die schönste Zeit meines Lebens.« Einige Sekunden schien sie im Geiste weit weg zu sein, dann blinzelte sie und sagte: »Das ist eine Kommune.«

Fischbach nahm das Bild zur Hand. »Eine Kommune? Haben Sie mal in Berlin gewohnt?«

»Berlin?« Rita Lörsch runzelte die Stirn. »Wie kommen Sie darauf? Nein, hier in der Eifel.«

»Nicht möglich«, sagte Fischbach und schüttelte den Kopf. »In der Eifel? Niemals.«

»Und ob. Auf einem Bauernhof. Gar nicht weit entfernt, nur einige hundert Meter die Straße rauf. Die Ruinen stehen heute noch. Aber ich gebe Ihnen recht. Wir waren hier Paradiesvögel, Exoten, Außenseiter. Oder Schlimmeres: mit dem Teufel im Bunde.« Zaghaft lachte sie. »Wir schufen unsere eigenen Werte und lebten mehr oder weniger in den Tag hinein. Wir praktizierten die freie Liebe und scherten uns um nichts.« Minutenlang erzählte Rita Lörsch ohne Unterbrechung von dem Leben auf dem Hof.

Von der anschaulichen Schilderung bekam Welscher nach und nach eine gute Vorstellung von dem Tagesablauf in der Kommune. Es gibt Schlimmeres, zog er stumm ein Fazit.

»So war das«, endete Rita Lörsch und seufzte. »Und Björk hat das Ganze ins Leben gerufen.«

»Wer ist Björk?«, hakte Welscher nach.

Sie tippte auf einen Mann, der vorne in der Mitte der Gruppe stand. In den Armen hielt er zwei Frauen.

»Ich erwähnte noch nicht, dass wir uns andere Namen gegeben hatten. Wir wollten alles abstreifen, jede Fessel und Erinnerung zerschneiden. Björk achtete sehr darauf, dass unsere richtigen Namen geheim blieben. Nur er kannte sie und schwor jeden Neuankömmling auf Einhaltung dieser Regel ein.«

»Hatten Sie auch ein Pseudonym?«

Sie nickte. »Ida.«

»Aber so ganz hat das mit den Namen nicht funktioniert, tippe ich jetzt mal ins Blaue hinein. Habe ich recht? Sie wissen, wie Björk wirklich heißt?«

»Hieß.«

»Er ist tot?«

»Allerdings. Erkennen Sie ihn denn nicht?«

Welscher nahm Fischbach das Foto aus der Hand. Einige Sekunden starrte er darauf. »Nein, sagt mir nichts.«

Ein süffisantes Lächeln umspielte ihre Mundwinkel. »Das, meine Herren, ist mein Exmann, Gustaf Lörsch.«

Erstaunt riss Welscher die Augen auf und fixierte erneut das Gesicht auf dem Foto. Nie wäre er darauf gekommen, so sehr unterschied sich das jugendliche Antlitz von dem vom Wasser aufgeweichten Greisengesicht, das sich bei ihm im Kopf eingenistet hatte.

»Er hat mir die Namen während unserer Ehe irgendwann mal verraten. Ich hatte damals gar nicht richtig zugehört, es war ja alles aus, vorbei und vergangen. Doch unterbewusst muss ich es abgespeichert haben. Schauen Sie sich den Mann hinter Gustaf

an. Wir nannten ihn Ole, Ihnen dürfte der Name Paul Lange
mehr sagen. Und das Foto hat Knut geschossen.«

»Knut?«, fragte Fischbach. »Ist mir kein Begriff.«

»Glaube ich gern. Sie kennen ihn als Andreas Resch.«

★★★

*Inzwischen kamen sie fast jede Nacht. Ole meistens zuerst. Später
folgte Björk. Obwohl sie versuchten, zärtlich zu sein, ließ ihre Gier sie
trotzdem wie Tiere wirken.*

*Beim ersten Mal, in der Nacht, nachdem Agnetha abgereist war, hatte
Sabine sich gewehrt. Doch der einzige Erfolg waren blaue Flecken und
ein schrecklich schmerzender Unterleib gewesen. Rücksicht hatten die
beiden beim nächsten Mal nicht darauf genommen.*

*Mit der Zeit hatte sie gelernt, es so zu erdulden, dass zumindest keine
physischen Schmerzen zurückblieben. Leider war das nur ein kleiner
Trost. Innerlich schwankte sie zwischen Zorn und Selbstmitleid, tief in
ihr zerfleischte es ihre Seele.*

*Eine Weile hatte sie noch gehofft, Agnetha würde an der Seite von
Polizisten zurückkehren. Dass ihre überstürzte Abreise nur Tarnung
gewesen war, um alle in Sicherheit zu wiegen und dann überraschend
zuzuschlagen. Aber nichts dergleichen war geschehen. Schweren Herzens
hatte sich Sabine eingestehen müssen, dass dieser Strohhalm keiner mehr
war.*

*Björk pumpte rhythmisch über ihr. Sein Atem ging stoßweise, mit
den Händen stützte er sich neben ihrem Kopf ab.*

*In der ersten Nacht hatte sie ihm gedroht, alles ihrem Vater zu
erzählen. Björk hatte die Hose hochgezogen und abfällig gelacht. »Der
hat dich doch längst vergessen. Oder hast du ihn in letzter Zeit irgendwo
gesehen? Und selbst wenn. Der sucht doch direkt wieder das Weite, wenn
er erfährt, was seine Tochter hier so treibt. Mit solch einer Enttäuschung
kann Magnus gar nicht umgehen, der Schlappschwanz.« Dann hatte er
ihr bebendes Kinn zwischen Daumen und Zeigefinger eingeklemmt und
ihr tief in die Augen geblickt. »Und sollte er doch auf die Idee kommen,
hier Stress zu machen, dann wird dein Papa einen kleinen Unfall haben,
das verspreche ich dir.« Schockiert hatte sich Sabine zusammengekauert.
Zweifellos wäre Björk dazu imstande gewesen.*

Er keuchte, sein nach Bier stinkender Atem strich ihr übers Gesicht.

Seit einigen Tagen spürte Sabine ein Gefühl in sich, das immer mehr Raum einnahm und inzwischen so heiß brannte wie flüssige Lava: der Wunsch nach Rache. Sie wollte sich nicht mehr benutzen lassen. Keine Angst mehr davor haben, ihrem Vater würde Leid angetan. Sie wollte es allen heimzahlen. Sie dafür büßen lassen, dass sie sich abwendeten und nichts bemerken wollten. Allen voran ihre Adoptivmutter.

Endlich bäumte Björk sich auf. Er krümmte seinen Rücken, ein letztes Zustoßen, dann erschlaffte er und fiel auf sie.

Wie tot, dachte sie. Nur der rasende Puls, den sie durch ihr hochgeschobenes Nachthemd spürte, bewies ihr, dass noch Leben in ihm war. Regungslos wartete Sabine ab und konzentrierte sich auf ihren Atem. Sein Gewicht lastete schwer auf ihrem Brustkorb. Anfänglich war sie in Panik geraten, hatte gefürchtet, zu ersticken. Doch das hatte alles nur noch schlimmer gemacht. Schließlich hatte sie gelernt, dass Abwarten das beste Mittel war, um der Luftnot vorzubeugen.

Endlich rollte Björk von ihr herunter und seufzte zufrieden. »Ich kann einfach nicht genug von dir kriegen«, flüsterte er. Seine Hand glitt über ihren Bauch. »Irgendwann wird es dir auch gefallen. Es klappt ja schon immer besser.«

Sabine unterdrückte ein Schaudern. Er sollte sich in Sicherheit wiegen und keinen Verdacht schöpfen. Hoffentlich würde er bald verschwinden.

Fünf Minuten lagen sie so nebeneinander, bis Björk aufstand und sich anzog. »Gute Nacht, mein Schätzchen«, sagte er und strich ihr übers Haar, bevor er endlich verschwand.

Sie hörte ihn die Treppe hinunterpoltern, dann verhallten die Schritte im Haus. Sabine sprang von der Matratze und wischte sich mit dem Waschlappen, den sie eigens für diesen Zweck unter dem Bett griffbereit liegen hatte, die Scham ab. Nicht zum ersten Mal schickte sie ein Stoßgebet nach oben. Nichts wäre schlimmer als eine Schwangerschaft. Eilig zog sie sich an und steckte den Waschlappen in die hintere Hosentasche. Den würde sie noch benötigen. Ihr Wecker zeigte kurz nach zwölf, als sie schleichend das Zimmer verließ.

Weglaufen kam nicht in Frage. Diese Option hatte sie rasch verworfen. Wohin sollte sie sich auch wenden? Niemand war für sie da. Die Großeltern hatte sie nur wenige Male gesehen, kannte weder Namen noch Adresse. Es gab auch keine Onkel und Tanten, ihre Adoptiveltern waren Einzelkinder.

Klar, zur Polizei gehen und dort alles erzählen wäre eine Möglichkeit. Aber würden sie ihr überhaupt glauben? Ihre Mutter konnte recht überzeugend wirken, wenn sie wollte. Sicher würde sie sie als Lügnerin hinstellen und damit auch garantiert durchkommen. Das Risiko wollte sie auf keinen Fall eingehen. Sosehr sie es auch drehte und wendete, sie musste zu einer radikalen Maßnahme greifen.

Im Schatten der Hauswand schlich sie zu Knuts Bully, der unter einer großen Linde stand. Die glupschäugigen Scheinwerfer des Wagens schienen sie mitleidig anzuschauen. Sie umrundete die Front des Fahrzeugs und öffnete die Ladetür auf der Beifahrerseite. Knut hatte die Angewohnheit, seine wenigen Habseligkeiten im Inneren zu lagern. »Jederzeit bereit«, so lautete sein Motto. Irgendwann würde er in den Bully springen und in die weite Welt hinausfahren, da war sich Sabine sicher. Es würde sie nicht wundern, wenn ihre Mutter dann auf dem Beifahrersitz Platz nahm.

Vor einigen Wochen hatte Knut ihr alles gezeigt. Er war in die hintersten Winkel gekrochen, um ihr ein brötchengroßes Schweizer Taschenmesser und eine Taschenlampe so lang wie ein Krückstock zu zeigen. Sein ganzer Stolz war jedoch ein Kassettenrekorder von Philips gewesen. Fasziniert hatte Sabine das Gerät bestaunt. Sogar aufnehmen konnte man damit.

Vor zwei Wochen hatte sie den Rekorder unter ihrem Bett versteckt und die Aufnahmeknöpfe gedrückt. Doch ausgerechnet in dieser Nacht waren Ole und Björk nicht zu ihr gekommen. Wütend hatte sie die Kassette herausgerissen, einen Bandsalat fabriziert, das Gerät in den Wagen zurückgebracht und anschließend die zerstörte Kassette vergraben. Einige Tage war Knut verzweifelt herumgelaufen und hatte seine Queen-Kassette gesucht. Sabine hatte sich nicht getraut, einen neuen Versuch zu starten.

Sie sah sich um: eine Matratze, auf der Teller, Gläser, Tassen und ein geöffneter Schlafsack lagen. Konserven und Werkzeuge stapelten sich im hinteren, höher gelegenen Bereich über dem Motor. Angelruten baumelten vom Wagenhimmel. Eine Karte, auf der Sabine im milchigen Licht der Sterne den Umriss Spaniens erkannte, hing an der Trennwand zum Fond. Es roch nach kaltem Rauch, Motorenöl und Knuts Schweiß.

Sie zog an dem Schlafsack. Endlich entdeckte sie das, wonach sie gesucht hatte. Sie packte zu. Der Griff des olivgrünen metallenen Benzinkanisters schmiegte sich in ihre Hand, während sie ihn rückwärts aus dem Wagen zog. Inständig hoffte sie, dass niemand die Schleifgeräusche hörte. Endlich stand der Kanister vor ihren Füßen. Rasch steckte sie noch eine Welt-Streichholzschachtel ein, die neben den Konserven und dem Bunsenbrenner lag, dann verschloss sie den Bully wieder.

Einige Sekunden horchte sie. Im Haus war alles ruhig. Niemand schien etwas bemerkt zu haben.

Erleichtert schleppte sie den Kanister in Richtung Hintereingang. Das Benzin gluckste und schlug schwappend gegen die Innenwand. Schon nach wenigen Metern schnitt der Griff in ihre Hand, und ihre Schulter rebellierte vor der ungewohnten Anstrengung.

Leise keuchend erreichte sie die Tür. Vorsichtig drückte sie sie einen Spaltbreit auf und spähte hindurch. Im Flur leuchtete eine schwache Glühbirne. Vor vier Monaten hatte ein Mitglied der Kommune auf dem nächtlichen Gang zur Toilette eine Stufe verfehlt, war polternd herabgestürzt und hatte sich dabei ein Bein gebrochen. Daraufhin hatte Björk angeordnet, das Licht eingeschaltet zu lassen.

Das kam Sabine für ihr Vorhaben sehr gelegen. So musste sie nicht mit einer Taschenlampe hantieren, deren tanzender Lichtstrahl vielleicht bemerkt worden wäre.

Links ging die Treppe zum Keller ab. Sie schlich so gut es ging mit dem gefüllten Kanister hinunter, der schätzungsweise zehn Liter Benzin enthielt. Das Gewicht zog schmerzhaft in ihren Gelenken. Den Fuß der Treppe konnte sie gerade noch erkennen. Mehr musste sie auch nicht sehen. Oft genug war sie am Tag hier unten gewesen und hatte eingelagerte Kartoffeln nach oben geholt.

Holzregale standen an den Wänden. Der Vorbesitzer musste ein Faible für Selbstgebrannten gehabt haben, denn unzählige staubige Flaschen lagen auf den Böden, und die Kommune bediente sich nur zu gerne daran. In der linken hinteren Ecke am Lichtschacht stapelten sich die Brikettvorräte, die Björk eingelagert hatte. Rechts neben der Treppe türmten sich ausrangierte Polstermöbel. Paradiesische Zustände für Sabines Vorhaben.

Sie öffnete den Kanister und kippte ihn nach vorne. Glucksend plätscherte das Benzin auf den Boden, bildete einen See und verästelte sich in alle Richtungen. Der beißende Gestank stach ihr unangenehm in die Nase. Sie zwang sich, durch den Mund zu atmen. Mit dem Kanister in der Hand bewegte sie sich langsam die Treppe hoch. Oben angekommen, gluckerte im Inneren nur noch ein Rest. Sie zog den Waschlappen hervor und tränkte eine Ecke des Stoffes mit Benzin. Jetzt war alles vorbereitet. Mit einem Streichholz zündete sie den Lappen an. Bläulich züngelte die Flamme empor.

Einen kurzen Moment zögerte sie. War sie tatsächlich im Begriff, das Haus anzuzünden? Eine Brandstifterin, und das mit fünfzehn? Ein leichter Schwindel ließ sie taumeln. Sie lehnte sich gegen die Wand. Die Flammen fraßen sich durch den Stoff des Waschlappens, von der Hitze schmerzten ihre Fingerspitzen. Sie riss sich zusammen. Jetzt oder nie, dachte sie, um sich selbst Mut zuzusprechen. Nur so konnte sie ihrer Hölle hier entfliehen. Es würde niemand zu Schaden kommen. Sie würde rechtzeitig Alarm schlagen.

Sie warf den Lappen in den Keller.

Neugierig blickte sie ihm nach. Es ging ihr nur darum, das gemeinsame Heim der Kommune zu zerstören. Niemand sollte in den Flammen umkommen.

Im Augenblick der Explosion, deren Luftdruck sie nach hinten warf, erkannte sie schmerzhaft, dass das so nicht funktionieren würde.

Die Zeichen der Zeit

Fischbach fühlte sich wie in einer Waschküche. »Scheiß Luftfeuchte«, murmelte er. Das T-Shirt klebte ihm am Leib, in den Motorradstiefeln sammelte sich der Schweiß. Er sehnte sich nach einer Dusche, doch die war noch mindestens eine Stunde entfernt.

»Da braut sich was zusammen«, sagte Welscher.

Sie standen neben Rita Lörsch unter zwei riesigen Linden, deren Blätter in der lauen Nachmittagsbrise raschelten. Vor ihnen ragten verkohlte Balken wie magere Finger in die Luft. Links stand ein ausgebranntes, rostiges Fahrzeugwrack. Moos wuchs auf den Resten des Mauerwerks. Hüfthohes Unkraut wucherte rund um die Ruine. Eine verkohlte Treppe führte fünf Stufen ins Nichts.

»Da haben Sie recht. Es wird bald regnen«, sagte Rita Lörsch, die sie über einen schmalen Pfad hierhergeführt hatte. Sie schirmte die Augen ab, blickte nach oben und schnupperte wie ein Hund. »Ein Gewitter. Es wird heftig werden.«

»Das riechen Sie?«, fragte Welscher erstaunt.

»Wenn man ohne Strom lebt, muss man sich auf die Instinkte verlassen statt auf den Wetterbericht.« Sie setzte sich auf einen Findling, der im Gras lag. »Wir saßen oft hier draußen.« Mit der Hand klopfte sie auf den Stein. »Der hat sich nicht von der Stelle gerührt, den gab es damals schon.« Sie zeigte auf einen unkrautüberwucherten Haufen rechts neben der Ruine. »Dort stand die Scheune. Es war ein Inferno, die Hitze unbeschreiblich, das Schrecklichste, was ich je erlebt habe.« Ihr Blick wurde starr. »Meterhoch schossen die Flammen in den Himmel. Und überall schreiende Menschen. Es gibt Nächte, da träume ich davon. Vom Rauch, der in der Lunge beißt, dem krampfhaften Husten, der einem fast den Brustkorb zerreißt. Von der überwältigenden Angst, die alles betäubt. Und von der Frau.« Versonnen sah sie in die Ferne.

»Welche Frau?«, fragte Fischbach.

Rita Lörsch schüttelte sich. »Wie bitte?«

»Sie haben eine Frau erwähnt. Sie träumen hin und wieder von ihr?«

»Ja, es war … ich lief …« Sie ballte die Hände zu Fäusten. »Überall Feuer, es war so heiß. Ich rannte um mein Leben, hinter mir die Frau. Ich kann mich nicht an ihren Namen erinnern. Es krachte, Funken flogen, glühende Balken stürzten herab. Einer schrammte mir über die Schulterblätter.« Sie drehte sich auf dem Stein zur Seite, zog ihr T-Shirt nach oben und zeigte eine blasse Brandnarbe auf dem Rücken, die Fischbach bereits bei der Festnahme aufgefallen war. Sie ließ den Stoff wieder fallen. »Ich habe Glück gehabt.«

»Na ja«, sagte Fischbach. »Verharmlosen Sie das nicht. Es hat bestimmt höllisch …«

»Die Frau hinter mir lag *unter* dem Balken«, unterbrach sie ihn. »Ihre Kleidung brannte, es roch nach verkohltem Fleisch.« Sie würgte. »Ein Geruch … ich kann ihn … er hängt mir immer noch in der Nase. Die Frau … das Weiß ihrer Augen stach unwirklich grell aus dem verrußten Gesicht heraus. Sie streckte mir ihre Hand entgegen. Es wurde immer heißer, ich musste raus, ich … ich … ich habe sie im Stich gelassen, sie einfach da liegen lassen.« Sie packte Fischbachs Unterarm. »Ich hatte keine Chance, ihr zu helfen«, rief sie.

Erschrocken zuckte Fischbach zusammen. »Ähm, also vorhin haben Sie noch gesagt, wenn Sie um jede Person trauern würden, die gewaltsam zu Tode kommt, hätten Sie viel zu tun.«

Wütend blickte sie ihn an. »Sie verstehen gar nichts, Sie grober Klotz. Die Frau … sie … Ich hätte ihr vielleicht helfen können. Es lag vielleicht in meiner Hand.« Ihre Stimme versagte. Sie schlug die Hände vors Gesicht und weinte hemmungslos.

Tröstend legte Welscher ihr die Hand auf die Schulter. »Sie haben sich nichts vorzuwerfen.«

Fischbach beschloss, seine weiteren Fragen für ein paar Minuten zurückzustellen, damit Rita Lörsch sich sammeln konnte. Er trat näher an die Ruine heran. Der Boden des Erdgeschosses war trichterförmig eingebrochen. In der Mitte lagen Mülltüten, ein alter Kühlschrank und zwei Fahrradrahmen. Offensichtlich nutzte jemand die Ruine als illegale Deponie. Er meinte, immer noch etwas von dem Rauch zu riechen. Ob das nach all den Jahren überhaupt möglich war? Er schlug den Weg zur Rückseite ein. Dabei warf er einen Blick in den ausgebrannten Wagen. Der Form nach tippte er auf einen VW-Bully, ein T1 oder vielleicht auch schon ein T2. Von den Vordersitzen waren nur Sprungfedern übrig, die Türen hingen in den Angeln, und von den Reifen fanden sich nur noch die Felgen. Er hob den Blick. Überreste eines Zauns markierten die Fläche des ehemaligen Gemüsegartens. Statt Kohl und Stangenbohnen wuchsen dort jetzt Brennnesseln und meterhohe Disteln. Der Bach, der hinter der Ruine plätscherte, zog Fischbach magisch an. Er hockte sich ans Bachbett. Mit beiden Händen schöpfte er Wasser und spritzte es sich ins Gesicht. Die Kühle erfrischte ihn. Er schlürfte einige Schlucke aus der hohlen Hand und beschloss dann, wieder zu den anderen zurückzukehren.

Rita Lörsch schien es besser zu gehen. Ihr Gesichtsausdruck wirkte gefasst, ihre Tränen waren getrocknet.

»Geht's wieder?«, fragte er.

Sie nickte.

Welscher setzte sich auf einen liegenden Baumstamm. »Wie viele sind denn damals hier umgekommen?«

»Fünf. Drei Frauen, zwei Männer. Fragen Sie mich jetzt aber nicht nach den Namen, meine Erinnerungen sind ziemlich verblasst. Oder verdrängt, suchen Sie sich was aus.«

»Das wird sich recherchieren lassen«, sagte Fischbach. »Wie ist der Brand denn ausgebrochen?«

»Es war Brandstiftung. Irgendjemand hat uns buchstäblich Feuer unter dem Arsch gemacht. Er hat sogar … die Polizei hatte dafür einen Begriff …«, fragend blickte sie Welscher an. »Feuerbeschleuniger?«

»Fast. Brandbeschleuniger«, korrigierte er.

»Von mir aus. Auf jeden Fall wurde Benzin verwendet.«

»Wurde der Täter gefasst?«, fragte Fischbach.

»Leider nicht.« Ihr Gesicht verzerrte sich zu einer wütenden Grimasse. »Dieses Schwein! Er muss sich gut ausgekannt haben. Hat den Benzinkanister aus dem Wagen von Andreas Resch geklaut.« Sie zeigte auf das ausgebrannte Wrack. »So etwas muss man ja wissen, oder? Dass der da drin Benzin hortet.«

»Wahrscheinlich, ja. Haben Sie denn jemanden in Verdacht?«

Sie nickte. »Es war bestimmt einer aus dem Dorf. Die waren

nicht gut auf uns zu sprechen. Sogar ein Pfarrer kam vorbei und hat uns gewarnt.«

Nur mit Mühe konnte sich Fischbach einen Geistlichen als Brandstifter vorstellen, was er jedoch seiner katholisch geprägten Erziehung anlastete. Rein objektiv wusste er natürlich, dass selbst solche Personenkreise nicht ausgeschlossen werden durften.

»An dem Tag, als das Gruppenfoto aufgenommen wurde«, berichtete Rita Lörsch weiter, »wurden wir beschossen. Das müssen Sie sich mal vorstellen: Da tauchen so ein paar Typen auf und feuern wild um sich. Man kann mit Fug und Recht behaupten, dass wir äußerst unbeliebt waren.«

»Anfeindungen waren also an der Tagesordnung«, fasste Welscher zusammen.

»Genau.«

Sollte wirklich jemand aus dem Dorf das Haus angesteckt haben, konnte er sich der Rückendeckung der anderen sicher sein, dachte Fischbach. Niemand wurde hier in der Gegend einfach so von den Nachbarn verraten. Es war noch nicht allzu lange her, da hatten sie einen Mordfall in Kall aufzuklären gehabt. Ein Mann hatte seinen Kumpel mit einem Jagdgewehr erschossen. Zwei Wochen später war die Leiche auf einer Deponie entdeckt worden. Sowohl bei der Beseitigung der Tatwaffe wie auch bei der Zerstückelung der Leiche mittels Trennschneider hatte ein Nachbar geholfen. Ein anderer Helfer hatte die Leiche vorübergehend in seinem mit Bauschutt gefüllten Anhänger versteckt. Beide hatten von dem Mord und der Leiche gewusst, jedoch nichts der Polizei gemeldet. So lief das auf dem Lande.

Fischbach holte tief Luft. Die Kollegen, die damals an der Aufklärung der Brandstiftung gearbeitet hatten, waren auf eine Mauer des Schweigens gestoßen, da war er sich sicher. »Was ist mit der Kommune nach dem Brand passiert?«

»In alle Winde verstreut«, antwortete Rita Lörsch. »Wir sind nie wieder zusammengekommen. Aus und vorbei.«

»Sollte die Ehe mit Gustaf Lörsch ein Versuch werden, die Sache wiederzubeleben?«

»Nein, der Reiz war irgendwie verflogen. Zumindest bei ihm.«

Fischbach bemerkte, wie Welscher auf die Uhr schaute. Er tat es ihm gleich und sah, dass es bereits halb sechs war. »Ich denke, wir haben genug gesehen«, sagte er. »Lasst uns zurückgehen.«

Er würde Rita Lörsch nachher am Wohnwagen noch ein wenig auf den Zahn fühlen. Welscher konnte währenddessen schon zu seinen Eltern fahren. Später, nach einer ausgiebigen Dusche, würde Fischbach zum Grillen ebenfalls dort aufschlagen.

Er half Rita Lörsch auf die Beine. Zusammen machten sie sich auf den Rückweg.

Keiner von ihnen sprach, während sie liefen. Der Ort mit der Ruine ging Fischbach nicht aus dem Kopf. Schrecklich, was die Mitglieder der Kommune dort erlebt hatten, gar keine Frage. Doch es irritierte ihn, dass er sich nicht richtig einfühlen konnte. Woran lag das nur? In ihm schwangen Saiten, die ein glückliches Lied spielten. Gefiel ihm etwa der Gedanke an die freie Liebe, die die Kommune geprägt hatte? Oder das unbekümmerte Leben ohne Verpflichtungen, in dem es kaum Regeln gab? War es das? Das Gruppenfoto hatte er noch deutlich vor Augen. Etwas kam ihm bekannt vor. Doch was war es? Ein Gesicht? Aber wen sollte er von den Mitgliedern der Kommune schon gekannt haben? Oder war es etwas im Hintergrund? Er musste da unbedingt mal mit der Lupe ran. Es war kein Hirngespinst, da war er sich so sicher, wie die Sonne im Osten aufging.

★★★

Sigrid reichte ihm das Telefon in die Dusche. Konsterniert sah Fischbach darauf. »Hat das nicht Zeit?«

»Es ist dringend, sagt Andrea.«

»Wie, Andrea? Die ist doch krank.«

»Offensichtlich kann sie trotzdem noch sprechen.«

Fischbach stellte das Wasser ab, griff den Hörer und blaffte ein »Ja?« in die Sprechmuschel.

»Da bist du ja endlich«, sagte sie. »Was ist mit euren Handys?«

»Ich stehe nackt unter der Dusche«, überging er die Frage. Sein Gerät lag im Büro, er hatte es dort vergessen. Und Welscher hatte seins auf stumm geschaltet, als er zu seinen Eltern aufgebrochen war.

Das schlechte Gewissen meldete sich. Für den Leiter einer Mordkommission war die Unerreichbarkeit ein sträflicher Zustand.

»Oho, nackt? Aber egal, wir haben ja keine Bildübertragung.«

»Hahaha«, lachte Fischbach unlustig. »Was ist denn so dringend, dass ich mich noch nicht mal abtrocknen darf?«

»Die Trierer haben Bilder gefunden. Die solltest du dir mal ansehen. Andreas Resch scheint nicht der unbescholtene Bürger gewesen zu sein, für den man ihn landläufig hielt.«

Fischbachs Neugierde erwachte. »Was ist denn darauf zu sehen?«

Er hörte Andrea Luft holen. »Ein Vergewaltigungsopfer.«

★★★

Mit einer leicht sauertöpfischen Miene begrüßte Welscher Fischbach.

»Das ist Theo, mein Vater«, sagte er und wies auf den älteren Mann an seiner Seite.

Die Ähnlichkeit war verblüffend. Selbst wenn Welscher ihn nicht vorgestellt hätte, wäre der Rückschluss auf eine nähere Verwandtschaft nicht allzu schwer gewesen.

Fischbach stellte die beiden Motorradkoffer auf den Boden und stellte sich vor.

»Ich muss … zugeben … äh … junger Mann …« Theo brach ab und runzelte die Stirn. »Ihr Name fällt mir nicht …«

Fischbach lachte und klopfte ihm auf die Schulter. »Das wird schon noch. Nenn mich Hotte, ist bestimmt am einfachsten. Magst du ein Bier?«

Theos Miene hellte sich auf. »Bier, mhm.«

Sie gingen durch das Haus in den Garten.

Andrea Lindenlaub saß mit übereinandergeschlagenen Beinen auf einem Stuhl. Eine Kladde lag vor ihr auf dem Tisch. Übereifrig griff sie danach, doch Fischbach bedeutete ihr, abzuwarten. »Erst einmal essen wir in Ruhe.«

»Kennen wir uns?« Theo hielt Andrea Lindenlaub die Hand hin.

»Sie hat sich gerade bei dir vorgestellt«, wies ihn Welscher schroff zurecht.

Theo zuckte zusammen. »Ich … weiß nicht mehr. Ich glaube, das passiert … häufig in letzter Zeit. Sie kenne ich leider … nicht.«

Genervt fuhr sich Welscher mit der Hand durch die Haare. »Ich denke, ich verschwinde gerade mal in die Küche und würze das Fleisch.« Er bückte sich nach den Motorradkoffern.

»Moment.« Fischbach war schneller und holte zwei Flaschen Bier heraus. Er hebelte die Kronkorken mit einem Öffner ab, den er am Schlüsselbund bei sich trug, und reichte ein Bier an Theo weiter. »So, jetzt kannst du losziehen«, sagte er zu Welscher. »Die restlichen Flaschen bitte in den Kühlschrank legen. Die Kühlakkus halten ja nicht ewig.«

»Zu Befehl«, knurrte Welscher und verschwand im Inneren des Hauses.

Zwei Stunden später saßen sie pappsatt um den Terrassentisch herum. Nur ein Kotelett lag noch auf dem Kugelgrill und nahm langsam die Farbe eines Briketts an.

Theo war müde ins Bett geschlichen, nachdem er drei Bier getrunken und ebenso viele Steaks verspeist hatte. Das Essen in Gesellschaft schien ihm gefallen zu haben. Er hatte ausgiebig gelacht und nur ein einziges Mal nach seiner Frau gefragt. Im Obergeschoss war jetzt alles ruhig.

In der einsetzenden Dämmerung flackerten im Westen die Blitze des aufziehenden Gewitters über den Horizont. Es grummelte vernehmlich.

Fischbach erschlug eine Mücke auf seinem Unterarm. »Mistviecher. Bei so einem Wetter sind die besonders gierig.«

Andrea Lindenlaub half Welscher dabei, die Teller zusammenzuräumen.

»Willst du nicht helfen?«, fragte sie.

»Es gibt da eine Regel.«

»Verstehe nur Bahnhof. Was für eine Regel?«

»Die Männer stehen am Grill und kümmern sich ums Fleisch, die Frauen erledigen den Rest.«

»Ha!«, rief Welscher und lachte. »Da hast du dich ins eigene Fleisch geschnitten. An mir siehst du, dass deine Regel keine allgemeingültige ist. Oder bin ich eine Frau?«

»Wie man es sieht«, sagte Fischbach, winkelte das Handgelenk ab und lachte künstlich.

Kurz gefror Welschers Miene, dann fiel er in das Lachen ein. »Blödmann.«

Fischbach ließ die beiden machen und griff sich die Kladde mit den Fotos, die die ganze Zeit unbeachtet auf dem Tisch gelegen hatte. Widerwillig öffnete er sie. Alles andere hätte er jetzt lieber gemacht. Bereits das erste Foto ließ ihn aufstoßen. Im schwachen Licht der untergehenden Sonne konnte er gerade genug erkennen, um zu ahnen, welches Leid das Mädchen auf dem Foto ertragen haben musste. Es lag auf einem Holzboden, der Rock war bis zum Bauchnabel hinaufgeschoben, die Scham unbedeckt. Ein Blutrinnsal zog einen Streifen über den Oberschenkel. War sie tot? Oder nur ohnmächtig? Fischbach blätterte weiter. Der Fotograf hatte unterschiedliche Perspektiven und Einstellungen benutzt. Er schien keine Hemmungen gehabt zu haben, denn selbst Detailaufnahmen waren vorhanden. Auf dem letzten Foto hatte das Mädchen schreckgeweitete Augen.

»Sie lebt«, sagte Andrea Lindenlaub.

Fischbach zuckte zusammen. Er hatte gar nicht bemerkt, wie die beiden herausgekommen und sich hinter ihn gestellt hatten.

»Das wissen wir nicht. Sie könnte danach erst ... na ja, hoffen wir das Beste. Wo sind die Fotos gefunden worden?«

»Resch hatte sie auf der Rückseite eines gerahmten Bildes versteckt, in so einer Art doppelten Boden. Feuersänger schwebt geradezu durch die Flure. Der ist stolz wie ein Kleinkind, das gerade die ersten zwanzig Meter auf einem Fahrrad unfallfrei überstanden hat. Sein Instinkt ist aber auch unheimlich. Als hätte er einen allwissenden Dämon beschworen.«

Ein fernes Donnergrummeln unterstrich ihre Worte. Der Wind frischte auf, die Glut im Grill leuchtete heller.

»Na, na, na, lass mal die Kirche im Dorf«, sagte Welscher. »Erfahrungswerte eines alten Tatorthasen, mehr steckt nicht dahinter. Mit dem Drohbrief, den er bei Gustaf Lörsch vermutet hat, lag er schließlich daneben.«

»Bisher«, orakelte Andrea Lindenlaub.

Fischbach strich mit den Fingern über das Gesicht des Mädchens auf den Fotos. »Wissen wir, wer das ist?«

»Noch nicht.« Andrea Lindenlaub ließ sich auf einen Stuhl fallen. Sie wirkte müde und erschöpft. Nachwirkungen der überstandenen Migräne, vermutete Fischbach. »Das Papier, auf dem die Fotos entwickelt wurden, stammt aus den Siebzigern. Das haben die Trierer bereits festgestellt.«

»Bitte was?« Welscher nahm Fischbach das Foto aus der Hand und hielt es näher an die Kerze, die auf dem Tisch stand. Die Flamme am Docht tanzte wild im Wind. »Hast du das Gruppenfoto dabei?«, fragte er Fischbach. »Das von der Kommune, das uns Rita Lörsch gegeben hat?«

»Selbstverständlich. Es steckt in der Seitentasche eines der beiden Koffer.«

Eine Böe fegte ums Haus und blies die Kerze aus. Ein Blitz zuckte über den nächtlichen Himmel, kurz darauf donnerte es.

»Wir gehen besser rein«, sagte Welscher besorgt. »Nehmt bitte die Auflagen und Gläser mit.«

Im Wohnzimmer schaltete er alle Lichter ein, die zur Verfügung standen. Im Wandschrank suchte er kurz nach einer Lupe. »Kaum zu glauben. Immer noch am gleichen Platz wie früher.« Er legte alles auf dem Tisch ab. »Ich hole das Gruppenfoto.«

Kurz darauf beugten sie sich darüber.

Mit der Lupe suchte Welscher das Gruppenfoto ab. Fischbach entdeckte das Gesicht des Mädchens bereits, bevor Welscher es mit der Linse vergrößerte. »Bingo.«

Andrea Lindenlaub ließ sich auf das Sofa plumpsen. »Dann hängt also alles mit dieser Kommune zusammen. Die Mordopfer, dieses Mädchen. Wir haben eine Spur.« Zufrieden lächelte sie. »Endlich.«

Fischbach nahm Welscher die Lupe aus der Hand. Einige Male wechselte er von dem einen Foto zu dem anderen. Es gab keinen Zweifel. Nachdenklich legte er sie auf dem Tisch ab. »Also gut, die Kommune ist der Aufhänger. Ich spinn jetzt mal ein wenig rum, okay?«

Welscher nickte. »Lass dich nicht aufhalten. Aber ich kann mir schon denken, was jetzt kommt.«

Fischbach verschränkte die Arme auf dem Rücken und ging zum Fenster. »Nehmen wir an, dieses Mädchen da auf den Fotos hat überlebt, sowohl das, was ihr angetan wurde, als auch die Feuersbrunst. Und jetzt, als reife Frau im fortgeschrittenen Alter, sinnt sie auf Rache.«

»Ging mir auch im Kopf rum«, sagte Andrea Lindenlaub. »Das heißt, sie könnte von unseren drei Mordopfern vergewaltigt worden sein.«

»Und vielleicht sogar noch von weiteren Personen.«

»Die weiter auf ihrer Liste stehen?«

»Genau.«

Welscher hob die Hand. »Okay, okay, so weit, so gut. Aber vergesst nicht, die Vergewaltigungen sind Jahrzehnte her. Ich frage mich: Warum kommt die Rache erst jetzt?« Irritiert schaute er zur Standuhr neben dem offenen Kamin. Er ging hin, öffnete die Tür, stellte die Uhrzeit ein und hob die Gewichte an. Sofort setzte das laute Ticken des Uhrwerks ein. »Sorry, das musste sein. Ich liebe das Geräusch«, murmelte er. »Schon als Kind. Wenn die nicht läuft, bin ich ganz unruhig.«

»Ist doch kein Problem«, sagte Fischbach. Inständig hoffte er, Welscher würde sich irgendwann mit der Vergangenheit aussöhnen. Konnte das Ticken einer Uhr dabei helfen, wäre es nur recht und billig.

»Um auf deine Frage zurückzukommen«, sagte Andrea Lindenlaub in ein lautes Donnern hinein, »manche Dinge müssen erst reifen. Wie ein guter Käse oder eine ausgezeichnete Flasche Wein. ›Rache ess Blootwoosch‹, wie man hier in der Gegend so passend sagt.«

»Hm, vielleicht hast du recht.« Welscher schien nicht überzeugt.

»Es ist außerdem nicht ganz unwahrscheinlich, dass das Mädchen dort auf den Fotos all die Jahre benötigt hat, um die Identität ihrer Schänder festzustellen. Denkt mal an das, was Rita Lörsch berichtet hat. Sie benutzten untereinander skandinavische Vornamen, keine Realnamen.«

»Dann will ich schwer hoffen, dass die Lörsch uns auch noch den Namen des Mädchens nennen kann«, sagte Welscher, »sonst wird es schwer, sie aufzuspüren.«

Fischbach nickte. »Morgen früh steigen wir genau an dieser Stelle ein. Ich fahre zu Rita Lörsch und horche sie aus. Ihr sucht derweil nach Informationen zu dem Brandanschlag. Eigentlich müsste auch noch eine Akte bei der Staatsanwaltschaft existieren. Neben Brandstiftung stand ja der Verdacht eines Mordes an fünf Menschen im Raum. Dann wäre die Akte nach den sonst üblichen dreißig Jahren nicht vernichtet worden. Aber das wisst ihr ja selbst. Erkundigt euch dort auf jeden Fall. Und Klaus soll sich mit Trier in Verbindung setzen. Die Kollegen dort müssen schließlich auch Bescheid wissen.«

Andrea Lindenlaub gähnte herzhaft. »Ich bestelle mir jetzt ein Taxi.« Sie stand auf und trat neben Fischbach ans Fenster. »Ich will es nicht übertreiben und so womöglich meine Migräne herausfordern.«

Ein greller Blitz erhellte das Wohnzimmer. Fast zeitgleich knallte ein Donner, übergangslos prasselten dicke Regentropfen herab.

Erschrocken klammerte sie sich an Fischbachs Arm.

Tröstend legte er seine Hand auf ihren Unterarm und spähte hinaus in die Nacht. Der Regen trommelte auf das Hausdach, der Wind peitschte durch die Bäume. »Der Tanz geht los«, sagte er.

★★★

Es war zwei Uhr in der Nacht. Unvermindert heftig prasselte der Regen auf das Dach des in die Jahre gekommenen Hauses. Welscher wälzte sich unruhig im Bett hin und her. In unregelmäßigen Abständen erhellten Blitze das Zimmer.

Andrea Lindenlaub war gegen halb elf aufgebrochen. Ein Taxi war nicht nötig gewesen, da Lars noch den Fiesta vorbeigebracht und den BMW mitgenommen hatte. Morgen musste er wieder nach Luxemburg, und die Fahrt dorthin wollte er nicht mit dem klapprigen Ford antreten. Bei der Gelegenheit hatte er sie kurzerhand nach Hause gefahren.

Unten im Wohnzimmer schnarchte Fischbach. Er hatte sich kategorisch gegen eine Heimfahrt in Lars' Auto gewehrt.

Welscher seufzte. Sosehr er sich auch über das überraschende Zusammentreffen mit Lars gefreut hatte, so sehr schmerzte ihn der rasche Aufbruch. Mehr als ein flüchtiger Kuss war nicht drin gewesen.

In weiter Ferne hörte er Martinshörner. Die Jungs von der Feuerwehr taten ihm leid. Garantiert würden sie diese Nacht nicht zur Ruhe kommen.

Dicht an seinem Ohr sirrte eine Mücke. Mit einer fahrigen Bewegung wischte er sie fort. Er warf das dünne Laken zur Seite, setzte sich auf die Bettkante und schaltete das Nachttischlämpchen an. Suchend blickte er sich um. Aber auf den bunten Postern seiner Jugend hatte er keine Chance, das Stechvieh zu entdecken.

Er grinste. Hatte er tatsächlich mal auf Michael Jackson gestanden? Oder auf Guildo Horn, dem langmähnigen Schlagerbarden aus Trier? Die glatzköpfigen Brüder von Right Said Fred grinsten ihm ebenfalls entgegen. Offensichtlich hatte er bereits in jungen Jahren einen breit gefächerten Musikgeschmack gehabt.

Über ihm raschelte etwas. Er runzelte die Stirn und schaute zur Decke. Eine Maus?

Es folgte ein Quietschen, so als würde ein Stuhl über den Holzboden geschoben. Das brachte nun wirklich kein spitznasiges Kleintier zustande. Augenblicklich fiel die nächtliche Lethargie von ihm ab. Was war dort oben? Er zog die Schublade der Nachtkommode auf. Einige Sekunden musterte er die Walther, die im Holster steckte, dann schloss er die Lade wieder. Er war einfach überspannt. Ein Einbrecher würde eher im Erdgeschoss sein Glück versuchen als auf dem Speicher. Er ging in den Flur und horchte. Doch außer Fischbachs Schnarchen, dem Rauschen des Regens und einem gelegentlichen, inzwischen weit entfernten Donner hörte er nichts weiter. Stattdessen nahm er einen würzigen Geruch wahr.

Rauchte hier jemand Pfeife?

Er ging vor bis zum Schlafzimmer seiner Eltern. Das Bett war leer. Was hatte das alles zu bedeuten?

Am Ende des Flurs folgte er den Stufen zum Speicher hinauf. Oben angekommen, sah er vor sich ein Glühwürmchen aufleuchten. Schwer lag der Geruch von aromatisiertem Tabak in der Luft. Ein Blitz flackerte auf. Das durch das kleine Dachfenster einfallende Licht erhellte das Gesicht seines Vaters.

Welscher räusperte sich.

»Ah, nur herein … äh …dings«, sagte Theo lachend und klopfte auf den leeren Hocker neben sich. Im diffusen Licht der Nacht hörte Welscher es mehr, als dass er es sah.

Zögernd schob er sich an diversen Pappkartons vorbei und setzte sich an die Seite seines Vaters. Vor ihm stand das Teleskop, mit dem sie in seiner Kindheit nächtelang die Sterne beobachtet hatten. Eine wehmütige Welle schwappte über ihn hinweg. Er schluckte schwer.

»Weißt du noch?«, fragte Theo und klopfte mit dem Mundstück der Pfeife auf das Okular des Teleskops. »An den roten … Stein …«

»Mars?«

»Ja, Mars! Den hast du immer ›Das rote Auge‹ genannt.« Zärtlich legte er Welscher einen Arm um die Schulter. »War … schön.«

Welschers Kehle zog sich zu. »Du erinnerst dich?«

Dröhnend lachte Theo auf. »Klar.«

Welscher bemerkte, dass seinem Vater die Worte deutlicher und lange nicht so stockend wie noch am Abend über die Lippen glitten. Hatte seine Mutter nicht gesagt, dass es auch lichte Momente gab? Oder hatte er nur davon gehört?

Theo ließ ihn los und zog an der Pfeife. »Wie alt bist du? Ich … kann mich nicht … erinnern. Fünfzehn?«

Ganz so licht ist der Moment dann doch wohl nicht, dachte Welscher und wischte sich über die Augen. »Ja, Papa, fünfzehn«, log er. Das war kurz vor dem großen Streit gewesen, an den sich Theo hier und jetzt nicht zu erinnern schien. Warum sollte er den magischen Moment mit der Wahrheit zerstören?

Er ließ seinen stummen Tränen freien Lauf und genoss die längst vergessene Wärme, die der Körper seines Vaters ausströmte.

Fischbach war bereits früh aufgebrochen. Welscher und sein Vater schliefen noch selig, und er hoffte, dass er die beiden nicht mit dem satten Wummern des Harley-Motors geweckt hatte. Nach einem Zwischenstopp daheim und einem ausgiebigen Frühstück mit Sigrid hatte ihn nichts mehr im Haus gehalten. Er war auf direktem Weg nach Ripsdorf gefahren und stand nun vor Rita Lörschs Wohnwagen.

Bodennebel hüllte das Tal ein, von den Bäumen tropfte es. Trotz des andauernden Regens lag eine unangenehme Schwüle in der Luft. Er wischte sich mit einem Papiertaschentuch den Schweiß von der Stirn und klopfte kräftig an die Tür des Wohnwagens.

»Was zum Teufel …?«

»Fischbach, Kripo Euskirchen. Ich war gestern schon mal hier. Bitte machen Sie auf, ich muss Sie dringend etwas fragen.«

»Gestern? Etwa der Fettsack?«

»Ich ziehe die Bezeichnung ›Kommissar‹ vor.«

»Kannst du Dödel nicht später wiederkommen? Mensch, ich liege noch im Bett.« Der Vorhang der Seitenscheibe bewegte sich. Rita Lörschs faltiges Gesicht mit dunklen Augenringen spähte durch das Kunststoffglas.

»Es wird nicht lange dauern«, rief Fischbach. »Ich kann Sie auch gern mit zur Wache nehmen, wenn Ihnen das lieber ist.«

»Du machst mir ja alles nass.«

Fischbach blickte an sich herab. Eine Pfütze hatte sich zu seinen Füßen gebildet. »Ich ziehe die Regenkombi aus, ist kein Problem.«

Einige Flüche später öffnete sich die Tür. »Dann komm rein in Gottes Namen.«

Rita Lörsch trug einen fadenscheinigen Morgenmantel, nur notdürftig auf Höhe der Taille zusammengebunden. Für Fischbachs Geschmack zeigte sie zu viel nackte Haut, vor allem, wenn sie sich vorbeugte.

Er streifte die Regenkombi ab und sah sich suchend nach einem Haken um. Mehr als eine Schraube, die vermutlich mal ein Vordach gehalten hatte, fand er nicht. Er hängte den Anzug daran auf und sorgte dafür, dass das Wasser nicht ins Innere des Anzugs lief. Als er in den Wohnwagen kletterte, saß Rita Lörsch bereits am Tisch und rauchte. Sie blies den Qualm zur Decke.

»Was ist denn so wichtig, dass du Fesselballon wieder hier auftauchst?« Ein schelmisches Grinsen stahl sich auf ihr Gesicht. »Oder treibt dich etwas anderes an?« Lasziv fuhr sie mit dem Finger unter den Morgenmantel und strich sich über die Brustwarze.

Ohne Aufforderung nahm er ihr gegenüber Platz. »Lassen Sie den Quatsch, sparen Sie sich das für Ihren Bauern auf. Und ich würde es vorziehen, wenn wir uns siezen. Schließlich vertrete ich den Staat, da kann ich wohl ein wenig Respekt erwarten.«

Das Lächeln verschwand. »Pfff, Staat. Da scheiß ich einen riesigen Haufen drauf. Du …«

Fischbach hob die Augenbrauen. »Na, na, na.«

»Spießer. *Sie* sind eh nicht mein Typ.«

Glück gehabt, dachte er, zog unter der Lederjacke das Gruppenfoto hervor und legte es auf den Tisch. »Wissen Sie, wer das ist?« Er tippte auf das Mädchen.

Sie aschte in den mit Kippen überfüllten Aschenbecher. Eine Weile betrachtete sie das Foto. »Ich erinnere mich kaum an die Kleine.«

»Was wissen Sie denn noch?«

»War ein Sauertöpfchen. Ich glaube, sie hat nie gelacht.«

Kann ich mir gut vorstellen, dachte Fischbach, bei dem, was das Kind mitgemacht haben muss. »Sonst noch was?«

»Wenn ich mich recht erinnere, hat Gustaf ihr irgendwann einen skandinavischen Namen verpasst. Kann mich aber nicht erinnern, welchen.«

»Hatte das eine Bedeutung?«

»Durchaus. Damals war das eine Ehre. Man gehörte damit zu den Erwachsenen.«

»Musste man dafür etwas geleistet haben? Eine Art Mutprobe bestehen? Oder ein festgeschriebenes Ritual durchlaufen, so in die Richtung?

Sie rollte mit den Augen. »Ach was. Die Kleine hat ihre Tage bekommen, also ein rein biologisches Ding. Mehr steckte nicht dahinter.«

»Sie sind doch noch recht gut informiert.«

Heftig drückte sie ihre nur zur Hälfte gerauchte Zigarette aus. »Soll das ein Vorwurf sein?«

»Nun, *Sie* haben eben gesagt, kaum etwas über das Mädchen zu wissen. Dann finde ich es schon erstaunlich, dass Sie nach so langer Zeit noch über den Monatszyklus der Kleinen im Bilde sind.«

Rita Lörsch zuckte mit den Schultern. »Manche Erinnerungen kommen erst im Gespräch wieder hoch.«

Fischbach musterte sie einen Moment lang forschend. Sie hielt seinem Blick stand, schien nichts verbergen zu wollen. »Na gut. Lebt die Kleine noch?«

»Woher soll ich das wissen?«

Fischbach korrigierte sich. »Ich meine, ob das Mädchen damals den Brand überlebt hat.«

»Oh, das weiß ich jetzt ganz genau. Es waren nur Erwachsene, also Ältere, nicht die Küken, umgeko–« Sie brach ab, runzelte die Stirn und nahm das Foto zur Hand. »Wo wir gerade über die Brandopfer sprechen. Ich bin mir sicher … ah, hier.« Sie drehte das Foto und tippte auf das Gesicht neben dem Mädchen. »Ihre Mutter, da bin ich mir sicher. Oft habe ich die beiden zwar nicht miteinander gesehen, aber sie gehörten zusammen.«

»Und von dieser Frau kennen Sie den Namen?«

»Das jetzt nicht, nein.«

Toll, dachte Fischbach, macht das Stochern in der Vergangenheit auch nicht einfacher.

»Aber sie ist bei dem Brand umgekommen.«

Es dauerte einen Moment, bis Fischbach begriff, was das bedeutete.

»Graben Sie in Ihren Unterlagen«, sprach Rita Lörsch es auch schon aus. »Irgendwo werden die Opfer ja mit Namen auftauchen. Zwei Frauen sind umgekommen, das sagte ich Ihnen bereits gestern. Eine davon war die Mutter des Mädchens.«

Fischbach griff sich das Foto und steckte es unter seine Jacke.

»Sie haben uns sehr geholfen.« Keine zwei Minuten später saß er bereits auf der Harley und drehte am Gasgriff.

Die Puzzleteile fügten sich langsam zusammen.

★★★

Gereizt schaute Andrea Lindenlaub zur Decke. Die Handwerker schienen genau über ihnen den Bohrhammer in den Estrich zu stemmen. Feiner Putz rieselte herab und sammelte sich auf der Tischoberfläche. »Da wird man ja bekloppt!«

»Was?«, fragte Welscher und drehte den Kopf so, dass sein Ohr in ihre Richtung zielte.

»Ach, vergiss es.« Sie rief eine Suchmaschine im Internet auf und gab den Begriff »Ripsdorf« ein. Bisher hatte sie nichts Verwertbares finden können.

Welschers Telefon klingelte. Er nahm ab und meldete sich. Das freie Ohr hielt er sich mit dem Daumen zu. Er horchte eine Weile und sagte dann: »Super, ja, einscannen würde uns sehr helfen. Haben Sie was zum Schreiben?« Er diktierte seine E-Mail-Adresse, verabschiedete sich und legte auf.

»Und?«, fragte Andrea Lindenlaub.

»War die Staatsanwaltschaft. Es gibt noch eine Akte von dem Brandanschlag, Hotte hatte recht.«

Die Tür öffnete sich, und Maier blickte herein. »Bin mal beim Chef.« Schon war er wieder entschwunden.

»Nanu? Was ist denn da im Busch?«, fragte Andrea Lindenlaub.

»Nichts von Bedeutung. Ich habe gehört, er will in Altersteilzeit gehen.«

Andrea Lindenlaub runzelte die Stirn. War Klaus Maier tatsächlich schon so alt? Wie wenig sie doch über ihn wusste. Bevor sie weiter darüber nachgrübeln konnte, trampelte Fischbach ins Zimmer. »Leute, ich habe da was«, rief er und scheuchte Andrea Lindenlaub von seinem Stuhl.

Sie stellte sich ans Fenster. »Du weißt, wer das Mädchen ist?«

Ohne die nasse Regenkombi auszuziehen, setzte sich Fischbach. »Nicht ganz. Aber so gut wie. Gibt es noch eine Akte zu der Brandstiftung?«

»Ja. Bekomme ich gleich auf den Schirm«, antwortete Welscher. »Das heißt, sobald da jemand Zeit findet, sie einzuscannen. Man hat mir aber versprochen, es mit höchster Priorität zu behandeln.«

»Wenn heute Vormittag nichts kommen sollte, fährt jemand von euch sie abholen.«

»Kein Problem, mach ich«, sagte Andrea Lindenlaub spontan. Alles war besser, als hier im Büro weiter den Krach ertragen zu müssen. Der Bohrhammer war zwar weitergezogen und dröhnte nicht mehr direkt über ihnen. Trotzdem nervte er immer noch ungemein.

Fischbach nickte. »Bestens.« Mit lauter Stimme berichtete er von dem Besuch bei Rita Lörsch und fasste abschließend zusammen: »Also, eins der weiblichen Brandopfer ist der Schlüssel zu diesem Mädchen. Finden wir die Mutter, finden wir auch die Tochter. Mit ein wenig Glück stehen die Namen der Hinterbliebenen ebenfalls in der Akte. Und wenn nicht, gehen wir die Meldedaten durch.« Entschlossen reckte er das Kinn vor. »Wir finden das Mädchen, so oder so.«

★★★

Die Stundenglocke der Euskirchener Kirche St. Martin schlug drei Uhr an. Immer noch regnete es in Strömen. Auf der Bischofstraße standen große Pfützen, vorbeifahrende Autos verteilten links und rechts Gischtfontänen.

Beherzt sprang Welscher über einen gurgelnden Gully hinweg und drückte sich neben Fischbach in den Hauseingang des Mehrfamilienhauses mit der Nummer 10. Bereits der kurze Spurt von dem Parkplatz bis hierhin hatte ihn bis auf die Unterhose durchnässt. In seinen Sneakers stand das Wasser. Hätte er doch nur den Schirm nicht vergessen. »Was für ein Scheißwetter«, maulte er und zog die Schultern nach oben.

Fischbach grinste. Durch Helm und Regenkombi geschützt, schien ihm der Regen nichts auszumachen. »Du bist aber auch ein Weichei.«

»Haha, sehr witzig«, knurrte Welscher. Suchend ließ er den Finger über die Namensschilder wandern. Bei »Reichert« stoppte er und klingelte. Die Schließanlage summte, er drückte die Tür auf und betrat den gefliesten Flur.

Fischbach folgte ihm ins Trockene. »Sei froh, dass das andere weibliche Opfer keine Kinder hatte. Sonst hätten wir zwei Stellen anfahren müssen.«

»Dann hätte ich vorher mal angerufen und ein paar Fragen gestellt. Dass du aber auch immer direkt auf deinen Bock springen musst, Mann.«

»Beruhige dich.« Fischbach zog den Helm aus. »Zumindest sind wir so dem Krach entflohen, oder etwa nicht?«

»Wer ist da?«, rief eine Frauenstimme von oben.

»Polizei«, antwortete Welscher.

Sie stiegen die Holztreppe hinauf. Es roch nach einem Gemisch aus Bohnerwachs und Kohl. Welscher sah nach oben und zuckte zusammen. Hinter ihm stöhnte Fischbach leise auf.

Eine Frau mit extremen Brandnarben im Gesicht stand am Geländer und starrte mit nur einem Auge argwöhnisch zu ihnen herunter; eine schwarze Klappe bedeckte das andere. Die Spitze der Nase fehlte, ebenso die Augenbrauen. Im Licht des Treppenhauses schimmerten die braunen Haare künstlich.

Zwei Stufen unterhalb von ihr stoppte Welscher, zeigte seinen Dienstausweis und stellte sie vor. »Frau Sabine Reichert?«, fragte er anschließend.

»Ja. Das bin ich«, bestätigte sie.

»Ihre Mutter ist bei einem Brand verstorben?«

Ihr gesundes Auge weitete sich, die Hände umklammerten das Treppengeländer so fest, dass die Sehnen hervortraten. »Was hat das zu bedeuten? Wieso fragen Sie danach?«

»Also ja?«

Sie nickte.

»Können wir vielleicht ein paar Minuten reinkommen?«, fragte Welscher.

»Wieso? Was ist denn passiert?«

»Nicht im Treppenhaus. Dafür haben Sie doch sicher Verständnis.«

Zögerlich nickte sie. »Wenn es denn sein muss.« Hinkend schlurfte sie voran in ihr Wohnzimmer.

Fischbach zog die Regenkombi im Hausflur aus und drückte die Tür hinter sich ins Schloss.

»Nehmen Sie Platz. Darf ich Ihnen etwas anbieten?«, fragte Sabine Reichert, als er eintrat.

»Nicht nötig, danke«, sagte Fischbach. Er setzte sich neben Welscher aufs Sofa.

Kraftlos sank Sabine Reichert in einen Sessel. Der auf der Lehne drapierte Teddybär fiel zu Boden. Sie achtete nicht darauf. »Meine Mutter ist seit mehr als dreißig Jahren tot.«

»Das wissen wir«, sagte Welscher. »Um Ihre Mutter geht es eigentlich auch nicht. Sie war quasi nur Mittel zum Zweck, um Sie aufzuspüren.«

Sabine Reichert stutzte. »Mich?«

»Wir würden gern mehr über die Kommune erfahren, in der Sie 1976 gelebt haben. Wenn ich richtig informiert bin, waren Sie damals fünfzehn Jahre alt. Wie muss ich mir das Leben damals auf dem Bauernhof bei Ripsdorf vorstellen?«

»Die … Kommune?« Sie schlug die Beine übereinander und wippte mit dem Fuß. »Ich verstehe nicht. Was spielt das noch für eine Rolle? Ist doch alles vergessen und vorbei. Abgebrannt halt.«

»Na ja, schließlich war es Brandstiftung, der Täter wurde nie gefasst, der Fall nicht abgeschlossen«, erklärte Welscher. »Solche Dinge aufzuklären, ist unsere Aufgabe.« Er schenkte ihr ein Lächeln.

»Das ist ewig her.«

»So etwas verjährt aber nicht, wenn auch ein Mordverdacht besteht. Erzählen Sie einfach, an was Sie sich erinnern, Sie helfen uns sehr damit.«

Das Wippen ihres Fußes verstärkte sich. »Da gibt es nicht viel zu erzählen. Es war ein Experiment. Der Brand hat es beendet.«

Welscher gab ihr Zeit für Ergänzungen. Doch Sabine Reichert presste die Lippen aufeinander.

»Entschuldigen Sie bitte, wenn ich Sie so direkt darauf anspreche: Die Narben rühren …«

»Allerdings. Schon allein deswegen rede ich nicht gerne darüber.« Ihr Kopf ruckte vor. »Wochenlang habe ich mit unvorstellbaren Schmerzen im Krankenhaus gelegen. Und dann auch noch die Nachricht vom Tod meiner Mutter. Nicht gerade erbaulich, wenn man selbst am seidenen Faden baumelt.«

»Es tut mir leid«, versicherte Welscher, »wenn ich könnte, würde ich die Vergangenheit ruhen lassen. Aber unsere Ermittlungen haben uns leider zu dieser Kommune geführt und von dort direkt zu Ihnen.«

»Na das entschuldigt doch dann alles«, höhnte sie.

Seltsam, dachte Welscher, sie fragt gar nicht nach, warum wir hier sind. Spätestens jetzt hätte die Frage kommen müssen. Es sei denn, sie weiß, worum es geht, und hat es bei ihrem Schauspiel vergessen.

»Ich verstehe, dass es schmerzlich für Sie ist. Ich schlage vor, wir bringen es so schnell wie möglich hinter uns.«

»Ist mir recht.«

Welscher nickte. »Gut, also, die Kommune. Sie waren ein Mitglied, nicht wahr?«

»Leider ja.«

»Können Sie das bitte erläutern?«

»Wenig zu essen, niemand, der sich um einen kümmert, immer wieder neue Gesichter.« Sie rümpfte die Nase. »Ein Heim stellt man sich als Teenager anders vor.«

»Niemand, der sich um einen kümmert? Aber Ihre Mutter war doch auch dort.«

Verächtlich schnaubte sie durch die Nase. »Ihr Erziehungsstil war … *Laissez-faire*. Können Sie damit etwas anfangen?«

»Sicher. Es bedeutet so viel wie ›einfach laufen lassen‹.«

»Genau. Und um es vorwegzunehmen: Mein Vater war zu der Zeit im Ausland tätig.«

Fischbach stand auf. »Darf ich Ihre Toilette benutzen?«

Sabine Reichert wies mit der Hand in Richtung Flur, ohne den Blick von Welscher abzuwenden. »Gegenüber der Garderobe.«

Welscher bemerkte, dass Fischbach die Tür hinter sich schloss. »Haben Sie noch Kontakt zu Mitgliedern aus der Kommune?«

»Nein.«

»Zufällig in letzter Zeit jemanden getroffen, der damals dabei war?«

Sie schüttelte den Kopf. Ihr Fuß wippte noch schneller.

»Sie wirken sehr aufgebracht.«

Ihr Augenlid zuckte. Für einen kurzen Moment fürchtete Welscher einen Angriff. Doch dann atmete Sabine Reichert tief durch. »Es war … ich hatte es eben schon gesagt, nicht mein schönster Lebensabschnitt. Das Schicksal hat mir viel genommen, nicht nur meine Mutter.« Mit einer Hand fuhr sie über ihre Brandwunden.

»Das verstehe ich. Trotzdem muss ich noch etwas ansprechen, was nicht einfach für Sie sein wird«, sagte Welscher.

Sie stellte die Füße fest auf den Boden und lehnte sich in den Sessel zurück. Ihre Arme lagen jetzt parallel auf den Lehnen.

Wie auf einem Schleudersitz, dachte Welscher.

»Vielleicht erzählen Sie mir zunächst mal, was eigentlich los ist«, forderte sie.

Welscher fixierte sie. »Frau Reichert, wir wissen alles.«

Die Farbe wich ihr aus dem Gesicht. »Was … wie …?«

»Wir haben Fotos gefunden.«

»Fotos? Ich verstehe nicht.«

»Sie sind darauf abgelichtet. Wir wissen, dass Sie damals misshandelt wurden.«

Ihre Hände lösten sich von der Lehne. Sie verschränkte die Arme vor der Brust. »Ach so. Und?«

»Mehr haben Sie dazu nicht zu sagen?« Welscher irritierte ihre spürbare Entspannung. Was hatte das zu bedeuten? Sogar ein winziges Lächeln umspielte ihre Lippen. Oder veränderten ihre Narben das Mienenspiel so sehr, dass eine Deutung nicht nach normalen Maßstäben möglich war?

In dem Moment stiefelte Fischbach ins Zimmer. »Frau Reichert, kommen Sie mal bitte mit.«

★★★

Sabine spürte eine Berührung an ihrem Arm. Panisch kämpfte sie sich aus dem tiefen Nichts.

Björk!

Nicht schon wieder! Hörte das denn nie auf?

Der Schmerz kehrte zurück, gedämpft, nicht so intensiv und verzeh-

rend wie beim letzten Mal. Geblendet blinzelte sie. Über ihrem linken Auge hing etwas. Sie wollte den Arm heben und danach greifen, doch es ging nicht. Ein regelmäßiges Piepsen dröhnte in ihrem Kopf. Wo kam das her? Warum stellte es niemand aus? Wo war sie eigentlich? Sie lag weich. Ein Bett? Ja, es fühlte sich so an. Wie war sie denn hierhergeraten? Eben noch hatte sie den Flur des Bauernhauses betreten. Aber was war dann gewesen? Fieberhaft versuchte sie, sich zu erinnern.

Ihre Haut brannte. Hitze! Ein Brand, ja, es hatte gebrannt. Flammen, knisternd, riesig, heiß. Sie war zum Hintereingang rausgekrochen, immer weiter fort, bis zum Bach. Daran erinnerte sie sich. Dann war es um sie herum wieder schwarz geworden.

»Ganz ruhig, mein Schatz«, hörte sie eine Stimme sagen. »Es wird alles gut.«

Das war nicht Björk. Das war … Eine Welle der Erleichterung durchströmte ihren Körper. Konnte es wahr sein?

Das Piepsen wurde schneller.

»Papa«, krächzte sie. Jede Silbe brannte im Hals.

»Moment, mein Kind.«

Etwas Kaltes berührte ihre Lippen. Ein stechender Schmerz jagte durch ihren Kiefer. Sie zuckte zurück, roch Tee, schwarzen Tee. Die Gier ließ sie die Leiden vergessen. Sie drückte ihre Lippen an das Gefäß und trank.

»Langsam, lass dir Zeit.«

Er war es, ihr Vater saß neben ihr. Wäre sie doch nur nicht so schwach. Ihre Muskeln gehorchten nicht, sosehr sie sich auch anstrengte. Sie wäre ihm um den Hals gefallen und hätte nie wieder losgelassen.

Sie versuchte, den Kopf zu drehen. Jeder Millimeter kostete sie übermäßige Anstrengung.

»Warte, ich komme auf die andere Seite.«

Ein Stuhl schabte über den Boden. Kurz darauf kam er in ihr Blickfeld. Mit kraftlosen Schritten umrundete er das Bettende und stellte sich rechts hin. Er streckte die Hand aus, zog sie dann aber rasch zurück.

Warum berührte er sie nicht? »Was …?«, krächzte Sabine. Mehr schaffte sie nicht.

»Das wird wieder, keine Sorgen. Die Ärzte sagen, dass es dir den Umständen entsprechend gut geht.«

Ärzte? Ein Krankenhaus? »Wa-rum?«, presste sie hervor. Sie sehnte sich nach einem weiteren Schluck Tee.

*»Der schreckliche Brand. Du hattest Glück. Nicht alle haben über-
lebt.«*

*Eine Erinnerung blitzte auf. Sie sah sich selbst mit einem Kanister
in der Hand eine Treppe hinuntergehen. Sie hatte das Feuer gelegt. Oh
Gott, es hatte Tote gegeben. Sie hatte ihnen das Leben genommen! Aber
das hatte sie doch gar nicht gewollt.*

Ein Bleigewicht schien sich auf ihren Brustkorb zu legen.

Sie würgte. Am liebsten hätte sie laut geschrien.

»Was ist? Soll ich einen Arzt holen?«

*Niemand durfte von ihrer Tat erfahren. Sie wollte nicht ins Gefängnis.
Mit aller Kraft kämpfte sie gegen den Brechreiz an. »Geht … schon.«*

Erleichtert atmete er durch.

Minutenlang schwiegen sie.

Sie spürte, wie sie müde wurde.

*»Schlaf ruhig«, sagte ihr Vater mit warmer Stimme. »Ich bleibe bei
dir. Ich werde da sein, wenn du wieder aufwachst. Du musst dir keine
Sorgen machen.«*

*Das Bleigewicht hob sich etwas. Ihr Vater wollte bei ihr bleiben? Auf
sie achtgeben? Aber er musste doch arbeiten, im Ausland, weit weg.
»Immer?«, fragte sie ängstlich. Wenn er dabliebe, wäre ein Neuanfang
möglich. Dann könnte sie die Vergangenheit ruhen lassen. Björk und
Ole wären nicht mehr wichtig, weit weg, nicht mehr erwähnenswert.
Ganz einfach aus dem Gedächtnis verbannt. Hoffentlich sagte ihr Vater
Ja. Eine neue Enttäuschung könnte sie nicht …*

*»Ich bleibe, ja, keine Sorge, Sabinchen.« Er lachte. »Die Firma hat
mir sofort, als sie von dem Unglück … also … von dir gehört haben,
eine feste Stelle in Köln angeboten.«*

*Schlagartig fiel ihr das Atmen leichter, das Bleigewicht hatte sich in
Luft aufgelöst. Papa würde bei ihr bleiben. Dafür lohnte es sich, tapfer
die Schmerzen zu ertragen. Die Müdigkeit griff nach ihr. Aber es war
egal. Zum ersten Mal seit langer Zeit konnte sie beruhigt einschlafen.*

*Das Piepsen der Maschine wurde langsamer, dann leiser. Sie hörte es
nur noch wie durch Watte.*

Schlafen.

Ihr Vater würde über sie wachen.

Wie ein Blitz aus heiterem Himmel

Herzhaft gähnte Fischbach, während er Welscher die Hand gab.

Trotz des gestrigen Ermittlungserfolges hatte er schlecht geschlafen. Zum einen hatte es an dem vorzüglichen »Hövelsche op Fleesch« gelegen, von dem er zu viel gegessen hatte, weshalb ihm der Speck sogar jetzt noch schwer im Magen lag. Zum anderen war er immer und immer wieder mit den Bildern des Bauernhofes der Kommune im Kopf aufgeschreckt. Warum verfolgte ihn der Anblick nur so sehr?

»Pünktlich wie die Maurer«, sagte Welscher. »Zehn Uhr ist bei dir zehn Uhr.«

»So ist es«, bestätigte Fischbach. »Was sagt der Chef? Haben wir heute Ruhe im Haus?« Unwillkürlich schaute er zur Decke. Außer dem normalen Geräuschpegel im Büro war es ruhig.

»Du hörst es ja selbst. Bönickhausen hat tatsächlich einen Baustopp verhängt. Gibt zwar Ärger mit dem Bauleiter, aber das will er aussitzen.«

»Gut«, sagte Fischbach und drückte die Tür des Vernehmungszimmers auf. »Dann mal los.«

Sabine Reichert funkelte sie wütend an. Ihre Perücke hatte sie offensichtlich in der Zelle gelassen. Die spärlichen Haare standen wild nach allen Seiten ab. Sie saß auf einem Stuhl in der Mitte des Raumes.

Fischbach und Welscher setzten sich ihr gegenüber, getrennt durch einen schmucklosen Tisch. Welscher legte die Kladde, die er die ganze Zeit unter dem Arm gehabt hatte, auf die Oberfläche.

»Warum haben Sie mich die ganze Nacht in der Zelle schmoren lassen?«, beschwerte sie sich.

Alles Taktik, dachte Fischbach stumm. Eine Nacht zum Nachdenken hatte schon manches Geständnis ans Tageslicht befördert. Erkannte der Delinquent erst einmal die Ausweglosigkeit der Situation, kam er zur Besinnung und beichtete. »Sie wissen, warum«, antwortete er knapp.

»Das ist doch alles haltloser Quatsch«, fuhr sie auf. »Ich habe niemanden umgebracht.«

»Haben Sie es sich überlegt?«, fragte Fischbach, ohne darauf einzugehen. »Sie können einen Anwalt hinzuziehen.«

»Ach was.« Sie straffte sich. »Den benötige ich heute genauso wenig wie gestern. Ich habe nichts verbrochen.«

Welscher holte sein Smartphone hervor und setzte sich eingabebereit hin. Die Daumen schwebten über der Tastatur. »Dann reden wir doch mal darüber«, sagte er.

»Frau Reichert«, begann Fischbach, »ich fasse zusammen: Wir haben Sie gestern in Ihrer Wohnung vorläufig festgenommen. Wir werfen Ihnen den Dreifach-Mord an Paul Lange, Andreas Resch und Gustaf Lörsch vor.«

»Das ist …«, fuhr sie auf, doch Fischbach stoppte sie mit einer erhobenen Hand.

»Sie können sich gleich dazu äußern. Also: Sie haben eine Ausbildung als Radio- und Fernsehtechnikerin. Wir haben in Ihrer Wohnung außerdem zahlreiche Modellflugzeuge sichergestellt. Ihre Alibis können nicht verifiziert werden, da Sie angeben, bei allen drei Morden allein in Ihrer Wohnung gewesen zu sein. Ist das so weit richtig?«

»Ja. Und? Schauen Sie mich doch an.« Mit beiden Zeigefingern deutete sie auf ihr Gesicht. »Ich liebe es nicht gerade, in der Öffentlichkeit zu stehen und angeglotzt zu werden wie ein Monster. Deswegen trete ich selten vor die Wohnungstür, und darum habe ich auch diesen Beruf gewählt. Man kann sich in der Werkstatt verstecken und hat kaum Kontakt zur Außenwelt.«

»Sind Sie zurzeit berufstätig?«

Sie schüttelte den Kopf. »Auch das wurde mir mit der Zeit zu viel. Eigentlich war ich erleichtert, als die Filiale, in der ich beschäftigt war, vor zwei Jahren dichtgemacht hat. Streng genommen habe ich den Beruf nur meinem Vater zuliebe erlernt. Ich hätte darauf verzichten können. Seiner Meinung nach sollte ich etwas Ordentliches lernen. Das mit der ganzen Technik ist für eine Frau schon ungewöhnlich. Andererseits: Wenn man so aussieht wie ich, sollte man nicht unbedingt hinter einem Verkaufstresen stehen. Oder die hübsche Sekretärin abgeben wollen.«

»Bei wem und wo waren Sie denn beschäftigt?«

»Bei einem Freund meines Vaters. Er hatte ein Radio- und Fernsehgeschäft hier in Euskirchen, Frederik Günther.«

Welscher unterbrach das Tippen. »Frederik Günther aus Wittlich?«

»Sie kennen ihn?« Ihre Augen weiteten sich. »Er ist doch nicht etwa auch … tot?«

»Nein, nein«, wiegelte Welscher ab, »ihm geht es gut.«

Erleichtert stieß sie Luft aus. »Er ist ein netter Kerl. Hat mich immer gut behandelt.«

»Im Gegensatz zu den drei Männern, die Sie getötet haben?«

Sie schnappte nach Luft. »Ich. Habe. Niemanden. Ermordet.«

»Haben Sie einen Führerschein?«

»Bitte was? Mann, Sie sind ja bei Ihren Fragen wie ein Springbock. Da weiß man ja gar nicht mehr, wo man dran ist.«

»Einfach antworten«, sagte Fischbach. Falls sie sich ein Lügengebilde gestrickt hatte, war es gut, unvorhergesehene Fragen zu stellen. So konnte man sie gegebenenfalls aus dem Tritt bringen und in Widersprüche verwickeln. »Also, haben Sie einen Führerschein?«

»Ja.«

»Wie ist Ihr Verhältnis zu Frederik Günther? Treffen Sie sich hin und wieder?«

»Kommt vor, ja. Wir sind inzwischen Freunde.«

»Sie kennen seine Leidenschaft?«

»Den Radiosender?«

»Ja.«

»Selbstverständlich. Was Freddy da für Summen ausgibt.« Missbilligend schüttelte sie den Kopf. »Ganz verrückt ist er danach. Ich denke, das war auch der Grund, warum er die Filiale schließen musste. Sie können sich kaum vorstellen, was so ein fahrbarer Radiosender an Geld verschlingt.«

»Sie kennen also den Übertragungswagen?«

»Ja sicher. In- und auswendig. Ich habe Stunden darin verbracht und für Freddy Geräte eingebaut. Und ich war oft dabei, wenn er auf Sendung gegangen ist«, sagte sie stolz. »Es ist schon alles sehr interessant.«

»Kennt man sich als Radio- und Fernsehfachmann …«

»… frau«, korrigierte sie.

»Von mir aus. Kennen Sie sich auch mit Strom aus?«

»Sicher. Das ist Bestandteil der Ausbildung. Hat mir aber keinen Spaß gemacht. So Wände aufstemmen und Kabel im Dreck verlegen«, sie schüttelte sich, »ist überhaupt nichts für mich.«

Ihre Offenheit und Selbstsicherheit irritierte Fischbach. Blendete sie die Zusammenhänge zu den Mordfällen aus? Oder war sie eine derart gute Schauspielerin, dass sie ihre Reaktionen und ihre Stimme perfekt im Griff hatte?

»Kommen wir mal zu den Morden zurück. Sie haben ein Motiv, Gustaf Lörsch, Paul Lange und Andreas Resch zu töten.«

»Bitte was? Motiv?« Sie ballte die Hände zu Fäusten. »Ich kenne die Typen doch gar nicht. Mir sagen die Namen *über-haupt* nichts.«

»Frau Reichert«, sagte Fischbach streng, »spielen Sie uns nichts vor. Sie sind doch nicht auf den Kopf gefallen. Wir haben Sie gestern zu der Kommune befragt. Und Ihnen ist bekannt, dass wir von den Vergewaltigungen wissen. Jetzt zählen Sie mal eins und eins zusammen.«

Sie runzelte die Stirn. »Verzeihen Sie meine Begriffsstutzigkeit. Es könnte an der Situation liegen, als Unschuldige wie eine Verbrecherin behandelt zu werden.«

Welscher öffnete die Kladde und zog das Gruppenfoto hervor. Er legte es so, dass Sabine Reichert darauf schauen konnte. »Zeigen Sie mir bitte die Männer, die Sie vergewaltigt haben.«

Mit versteinerter Miene tippte sie zielsicher auf die Gesichter von Gustaf Lörsch und Paul Lange. »Ole … und Björk.« Sie schluckte hart.

»Sonst niemand?«

»Reicht das nicht?«

Für einen kurzen Moment schien Welscher verwirrt, dann zog er ein Foto heraus, auf dem Sabine Reichert nach der Vergewaltigung zu erkennen war. Er schob es ihr zu. »Wer hat das Foto geschossen?«

Einige Sekunden starrte sie darauf. »Knut«, hauchte sie schließlich. »Der hat ›nur‹ Fotos gemacht. Die anderen aber …« Sie presste die Fäuste so sehr zusammen, dass die Knöchel weiß hervortraten. »Die Schweine.«

»Und deswegen mussten sie sterben, nicht wahr?« Welschers Stimme war weich und mitfühlend. »Alle drei mussten sterben.«

Irritiert schaute Sabine Reichert auf. »Knut, Björk und Ole?«

»Ja. Wir verstehen Sie«, sagte Fischbach, der den Tonfall von Welscher nachahmte. »Jahrzehntelang hatten Sie Ihre Gefühle im Griff, haben Ihren Groll eingesperrt und im Zaum gehalten. Aber wie ein steter Tropfen den Stein höhlt, brach der Hass sich schließlich Bahn.«

»Nein … nein«, stotterte sie, »es ist doch lange vergessen. Warum sollte ich gerade jetzt …?«

»Aus Rache«, sagte Welscher. »Die Zeit war reif.«

»Nein!«, schrie sie und sprang auf. Der Stuhl fiel polternd nach hinten um. »So ein Blödsinn!« Sie gestikulierte wild mit den Armen. »Damit kommen Sie nicht durch, oh nein. Ich hatte doch überhaupt keine Ahnung, wie sie mit bürgerlichen Namen hießen. Wie hätte ich sie ausfindig machen sollen? Nein, nein, das passt doch alles nicht zusammen, was Sie sich da zusammen-reimen. Ich denke, ich bestehe jetzt doch besser auf einen Anw–« Sie brach ab, ihr Gesicht wurde kreideweiß.

Welscher erhob sich und ging um den Tisch herum. »Was ist los?« Sie taumelte. Er packte ihren Unterarm und drückte sie auf den Stuhl. »Ich glaube, ich besorge mal Wasser«, sagte er und verließ den Raum.

Fischbach musterte Sabine Reichert. Sie zitterte am ganzen Leib.

»Ich habe es nie jemandem erzählt«, sagte sie mit kratziger Stimme, »habe es lieber eingeschlossen, vergessen, verdrängt.«

»Warum haben Sie sich nicht geöffnet und Hilfe in Anspruch genommen?«

»Ich hatte … Sorge, dass alles rauskommt.«

»Das ist doch der Sinn der Sache, das Geschehene zu verar-beiten.«

»Sie verstehen nichts.«

»Okay, ich höre.«

Ihr Blick traf seinen. »Ich habe damals das Feuer gelegt. Ich bin schuld an dem Tod von fünf Menschen.«

Fischbach benötigte einen Augenblick, um die Information zu verarbeiten. »Bitte? Das würde ja bedeuten, dass Sie auch Ihre Mutter ...«

»Ja«, schrie sie. »Ich habe meine Mutter umgebracht!«

Sie schnaufte durch, es schien sie zu erleichtern, jemandem davon zu erzählen, denn ruhiger fuhr sie fort: »Als Sie gestern bei mir auftauchten, habe ich gedacht, Sie wären mir auf die Schliche gekommen. Und dann erzählen Sie mir einfach so von drei Morden und dass ich die Mörderin sein soll. Da setzte bei mir der Verstand aus. Ich habe eine Weile gebraucht, um wieder klar denken zu können.«

»Deswegen haben Sie gestern nichts weiter gesagt?«

»Ja.«

Welscher kam mit einem Glas Wasser zurück und stellte es vor Sabine Reichert auf den Tisch. Sie beachtete es gar nicht. »Ich war es nicht.«

Fischbach kratzte sich hinter dem Ohr. »Nun, nehmen Sie es mir nicht übel, das glaube ich Ihnen nicht. Es passt einfach alles ...«

»Ich habe meinem Vater davon erzählt«, unterbrach sie ihn.

Fischbach wechselte mit Welscher einen Blick. Er setzte sich aufrecht hin. »Wie lange ist das her?«

»Einige Monate. Noch bevor er ins Heim gezogen ist. All die Jahre ist nie ein Wort über meine Lippen gekommen. Aber an diesem Tag, da konnte ich nicht anders. Mein Vater hat meine Mutter überschwänglich gelobt, wie toll sie sich doch um mich gekümmert hat und so weiter und so fort. Da ist mir der Kragen geplatzt. Es sprudelte alles aus mir heraus, der Damm war gebrochen.«

Fischbachs war verwirrt. Konnte es sein, dass der Vater der Mörder war? Oder versuchte Sabine Reichert nur geschickt, den Verdacht auf jemand anderen zu lenken?

»Wie heißt Ihr Vater?«, fragte Welscher.

Erst jetzt schien sie das Glas Wasser wahrzunehmen. Sie nahm einen großen Schluck, knallte das Glas zurück auf den Tisch. »Er ist nicht der Mörder, nicht mein Papa. Er ist lammfromm ...

er … kann keiner Fliege etwas zuleide tun. Der hat nur seine Technik im Sinn. Egal, was für ein Problem, Papa löst es mit einem elektrischen Gerät. Der baut Ihnen einen Backofen zum Fernseher um.« Sie lachte hysterisch. »Der reinste Erfinder. Seine Modellflugzeuge konnten Sie ja schon gestern bewundern, die hat er bei mir untergestellt. Im Heim ist kein Platz dafür …«

»Den Namen«, drängte Welscher.

Sie zog das Gruppenfoto zu sich heran und tippte auf ein Gesicht. Langsam erhob sich Fischbach und beugte sich darüber. Das war es, was ihm so bekannt vorgekommen war. Was ihn an dem Foto die ganze Zeit beschäftigt hatte. Dieses Gesicht. Fieberhaft suchte er nach der Verbindung.

»Da wurde er Magnus genannt«, sagte sie, »bescheuert, oder? Oh Gott, was habe ich diese skandinavischen Namen gehasst.«

»Und wie heißt Ihr Vater wirklich?«, wollte Welscher wissen.

»Er hat später den Nachnamen seiner zweiten Frau angenommen. Die ist inzwischen auch schon tot.« Sie seufzte.

»Frau Reichert, den Namen bitte.«

Von einer Sekunde zur anderen wusste Fischbach, woher er das Gesicht kannte. Allerdings die viel ältere Version. Mit zitternder Hand packte er das Glas Wasser und stürzte den verbliebenen Inhalt in einem Schluck herunter. »Waren Sie zufällig am Sonntag in Kommern?«, fragte er mit belegter Stimme. »Im Eiscafé?«

Sabine Reichert runzelte die Stirn. »Das wird doch nicht verboten sein, oder?«

»Also ja?«

Sie nickte. »Mit meinem Vater. Er wohnt dort im Heim.«

»Ihr Vater heißt Thomas Brömers?«

»Sie kennen ihn?«, hörte er Sabine Reichert wie aus weiter Ferne fragen.

Ohne weiter auf sie zu achten, stürmte Fischbach zur Tür hinaus.

★★★

Welscher holte alles aus dem Fiesta heraus, was möglich war. Immer wieder setzte der Motor des alten Fords aus, fing sich dann aber wieder. Fast klebte er an Fischbachs Harley. Viel zu schnell rasten sie durch Kommern. Inständig hoffte er, dass nicht überraschend vor ihm eine Frau mit einem Kinderwagen die Straße überquerte.

So aufgebracht hatte Welscher seinen Kollegen noch nie erlebt. Noch nicht mal seinen Helm hatte Fischbach aufgesetzt, geschweige denn ein Wort darüber verloren, was überhaupt los war. Er war einfach aus dem Vernehmungszimmer gerannt, auf seine Harley gesprungen und hatte den Gasgriff auf Anschlag gedreht. Zum Glück regnete es gerade nicht.

Kurz hinter der Apotheke auf der Kölner Straße bremste Fischbach scharf ab und hielt an.

Welscher stoppte direkt dahinter, er würgte dabei den Wagen ab. Er sprang heraus, rannte zu Fischbach und riss ihn an der Schulter herum. »Moment! Jetzt will ich erst mal wissen, was los ist.«

Fischbach grunzte und schüttelte die Hand ab. Mit weit ausholenden Schritten rannte er in das Seniorenstift. Fast hätte er einen alten Mann umgerannt. Der drückte sich gerade noch rechtzeitig zur Seite und hob empört den Krückstock.

So leicht wollte sich Welscher nicht ausbooten lassen. Er rannte Fischbach nach, holte ihn im Hausflur ein und wirbelte ihn erneut herum. Mit eisernem Griff drückte er ihn gegen die Wand. Nur Zentimeter von Fischbachs Gesicht entfernt presste er hervor: »Jetzt ist aber Schluss. Was ist hier los, verdammt?«

Fischbach versuchte, zur Seite auszubrechen. Zu seinem eigenen Erstaunen konnte Welscher erfolgreich dagegen halten. Schließlich gab Fischbach auf. Sein Atem wurde ruhiger. »Dieser Thomas Brömers wohnt hier.«

Vorsichtig lockerte Welscher den Griff, jederzeit bereit, erneut fest zuzupacken. »Woher weißt du das? Und selbst wenn, ist es doch kein Grund für einen Amoklauf.«

Fischbachs Blick sprang hin und her. »Das denkst du.«

»Dann klär mich endlich auf.«

»Lass mich erst los.«

Welscher trat einen Schritt zurück.

Mit einem Ruck am Bund zog sich Fischbach die Lederjacke

runter. »Denkst du nicht auch, dass Brömers der Mörder sein könnte?«

»Es ist zumindest nicht auszuschließen. Das Motiv, das wir bei Sabine Reichert angenommen haben, passt auch bei ihm. Trotzdem komme ich noch nicht dahinter, was dich schnurstracks hierherführt.«

»Er ist der neue Freund meiner Mutter.«

Welscher sah Fischbach mit großen Augen an. »Das glaub ich jetzt nicht.«

»Dann komm mit.« Fischbach eilte die Treppe hoch, Welscher folgte ihm. Auf dem ersten Obergeschoss betraten sie einen Flur, von dem links und rechts Türen abgingen.

Fischbach stoppte.

Überrascht prallte Welscher gegen seinen Rücken. »Was …?«

»Herr Brömers! Bleiben Sie stehen!« Donnernd hallte Fischbachs Stimme durch den Flur.

Ein hochgewachsener älterer Herr stand am Ende des Ganges. Fischbachs Mutter hatte sich bei ihm untergehakt und lächelte ihnen entgegen.

»Mein Junge, wie schön, dass du uns besuchst«, rief sie freudig aus. »Wir wollten gerade mit meinem Smart zum Hürthpark ins Einkaufscenter. Bei dem schlechten Wetter …«

»Sei still!«, fuhr Fischbach sie an. »Wir müssen mit Herrn Brömers reden. Bitte warte in deinem Zimmer. Ich erklär dir später alles.«

Ihr Gesicht verfinsterte sich. »Oh nein, so nicht. Gönnst du mir mein Glück nicht?«

Fischbach machte einen Schritt auf sie zu.

»Stopp!«, wies ihn Brömers drohend an. Er umklammerte Fischbachs Mutter und hielt ihr plötzlich eine Pistole an die Schläfe.

Wo hat er die denn auf einmal her?, fragte sich Welscher verwundert. Instinktiv fuhr seine Hand unter die Jacke zum Holster.

»Noch eine Bewegung, und ihr habt eine Tote mehr«, rief Brömers.

Sofort zog Welscher die Hand zurück und hob abwehrend die Arme. Er zweifelte nicht daran, dass Brömers es ernst meinte.

Hinter ihm rief eine Fistelstimme »Ach du dicke Scheiße!«. Dann humpelte jemand mit lauten Schritten die Stufen hinunter. Vermutlich ein anderer Heimbewohner. Hoffentlich war die- oder derjenige so schlau und rief Verstärkung.

Gewaltsam schob Brömers Fischbachs Mutter wie einen Schutzschild vor sich. Mit dem Kinn deutete er auf eine offen stehende Tür in der Mitte des Flurs. »Los! Da rein.«

»Tom, was …?«, fragte sie weinerlich. »Woher hast du eine Pistole?«

»Ist ein Erbstück, und jetzt hältst du deinen Rand.«

Welscher und Fischbach zögerten.

Brömers drückte den Lauf der Pistole fester gegen die Schläfe von Fischbachs Mutter. »Los jetzt oder hier wird es blutig.«

Langsam setzten Welscher und Fischbach sich in Bewegung. Brömers wies sie vom Flur aus an, bis zum Fenster am anderen Ende des Zimmers durchzugehen.

»Los, nimm den Schlüssel und sperr die Tür zu«, befahl er Fischbachs Mutter und ließ sie los. »Stell nur nichts Unüberlegtes an«, warnte er sie. »Und ihr beiden bleibt schön, wo ihr seid. Ansonsten gibt es ein Unglück.«

Sekunden später drehte sich der Schlüssel im Schloss, und es entfernten sich Schritte.

Welscher sprang vor und rüttelte an der Klinke. »Mist!«

»Geh zur Seite.« Fischbachs Miene glich der eines wütenden Stiers.

Kaum hatte Welscher den Weg freigegeben, stürmte Fischbach los. Mit der vollen Breitseite warf er sich gegen das Holz. Es knirschte und krachte, dann lag Fischbach samt Tür auf dem Flur.

Beeindruckt fühlte Welscher vorsichtig über das, was von der Tür noch im Rahmen hing. »Ein lebender Bulldozer.«

Fischbach rappelte sich auf und klopfte sich den Staub ab. »Das war doch gar nichts. Der Kerl wird mich gleich mal richtig wütend erleben.« Er rannte los, die Treppe hinunter. Die Männer und Frauen, die ihnen entgegenkamen und sich ängstlich zur Seite drückten, beachtete Fischbach nicht weiter.

»Alles in Ordnung«, rief ihnen Welscher über die Schulter hinweg zu. »Sie sind außer Gefahr.«

Draußen angekommen, sahen sie gerade noch, wie der Smart von Fischbachs Mutter mit hoher Geschwindigkeit die Kölner Straße entlangschoss und hinter der nächsten Hausecke aus dem Blickfeld verschwand.

»Scheiße!«, brüllte Fischbach und tippte mit der Fußspitze in die Lache, die sich unter der Harley ausbreitete.

»Benzin«, sagte Welscher. Der scharfe Geruch war unverwechselbar.

»Er hat die Leitung abgerissen.«

»Nehmen wir meine Karre«, sagte Welscher.

Fischbach zögerte. »Äh …«

Resigniert ließ Welscher die Schultern hängen. Anscheinend würde selbst die Entführung seiner Mutter Fischbach nicht dazu bringen, in ein Auto einzusteigen. Seit Fischbach bei einem selbst verschuldeten Autounfall Frau und Tochter verloren hatte, war er nicht mehr in einen Wagen gestiegen.

»Okay«, sagte Fischbach.

Welscher glaubte, sich verhört zu haben. »Meinst du es ernst?«

Unsicher lachte Fischbach. »Ja klar.«

»Dann lass uns keine Zeit verlieren.« Welscher schob ihn zur Fahrertür. »Die Beifahrertür lässt sich nicht mehr öffnen. Du musst über den Fahrersitz. Ist ja sensationell, dass du einsteigst.«

»Die Hypnose, du weißt schon. Sigrid hat doch geplaudert«, erklärte Fischbach und wuchtete seinen mächtigen Körper ins Auto. Die Stoßdämpfer knirschten. »Deswegen habe ich das gemacht.«

Jetzt fiel bei Welscher der Groschen. Es ging bei der Therapie gar nicht um das Abnehmen, sondern um Traumabewältigung, um das Mitfahren in einem Auto.

»Hochachtung, echt. Ein Seelenklempner, das hätte ich dir gar nicht zugetraut«, sagte Welscher. »Und alles nur, damit du dich wieder in ein Auto traust.«

Endlich hockte Fischbach auf dem Beifahrersitz. Er holte das Handy heraus. »Ja, ja, dafür auch, schon gut. Du fährst, ich benachrichtige die Kollegen.«

Welscher drehte den Zündschlüssel. Nichts rührte sich, kein Laut war zu hören.

»Was ist?«, fragte Fischbach. Schweiß stand ihm auf der Stirn, die Hand mit dem Telefon zitterte.

Einige Male versuchte Welscher ohne Erfolg, den Fiesta zu starten. Dann hieb er mit beiden Fäusten gegen den Lenkradkranz. »Ich schwöre, das war das letzte Mal. Meine Geduld ist am Ende. Von hier aus geht er direkt zum Schrottplatz.«

»Kaputt?«

»Blitzmerker.« Welscher rieb sich die Augen. »Ruf die Kollegen. Es ist besser so.«

Hektisch scheuchte Fischbach ihn in Richtung Fahrertür. »Nein! Los! Raus! Du rufst an. In der Zeit kümmere ich mich um unser Ersatzfahrzeug.«

★★★

Welscher steckte das Handy ein. Die Kollegen in Euskirchen waren informiert, die Maschinerie angelaufen. Vor ihm rannte Fischbach die Hüllenstraße entlang und stoppte dann abrupt am Gartentor seines Hauses. Vom Seniorenstift bis hierher waren es nur wenige hundert Meter gewesen.

Fischbach drückte die Klinke, das Tor öffnete sich quietschend.

Welscher wunderte sich. Wollte sein Kollege ein Taxi rufen? Aber das hätten sie auch mittels Handy vom Seniorenstift aus erledigen können. Wobei ein Taxi ein riskantes Spiel wäre. Wer weiß, ob Fischbach sich erneut überwinden könnte und in ein Fahrzeug steigen würde. Und wenn, hätten sie auch einen Streifenwagen herbeordern können.

Aufgeregt kam Sigrid aus dem Haus gerannt, Schnüffel folgte ihr mit tapsigen Schritten. »Was macht ihr beiden denn um diese Uhrzeit hier? Das Essen ist noch nicht fertig.«

»Kein Hunger. Wartet hier, bin gleich zurück«, sagte Fischbach und verschwand in der Werkstatt.

»Wie? Kein Hunger?« Ungläubig schüttelte Sigrid den Kopf. »Ist der krank?«

»Schlimmer«, sagte Welscher. In kurzen Sätzen schilderte er, was vorgefallen war.

»Das ist ja schrecklich«, murmelte Sigrid fassungslos.

»Kann man wohl sagen.« Aus der Werkstatt hörte er mehrmals ein metallisches Rasseln. »Was macht der da bloß?«, fragte er Sigrid, als er das Gespräch beendet hatte. »Ich geh mal nachschauen.«

Sigrid hielt ihn am Oberarm zurück. »Besser nicht. Seit Monaten verschanzt er sich da drin. Ich darf nicht rein. Nur Zingsheim hat er den Zutritt erlaubt. Doch dem konnte ich auch nichts entlocken.«

»Hm, sehr geheimnisvoll.«

Erneut ertönte das Rasseln, gefolgt vom Knallen einer Fehlzündung.

»Was zum Teufel …?«, setzte Welscher an, wurde aber von einem scheppernden Motorendröhnen unterbrochen.

Schnüffel verschwand rasch im Inneren des Hauses.

Die beiden Flügel der Werkstatttür wurden aufgestoßen, und Fischbach rollte mit einem mattschwarzen Motorrad heraus. An der Seite des Zweirads hing ein kanuförmiger Beiwagen, auf dessen Heck ein Ersatzrad montiert war. Das abgeschmirgelte Blech schimmerte silbern. Fischbach trug einen Halbschalenhelm. Eine Schutzbrille mit dunklen Gläsern wurde von einem breiten Gummiband um den Kopf in Position gehalten. Welscher erinnerte der Anblick an das Musikvideo von »A Question Of Time« von Depeche Mode. »Was ist das?«, rief er über den Lärm hinweg.

Ein Lächeln stahl sich auf Fischbachs Gesicht. »Sollte eine Überraschung für Sigrid werden. Ich war es leid, dass wir immer getrennt irgendwohin müssen.«

Sigrid umarmte ihn und drückte ihm einen Kuss auf die Wange. »Du bist ein Schatz.«

»Die Therapie?«, fragte Welscher.

»Ja, auch dafür«, sagte Fischbach.

Zögernd trat Welscher näher. Motorradfahren mochte er überhaupt nicht. Er zog es vor, bei der Fortbewegung an jeder Ecke ein Rad zu haben.

»Eine BMW mit Felber-Beiwagen«, erklärte Fischbach. »Dreißig Pferdestärken aus dem Jahr 1960. Muss noch lackiert werden.« Mit einer behandschuhten Hand strich Fischbach über den aufgerauten Lack des Beiwagens. »Zingsheim hat gute Vorarbeit geleistet.« Er griff in den Beiwagen und warf Welscher einen Helm zu. »Jetzt aber los. Wir haben schon genug Zeit verloren.«

»Meinst du, das bringt noch was?« Argwöhnisch betrachte Welscher das Gefährt. Ihm war das Ganze nicht geheuer. Umständlich fummelte er an dem Riemen herum. »Die sind doch schon über alle Berge.«

»Wir fahren los und schauen dann mal. Drück dir deine Ohrdinger rein und bleib in Kontakt mit den Kollegen. Irgendwo wird der Smart ja wieder auftauchen. Jetzt mach schon.«

Vorsichtig stieg Welscher in den Beiwagen. »Passt auf euch auf«, hörte er Sigrid sagen. Er drehte sich so, dass er sich hinsetzen konnte. In dem Moment kuppelte Fischbach ein, und die Maschine machte einen Satz nach vorn. Ungelenk plumpste Welscher in den Beiwagen.

»Verfluchte Scheiße«, stieß er aus und rieb sich die Hüfte, mit der er irgendwo angestoßen war.

»Stell dich nicht so an«, rief Fischbach. »Und jetzt sieh zu, dass du den Kontakt mit den Kollegen herstellst.« In halsbrecherischem Tempo kurvte er nach links auf die Kölner Straße und folgte so dem in westlicher Richtung verschwundenen Smart.

Sicherheitshalber schickte Welscher ein Stoßgebet gen Himmel. Es konnte nicht schaden, seine Ankunft dort oben vorzubereiten.

★★★

Idiot, schalt Fischbach sich selbst.

Vielleicht wäre es doch besser gewesen, zur Dienststelle zu fahren. Aber die Vorstellung, im Büro zu sitzen und Däumchen zu drehen, behagte ihm überhaupt nicht. Und schließlich stand Welscher in Kontakt mit der Einsatzzentrale. Ob sie nun dort auf Nachricht warteten oder sich die Luft um die Nase wehen ließen, war im Endeffekt egal.

Bereits eine Stunde fuhren sie jetzt schon kreuz und quer durch die Nordeifel, doch der Wagen seiner Mutter war bisher nicht wieder aufgetaucht. Was sie hier machten, glich der berühmtberüchtigten Suche nach der Stecknadel im Heuhaufen.

Dicke Regentropfen klatschten auf Fischbachs Lederjacke, vom Fahrtwind getrieben zogen Schlieren über die Gläser der Schutzbrille. Am Horizont malten Blitze grellgelbe Bahnen über den veilchenfarbenen Himmel.

Welscher saß tief geduckt im Beiwagen. Die Persenning, die er sich über die Schultern geworfen hatte, schützte ihn kaum vor der Nässe. Immer wieder brüllte er über den Motorenlärm in das Mikro des Handys.

Auf der Nürburgstraße ließ Fischbach die Maschine unter der Autobahnbrücke der A 1 ausrollen. Der Motor tuckerte im Leerlauf. »Schon was Neues?«

Welscher schüttelte den Kopf.

Enttäuscht streckte Fischbach den Rücken durch. Die Wirbel knackten, ein spitzer Schmerz schoss ihm in den Nacken. Sicherlich ein Andenken an die gewaltsame Türöffnung.

»Was für ein Zufall«, sagte Welscher.

»Was meinst du?«

»Na, dass der Brömers sich im gleichen Altenheim einquartiert wie deine Mutter. Und nicht genug damit, ausgerechnet die beiden bändeln auch noch miteinander an. So etwas passiert normalerweise nur im Film.«

»Ja, Dinge gibt's.« Fischbach schloss die Augen. Über ihm rauschte der Verkehr auf der Autobahn. Was, wenn die Sache schiefging? Wenn seine Mutter kein Glück hatte? Fischbach spürte, wie sich sein Hals verengte. Was, wenn Brömers durchdrehte und den Abzug durchzog?

»Wir haben da was«, sagte Welscher, der ein weiteres Gespräch angenommen hatte. »Ein Anruf vom Wasserverband. Da sitzen offenbar zwei Personen auf dem Kaskadenüberlauf an der Urfttalsperre. Moment …« Konzentriert horchte er, dann legte er auf und sagte zu Fischbach: »Die Kollegen haben weitere Informationen durchgegeben: eine ältere Dame und ein großer Mann. Und ein Smart steht oben auf dem Parkplatz.«

Ohne ein Wort zu verlieren, wendete Fischbach die Maschine und beschleunigte.

Endstation

Zwei Streifenwagen riegelten die Zufahrt zur Staumauer auf der K 7 ab. Fischbach schob die Brille hoch, damit die Kollegen ihn erkennen konnten. Sofort setzte ein Wagen zurück, und sie fuhren entlang des Sees bis zum Parkplatz. Er parkte das Gespann neben einem weiteren Einsatzwagen und drehte am Zündschlüssel. Der Motor hustete noch zweimal und verstummte dann. Umständlich kletterte Welscher aus dem Beiwagen.

Thomas Gilles rannte auf sie zu. »Mensch, Hotte, ist das wirklich deine Mutter?«

»Schon wieder du.«

»Logisch. Die interessanten Dinge übernehme ich selbst, ist doch klar.« Gilles deutete an der Krone entlang. »Wollt ihr euch erst mal einen Überblick verschaffen?«

»Da bitte ich drum«, sagte Welscher.

Auf der Staumauer blieben sie auf Höhe des Kaskadenüberlaufs stehen. Fischbach beugte sich über die Brüstung. Wie eine riesige Treppe fiel der Überlauf in Stufen bis hinunter ins Tal ab. Hinter ihm, auf der Seeseite der Mauer, gurgelte das Wasser in Trichtern, lief durch Kanäle unter ihren Füßen zur anderen Seite und rauschte über die Kaskaden nach unten. Ein Mann und eine Frau saßen auf halber Höhe der Betontreppe. Wasser umspülte sie und drohte, sie mitzureißen.

Brömers.

Fischbachs Herz vollführte einige zusätzliche Schläge, als ihm die Gefahr bewusst wurde, in der sich seine Mutter befand.

Ein Mann trat auf sie zu. Hektische rote Flecken zierten sein Gesicht. Das Zeichen des Wasserverbandes Eifel-Rur klebte auf der Brust seines Poloshirts. »Die müssen da runter«, rief er Fischbach über das Rauschen des Wassers hinweg zu. »Bei dem Regen wird die Strömung rasch zunehmen.«

»Kommt man irgendwie näher ran?«, fragte Fischbach. »Ich meine, ohne von hier oben halsbrecherisch hinunterzuklettern.«

»Ja. Ein Weg geht hinter dem Wasserverbandshaus hinunter.

Dann entlang der Bäume dort.« Er zeigte auf das kleine Wäldchen rechts neben den Kaskaden.

»Was ist mit dem Grundablass?«, fragte Welscher.

»Grundablass?«, echote der Mann überrascht. Panisch sah er sich um.

»Es wird doch einen geben, oder? Und geht hier aus dem Urftsee nicht auch irgendwo der Kermeterstollen ab? Die Wasserversorgung für das alte Kraftwerk in Heimbach? Da könnte man doch ebenso die Leitung aufdrehen.«

»Heimbach?«

Innerlich stöhnte Fischbach auf. Die Mächte schienen sich gegen sie verschworen zu haben. Der Mann war vollkommen von der Rolle. Das hätte doch schon alles erledigt sein sollen. »Sehen Sie zu, dass die Ventile geöffnet werden. Es *muss* Wasser abgelassen werden, verstehen Sie?«

Es dauerte einige Sekunden, bis der Mann nickte. »Wasser. Ja, ablassen ist eine gute Idee. Habe ich total vergessen. Ich rufe … muss nachfragen … ob …«

»Mann, bewegen Sie endlich Ihren Arsch«, fuhr Fischbach ihn an.

Die barschen Worte zeigten Wirkung. »Jawohl!« Der Mann rannte los.

Fischbach wandte sich an Gilles. »Brömers Tochter ist mit einer Streife auf dem Weg hierhin. Nimm sie in Empfang. Dann kümmerst du dich um unser nervöses Hemd.« Er zeigte auf den Mann vom Wasserverband, der gerade in der Zentrale verschwand. »Tritt ihm ordentlich in den Hintern, wenn er nicht spurt.« Ohne eine Reaktion abzuwarten, drehte sich Fischbach um und rannte los. Zwei Minuten später stand er keuchend im Wäldchen unterhalb der Dammkrone auf halber Höhe des Kaskadenhanges. Brömers und seine Mutter saßen nur knapp zwanzig Meter entfernt. »Brömers!«, brüllte er, um auf sich aufmerksam zu machen. Doch das Rauschen des Wassers war zu laut. Mit den Händen formte er einen Trichter und versuchte es erneut. Diesmal ruckten die Köpfe der beiden alten Leute in seine Richtung. Nur Sekunden später hob Brömers den Arm und zeigte die Pistole.

Welscher stellte sich neben Fischbach und hielt ihm ein Megafon hin. »Hier, versuch es damit.«

Dankbar nahm Fischbach es entgegen und schaltete es ein. »Brömers«, rief er. Diesmal schallte seine Stimme gut vernehmbar über den Kaskadenhang, »brechen Sie ab. Das ist doch Wahnsinn. Wir können über alles reden.«

Heftig schüttelte Brömers den Kopf.

»Sturkopf«, murmelte Fischbach. Er wandte sich an Welscher. »Was hat der denn nur vor? Warum setzt er sich mit meiner Mutter ausgerechnet hierhin?«

»Das war bestimmt nicht geplant. Unser Auftauchen vorhin im Seniorenstift wird ihn überrascht haben, und bei der kopflosen Flucht ist er garantiert zufällig hier gelandet.«

»Meinst du?«

»Oder vielleicht wollte er auch nur an eine seiner alten Wirkungsstätten zurück. Du weißt doch, dass Mörder oft an den Tatort zurückkehren. Kann ja unterbewusst geschehen sein.«

Fischbach kratzte sich das Kinn. Gut möglich, dass Welscher recht hatte. Hier hatte Brömers schließlich Paul Langes U-Boot versenkt.

Hilfesuchend blickte Fischbachs Mutter zu ihnen herüber. Selbst aus der Entfernung konnte man erkennen, dass sie am ganzen Körper zitterte.

Fischbach musste etwas unternehmen, er hielt es nicht mehr aus, untätig herumzustehen. Er drückte Welscher das Megafon in die Hand. »Ich gehe da raus.«

»Bist du bescheuert? Es regnet in Strömen. Das überlaufende Wasser wird euch über kurz oder lang in die Tiefe reißen. Alle Knochen werdet ihr euch brechen, wenn ihr über die Betonkanten gespült werdet.«

Fest packte Fischbach Welscher an den Schultern und sah ihm tief in die Augen. »Ich gehe.«

Welscher öffnete den Mund zum Protest.

»Ich *muss*«, sagte Fischbach.

Zögernd nickte Welscher. »Okay, verstehe. Aber dann lass mich wenigstens ein Seil …«

»Keine Zeit. Sieh zu, dass Sabine Reichert mit ihrem Vater

sprechen kann.« Er klopfte mit dem Fingerknöchel auf das Megafon in Welschers Hand. Dann drehte er sich um und betrat den Kaskadenhang.

Der Beton der Stufen war glitschig. Schon nach wenigen Minuten fühlten sich die Finger in der Kälte des Wassers taub an. Mehrmals rutschte er mit dem Fuß weg und konnte sich gerade noch abfangen. Wie waren Brömers und seine Mutter hier nur vorangekommen? Aber sie waren schon länger da, sicher hatte in den letzten Minuten die Menge des herabströmenden Wassers noch zugenommen. Meter für Meter näherte er sich den beiden Alten.

»Sind Sie lebensmüde?«, brüllte Brömers ihm entgegen. »Bleiben Sie sofort stehen oder ich schieße.«

Fischbach achtete nicht darauf, sondern schob sich immer weiter vor. Sein Herz raste, die Muskeln drohten zu verkrampfen. Hinter ihm ging es bestimmt vierzig Meter in die Tiefe. Er zwang sich, nicht runterzuschauen. Auf allen vieren klammerte er sich zwei Stufen unterhalb der beiden an den Beton. Das Wasser schoss auf ihn zu und griff nach seinem Körper. Unmöglich konnten sie sich noch lange hier aufhalten. »Lassen Sie meine Mutter frei!«, forderte er.

Brömers dachte gar nicht daran. Er drückte die Pistole in ihre Seite. »Verschwinden Sie.«

»Sie ist doch unschuldig, Brömers.« Fischbach kalkulierte das Risiko, noch eine Stufe hinaufzusteigen, und stufte es als akzeptabel ein. Vorsichtig schob er sich voran. »Ihnen geht es doch um Gerechtigkeit. Sie sind kein kaltblütiger Mörder«, rief er, um Brömers abzulenken. »Unschuldige stehen bei Ihnen nicht auf der Abschussliste.«

Tatsächlich nahm es Brömers hin, dass Fischbach sich weiter näherte. Jetzt trennte sie nur noch eine Kaskadenstufe.

»Da haben Sie vollkommen recht«, rief Brömers.

»Dann lassen Sie doch endlich meine Mutter frei. Sie hat mit der ganzen Sache hier nichts zu tun. Nehmen Sie mich als Geisel.«

»Sie wissen offensichtlich gar nichts.«

Brömers' höhnisches Lachen ließ Fischbach zusammenzucken. Was hatte das zu bedeuten? Zentimeter für Zentimeter robbte er im kalten Wasser vorwärts. »Da liegen Sie falsch«, rief er. »Wir wissen alles. Sie wollen das rächen, was Ihrer Tochter damals in der Kommune angetan wurde. Ich habe mit Sabine gesprochen. Sie macht sich Sorgen um Sie, Brömers. Sie will das alles nicht, und ganz besonders will sie nicht, dass noch mehr Unschuldige umkommen.«

Mit hasserfülltem Blick zielte Brömers auf Fischbach. »Sie wissen einen Scheißdreck. Noch einen Millimeter, und Sie haben ein Loch im Kopf.«

Fischbach erstarrte. Er durfte das Spiel nicht überreizen.

Brömers fasste Fischbachs Mutter grob an den Haaren und zog ihr Ohr an seine Lippen. »Sag es ihm. Klär ihn auf«, brüllte er sie an. »Los, *Agnetha*. Er scheint sich nicht erinnern zu können.«

Die Augen von Fischbachs Mutter weiteten sich. »Woher …?«

Brömers lachte gehässig. »Da staunst du, dass ich Bescheid weiß, nicht wahr? Dem lieben Gustaf alias Björk musstest du nur zwei Flaschen Schabau auf den Tisch stellen, dann plauderte er wie ein Wasserfall.«

»Aber wie hast du Björk gefunden?«, fragte sie panisch.

Fischbachs runzelte die Stirn. Was war hier los? Warum nannte Brömers seine Mutter Agnetha?

»Er hat mich damals angerufen, als Sabine mit den schrecklichen Verbrennungen im Krankenhaus lag«, erklärte Brömers. »Da hat er mir seinen richtigen Namen genannt, nur ein einziges Mal. Was für ein Glück, dass ich so ein Elefantengedächtnis habe.«

Fischbach wurde es zu blöd. Das Wasser zerrte an ihren Körpern, und die plauderten hier, als würde sie im Biergarten sitzen. »Mutter, klär mich auf.«

»Ja, mach schon, Agnetha«, forderte Brömers, »sag ihm, warum ich sauer auf dich bin. Sag ihm, warum du keine Unschuldige bist. Finja, da klingelt doch was bei dir, oder? Das Mädchen, das in der Kommune vergewaltigt wurde?«

Entsetzt schlug sie die Hand vor den Mund. »Sabine?«, fragte sie.

»Ah, du erinnerst dich also. Du hast sie im Stich gelassen. Du bist schuld daran, dass das alles mit ihr geschehen konnte.« Mit dem Handrücken schlug er ihr ins Gesicht.

Fischbach ruckte vorwärts, doch im gleichen Augenblick feuerte Brömers. Peitschend knallte der Schuss über das Wasserrauschen hinweg. Nur Zentimeter neben ihm schlug die Kugel auf den Beton und sirrte pfeifend als Querschläger davon.

»Ich habe gesagt, keinen Zentimeter mehr«, schrie Brömers. »Und jetzt hörst du mal, was deine Mutter zu sagen hat.«

Mit traurigen Augen blickte sie Fischbach an. »Ich wusste davon. Ich bin damals … ein paar Tage in dieser Kommune gewesen. Sabine, sie … hat mir ihr Herz ausgeschüttet … ich wollte ihr helfen.«

»Hast du aber nicht!«, schrie Brömers. Er rammte den Lauf der Pistole in ihre Rippen. Sie stöhnte auf. »Stattdessen bist du einfach abgehauen, und ihre Qual ging weiter.«

Fischbach packte ein Schwindel. Erinnerungsfetzen setzten sich zu einem Bild zusammen. Er auf dem Rücksitz eines Wagens, seine Mutter steigt ein, er fällt ihr glücklich um den Hals. War sie da nicht zur Kur gewesen? Vorher hatte er einige Tage mit seinem Vater allein verbracht. Das passte doch zu einem Kuraufenthalt.

Seine Mutter heulte auf. »Hör doch auf«, flehte sie Brömers an. »Ich war doch selbst nicht bei mir. Ich hatte mich mit meinem Mann gestritten, wollte mich scheiden lassen. Aber vorher wollte ich nachdenken … in Ruhe. In der Kirchengemeinde tratschten alle über euer gottloses Kommunenleben. Für mich klang es verlockend, eine Möglichkeit, aus der Spießigkeit auszubrechen. Bitte … bitte verzeih mir. Ich weiß, dass es nicht richtig war.«

Brömers' Miene verhärtete sich. »Es ist zu spät für Reue.«

»Aber du warst zur Kur«, rief Fischbach. »Du kannst doch zu der Zeit gar nicht dort gewesen sein.«

»Ach Junge, das haben wir dir doch nur erzählt.«

Fischbach schwankte. Wieder sah er sich im Auto sitzen, sein Vater war nicht da. Er blickte hinaus, sah zwei hohe Bäume, dahinter ein großes Haus. Keine Kurklinik? Ein Bauernhaus? Er schluckte hart. Vorgestern, bei der Ruine, dieses unbestimmbare Gefühl, das ihn zum Grübeln gebracht hatte. Er hatte sich unterbewusst an den Ort erinnert. Wenn das Haus nicht abgebrannt gewesen wäre, hätte er es erkannt, da war er sich sicher. Ja, seine Mutter war dort gewesen. Jetzt fügte sich alles zusammen. Brömers' Einzug ins Seniorenstift in Kommern war gar kein Zufall gewesen. Er hatte es von Anfang an auf seine Mutter abgesehen gehabt.

»Papa, hör auf damit«, schallte es in diesem Moment von oben über das Rauschen des Wassers hinweg zu ihnen her.

Fischbach blickte zur Dammkrone hinauf. Gischt behinderte die Sicht, aber trotzdem erkannte er Sabine Reichert. Sie hielt ein Megafon in der Hand.

Brömers zuckte zusammen und wandte sich um.

»Ich will das nicht, hörst du, Papa? Ich will keine weiteren Morde.«

»Es ist doch für dich, mein Kind«, brüllte Brömers.

Zwecklos, dachte Fischbach. Das Wasser toste um sie herum. Weiter als ein paar Meter trug seine Stimme nicht.

»Ich habe mit der Vergangenheit Frieden geschlossen«, rief Sabine Reichert. »Abgeschlossen, hörst du? Nur deswegen konnte ich dir überhaupt davon erzählen.«

Brömers ließ die Waffe sinken. »Aber sie haben dich verletzt, diese verdammten Schweine!« Seine Stimme brach.

»Lass die Frau frei«, forderte Sabine Reichert.

Fischbach wartete bange Sekunden. Was würde Brömers jetzt unternehmen? Man sah den inneren Kampf, den er gerade ausfocht, in seinem Gesicht. Der Kiefer malmte. Dann endlich stieß Brömers Fischbachs Mutter mit dem Lauf der Pistole in den Rücken. »Geh! Hau ab! Lebe mit deiner Schuld weiter. Es ist vielleicht das Schlimmste, was ich dir antun kann.«

Fischbachs Mutter machte eine ungelenke Bewegung, verlor den Halt und rutschte auf dem Hintern eine Kaskade tiefer. Sie prallte mit Fischbach zusammen, der sie und sich gerade noch stabilisieren konnte. Ängstlich klammerte sie sich an ihn. »Brömers, kommen Sie mit!«, rief Fischbach.

Brömers schüttelte nur den Kopf.

Vorsichtig schob sich Fischbach mit seiner Mutter im Arm vorwärts. Das Wasser zog wild an ihren Beinen, die Gischt hüllte sie ein. War der Grundablass bereits offen? Zu spüren war davon noch nichts.

Flankiert von zwei Feuerwehrleuten stand Welscher am Waldrand und warf ihnen ein Seil zu. Beim zweiten Versuch konnte Fischbach es greifen. Sofort fühlte er sich sicherer. Meter für Meter kamen sie voran.

Endlich verließen sie den Kaskadenhang und betraten den federnden Waldboden. Wie aus dem Nichts waren auch Rettungssanitäter anwesend. Fischbach hatte sie zuvor gar nicht bemerkt. Sie legten ihnen Rettungsdecken um die Schultern.

Die Angst wich aus Fischbachs Gliedern. Seine Mutter umarmte ihn, drückte ihn fest an sich. »Danke«, flüsterte sie ihm ins Ohr. »Danke.«

Verlegen löste Fischbach sich von ihr. Jetzt galt es, Brömers zu retten. Er bedeutete den Sanitätern, seine Mutter mitzunehmen, und wandte sich dann wieder dem Kaskadenüberlauf zu.

Brömers war inzwischen aufgestanden und hatte sich in Richtung Dammkrone gedreht. Er schwankte, sein Mund bewegte sich. Er schien seiner Tochter etwas zuzurufen.

»Nein!«, schrie Fischbach. »Setzen! Setzen Sie sich, wir kommen Sie holen.« Er stürmte vorwärts, prallte jedoch auf Welscher, der sich ihm in den Weg stellte.

»Hotte, nicht. Es ist zu gefährlich. Du bist zu geschwächt.«

In dem Moment geschah es. Brömers verlor den Halt und stürzte rücklings über die Kaskadenstufe. Er stieß mit dem Hinterkopf auf die darunterliegende Betonkante und überschlug sich einige Male, bevor er in den gurgelnden Fluten am Fuße des Damms unterging.

Traurig senkte Fischbach den Blick. Er wusste, dass nun jede Hilfe zu spät kommen würde.

Epilog – Einige Tage später

Welscher parkte Lars' BMW am Rande des Feldwegs. Er stieg nicht sofort aus, sondern sah durch das Seitenfenster in die Ferne. Links erstreckte sich die Zülpicher Börde bis zum Horizont. Ein Deutz-Traktor zog in der Ferne mit einem Grubber im Schlepptau auf einem Feld Kreise. Vor ihm erhoben sich die ersten Hügel der Eifel, rechts bedeckte ein Wäldchen die Kuppe der Anhöhe. Als wären sie einer Postkarte entsprungen, zogen Schäfchenwolken über den blauen Himmel.

Er rückte die Sonnenbrille zurecht, stieg aus und folgte dem abzweigenden Wanderweg, der bergan durch das Wäldchen schnitt. Bönickhausen hatte ihm den Weg sehr gut erklärt. Es gab keinen Moment, in dem Welscher rätseln musste.

In der Luft hing ein Geruch nach feuchter Erde. Insekten summten. Fleißig gingen sie ihren Aufgaben nach und störten sich nicht an seiner Anwesenheit.

Der Weg zog sich rechts um einige Ginsterbüsche herum und endete bei einem Aussichtspunkt. Eine Bank lud dazu ein, das Panorama zu genießen.

Welscher zwängte sich an der abgestellten Harley vorbei und setzte sich neben Fischbach.

Der reagierte nicht darauf, sondern starrte weiter in die Ferne. Die Arme hatte er vor der Brust verschränkt, die Lederjacke lag auf seinem Schoß. Er wirkte übermüdet, dunkle Augenringe ließen ihn alt und verbraucht aussehen.

Eine Weile saßen sie stumm nebeneinander. Den Vibrationsalarm seines Handys in der Hosentasche ignorierte Welscher. Wer auch immer was von ihm wollte, musste warten. Hier und jetzt war seine ganze Aufmerksamkeit gefragt. Er räusperte sich.

»Sigrid macht sich Sorgen. Sie hat mehrmals versucht, dich auf dem Handy zu erreichen. Da sie damit keinen Erfolg hatte, hat sie auf der Wache angerufen. Als sie gehört hat, dass du nicht im Haus bist, hat der Kollege das Gespräch zu mir …«

»Okay.« Fischbach gebot ihm mit erhobener Hand Einhalt.

»Bönickhausen meinte, du könntest hier zu finden sein.«

»Schon verstanden. Fahr zu ihr und sag ihr, sie braucht sich keine Sorgen zu machen.«

»Wirklich? Bönickhausen meinte, das letzte Mal, als er dich hier aufspürte, warst du total bekifft und eine Rasierklinge zitterte über deiner Pulsader. Das war wohl einige Monate nach dem schrecklichen Autounfall, bei dem du deine Frau und deine Tochter …«

»Mann, verschon mich mit den Details. Selbstmord ist für mich kein Thema mehr.«

»Gut, sehr gut.« Erleichtert atmete Welscher durch. Zwar hatte er nicht wirklich damit gerechnet, hier einen ausblutenden Freund vorzufinden, er hatte sich aber dennoch davor gefürchtet. Wie reagierte jemand, der fast seine Mutter verloren hätte? Gerade bei so einer Vorgeschichte. »Also, jetzt pack mal aus«, forderte Welscher.

»Es ist nichts.«

»Erzähl keinen Quatsch. Hierher kommst du nur, wenn eine weitreichende Entscheidung ansteht.«

Über Fischbachs Gesicht huschte ein Lächeln. »Bönickhausen hat dir wirklich alles erzählt.«

»Bin ich auch froh drüber. Wie geht es deiner Mutter?«

»Okay.«

»Habt ihr euch schon ausgesprochen?« Welscher wusste, dass Fischbach mit ihr haderte. Er verstand nicht, dass seine Mutter Sabine damals einfach so im Stich gelassen hatte.

»Noch nicht.«

»Und das quält dich? Deswegen ziehst du dich hierher zurück?«

»Blödsinn.«

»Was dann? Los, raus damit!«

Nachdenklich fuhr sich Fischbach mit der Hand über die Bartstoppeln. Das kratzende Geräusch übertönte das entfernte Tuckern des Traktors. »Es wäre fast schiefgegangen.«

»Du meinst das mit deiner Mutter?«

»Ja.«

»Dich trifft keine Schuld.«

»Wirklich?«

»Und wenn, wäre es auch egal, denn es ist ja gut gegangen.«

»Beim nächsten Mal könnte es anders ausgehen.«

»Es gibt kein nächstes Mal. So etwas wiederholt sich nicht.«

»Ach? Sag bloß? Woher nimmst du deine Weisheit?«

Mit einer fließenden Bewegung nahm Welscher die Sonnenbrille ab. »Ich kann eins und eins zusammenzählen. Wie wahrscheinlich ist es denn, dass die Mutter des Chefermittlers in einem Mordfall als Opfer ausgewählt wird? Das tendiert doch gegen null. So, jetzt ist es trotzdem vorgekommen, ja, aber damit ist diese Option nun wirklich abgehakt.«

»Das ist doch Hühnerkacke.«

»Das heißt ›Bullshit‹«, sagte Welscher, »und nicht ›Hühnerkacke‹. Wenn du schon fluchst, dann bitte richtig.« Er versuchte es mit Humor, um Fischbach ein wenig zu beruhigen.

»Die Amtssprache hierzulande ist Deutsch«, parierte Fischbach, ohne dass sich seine Laune verbesserte. »Trotzdem muss man sich die letzten Jahre im Beruf mit Begriffen herumschlagen ...« Er brach ab und winkte heftig ab. »Vergiss es. Du verstehst das sowieso nicht.«

»Versuch es. Ich werde mir Mühe geben.«

Trotzig streckte Fischbach das Kinn vor.

Welscher fürchtete bereits, sonst nichts von ihm zu erfahren, als Fischbach mit müder Stimme sagte: »Was ist, wenn irgendeiner von denen, die ich geschnappt habe, auftaucht und Sigrid aus Rache etwas antut?«

»Auch da ist die Wahrscheinlichkeit eher gering. Sag selbst: Wie oft hast du schon von derartigen Fällen gehört?«

»Es ist vorgekommen.«

»Trotzdem ist es äußerst unwahrscheinlich.« Unversehens ahnte Welscher, worauf das Ganze hier hinauslief. Warum Fischbach sich seit Tagen in die Werkstatt zurückzog und kaum noch ein Wort mit jemandem sprach. Weshalb er heute Morgen nicht im Dienst erschienen war und stattdessen diesen Ort oberhalb von Kommern aufgesucht hatte. Seine Erkenntnis gefiel ihm überhaupt nicht. »Du denkst doch nicht etwa ...«, er schluckte trocken, seine Kehle schien wie ausgedörrt, »... ans Aufhören?«

Der Wind frischte auf und trug eine unangenehme Kälte mit sich. Über ihnen raschelten die Blätter.

Ein Ruck ging durch Fischbachs Körper. »Der Herbst kommt«, murmelte er übergangslos und wirkte dabei irgendwie entspannt.

Welscher spürte, dass Fischbach sich entschieden hatte. Nervös wischte er sich mit dem Hemdärmel über die Stirn. Hatte er ihn überzeugen können, dass eine solche Gefahr unwahrscheinlich war? Waren seine Worte auf fruchtbaren Boden gefallen? Oder war alles aus? Klar, die Welt würde sich auch ohne einen Hauptkommissar Fischbach weiterdrehen. Doch ihm persönlich würde es vorkommen, als hätte man ihm einen Teil seiner Seele herausgeschnitten. Es war fast unvorstellbar für ihn, morgens in die Behörde zu kommen und nicht auf den ledernen Kugelblitz zu stoßen. Sie hatten doch so viel gemeinsam durchgestanden. Fischbach konnte ihn nicht einfach im Stich lassen. Ihn fröstelte, und es war nicht der Wind, der die Gänsehaut auf den Unterarmen hervorrief.

Fischbach nahm seine Jacke und stand auf.

Welscher schnellte hoch. »Fahren wir ins Büro?« Er lachte unsicher. »Wird ja auch Zeit. Die Kollegen werden uns schon vermissen.«

Langsam streifte Fischbach sich die Jacke über und zog den Reißverschluss hoch. Er klopfte Welscher einige Male auf die Schulter und lächelte. Dann stieg er auf seine Harley, ließ den Motor an und rollte davon.

»He, warte mal!«, rief Welscher ihm hinterher.

Doch das tiefe Blubbern des Motors übertönte alles.

Zerknirscht machte sich Welscher auf den Weg zu seinem Wagen. Innerlich wappnete er sich, Bönickhausen über Fischbachs Ausscheiden aus dem Dienst Rede und Antwort stehen zu müssen. Aber noch gab es zumindest eine Chance, dass der Dicke nicht das Handtuch warf.

In der inständigen Hoffnung, seinen Freund morgen wieder im Büro anzutreffen, fuhr Welscher zurück in die Polizeidirektion.

Nachwort

Ich hoffe, liebe Leserin, lieber Leser, Ihnen hat der Roman gefallen. Sie haben Ihre kostbare Freizeit geopfert, um mir und meinen beiden Kommissaren über Stunden in die dunkle Eifel zu folgen. Mein erster Dank gilt daher Ihnen.
Gönnen wir uns gemeinsam einen Moment der Ruhe und wenden uns den Mittätern zu, die eine Mitschuld daran tragen, dass ich Ihre Zeit geklaut habe:

Matthias Babczyk danke ich für die am Exposé angesetzte Feile. Die überflüssigen Ecken und Kanten mussten einfach weggehobelt werden, da hattest du vollkommen recht.

Meinen Testlesern Harald Hürtgen und Harald Kill danke ich für ihre kritischen Anmerkungen und konstruktiven Anregungen. Und auch für ihre Geduld mit dem manchmal dickköpfigen Autor.
Es hat wieder einmal Spaß gemacht, mit euch zusammenzuarbeiten.

Polizeihauptkommissar Lothar Willems von der Euskirchener Polizeidirektion sei gedankt für seine stets freundlichen Antworten auf meine seltsamen Fragen.
Das Motto »Die Polizei, dein Freund und Helfer« ist Ihnen ohne Zweifel ins Blut übergegangen, Herr Willems.

Walter Regh hat mich regelmäßig mit dem Euskirchener Lokalteil des Kölner Stadt-Anzeigers versorgt. Und nicht nur das: Selbst in der Eifel wohnend, hat er ein Gespür für interessante Eifeler Geschichten, die abseits jeglicher Zeitungsberichte geschehen. Besten Dank für die Zeitung und für deine konspirativen Anregungen.

Für die Rezepte danke ich: Eva Verheugen, Ellen Vegelahn, Elke Franzke und meinem Bruder Gerd.
Ohne euch wäre vielleicht nur wieder Fischbachs Lieblingses-

sen, Schweinebraten mit Rotkohl und Klößen, auf den Tisch gekommen.

Bei meiner Lektorin Marit Obsen bedanke ich mich für die angenehme Zusammenarbeit.
Du hast mit deinem ausgeprägten Textgespür den Finger genau auf die Punkte gelegt, die es nötig hatten, und so der Story den Feinschliff verpasst.

Meinem Agenten Lars Schultze-Kossack danke ich für seinen rastlosen Eifer, die richtigen Verlage für meine Ideen zu finden. Schnaufe einen Moment durch und genieße den Eifelteufel, denn es wird nicht lange dauern, bis ich dich wieder teuflisch nerven werde.

Bei Michael Lammertz vom Nationalpark Eifel bedanke ich mich für die Bereitschaft, auf einen seiner Ranger einen Tag zu verzichten. Besagtem Ranger Sascha Wilden sei gedankt für die äußerst informative und kurzweilige Wanderung durch den Nationalpark. Waren für dich bestimmt seltsame Fragen, die so ein Krimiautor abfeuert, oder?

Dem Team des Emons Verlags danke ich für den unermüdlichen Einsatz, mein Buch ans Licht der Welt gebracht zu haben.

Meinem Zahnarzt Ingo Kessel gilt ein besonderer Dank. Nur durch seine schmerzraubenden Einsätze hatte ich meine Probleme mit den Beißerchen so weit im Griff, dass ich den Kopf für den Roman freibekam.
Sorry, wenn ich Sie manchmal nerve (weniger wäre mir auch lieber), aber mit Zahnschmerzen zu schreiben geht (bei mir) gar nicht.

Meinen Kindern Dana und Timo danke ich für ihre Geduld mit dem schreibenden Papa, der nicht immer die Zeit für sie hat, die er eigentlich haben sollte.

Meiner Frau Susanne danke ich für …

… ach, ich mache es kurz: einfach für alles.

Du bist die Sonne in meinem Herzen, das Licht, wenn ich mal wieder in einem dunklen Tal wandle, die Quelle, aus der ich meine Lebensfreude schöpfe. Ohne dich würde überhaupt kein einziger Satz aus meinem Kopf aufs Papier gelangen.

Rezepte

Gromperepudding

1 kg Kartoffeln
80 g Butter
2 Eier
3 eingeweichte Brötchen
Salz, Pfeffer, Muskat

Die Kartoffeln kochen und anschließend reiben. Butter und Eier schaumig rühren, die eingeweichten Brötchen hinzufügen und miteinander verrühren. Die geriebenen Kartoffeln unterheben und mit Salz, Pfeffer und Muskat abschmecken. Sollte die Masse zu fest sein, kann man etwas Milch zufügen. Die Masse in eine Puddingform füllen und 30 Minuten im Wasserbad kochen.

Nudelsalat mit Rauke

500 g Nudeln
1 Glas schwarze Oliven, entsteint
1 Glas getrocknete Tomaten in Öl
4 Tomaten
1 Knoblauchzehe
1 Pck. Schafskäse
1 Bund Rauke
Salz, Pfeffer

Die Nudeln im Salzwasser gar kochen und abgießen. Den Schafskäse zerkrümeln. Die getrockneten Tomaten abtropfen lassen, dabei das Öl auffangen. Die getrockneten und frischen Tomaten sowie die Oliven klein schneiden.
Dann alle Zutaten (außer der Rauke) mit den noch warmen Nudeln vermischen. Mit Salz und Pfeffer abschmecken. Die Rauke erst kurz vor dem Servieren unterheben.

Kartoffelsuppe

3 kg Kartoffeln
200 g Speckwürfel
3 Zwiebeln
3 Möhren
1 EL Öl
1 l Fleischbrühe
1/2 l Milch
Salz, Pfeffer
1 Stange Porree
1 Lorbeerblatt
2 Knoblauchzehen
3 EL Senf (zum Beispiel Monschauer Senf Knoblauch oder Ur-Rezept)
6 Wiener Würstchen

Zunächst den Speck auslassen und die in kleine Würfel geschnittenen Zwiebeln glasig dünsten. Die Kartoffeln, Porree, Möhren und Knoblauch ebenfalls klein schneiden und 2–3 Minuten anbraten. Dann die Brühe und Milch angießen. Lorbeerblatt hinzufügen und ca. 45 Minuten bei schwacher Hitze köcheln lassen. Mit Salz, Pfeffer und Senf abschmecken. Die Würstchen klein schneiden und in der Suppe erhitzen.

Rühreier

4–6 Eier
100 g geräucherter Speck
50 ml Milch
Butter
Salz, Pfeffer
Schnittlauch

In einer Pfanne die Butter schmelzen lassen und den Speck kurz anbraten. Währenddessen die Eier mit Salz und Pfeffer würzen, mit dem Schnittlauch und der Milch verquirlen. Dann zum Speck in die Pfanne geben und auf mittlerer Hitze zum Stocken bringen. Sobald alles gestockt ist, das fertige Rührei servieren.

Kräuterfrikadellen

600 g gemischtes Hackfleisch
1 Bund Petersilie
2 Eier
1 Knoblauchzehe
1 trockenes Brötchen (klein gerieben)
Salz, Pfeffer
Öl

Das Hackfleisch mit klein gehackter Petersilie, Eiern, durchgepresster Knoblauchzehe, Salz, Pfeffer und geriebenem Brötchen vermengen. Das Ganze mit den Händen durchkneten. Aus der Masse Frikadellen formen. In einer Pfanne Öl erhitzen und die Frikadellen darin rundherum bei mittlerer Hitze ca. 20 Minuten braun braten.

Schinkentaart

400 g Mehl (Type 550)
250 ml lauwarmes Wasser
1 Pck. Trockenhefe
1 TL Salz
3 EL Öl
200 g Zwiebeln (in Ringe geschnitten)
200 g Schinkenspeckwürfel
200 g Crème fraîche
Salz, Pfeffer

Das Mehl in eine Schüssel geben und mit Salz und Trockenhefe vermischen. Das Öl und das lauwarme Wasser dazugeben und unter das Mehl kneten. Alles mit dem Knethaken so lange durcharbeiten, bis sich der Hefeteig vom Boden löst. Den Teig mit einem Tuch bedeckt 30 Minuten gehen lassen.
Zwiebeln und Schinkenspeck in einer Pfanne in Öl anbraten. Den Teig ausrollen, eine Tarteform damit auslegen und mit Crème fraîche bestreichen. Zwiebeln und Schinkenspeck darauf verteilen. Im Backofen bei 200–220 Grad ca. 15–20 Minuten backen.

Hövelsche op Fleesch

4 Schweineschnitzel
Salz, Pfeffer, Butterschmalz
Mehl, Ei und Paniermehl
4 kleine Zwiebeln
4 Scheiben geräucherter Speck
4 Scheiben Weißbrot oder 2 Brötchen
2 EL Petersilie und Schnittlauch

Die Schnitzel klopfen, mit Salz und Pfeffer würzen, nacheinander mit Mehl bestäuben und im verquirlten Ei und Paniermehl wenden. Die Zwiebeln und den geräucherten Speck in feine Streifen, das Weißbrot in kleine Würfel schneiden.
Zuerst die Zwiebeln in Butterschmalz bei mittlerer Hitze glasig dünsten, dann den Speck und die Weißbrotwürfel dazugeben und mitbraten. Mit Pfeffer würzen und danach warm stellen. Die Schnitzel in Butterschmalz goldgelb braten.
Das Zwiebel-Speck-Gemisch auf den Schnitzeln zu einem Hügelchen (»Hövelsche«) anrichten. Zum Schluss mit Petersilie und Schnittlauch bestreuen.

Knengbraten

1 Kaninchen
Salz
50 g Butter
250 ml heißes Wasser
5 EL Dosenmilch
1 EL Speisestärke

Das Kaninchen waschen, mit Salz einreiben und mit Fett bestreichen. In einem Bräter die Butter erhitzen und das Kaninchen von allen Seiten braun braten. Das heiße Wasser hinzufügen und bei geschlossenem Deckel ca. 90 Minuten schmoren lassen. 10 Minuten vor Beendigung der Bratzeit das Kaninchen mit Dosenmilch übergießen. Aus dem Bratensatz und der angerührten Speisestärke eine Soße zubereiten.

Gestovtes Rindfleisch

500 g Rindfleisch
1 Bund Suppengrün
1 Zwiebel
1 Lorbeerblatt
50 g Butter
2 EL Mehl
500 ml Fleischbrühe
Salz, Pfeffer
Zucker
Essig

Das Rindfleisch mit dem geputzten Suppengemüse, Salz, Pfeffer und Lorbeerblatt ca. 2 Stunden bei milder Hitze weich kochen. Das Fleisch danach aus der Brühe nehmen und in dünne Scheiben schneiden. Die Brühe durchseihen. Die Zwiebel würfeln, anschließend im heißen Fett mit dem Mehl anbräunen. Unter Rühren die Fleischbrühe hinzufügen und mit Salz, Pfeffer, Zucker und Essig abschmecken. Dann das Fleisch in die Soße geben und kurz durchziehen lassen. Das Fleisch mit Pellkartoffeln und Gewürzgurken servieren.

Ribbelscheskooche

750 g Kartoffeln
Salz, Pfeffer, Muskat, Mehl
Tomaten, Mozzarella
1 Ei

Eine dicke Kartoffel fein reiben, die übrigen Kartoffeln grob auf der Haushaltsreibe raffeln. Beides miteinander vermengen, etwas Mehl und das Ei hinzufügen, mit Salz, Pfeffer und geriebener Muskatnuss abschmecken. Portionsweise den Teig in Öl in einer gusseisernen Pfanne von beiden Seiten goldgelb ausbacken. Anschließend auf Küchenpapier abtropfen lassen, auf ein Backblech legen, mit Tomaten und Mozzarellascheiben belegen und überbacken.

Deftiger Sommersalat

1 Salatgurke
1 Pck. Kirschtomaten (20–30 Stück)
2 Mozzarellakugeln
1 Zwiebel
400 g Hähnchenbrust
frisches Basilikum
Olivenöl, Honig, Salz, Pfeffer, Balsamico
1 Knoblauchzehe

Gurke waschen und würfeln. Tomaten waschen, halbieren und salzen. Hähnchenbrust in Streifen schneiden. Zwiebel fein würfeln. Öl in einer Pfanne erhitzen, 2 EL Honig zugeben, Zwiebelwürfel goldbraun anschwitzen. Fleisch zugeben, von allen Seiten gut anbraten. Mit Salz und Pfeffer abschmecken, zur Seite stellen und lauwarm abkühlen lassen.
Mozzarella würfeln, Basilikumblätter in schmale Streifen schneiden und zu den Gurken und Tomaten geben.
Aus Olivenöl, Balsamico, 1 TL Honig, Salz und Pfeffer ein Dressing mixen, eine Knoblauchzehe reindrücken, abschmecken und über den Salat geben. Vor dem Servieren lauwarmes Fleisch unterheben. Dazu passt ein frisches Stangenbrot.

Petersilien-Minze-Salat

200 g Bulgur (oder Couscous)
Salz
1 rote Paprika
6 Strauchtomaten (enthäutet)
1 Chilischote
1 Salatgurke
3 Frühlingszwiebeln
2 Bund glatte Petersilie
1/2 Bund Minze
Saft von 2 Limetten
4 EL Öl
Pfeffer (frisch gemahlen)

Couscous oder Bulgur nach Herstellerangabe zubereiten. Paprika, Salatgurke (geschält) und Tomaten entkernen und würfeln. Chili entkernen und in feine Streifen schneiden. Frühlingszwiebeln in feine Ringe schneiden. Petersilie und Minze waschen und fein hacken.
Für die Marinade den Limettensaft und Öl, Salz und Pfeffer in einer Schüssel verquirlen.
Alle Zutaten mischen und anschließend Marinade drübergeben, kühl stellen und gut durchziehen lassen.
Vor dem Servieren nochmals abschmecken und eventuell mit Salz, Pfeffer oder Zucker nachwürzen.

Druvekümpche

250 ml Weißwein
250 ml Wasser
4 EL Weinbrand
100 g Zucker
1 Ei
1 Pck. Vanillinzucker
30 g Speisestärke
250–400 g kernlose Weintrauben

Die Trauben halbieren, mit Weinbrand vermischen, zudecken und ca. 45 Minuten ziehen lassen.

Die Speisestärke in dem Weißwein anrühren. Das Wasser mit dem Zucker aufkochen, die angerührte Stärke hineingeben und ca. 2 Minuten köcheln lassen. Das Eigelb mit dem Vanillinzucker verquirlen und unterrühren. Das steif geschlagene Eiweiß unterheben.

Drei Viertel der Creme in eine Glasschale füllen, darauf die marinierten Trauben verteilen und mit der restlichen Creme bedecken. Gut gekühlt servieren.

Rudolf Jagusch
EIFELBARON
Broschur, 320 Seiten
ISBN 978-3-89705-884-2

»Jetzt ermittelt Hotte Fischbach. Die Orte, an denen die Handlung spielt, sind gut recherchiert. Ein unterhaltsamer Roman mit einer überraschenden Wendung am Ende.« General-Anzeiger

»Das skurrile Ermittlerpaar und die erfrischend freche Schreibe amüsieren den Leser köstlich. Dazu gibt es eine Leiche ohne Kopf und zahlreiche potenzielle Mörder – was will das Krimileserherz mehr?« Trierischer Volksfreund

Rudolf Jagusch
EIFELHEILER
Broschur, 304 Seiten
ISBN 978-3-89705-983-2

Im neuen Krimi von Rudolf Jagusch dreht sich alles um Heiler, Hellseher und Hexen. Eine Steilvorlage für das ungleiche Ermittlerduo Jan Welscher und Hotte Fischbach, Großstadtpflanze neben Dorfcowboy. Beide haben irgendwie einen Knall und sind dennoch ein gutes Team – so wie Laurel und Hardy oder Tom und Jerry.
Trierischer Volksfreund

www.emons-verlag.de